"倭寇"与日本的"倭寇文学"
中日视差与文史互化

Wakō and Japanese Wakō Literature
On Sino-Japanese Parallax and the Mutualization of Literature and History

郭尔雅 著

中国社会科学出版社

图书在版编目（CIP）数据

"倭寇"与日本的"倭寇文学"：中日视差与文史互化／郭尔雅著. —北京：中国社会科学出版社，2023.9

ISBN 978 - 7 - 5227 - 2564 - 2

Ⅰ.①倭…　Ⅱ.①郭…　Ⅲ.①日本文学—文学研究　Ⅳ.①I313.06

中国国家版本馆CIP数据核字（2023）第170271号

出 版 人	赵剑英
责任编辑	慈明亮
责任校对	周　昊
责任印制	戴　宽
出　　版	中国社会科学出版社
社　　址	北京鼓楼西大街甲158号
邮　　编	100720
网　　址	http://www.csspw.cn
发 行 部	010 - 84083685
门 市 部	010 - 84029450
经　　销	新华书店及其他书店
印　　刷	北京君升印刷有限公司
装　　订	廊坊市广阳区广增装订厂
版　　次	2023年9月第1版
印　　次	2023年9月第1次印刷
开　　本	710×1000　1/16
印　　张	22
字　　数	308千字
定　　价	129.00元

凡购买中国社会科学出版社图书,如有质量问题请与本社营销中心联系调换

电话：010 - 84083683

版权所有　侵权必究

出 版 说 明

为进一步加大对哲学社会科学领域青年人才扶持力度，促进优秀青年学者更快更好成长，国家社科基金2019年起设立博士论文出版项目，重点资助学术基础扎实、具有创新意识和发展潜力的青年学者。每年度评选一次，2020年经组织申报、专家评审、社会公示，评选出第二批博士论文项目。按照"统一标识、统一封面、统一版式、统一标准"的总体要求，现予出版，以飨读者。全国哲学社会科学工作办公室同时编辑出版《国家社会科学基金博士论文出版项目概要（2020）》，由入选成果作者撰写，重点介绍入选成果内容。

全国哲学社会科学工作办公室

2021年7月

序

王向远

读者眼前的这本书，是我指导的博士郭尔雅在其博士学位论文《"倭寇"与日本的"倭寇文学"——中日视差与文史互化》的基础上修改而成。现在就要付梓发行了。作为指导教师，利用作序的机会，交待一下本书的来龙去脉，对读者朋友或许是有用的。

本书所研究的倭寇问题，是一个沉甸甸的历史话题，它是明代以来中日关系史、东亚区域史的重大事件，又与日本侵华史有关，向来为史学研究所重视。无论是在中国还是在日本，倭寇问题都已经成为一般读者的历史常识。但是，常识中往往也含有反常识，当某一历史事件广为人知的时候，也往往意味着这个历史事件会由史学领域进入文学领域，用来满足一些作家和读者的历史想象，也使一些人为了现实需要而重新诠释历史。倭寇及其历史也不例外。

我与倭寇问题的相遇、接触，与我在日本淘书的经历有关。2004—2006年两年间，我在日本京都外国语大学任客座教授，休息时最大的乐趣，是到京都的大街小巷去逛书店。京都的书店尤其是旧书店很多，书籍的流通更新比较快，而且书价比较便宜，在那里经常可以有意外的发现与收获。我最关注的当然是与中国有关的书籍。其中，带"倭寇"字样的书陆续映入眼帘，那大多是现当代日本作家创作的关于倭寇题材的小说，正在畅销或常销。我买回来翻阅，遂产生了"倭寇文学"的概念及研究倭寇文学的念头。其中的一些作品，我后来在《中国题材日本文学史》和《源头活水——日本当代历史小说与中国历史文化》两书中都有所提及。但是回国后，由于忙于做其他课题，这个题目就搁置下来。

2015年，郭尔雅报考我的博士研究生，在了解她的学习背景时，才知道她也曾在京都待过两三年，是在立命馆大学攻读日本文学硕士，也了解到她父亲是有名的乡土题材作家，从小训练她熟背古典诗词，文字感觉极佳。对文学翻译尤为热爱，更喜欢翻译那些唯美的古典和歌与俳句之类。问她攻博期间想做什么题目，她说出来的都是一些纯文学方面的东西，而且大都属于风花雪月之类的"软题材"，而对于政治历史社会的"硬题材"，似乎不太有兴趣，也不太有基础。那时，记得我曾对她说：要做一名合格的文学博士，要能谈风月，也要能擎风雷；要形成一个完整的知识结构，要通过博士学位论文的写作，补齐知识结构上的短板，有意识地培养起对于政治、历史、社会的关心。否则，博士不"博"，名不副实。当我决定将"倭寇文学"的题目交给她的时候，她没有为难，没有畏难，而是颇以为然，欣然领命。

说起来，日本"倭寇文学"研究，也属于我本人早年开辟并从事的日本侵华文学研究的系列选题。我在做完《"笔部队"和侵华战争》等"日本侵华史研究三部曲"之后，这方面的选题主要交由我指导的历届研究生来做了。而倭寇入侵，作为最早的日本侵华事件，到了20世纪下半期又大量进入日本作家的创作中，使得我们从"倭寇文学"的角度切入文史互证的研究，提供了可能性，而且具有很大的研究价值。

后来的事实表明，郭尔雅将这个有价值的题目做出了实在的成绩。那时她较快地进入了原本并不熟悉的历史学，乃至战争、军事、国际贸易、国际政治等领域，围绕倭寇问题阅读了大量中日文书籍资料。她既大量涉猎文史文本，又带着鲜明的问题意识切入论文写作，陆续发表了多篇关于倭寇文学的研究论文，最终顺利答辩、毕业。最终，她的博士论文被遴选进入国家社科基金优秀博士论文项目，即将公开出版发行。这表明，她的倭寇文学研究得到了文史专家学者们的肯定。郭尔雅没有辜负这个选题的价值，并且很大程度地实现了当初设定的研究目标。

这是郭尔雅的第一部学术著作,起点不可谓不高。期待她今后的著述,仍能保持高度的创新追求,文字间仍能有风雷激荡,也会有鸟语花香。

是为序。

2023 年 6 月 28 日于广州

摘　　要

"倭寇"作为波及中、日、韩三国乃至整个东亚海域的区域性历史事件,既是倭寇对中国、朝鲜的掠夺行径,也构成东亚古代海洋史、战争史、经贸史的重要环节,进入20世纪后,更是成为东亚史学研究的重要课题,并进一步延伸到文学创作与文学研究领域,无论是在日本还是在中国,都出现了较大规模的倭寇题材的文学艺术作品。尤其是在日本文学中,存在着不少以倭寇为题材或主题的作品,但这些作品大都散布于日本"海洋冒险小说""历史小说""时代小说"等小说的分类里,并没有形成一个独立的门类,这或许也是长期以来没有其他研究者去对其进行研究考察的重要原因之一。本书将日本文学中以倭寇为题材的文学加以类别化,将其统称为"倭寇文学",使其作为文学中一种独特的题材类型,并以此为基础展开研究。而中国文学自明清以降直至当代,也有不少涉及倭寇题材的文学文艺作品,可与日本的"倭寇文学"形成对照。

关于中国倭寇题材的文学作品的研究,日本学者青木正儿、吉川幸次郎等较早写出了专门文章,中国学者王勇等也有专门论文,近年来也有一些硕士、博士学位论文以中国倭寇题材文学作品为对象展开研究,但全面总体上的研究还很缺乏。至于中国学界、日本学界对于日本"倭寇文学"的研究,则基本处在空白状态。本书是对日本"倭寇文学"的专门研究,旨在填补这方面的空缺。

在中国文学作品中,"倭寇"的出现,最早可见于元代的诗文,以表达对倭寇的痛恨和抗击倭寇的决心为主。到了明代,尤其是明中叶以后，伴随着倭寇在中国沿海一带的猖獗，出现了大量抨击倭寇恶行的诗文。而中国文学文艺对倭寇的描写与演绎最多的，还是在明清小说戏曲以及当代的一些影视作品中。

而日本的"倭寇文学"是在20世纪后半期才陆续出现并形成规模的，属于古代题材的当代文学，亦即日本当代的历史小说、时代小说的重要组成部分。如日本史学研究者会田雄次所说，在80年代日本经济迅猛发展、民族自信与自豪感空前膨胀，"大国意识"逐渐显露的大背景下，历史小说因其借古喻今的特性，成为日本民族自我确认、日本民众心理建设中极重要的一个文学品类。其中许多作品成为畅销书，影响甚大。而倭寇事件作为日本历史上对外扩张的渊薮，也自然成为了日本当代小说家在诸多历史素材中选定的所谓有助于民众心理建设和自我确认的一环，也由此成为日本历史小说的重要选题之一。与此同时，20世纪80年代以降西方国家在分析现代资本主义世界体系形成过程中对海洋所起作用的重视，也直接启发了日本作家，产生了一类以海洋为舞台，以海商、海贼为描写对象的小说，以此表现日本在东亚经济史和交通史上所发挥的关键作用，而倭寇题材也被纳入其中。在此背景下产生的日本"倭寇文学"，加之日本学界特别是"东洋史学"学界偏颇的历史观与倭寇观的影响，日本"倭寇文学"往往显露出了从各个层面与角度出发对"倭寇"进行正当化、合理化乃至美化的整体倾向。

鉴于此，本书把"倭寇文学"作为日本当代文学的独特题材类型加以把握与研究，考察其中所体现的日本人的民族主义意识、历史观念与审美取向，并在与中国相同题材作品的比较中，揭示中日之间巨大的文化视差。为此，本书从日本"倭寇文学"形成的史学背景、"倭寇文学"的神道教基础、"倭寇文学"的文史乖离的倾向、"倭寇文学"的商贸视角、"倭寇文学"与日本的"民族美学""倭寇文学"与倭寇的核心人物以及"倭寇文学"的中日比照这七个层面，对"倭寇文学"进行观照与研究。

本书认为，日本"倭寇文学"的创作，很大程度上受到了日本倭寇史研究的影响，故此将日本的倭寇史研究，尤其是将极具典型性的"东洋史学"代表人物宫崎市定关于倭寇的论说作为日本"倭寇文学"形成的史学背景加以观照。宫崎市定从日本国家主义立场出发，试图从根本上为日本历史教科书中的"倭寇"张目和"正名"，从而对倭寇之"寇"的属性进行了一系列"去寇化"的界定与论述。他歪曲明朝与日本之间朝贡贸易的本质，以"和平贸易"来定义倭寇的武装走私甚至劫掠行为，并将倭寇在明朝国土上的杀掠以及与明政府的对抗，说成是为了明朝贸易伙伴的"侠义之举"，又援引亲日明人郑舜功《日本一鉴》中对日本与倭寇的相关记述，论证了倭寇"良善"本性。宫崎市定的"去寇化"的倭寇观对日本当代"倭寇文学"产生了深刻影响，使得作家的创作整体上呈现出了有违史料记载和历史逻辑的反历史倾向，并进一步影响了日本普通民众的倭寇观乃至历史观。

在诸多背离历史事实以美化倭寇的日本倭寇文学中，最能体现其反历史倾向的，当属日本当代小说家津本阳的长篇小说《雄飞的倭寇》。小说从嘉靖前期倭寇在江浙一带的活动展开，以明朝军队作对比，以明朝百姓和女子作衬托，将倭寇写成了智勇双全、有情有义的英雄，将倭寇的寇掠行为当作日本雄飞海外的壮举，并以此对倭寇及倭寇行为加以正当化甚至英雄化。小说家基于日本国家主义、民族主义立场，违背历史事实和历史逻辑的倭寇美化，也是近四十年来日本文坛和学界相当一部分作家、学者的右翼历史观的表现之一。

日本历史小说家对倭寇的正当化乃至美化，除了从宫崎市定等日本史学家的倭寇研究中寻找史学背景的支持之外，更从日本的神道教传统中，找到了将倭寇行为予以正当化的宗教支撑。在日本倭寇文学中，当代小说家早乙女贡的《八幡船传奇》不仅没有像其他的日本倭寇文学那样遮掩倭寇在中国沿海的烧杀寇掠之举，甚至对于以小说主人公为首的一众倭寇在中国的寇掠行径颇为自得，究其根由，便是日本的"八幡大菩萨"信仰及神国意识。《八幡船传奇》从日本的"八幡大菩萨"信仰出发，把倭寇的入寇行径写成了受"八幡大菩萨"护佑乃至"八幡大菩萨"自身的行为，基于神道教的海神信仰立场，将倭寇行径看作受神明庇佑的开疆辟土，从根本上将倭寇行为正当化乃至荣耀化，成为对倭寇进行正当化描写的宗教基础。

倭寇，尤其是16世纪活动于中国沿海的后期倭寇，在进行烧杀寇掠的同时，也伴随着武装走私贸易活动，因此，倭寇文学中也相应出现了从经济贸易的视角对倭寇及倭寇行为进行描写的一类作品，其中，日本著名历史小说家陈舜臣的《战国海商传》堪称是从"重商主义"的角度描写倭寇的典型。《战国海商传》将"倭寇"视作"海商"，从现代重商主义的价值立场出发，对倭患、海禁政策、亦寇亦商的武装走私贸易以及东亚经济发展之间的关系等问题做出了描写、分析与判断，并呼吁官府保护之下的和平海上贸易机制，可以说是颇具世界视野的重商主义倭寇文学的范本，是日本倭寇文学中非常独特的一例。

在从历史的、宗教的、经贸的角度描写倭寇之外，也有日本小说家有意无意地忽略一般的社会伦理道德，消弭关于倭寇的种种正误价值判断，而只从审美的角度去展现倭寇的行为。如日本当代小说家南条范夫的长篇小说《海贼商人》等便对倭寇在东亚海域的武装贸易以及海上寇掠活动进行了纯审美化处理，将倭寇行动写成波澜壮阔的海上冒险，以此来迎合生活在当代秩序社会之中的读者内心对自由而又冒险的海上生活的渴望，以此引发日本读者的审美认同，同时也极大地削弱了日本民众从道德与理性的层面对倭寇寇掠本质的认知，以至达到对美化倭寇的全民族范围内的认同。而这种通过审美认同而达成民族认同，事实上正是日本当代思想家柄谷行人所倡导的"民族美学"。

此外，对倭寇史上核心人物的演绎也是日本倭寇文学的重要组成部分之一，其中最具代表性，也最能与中国倭寇题材的文学作品形成强烈对比的，当属对王直、徐海的描写。在倭寇史上，倭寇头目王直、徐海可以说是不容忽视的存在，因其在倭寇集团乃至整个倭寇史上的重要地位，因其所主导的走私与寇掠活动对中日两国乃至整个东亚地区所造成的重大影响乃至发挥的巨大作用，也因其颇为传奇的一生，在关于倭寇的史料记载以及中日两国倭寇题材文学文艺作品中，都多有对王直、徐海的记事以及形象描画。在与中日两国的历史记载、文学创作乃至民间议论的对比之间，在褒贬毁誉、真实与想象之间，去分析中日文学对王直、徐海形象的描写，更能反映中日两国不同的国家立场与民族情感在文学中的复杂表现，也可以挖掘出王直、徐海等倭寇在中日两国的评价中差异如此巨大的深层原因。

通过以上这些角度的研究和中日文学中对倭寇描写的比较可知，日本历史小说家通过倭寇文学对倭寇行为的种种注解以及赋予倭寇的种种精神，究其根本，无一不是对倭寇的美化乃至对日本历史的美化。其中所呈现出的倭寇观、历史观以及民族文化心理，不仅仅是日本作家的观念与心理的文学化反映，同时，因倭寇文学的大众文学属性，其中所反映的历史观念与文化心理，很大程度上也是日本作家对普通民众心理的揣摸与迎合。而这一切又反过来刺激、引导，甚至塑造着日本民众的倭寇观、历史观，成为他们心理构造中的一环，影响着他们对历史乃至对当下的判断与作为。而中国涉及倭寇题材的文学文艺作品对于倭寇的表现，则主要还是以侵略反侵略与批判褒扬的基本创作模式为主。无论是明清小说戏曲，还是当代倭寇题材的文艺作品，其主旋律都是基于侵略与反侵略视角，着力表现倭寇在中国沿海的烧杀抢掠行径及其对中国沿海人民造成的惨重伤害，同时，戚继光等抗倭将领率领军民抗倭的事迹，也是中国倭寇题材文学文艺津津乐道的题材。当然，由于中国古典小说所具备的讽喻功能，描写倭寇的明清小说中，也不乏通过对倭患及抗倭斗争中明代官兵施为的描写以批判明代政治与社会的作品。由此可见，中日两国面对倭寇时完全不同的立场和视角，造成了两国倭寇题材文学中对倭寇全然不同的观照与描写，由此形成了"中日视差"。

从这个角度而言，我们研究日本的倭寇文学，在历史的真实与文学的想象之间，在史料的记载与历史的注解之间，在中日两国对倭寇的文学化表现之间，去分析其中存在的差异乃至错位，或可有助于我们更加具象、深刻地认识日本民族的历史观念与文化心理。日本倭寇文学的研究也在这个意义上可超脱一般文学研究的价值，为中日两国历史、社会、文化心理等方面的比较研究提供一些参照。

与此同时，因为倭寇事件本身的东亚区域性质，倭寇题材的文学作品也就天然地带上了区域的性质，可以说是包括中日两国在内的东亚地区共同历史记忆与共同文学题材的反映，也从一个侧面表现出中日两国在历史与文学上的深刻联系。因而在对倭寇文学的研究中，除了站在侵略反侵略的民族国家立场之外，还需要从更高的视点出发，打破国别研究的局限，将其放置在东亚区域研究的领域加以考察，并在中日倭寇题材文学作品的比较中，去审视东亚区域连带意识与日本民族主义这两种倾向在日本倭寇史研究与倭寇文学书写中的矛盾与统一。

由于倭寇事件本就不可避免地涉及商贸、政治、国际关系、海上交通等方方面面的问题，因而倭寇文学也随之具备了跨学科、跨文化的属性，在研究倭寇文学的过程中，就须立足文学文本，而后超越文学本身，分析中日两国倭寇文学对当时的历史、商贸、国际政治、区域交通等的反映，并注重史料与理论分析的结合，注重静态史料与史料的动态运用的结合。在实际研究中，须把史料的整理分析与倭寇文学的文本评论鉴赏相结合，把史料中对倭寇活动的详实记载与文学作品中关于倭寇的描写一一对应考察，做到文史结合，文史互证，以剖析中日两国文学文本对倭寇史料的忠实与背离，以及造成这种背离的深层原因。加之倭寇事件的区域属性，也会相应引入区域研究的方法。另外，由于所研究的日本倭寇文学文本迄今为止都没有中文译本，因而在日本倭寇文学的研究中，需要使用与

"翻译文学研究"相区别的、直接面对原文的、严格意义上的"外国文学研究"的方法，以有效避免受翻译文本中"创造性叛逆"对文本解读可能产生的影响，保证文本的原典性、直接性，使研究能够在最大限度贴近原文的基础上进行。

关键词：倭寇；倭寇文学；中日比较文学；中日历史；文史互化

Abstract

　　As a regional historical event that affected China, Japan, Korea and even all the East Asian sea, "wakō" was not only an action of mugging by Japanese invaders in China and Korea, but also an important part of the ancient maritime history, war history and economic and trade history of East Asia. In the 20th century, it had become an important research topic of East Asian history study, and then it extended to the field of literature and literary research, which led to a large scale of literary and artistic works of wakō in both Japan and China. Particularly in Japan, there are many literary works that have wakō as their creation content or theme. Most of these works are scattered in Japanese novels, such as "marine adventure novels", "historical novels", and "period novels". And, for the record, all these works that have wakō as narrative center do not form a separate novel category. This is probably one of the reasons why no other researchers have examined these works for a long time. This book here categorizes Japanese literature dealing with wakō as a unique literary type and names it as "wakō literature". And all the study of this book starts from this categorization. Similarly, in Chinese literature from the Ming and Qing dynasties to contemporary times, there are many literary works dealing with the subject of wakō too. So, comparisons can be drawn between them when we study Japanese "wakō literature".

　　Japanese scholars such as Aoki Masayoshi and YoshikawaKojiro have written special articles on Chinese literary works of wakō. Chinese scholars such as Wang Yong have also written special papers on the subject, and recently there have been some postgraduate dissertations dealing with Chinese literary works of wakō. Yet, despite all these academic efforts, there still lacks a comprehensive and comparative research to address the issue. This book is a special study of Japanese "wakō literature" aiming to fill the research gap.

In Chinese literature, the term of "wakō" first appeared in poetry during the Yuan Dynasty, expressing hatred for Japanese pirates and determination to fight against them. In the Ming Dynasty, especially after the middle stage of it, a large number of poems were written to criticize wakō as they became rampant in China. However, the overwhelming majority of works of wakō in Chinese literature and art are found in Ming and Qing dynasty novels and operas, as well as in some contemporary films and television productions.

Japanese "wakō literature", on the other hand, emerged on a large scale only in the second half of the 20th century, and constituted an important part of contemporary literature on ancient themes, i. e. , contemporary Japanese historical novels and period novels. As Japanese historian Yuji Aida says, in the 1980s, a period when Japanese economy was developing rapidly, Japan's national self-confidence and pride were expanding unprecedentedly, and its consciousness of "to be a great power" was gradually revealed with the economic developing. Under the circumstances, plus their characteristics of using the past as a metaphor for the present, Japanese historical novels have became a very important literary category, which played a key role in the self-affirmation of the Japanese nation and the psychological construction of the Japanese population. Many of these works became bestsellers and had a great impact. The historical event of wakō, as a way of external expansion in Japanese history, has naturally become one of the many pivotal materials chosen by contemporary Japanese novelists to help build the psyche and self-confirmation of the people, and has thus become one of the most important topics in Japanese historical novels. At the same time, the emphasis on the role of the sea played in the formation of the modern capitalist world system by Western countries from the 1980s onwards also directly inspired Japanese writers to produce a type of novel in which the sea was depicted as stage and the maritime merchants and pirates as actors. By doing so, Japanese writers demonstrated the key role played by Japan in the economic and transportation history of East Asia. To concrete this argument, Japanese writers extensively utilized the subject of wakō. Japanese "wakō literature" was produced in this context. But due to Japanese academies', especially the "Eastern history" academy's biased view on history, and their distorted opinion on wakō, Japanese "wakō literature" often shows a tendency to justify, rationalize, and even glorify the "wakō" from various aspects and perspectives.

In view of the above, this book treats "wakō literature" as a unique genre of contemporary Japanese literature, surveys the nationalistic consciousness, historical concepts, and aesthetic orientation of Japanese people embodied in it, and then reveals the great cultural differences between China and Japan after putting it against Chinese "wakō literature". To this end, this book explores "wakō literature" from the following seven perspectives: the historical background of Japanese "wakō literature", the foundation of Shintoism in "wakō literature", the tendency of literary and historical deviation of "wakō literature", the perspective on trade and commerce in "wakō literature", "wakō literature" and Japanese "national aesthetics", "wakō literature" and the core characters of wakō, and finally the comparison between China and Japan in "wakō literature".

This book argues that the creation of Japanese "wakō literature" has been largely influenced by the study of Japanese wakō history. So, it is necessary to look at the study of Japanese history of wakō, especially the writings on wakō by Miyazaki Ichidei, a representative figure of "Oriental historiography", which can be viewed as the historiographical background of the formation of Japanese "wakō literature". From the standpoint of Japanese nationalism, Miyazaki Ichidei attempted to fundamentally vindicate "wakō" in Japanese history textbooks, and thus carried out a series of works to "de-invadelize" the invasion attribute of the wakō's actions. He distorts the nature of the "tribute-trade" system between the Ming Dynasty and Japan, defines the wakō's armed smuggling and even plundering in terms of "peaceful trade", and describes wakō's killing and plundering on Ming territory and confronting the Ming government as "chivalrous acts" for the sake of Ming trading partners. He also cites the account of Japan and wakō from the Ming man Zheng Shun-gong's *Nihon Ichikan* to argue that the Japanese are "good" by nature. Miyazaki Ichidei's "de-invasion" view of wakō has had a profound impact on contemporary Japanese "wakō literature", and has led to an overall anti-historical tendency in the Japanese "wakō literature" writers' works that defies historical records and historical logic, and has further influenced the Japanese public view of wakō and even the view of history.

Among the many Japanesewakō literary works that deviate from historical facts to glorify wakō, the one that typically reflects the anti-historical tendency is the novel of *Wakō Rise With Great Vigor* by the contemporary Japanese novelist Tsumoto Yo. The novel starts with the activities of wakō in Jiangsu and Zhejiang in the early Jia-jing period. By contrasting the Ming army and the Ming common people with wakō, the novel portrays wakō as heroes with wisdom and courage, and treats the wakō's invasion and plunder as a feat of Japan's triumph overseas, thus justify and even heroize the wakō and their actions. The novelist's glorification of the wakō, based on Japanese nationalism and denying historical facts and logic, is one of the manifestations of the right-wing historical views of a large number of writers and scholars in Japanese literature and academia in the past forty years.

Japanese historical novelists justify and even glorifywakō not only by finding supports from the Japanese historians' such as Miyazaki Ichidei and so on, but also by finding religious supports from the Japanese Shinto tradition. Among the Japanese wakō literature, the contemporary novelist Hayate Gunn's *The Legend of Hachiman Boat*, unlike other Japanese wakō literary works, not only intentionally ignores wakō's invasion of the Chinese coast, but also proudly glorifies wakō's invasion of China. The reason for this is the belief of Japanese people in the "Hachiman Great Bodhisattva" and the kingdom of god consciousness. *The Legend of Hachiman Boat* starts from the belief of "Hachiman Great Bodhisattva" in Japan and describes wakō's invasion as an act blessed by the "Hachiman Great Bodhisattva" and even an action taken by "Hachiman Great Bodhisattva" itself. Based on the Shinto belief in the god of the sea, wakō's invasion of other countries was seen as an action of opening up new territory with the blessing of the gods. Thus, the Shinto belief fundamentally justified and even glorified wakō's invasion, and became the religious basis for the justification of wakō's invasion.

Wakō, especially theose wakō of the latter period who were active in the 16th century along the Chinese coast, smuggled and traded goods between China and Japan, while they were burning and killing. So, there are works in Japanese wakō literature that depict wakō and their behavior from the perspective of economic trade. *Biography of Maritime Traders in Sengoku*, written by the famous Japanese historical novelist Chin Shun-shin, is a typical example of this kind of depicting.

From the standpoint of modern mercantilism, *Biography of Maritime*

Traders in Sengoku treats wakō as "sea merchants". The book depicts, analyzes and judges the relationship between the wakō's invasion, the ban on the sea, the armed smuggling trade and the economic development of East Asia. It also calls for a peaceful maritime trade mechanism under the protection of the government. It is a model of mercantilist wakō literature with a global perspective and a unique example of Japanese wakō literature.

In addition to depictingwakō from historical, religious, and economic and trade perspectives, some Japanese novelists either by accident or on purpose ignore general social ethics and morals, eliminate all kinds of criteria of right and wrong for wakō, and represent wakō's actions from an aesthetic perspective only. For example, the contemporary novelist Nanjo Norio's novel *The Pirates Merchant* intentionally aestheticizes Japanese wakō's armed trade and maritime plundering in the East Asian waters. The actions of wakō are written as a magnificent maritime adventure to meet the desire of contemporary readers living in an orderly society for a free and adventurous maritime life. At the same time, it greatly impairs the Japanese people's perception of the intrinsic nature of wakō from moral and rational perspectives, so that the book brings on a nation-wide glorification and ratification of Japanese invaders and wakō. This kind of national identification through aesthetic identification is in fact the result of "national aesthetics" advocated by the contemporary Japanese thinker Karatani Koujin.

In addition, Fashioning and modeling centralwakō figures in the history is also an important mission of Japanese wakō literature. The most representative and contrasting to Chinese wakō literary works of such is the portrayal of Wang Zhi and Xu Hai. In the history of wakō, Wang Zhi and Xu Hai, two of those wakō leaders, are not to be ignored because of their importance in the community and history of wakō, their enormous influence on and the dramatic role they played in wakō's smuggling and plundering activities in China, Japan and the whole East Asia region, and, finally, their legendary lives. In Chinese and Japanese historical documents and literary and other artistic works about wakō, there are many narratives and representing of Wang Zhi and Xu Hai. By comparing the historical documents concerning them with literary works and even town talk about them in China and Japan, their biographical facts with fictitious legendary fantasies about them, praise to them with criticism over them, the analysis of the different images of Wang Zhi and Xu Hai in Chinese and Japanese literature can better reflect divergences between the national stances on and emotions to them of China and Japan hinted in the complex expression of literature, and can also dig out the deeper reasons why Wang Zhi and Xu Hai and other wakō are so differently evaluated by China and Japan.

Through these studies and the comparisonbetween Japanese and Chinese literature on wakō, it can be seen that Japanese historical novelists' interpretation of wakō's behaviors and practice of giving various qualities to wakō in the wakō literature are, in essence, nothing but actions of glorifying wakō and even Japanese history. The views of wakō, history, and the national cultural psychology conveyed therein are not only a reflection of Japanese writers' concepts and psychology in literature, but also, due to the popularity of wakō literature among the masses, a suggestion of Japanese writers' conjecturing and pondering to the psychologic needs of the general public. These views in turn stimulate, guide, and even shape the Japanese people's perception of wakō and history, and become a part of their psychological structure which determines their judgments on and actions in history and even the present day. Chinese works of literature and art on wakō, on the other hand, are still mainly following the pattern of invasion versus anti-invasion and criticism versus praise. The dominating theme of both Ming and Qing novels and operas, as well as contemporary literary and art works on wakō, is anti-invasion that criticizes wakō's invasion and plundering in China's coastal areas and the heavy damage they cause to the Chinese coastal people. The deeds of Qi Jiguang and other generals who led Chinese soldiers and civilians in battle against Japanese wakō are also the subject of works of Chinese literature and art on wakō. Of course, due to the satirical function of Chinese classical novel, there were many Ming and Qing wakō works of the genre criticizing Ming politics and society while depicting how the Ming soldiers and officers fought against wakō. This shows that these two countries' completely different perspectives on wakō have led to different depictions of wakō in their own "wakō literature", and thus the "Sino-Japanese parallax" formed.

From this point of view, by studying Japanesewakō literature, analyzing the differences and even dislocations between historical facts and literary imaginations, historical documents and their commentaries, and Chinese literary representations of wakō and Japanese, we would understand the historical concepts and cultural psychology of the Japanese nation more concretely and deeply. with this in mind, the study of Japanese wakō literature can also go beyond the value of general literary study, and provide some cases as reference for comparative studies between Chinese and Japanese history, society, and cultural psychology.

At the same time, becausewakō's invasion are launched in East Asia, the literary works on wakō are born of regionality. The works can be seen as a reflection of the mutual historical memory and shared literary themes between China and Japan, and a demonstration of deep connection between China and Japan in history and literature. Therefore, when study Japanese wakō literature and history, in addition to taking the nation-state standpoint of invasion and anti-invasion, it is necessary to break the limitations of country study and examine it in the field of East Asian regional study from a higher viewpoint, and, at the same time, examine the contradiction and uniformity between East Asia's regional association consciousness and Japanese nationalism.

Since wakō's invasion inevitably involved commerce, politics, international relations, maritime traffic and so on, Japanese wakō literature also has interdisciplinary and cross-cultural properties. So, when study Japanese wakō literature, it is necessary to see the texts as foothold of literary reading foothold and then go beyond this foothold to analyze their reflections of Chinese and Japanese history, commerce, international politics, regional traffic, so on and so forth. And at that time, we should integrate historical materials with theoretical analysis, and dead historical materials with dynamic use of them. In the process of conducting our research, we must combine the analysis of historical materials with the literary appreciation and criticism of wakō literature, and examine the detailed records of wakō's activities in historical materials in the light of the depiction of wakō in literary works. That's to say, we should contrast literature with history to argue for each other, so that we can uncover details of Chinese and Japanese wakō texts that keep fidelity to or deviate from the historical materials of wakō, and analyze the deeper reasons for such deviations. Because of the regionality of the wakō's invasion, regional research approaches will be introduced accordingly. And since there is no Chinese translation of the Japanese wakō literary texts I explore in this book so far, my analysis here of Japanese wakō literature requires the use of a standard foreign literary research method that is different from "translated literary research". This standard method involves direct facing the original texts so that we can avoid the possible influence of the "creative treason", a typical feature of and inevitable result from translation, on the interpretation of the texts, and ensure the originality and directness of them. Thus, the research can be conducted as close as possible to the original texts.

Keywords：Wakō; Wakō Literature; comparative literature between China and Japan; Sino-Japanese history; mutualization of literature and history

目　　录

绪论　"倭寇""倭寇文学"与倭寇文学研究
　　　——概念、价值、立场与方法 …………………………（1）
　第一节　关于"倭寇"与"倭寇文学"的概念…………………（1）
　第二节　"倭寇"何以成为日本历史小说的重要题材 ………（7）
　第三节　"倭寇文学"研究的价值观与"中日视差"………（13）
　第四节　"倭寇文学"研究的方法 ……………………………（19）

第一章　"倭寇文学"形成的学术背景
　　　——从宫崎市定"去寇化"倭寇观看东洋史学对
　　　　　"倭寇文学"之影响 …………………………………（24）
　第一节　"和平贸易"：宫崎市定对朝贡体制的无视 ………（26）
　第二节　"侠义之举"：宫崎市定对倭寇性质的想象 ………（34）
　第三节　宫崎市定对亲日明人郑舜功的援引 …………………（45）
　第四节　宫崎市定对当代"倭寇文学"的影响 ………………（50）

第二章　"倭寇文学"的神道教基础
　　　——从早乙女贡《八幡船传奇》看倭寇的神道化 ……（56）
　第一节　"八幡船""八幡大菩萨信仰"与"倭寇"………（57）
　第二节　武士、武士之道与"倭寇" …………………………（63）
　第三节　"神国思想"与"倭寇" ………………………………（73）

第三章 "倭寇文学"的文史乖离
——从津本阳《雄飞的倭寇》看历史与文学的悖谬……………(85)
第一节 智勇与怯懦:《雄飞的倭寇》中的倭寇与明军……(86)
第二节 温情与臣服:《雄飞的倭寇》中的倭寇与明朝百姓……………………………………………………(95)
第三节 是"雄飞"还是"入寇":《雄飞的倭寇》历史观的偏谬……………………………………………(104)

第四章 "倭寇文学"的商贸视角
——从陈舜臣《战国海商传》看"重商主义"的倭寇观……………………………………………………(114)
第一节 陈舜臣商业主义思想及创作中的倭寇观………(115)
第二节 《战国海商传》中的明代史论………………(119)
第三节 《战国海商传》中从"海商"到"倭寇"的转变……………………………………………………(139)

第五章 "倭寇文学"与"民族美学"
——从南条范夫《海贼商人》看"倭寇"的美学化……………………………………………………(157)
第一节 从武士到倭寇、海贼再到商人的身份转换………(158)
第二节 东亚海域的武装贸易及贸易中心………………(168)
第三节 东亚海域日本贼商的审美化描写及其文化动机……(180)

第六章 "倭寇文学"与倭寇人物(上)
——从倭寇核心人物王直看"倭寇文学"的形象塑造………………………………………………………(188)
第一节 倭寇还是儒商:中日史料中的王直形象………(188)

第二节 "倭寇王"还是"净海王"：中日"倭寇文学"中
　　　　王直的身份定性 ………………………………（199）
第三节 无耻之徒还是仁义之士：中日"倭寇文学"中王直的
　　　　品行才干 …………………………………………（208）
第四节 历史的还是想象的：中日文学中的王直形象 ……（218）

第七章 "倭寇文学"与倭寇人物（下）
　　　——从倭寇核心人物徐海看"倭寇文学"的形象
　　　　塑造 ………………………………………………（226）
第一节 明清小说中的徐海 …………………………………（226）
第二节 中国当代小说中的徐海 ……………………………（228）
第三节 日本文学中的徐海形象 ……………………………（233）

第八章 "倭寇文学"的中日比照
　　　——日本倭寇文学与中国倭寇题材的文艺作品 ……（240）
第一节 明清小说戏曲中的倭寇 ……………………………（241）
第二节 当代"抗日文艺"背景下的倭寇题材文艺
　　　　作品 ………………………………………………（248）
第三节 从中日"倭寇文学"的比较看中日视差 …………（258）

结论　倭寇·倭寇研究·倭寇文学
　　　——在历史事实、历史研究与历史文学之间 ………（264）

参考文献 ……………………………………………………（277）

索　引 ………………………………………………………（310）

后　记 ………………………………………………………（314）

Content

Introduction: "Wakō", "Wakō Literature" and "Wakō Literature Research"
　　　　　——Concepts, Values, Positions and Methods ······ (1)
　Section 1　The Concept of "Wakō" and "Wakō Literature" ······ (1)
　Section 2　Reasons for "Wakō" becoming an Important Subject of Japanese Historical Novel ······ (7)
　Section 3　Values of "Wakō Literature Research" and "Sino-Japanese Parallax" ······ (13)
　Section 4　Methodology of "Wakō Literature Research" ······ (19)

Chapter 1: The Historical Background of Japanese "Wakō Literature"
　　　　　——Miyazaki Ichidei's "De-invasion" View of "Wakō" and The Influence of Eastern Historiography on "Wakō Literature" ······ (24)
　Section 1　"Peaceful trade": Miyazaki Ichidei's Disregard for the Tribute System ······ (26)
　Section 2　"The Act of Chivalry": Miyazaki Ichidei's Imagination of the Nature of "Wakō" ······ (34)
　Section 3　Miyazaki Ichidei's Citation From Zheng Shung-gong of Chinese Ming Dynasty ······ (45)

Section 4   The Influence of Miyazaki Ichidei on Contemporary "Wakō Literature" ……………………………………… (50)

Chapter 2: The Shinto: Foundation for "Wakō Literature"
——The Shintoization of "Wakō" and *The Legend of Hachiman Boat* by Hayate Gunn ……………… (56)

Section 1   "Hachiman Boat", "Hachiman Great Bodhisattva Faith" and "Wakō" ……………………………………… (57)
Section 2   Samurai, Bushido and "Wakō" …………………… (63)
Section 3   "Shingo Ideology" and "Wakō" …………………… (73)

Chapter 3: The Deviation of "Wakō Literature" From History
——The Departure of Tsumoto Yo's *Wakō Rise in Great Vigor* From History ……………………… (85)

Section 1   Wisdom, Courage and Cowardice: The Wakō and the Ming Dynasty Army in *Wakō Rise With Great Vigor* …… (86)
Section 2   Warmth and Submission: Wakō and Ming Dynasty People in *Wakō Rise With Great Vigor* ……………………… (95)
Section 3   "Rise With Great Vigor" or "Invasion":
The Fallacy of the Historical View of *Wakō Rise With Great Vigor* ……………………………………… (104)

Chapter4: The Perspective on Trade and Commerce in "Wakō Literature"
——The Mercantilist View of Wakō and Chin Shun Shin's *Biography of Maritime Traders in Sengoku* ……… (114)

Section 1   Chin ShunShin's Commercialism and His View on Wakō in His Creation ……………………………………… (115)

Section 2　The Ming Dynasty Historical Theory of *Biography of Maritime Traders in Sengoku* ······················· (119)

Section 3　The Transformation from "Maritime Traders" to "Wakō" in *Biography of Maritime Traders in Sengoku* ······ (139)

Chapter 5: "Wakō Literature" and "National Aesthetics"
　　　　——The Aestheticization of "Wakō" and Nanjo Norio's *The Pirates Merchant* ······························ (157)

Section 1　Changing Identities from Samurai to Wakō & Pirates and Then to Merchants ································ (158)

Section 2　Armed Trade and Trading Center in East Asian Seas ··· (168)

Section 3　Aesthetic Depiction of Japanese Pirates and Its Cultural Motives ·· (180)

Chapter 6: "Wakō Literature" and Wakō Characters
　　　　——Wang Zhi, one Core of Wakō Figures, and Image Building of "Wakō Literature" ··················· (188)

Section 1　A Wakō or A Confucian Merchant: The Image of Wang Zhi in Chinese and Japanese Historical Documents ······································· (188)

Section 2　"The king of the Wakō" or "The King Who Purge the Oceans": The Characterization of Wang Zhi's Identity in Chinese and Japanese "Wakō Literature" ······ (199)

Section 3　A Shameless Man or A Righteous Man: Wang Zhi's Character and Talent in Chinese and Japanese "Wakō Literature" ·································· (208)

Section 4　Historical or Imaginary: The Image of Wang Zhi in Chinese and Japanese Literature ····················· (218)

Chapter 7: "Wakō Literature" and Wakō Characters
　　　　——Xu Hai, Another Core of Wakō Figures, and
　　　　Image Building of "Wakō Literature" ············ (226)
　　Section 1　The Image of Xu Hai in Ming and Qing Novels ······ (226)
　　Section 2　The Image of Xu Hai in Contemporary Chinese
　　　　　　　Novels ··· (228)
　　Section 3　The Image of Xu Hai in Japanese Literature ······ (233)

Chapter 8: A Comparison Between Japanese and Chinese
　　　　"Wakō Literature"
　　　　——Japanese "Wakō Literature" and Chinese
　　　　Artistic Works on Wakō ························· (240)
　　Section 1　Wakō in Ming and Qing Novels and Operas ······ (241)
　　Section 2　Literary Works on Wakō and Contemporary "Anti-Japanese
　　　　　　　Literature and Art" ································· (248)
　　Section 3　The Sino-Japanese Parallax and Comparison Between
　　　　　　　Japanese and Chinese "Wakō Literature" ········· (258)

Conclusion: Wakō, Wakō Research, Wakō Literature
　　　　——Between Historical Facts, Historical Research
　　　　and Historical Literature ·························· (264)

References ··· (277)

Index ··· (310)

Postscript ·· (314)

绪　论

"倭寇""倭寇文学"与倭寇文学研究

——概念、价值、立场与方法

第一节　关于"倭寇"与"倭寇文学"的概念

"倭寇",作为历史语汇,指的是公元13世纪至16世纪侵扰和劫掠中国、朝鲜沿海和东南亚一带的日本海盗集团,起初是中国和朝鲜文献对日本海盗集团的称呼,后来成为一个历史概念,被包括日本在内的各国史学界广泛使用。"倭寇"一般被分为"前期倭寇"和"后期倭寇"。"前期倭寇"是指13到16世纪侵扰朝鲜的倭寇集团,主要以米粮和人口掠夺为主;"后期倭寇"是16世纪活动于中国沿海的倭寇集团,除武装劫掠之外,还进行武装走私贸易。

"倭寇"之"倭",为古代中国对日本的称名。据学者考证,中国早在战国时代就开始以"倭"来指称日本了。而中国的官修史书最早称日本为"倭"则是在《汉书·地理志》中:"乐浪海中有倭人,分为百余国。"[1] 此后的《三国志》之《魏书·东夷传》及

---

[1] (汉)班固:《二十四史·汉书》卷二十八(下)第一五七八条,中华书局1960年版,第426页。

《后汉书·东夷传》《晋书》《宋书》《南齐书》《梁书》《南史》《北史》《隋书》等史书中，也都有"倭人""倭国"之类的记载。而日本在 7 世纪末就开始使用"日本"这一自称。中国的史书到了唐代以后，也便开始使用"日本"或"日本国"来进行指称了，但往往也会以"倭"或"倭奴"加以辅释。就"倭"字的本意而言，从最早的《诗经·小雅》"四牡篇"中的距离遥远之意，到《说文解字》中所释的"顺皃（貌）"，再到《经籍纂诂》中"委委，美也"（《尔雅·释训》）的释义，事实上都是并无贬低轻侮之意的。但到了江户时期，日本的民族意识崛起，以本居宣长等为首的日本国学家认为，中国视日本为"顺皃（貌）"，即是对日本的轻视，由此开始真正排斥将"倭"字作为日本的指称。至于"寇"，《说文解字》中的释义为："寇，暴也。与败贼同义（朋侵）。"也就是《古代汉语大词典》所释的"盗匪或外人侵犯国境者"[①]。

而"倭寇"一词，最早出现是在高句丽广开土王（好太王）碑，碑文第二段关于倭及百济与高句丽交战的记载中，广开土王十四年（404）甲辰条说："倭寇溃败，斩杀无数。"但此时的"倭寇"尚未作为一个名词固定下来，而其作为术语被确定则是在 14 世纪中叶以后，详见于朝鲜关于公元 1350 年日本人侵入朝鲜半岛南部的固城、竹林、巨济、合浦等地时的史料记载，即《高丽史》卷三七忠定王二年（元至正十年）二月条："倭寇之侵，始此。"《高丽史节要》卷二六忠定王二年春二月条："倭寇之兴，始于此。"而中国史籍中"倭寇"一词的使用则是首见于《明太祖实录》卷四一洪武二年四月条："戊子，升太仓卫指挥金事翁德为副指挥使。先是，倭寇出没海岛中，数侵掠苏州、崇明，杀伤居民，夺财货，沿海之地皆患之。德时守太仓，率官军出海捕之，遂败其众，获倭寇九十二人，

[①] 王剑引、王继如、王培炜：《古代汉语大词典》，上海辞书出版社 1991 年版，第 1244 页。

得其兵器、海艘。奏至，诏以德有功，故升之。"①

在中国的史籍中，除了"倭寇"这一表述之外，也有"倭""寇""贼""夷"等字单用，或者由之与其他字相组合来表示倭寇的用例，列表如下：

"倭"的用例	倭贼 倭夷 倭奴 倭子 倭众 倭种 倭俘 倭兵 倭帅 倭酋 倭裔 倭党 倭人 真倭 伪倭 假倭 新倭 旧倭 伤倭 残倭 番倭 夷倭 狡倭 盗倭 贼倭 生倭 装倭 老倭 南倭 流倭 中倭 残伤倭 日本〔之〕倭 舟山倭 江北倭
"寇"的用例	寇祸 寇乱 寇众 寇盗 寇夷 余寇 贼寇 狂寇 岛寇 狡寇 巨寇 剧寇 新寇 宿寇 诸寇 闽寇 残寇 从寇 扶桑之寇 东南之寇
"贼"的用例	贼锋 贼俘 贼众 贼徒 余贼 从贼 群贼 党贼 来贼 去贼 海贼 流贼 寇贼 盗贼 海上贼
"夷"的用例	夷奴 夷鬼 夷党 夷种 夷众 小岛众夷 岛夷 使夷 贡夷 逃夷 荒夷 狡夷 裔夷 小夷 海夷 东海之夷 东洋岛夷 导来之夷 野岛之夷 野岛小夷 日本之荒夷 狡然岛夷 日本小夷
其他	丑徒 酋奴 群盗

从这些称谓我们不难看出当时中国人对倭寇及倭寇入侵的厌憎。

同期，日本史籍则是用"八幡贼""八幡船"以及"バハン船"来指称"倭寇"。"八幡船"的用例，最早可见于江户时代前中期兵法家香西成资（1632—?）所著的《南海通记》"予州能岛氏侵大明国"："明世宗嘉靖年中，倭之贼船入大明国，侵其边境……是值天文弘治之年，我国贼船皆立八幡宫旗，出于洋中，侵掠西蛮市舶，夺其财产，故称其为贼船，呼其为八幡船也。"②自此，"バハン船"

---

① （明）董伦、解缙、胡广等：《明太祖实录》卷四一，上海书店1982年版，第824页。

② 参看［日］香西成资『南海通記』卷八、1719年。

"八幡船""倭寇"三个词往往被当作同义词使用。对于这三个词之间的关联,日本历史学家秋山谦藏的《日支交涉史话》、太田弘毅的《倭寇——商业、军事史的研究》等都有所研究。

"倭寇"一词是中国和朝鲜方面的称谓,在日本史籍和文献中并不存在,正如江户时代后期的汉学家、历史学家赖山阳(1780—1832)在《书后并题跋》"纪效新书·练兵日记二书后书"中所说:"明人所谓和寇者,吾国史乘无所见。"①当时,近世日本国家意识处在觉醒时期,赖山阳也许是因为意识到"倭寇"一词所包含的轻侮意味,擅自使用"和寇"代替了"倭寇",但是,在中国和朝鲜的所有史籍中,都没有出现过"和寇"的用例。而且,使用"和寇"一词也容易造成社会和历史学界对倭寇实情与本质的含混,故而最终并未被日本史学家采用。到第二次世界大战时期,日本政界和历史学界又一次翻弄历史,为否认倭寇的寇掠本质而在日本历史教科书中着意淡化乃至抹去"倭寇"一词。如今,日本社会以及历史学界都已接受"倭寇"的表述,并将其作为一个历史现象进行研究。同时,日本当代文学中也出现了一大批以公元13—16世纪的中国、日本、朝鲜乃至广阔的东亚海域为历史舞台,描写倭寇及其相关活动的文学作品,我们总体上称其为"倭寇文学"。

关于"倭寇文学"一词,由于此前尚未形成固定的表述,更没有成为固有概念,因此有必要对其进行说明和界定。

中国对文学进行现行标准之下的分类,主要是在清末民初"新小说"诞生以后发生的。如陈平原所说:"在中国文学史上,大概没有哪一代作家象'新小说'家那样热衷于对小说进行分类,并借助于类型理论来推动整个创作发展。"②"新小说"本就产生于"新民""救国"的社会需求之中,因而便天然地负有变革社会的使命。如梁

---

① 参看[日]赖山阳『書後並題跋』「紀効新書·練兵日記二書後書」。
② 陈平原:《论"新小说"类型理论》,《中国现代文学研究丛刊》1991年第2期。

启超所说:"欲新一国之民,不可不先新一国之小说。故欲新道德,必新小说;欲新宗教,必新小说;欲新政治,必新小说;欲新风俗,必新小说;欲新学艺,必新小说;乃至欲新人心、欲新人格,必新小说。何以故?小说有不可思议之力支配人道故。"可见,"新小说"的倡导者将这一时期社会各个领域的革新需求都诉诸小说,这也便催生了各种不同类型的小说,出现了"政治小说""历史小说""科学小说""侦探小说"等一系列新的小说题材类型。这种分类方法如陈平原所说,属于"第二级分类",即在第一级散文、诗歌、小说、戏剧的"体裁"分类之下,所进行的"类型"的划分。当然,"类型"的划分也可直接运用于对"文学"的第一级分类之中。毋宁说对于文学研究者而言,只有进行"类型"的划分,才有可能进行相应的研究。关于这一点,韦勒克也有所论述:"文学类型的理论是一个关于秩序的原理,它把文学和文学史加以分类时,不是以时间或地域(如时代和民族语言等)为标准,而是以特殊的文学上的组织或结构类型为标准。任何批判性的和评价性的研究(区别于历史性的研究)都在某种形式上包含着对文学作品的这种要求。"[①] 正如韦勒克所说,在文学研究中,"特殊的文学上的组织或结构类型"比起"时间或地域"来说更加符合研究的需要。我们结合现有的文学类型来看,可以以创作主体和描写对象这两个方面为基准,对文学研究过程中研究者对文学的类型划分进行总结。其中,主体既包括创作个人,也包括创作群体和创作流派。比如"山药蛋派文学""荷花淀派文学",等等。而描写对象则可包括某一种特定的题材、区域、人物、事件,等等。比如以科幻、史传等作为题材所创作的文学便属于"科幻文学""史传文学"等;以沦陷区、解放区等特定的区域为依据划分出的文学类型为"沦陷区文学""解放区文学"等;以工人、学生等特定的人物类型为描写对象的文学被称为"工

---

① [美] 勒内·韦勒克、奥斯汀·沃伦:《文学理论》,刘象愚译,江苏教育出版社 2005 年版,第 267 页。

人文学""校园文学"等；以抗日战争这样大规模的历史性、社会性事件为题材背景创作的文学则为"抗战文学"等。而这些文学类型除了特定的创作主体和描写对象之外，一般来说都具备自身特定的创作方法、创作意图和审美意旨。而本书所说的"倭寇文学"，便是把13世纪至16世纪侵扰劫掠中国朝鲜沿海的日本海盗集团即"倭寇"，作为一种文学题材，将倭寇题材的文学作品称作"倭寇文学"。由于"倭寇"本身是东亚跨国界的区域性历史事件，关涉中日韩各国的国际关系史、东亚海上交通史与商贸史等诸多领域，因而，"倭寇文学"就自然具有了"超文学"的性质，对倭寇文学，也不太适合于单做纯文学层面的观照与研究，而是需要进行跨文化、超文学的研究，如此，倭寇文学研究自然就成为中日文学关系研究、中日比较文学研究的重要课题。

回顾相关的学术研究史，在此前中日两国的文学研究中，关于"倭寇文学"的相关概念，也并非全然没有。例如早在1995年，中国中日关系史研究的著名学者王勇教授就在《明清戏曲小说中的倭寇题材》一文中，使用了"倭寇题材"这一概念[①]；也是在1995年，日本学者游佐彻在《明清"倭寇小说"考（一）》《明清"倭寇小说"考（二）》[②]中，使用了"倭寇小说"的概念，都是文学研究中较早出现的与"倭寇文学"概念相关的表述，而王勇对明清的倭寇题材的小说《斩蛟记》的分析与研究，游佐彻对明清倭寇小说研究，也可以说是中日两国学界对"倭寇"的文学书写的首次关注与研究。此后，中国当代的文学研究者也开始陆续关注中国和朝鲜关于倭寇的文学书写，使用了一系列如"涉倭小说""平倭小说""抗倭小说""倭乱小说"等倭寇题材的文学类型的命名。

由这些类型名称我们不难看出，到目前为止中国关于文学中倭

[①] 参见王勇《中日关系史考》，中央编译出版社1995年版，第199—214页。
[②] ［日］遊佐徹：『明清「倭寇小説」考（一）』、『岡山大学文学部紀要』第23号、1995年；『明清「倭寇小説」考（二）』、『岡山大学文学部紀要』第33号，2007年。

寇书写的研究主要只涉及了小说的部分。事实上，不管是中国还是日本或是朝鲜，除了小说之外，在以倭寇为题材的文学书写中也不乏诗歌、戏剧等的文学体裁。另一方面，此前对于描写倭寇的文学文本的研究，只着眼于中国和朝鲜，却未涉及日本。由于中国和朝鲜在倭寇事件中都属于被劫掠受侵扰的一方，当时和此后的作家们大都是抱着对倭寇的仇视进行文学创作的，因此，中国和朝鲜关于倭寇的文学文本自然也就以"抗倭""平倭""倭乱"这样的词语相标称，这是遭受侵略和反侵略的民族记忆在文学书写中的自然表现，有着自己鲜明的民族感情与国家立场。

而作为倭寇行为的发动者和主要实施方，日本人对倭寇的认识、研究和书写也都有着完全不同于中国与朝鲜的立场。在日本描写倭寇的文学作品中，或将倭寇行为视作日本人冲破狭隘的岛国限制从而"雄飞海外"的壮举，或认为倭寇的武装活动是给日本的经济带来生机和活力的自由贸易行为，或者单纯地将倭寇的海上活动当作热血沸腾的冒险行为加以美学化。凡此种种，都无法以中国的"抗倭""平倭""倭乱"之类的词汇加以统括，而使用"倭寇文学"这一概念，一方面可以部分地承继此前"平倭小说""倭乱小说"的一些内涵，特别是对"倭寇"作为"寇"的基本性质的确认，另一方面则可保持相对的客观性，可以使其成为一个学术研究、文学研究的概念，并且"倭寇文学"同时也可以用来作为一个分析性的概念，以此概念为中心，可对相关的日本文学做出分类、辨析和整理，加以观照、评论、判断与研究。

第二节 "倭寇"何以成为日本历史小说的重要题材

众所周知，日本的历史小说（一些更多偏离历史而又以历史为背景的小说又称"时代小说"），作为一种成熟的、颇为流行的小说门类，在整个世界文学的范围来看，都是相当繁荣、独树一帜的。而"倭寇"也是当代历史小说或时代小说中的重要题材之一。那么，"倭寇"何以能够成为日本历史小说的重要题材呢？这其中直接涉及日本"倭寇观"的形成问题。

对于历史小说在日本广受欢迎的原因，日本史学研究者会田雄次在《历史家的心眼》（《歴史家の心眼》）一书中做了分析论述，他认为：随着国际化时代的真正到来，日本与世界各国之间的联系愈加深广，这使得日本人越来越有了自我确认的需要。而日本人确认自我的要求也从最初的日本人论，发展到去探究他们生于斯长于斯的日本的历史。但是，日本的历史学著作却难以满足日本人通过历史去确认自我的要求。原因有三：其一，"战后的日本历史学主要是被马克思主义所支配的，它主张阶级斗争的必然性和社会主义社会的正当性，所以满是宣传文。这样的史学著作，不管是立论过程还是最后的结论，从一开始就是预设好的"；其二，日本流行"平民的历史"，对于翻弄时代大潮的人物却没有应有的重视；其三，"日本学院派的史学研究主张精确无比的实证主义，但是历史资料大都是末端的断片，对于这些断片，不管怎样详细地观察计测，我们也无法从中看出历史的全貌"。这使得日本的历史难以满足日本人借由历史去确认自我的需求，于是"日本人只能依赖于历史小说"。因为历史小说家有着丰富的感受力，他们可以通过"对人与社会充沛的洞察力与构想力"呈现出"时代的全貌"，可以"从零碎的史料中，把握活动其中的人物与阔大的历史潮流"，可以"让掩埋在史料断片中的过去得以浮出历史的水面，并为其注入生命，使其复苏"。[①] 如会田雄次所说，作为确认自我的存在，历史小说对于日本人而言可谓意义重大。因而，历史小说的选材必定会倾向于那些有助于日本人自我确认的部分，同时，历史小说创作过程中作家所持的立场，

---

① ［日］会田雄次：『歴史家の心眼』、東京：PHP 研究所、2001 年、第 226—227 頁。

也自然是有益于日本人自我确认的。

倭寇作为东亚史上日本人的外攻举动，不管是在中国与朝鲜的原始史料中，还是东亚史的研究中，都是以烧杀抢掠的寇贼形象呈现的。照理说，这是日本历史的污点，那么，日本作家又何以将其选作历史小说的重要题材，又是如何通过文学化的描写使其成为日本人得以确认自我的存在呢？

在第二次世界大战之后，日本陷入了"举国虚脱"的情状，呈现给世人的，是"满目疮痍的国土、颠沛流离的人民、衰亡没落的帝国与支离破碎的梦想"①。面对美国的占领与统制，日本政府迅速地发出了"一亿总忏悔"与"全体国民总忏悔"令②，日本的大部分民众也疾速地选择了转向。就连日本的知识精英，也以一种重新开始的姿态悔恨过去而期待未来。譬如丸山真男在《近代日本的知识人》中便提出了"悔恨共同体"的说法，旨在使日本的知识人结成"自我批判"的共同体，以集体反省过去。③ 可以说，在战败初期，日本举国上下一致表现出了一种拥抱占领军、反省战争的乖顺姿态。正是这种姿态，完美地迎合了美国人的心理，也为日本随后的经济发展创造了时机。但是事实上，正如众所周知的那样，日本社会的反省并不彻底，也不曾向被害国诚恳地谢罪与赔偿，他们所谓的集体忏悔与反省，更多的是在面临生存危机与社会失序的乱象之时保国保种的本能反应，正如丸山真男所讥讽的那样，这一切不过是乌贼遭遇险情拼死逃脱时喷出的黑色烟幕。④ 这一时期的日本文学也相应地呈现出了控诉战争的主旋律，出现了诸如野间宏、梅崎

---

① [美]约翰·W.道尔：《拥抱战败：第二次世界大战后的日本》，胡博译，生活·读书·新知三联书店2008年版，"序言"第6页。
② 《朝日新闻》，1945年8月27日，9月6日。
③ [日]丸山真男：『近代日本の知識人』、『丸山真男集』第10卷、東京：岩波書店、1995年、第254頁。
④ [日]丸山真男：『戦争責任論の盲点』、『丸山真男集』第6卷、東京：岩波書店、1995年、第160頁。

春生、大冈升平等一批抒发战争苦痛、谴责战争的作家。如野间宏的长篇小说《真空地带》和中篇小说《阴暗的图画》《脸上的红月亮》，便充分表现出了战时军队内部的黑暗压迫、下层士兵的厌战情绪以及战争带给人的巨大身心创伤。梅崎春生的短篇小说《樱岛》、大冈升平的中篇小说《野火》等则揭露了日本军国主义的残酷本质和战败已成定局之时士兵的绝望情绪。但是，这些作品对战争的批判与整个日本社会对战争的反省一样，都并不彻底。他们多是作为战争的亲历者，去抒写自身在战争中的痛苦感受，以及战争对人心的伤毁和对人性的摧残，而未曾深入地探究战争的根源与责任，更不曾揭露日本的侵略本质。

而日本社会与文学中这些并不彻底的反省与批判，以及丸山真男所说的"黑色的烟幕"，随着战后日本经济的恢复与发展，开始逐渐消散。从最初部分政治家对东京审判的不满，到林房雄《大东亚战争肯定论》的发表，到历史学家伊藤隆以"远东审判史观"对东京审判加以批判，不难看出，日本的民族主义、国家主义在重新抬头，日本的政治家、知识界也越来越无法忍受日本社会反省历史的姿态。到了 80 年代中叶，尤其是进入 90 年代以后，日本的政治家们开始对战后四十年间日本反省历史的举动及思潮进行全面的否定，在思想领域与知识文化领域，正如研究者所指出的："1990 年后日本'知识右翼'的迅速集结和猖獗，使日本的电视、报刊、出版等文化领域出现相当程度的右翼化倾向，进而影响到了日本国民的历史观，导致右翼历史观扩散和蔓延。"[1] 他们对反省历史这一姿态有可能对日本国民精神产生的影响充满了恐慌，如藤冈信胜所说："孩子们诅咒抨击自己的祖先，其结果使传统断绝、历史丧失和道德沦丧，如果持续这样的教育，日本的国家精神即将全部崩溃。"[2] 于

---

[1] 王向远：《日本右翼历史观批判研究》，昆仑出版社 2015 年版，第 26 页。
[2] ［日］藤冈信勝：『「自虐史観の病理」』、東京：文芸春秋社、1997 年、第 2 頁。

是，他们将这种行为与思潮称作"自虐史观""日本罪恶史观"予以批判与清洗。80年代中叶，中曾根便开始以"自虐"一词界定日本社会战后的姿态与思潮："战后日本存在动辄否定日本的自虐思潮，像'法西斯主义''军国主义''财阀'等说法，都是战败国的政治后遗症。"① 而"自虐史观"则是在90年代由"自研会"提出的。"自研会"领军人物藤冈信胜将"自虐史观"解释为"自我否定"②。他认为，所有对日本历史的指责，包括对日本对外发动侵略战争及对战争罪行的披露，都是对日本国家的否定与抨击，是"自虐史观"，是缠绕于战后日本社会的沉疴，需要清理根治。同时，日本在战争中违反人道主义和国际法的罪行被不断曝光，亚洲民间被害人在一些知识界人士和市民团体的配合之下，自发掀起了战争责任的追讨运动，这使得日本右翼社会极为不满，于是他们提出了所谓的"日本罪恶史观"，以否定日本的战争罪行。与"自虐史观"如出一辙地，"日本罪恶史观"也是反"日本罪恶史观"者对所有反省历史、揭露日本战争罪行举动的概括与冠名，这使得日本社会右翼战争观和历史观横行。到了80年代末，鹰派代表人物石原慎太郎与索尼公司盛田昭夫合作撰写《日本可以说"不"》一书，从政治、人权、科学、教育、贸易等多方面对美国社会加以抨击，公然宣告在新的历史时期日本已经具备对美国说"不"的资本。此书不仅在日本一年之内重印达十次之多，在美国也被迅速翻译传阅，使其深受震动。

日本可以对美国说"不"的底气，便是经济实力。在战后的四十多年间，日本一直致力于经济建设和科技发展，到了20世纪80年代，日本以高科技为内核的经济力已经达到了相当繁荣的程度，甚至一度压过美国。日本财团购入了美国最好地段的土地，世界惊

---

① 纪延许：《中曾根康弘》，宋成有编《日本十首相传》，东方出版社2001年版，第406页。
② ［日］藤冈信胜：『「自虐史観の病理」』、東京：文芸春秋社、1997年、第2頁。

呼日本用日元做成了用枪炮没能做成的事情。日本首相访问美国时甚至直接指点美国的经济和管理方式，再不复美国占领之初的谨慎和小心，而是显露出了由战败国走向与美国并行国的念头。面对亚洲各国，日本也进行了资本输出和技术援助，对中国等亚洲国家的现代化进程有所促进。正因如此，日本自觉有贡献于亚洲，其"大国"意识、"亚洲中心"意识也开始逐渐显露。

而在这样一种国家自豪感膨胀、民族主义甚嚣尘上，乃至于如美国所说日本企图以尖端技术和经济实力称霸世界的大背景之下，日本除了在政治、经济、法律、国际关系等各个方面做出一系列举动之外，也没有忽略普通民众的心理建设。让民众意识到日本是世界大国、亚洲中心，文学可以说是极为有效的手段。其中，历史小说因其借古喻今的特性成为民众心理建设中极重要的一种文学品类。这一时期的日本历史小说，往往借助历史人物的开拓奋进来隐喻当时日本社会对经济高速发展的渴望。例如日本著名历史小说家司马辽太郎的《龙马奔走》《窃国故事》，城山三郎的《黄金时代》等，都是描写历史人物通过艰苦卓绝的努力，打通海内外的贸易通道，从而推动时代的发展与进步的故事。这与当时日本意图通过发展国民经济跃居世界大国的时代背景是相一致的。"倭寇文学"便是在这样的社会需求和文学创作潮流中产生的。

对于发生在13世纪至16世纪的倭寇，日本社会、学者、作家们同样沿袭了自80年代以来横行日本的右翼历史观与战争观，将其视作日本对外扩张和海洋贸易的先驱，成为日本民众的心理建设和日本民族进行自我确认的一环，也由此成为日本历史小说中的一个重要选题。另外，随着日本与西方世界交往交流的增多以及各领域学习西方技术和方法的潮流，使得西方的海洋史研究对日本学界和作家产生了相当的影响。从20世纪70年代美国社会学家伊曼纽尔·沃勒斯坦（lmmanuel Wallerstein，1930—　）提出"现代世界体系"理论以来，一些学者受其影响和启发，开始从"世界体系"的立场、从经济史角度重新看待世界、看待东方与西方，这使得20

世纪 80 年代以降，美、英、法等西方国家形成了一种从经济史的角度出发研究历史学的研究模式，他们从经济入手去分析东西方，并将海洋纳入其中，通过对海上交通、海洋贸易的研究，去分析在现代资本主义世界体系的形成过程当中海洋所起的作用。这些研究模式直接启发了日本作家，产生了一类以海洋为舞台，以海商、海贼为描写对象，来表现日本在东亚经济史和交通史上所发挥的关键作用的小说。但是事实上，东亚海上的交通、贸易、商品输出等长期以来都是由中国主导，日本在这中间多为附从的角色。而唯独具有"外征"性质的"倭寇"，因其在寇掠行为之外所兼具的走私性质，被日本视作的这一时期日本拓展海洋贸易、推动经济发展的壮举。而日本的"倭寇文学"在很大程度上也是基于日本社会乃至学界的这一认知而诞生的。而日本史学界与文学中这样一种从对外扩张和海洋贸易的角度去肯定甚至美化倭寇及倭寇行为的倭寇观，却完全颠覆了中国、朝鲜等国对倭寇的原始史料记载和文学记述，也颠覆了中国、朝鲜乃至世界各国对倭寇的基本定性与认知。也就是说，在对待"倭寇"这一问题时，日本与别的国家，尤其是受倭寇侵扰的中国之间存在着巨大的认知差异，这也是本书重点研究和论证的问题。

第三节 "倭寇文学"研究的价值观与"中日视差"

至此，"倭寇文学"的界定，就具备了多重意义。一方面，"倭寇文学"被题材类型化之后，作为文学中一种独特的题材类型，一次小小的创作思潮，其文学史上的地位与价值是不容忽视的。虽然从纯文学的角度来看，"倭寇文学"在艺术手法和艺术水平上或许不及文学史上那些被反复言说的经典文学作品，其创造力与实验性可能也比不上诸如先锋派等文学流派。但日本作为一个文学大国，人均小说阅读量位居世界前列，其文学作品的价值在很大程度上与读者的数量和作品的发行量是密不可分的。这其中，历史小说和时代小说作为大众文学，是最受日本民众欢迎的文学类型之一。日本的历史小说和时代小说，在50—80年代主要是在日本历史中取材，慢慢呈现出了一种题材单一的态势，正如有研究者所分析的那样，日本历史小说具有悠久的传统，12世纪的的故事集《今昔物语集》，还有"战记物语"《平家物语》《太平记》等，都属于历史文学。正因为这样，"上千年的取材使得日本的历史题材几乎被写尽写透了。有时候一个重要人物（如源义经、丰臣秀吉、武田信玄、西乡隆盛、坂本龙马等）和一些重要事件（如幕末京都的浪人组织'新选组'等），竟有十几部乃至几十部长篇小说去写。作家不免会感到，再写下去，势必难出新意"[①]。这使得日本历史小说家的取材范围开始向外投射，他们不再将题材仅仅局限于日本国内，也投向了国外，尤其是那些与日本有着密切交流往来的国家。而倭寇作为日本历史上与中国、朝鲜等国的直接交涉的产物，便自然而然地进入了日本作家的视野。从这个角度来说，"倭寇文学"的形成是日本历史小说与时代小说取材的自然延伸，也是其发展的必然结果。

另一方面，"倭寇文学"作为以"倭寇"这一历史事件为创作背景的文学类型，不可避免地涉及了倭寇行为中必然牵涉的经济、政治、国际关系、海上交通等方方面面的问题。因此，对"倭寇文学"，尤其是通过对中国和日本全然不同的"倭寇文学"的描写、文学文本与历史记载之间的差异的分析，会使得一系列中日之间的矛盾与纠葛得以呈现：诸如历史的根源与现实的呈现、史实的记载与文学的虚构、对他国的侵略与对经贸的推动、海上的杀戮劫掠与热血冒险、岛国的局限和大陆的想象，等等。而我们借由这一系列的矛盾与纠葛去分析日本与日本人，或可更加深入地理解日本的民

[①] 王向远：《源头活水：日本当代历史小说与中国历史文化》，宁夏人民出版社2006年版，第5—6页。

族性以及他们在国际关系中的种种作为。此外，由于日本的"倭寇文学"本就产生于80年代日本国家主义、民族主义抬头的浪潮之中，是日本民众心理建设中的重要一环。同时，日本史书和一些右翼史学家对"倭寇"的界定，是日本人否认历史、改写历史的发轫，而80年代日本国家主义浪潮袭来之际日本作家在"倭寇文学"中对倭寇的描写，更成为日本人美化历史的有力延续和助推。因此，分析日本的"倭寇文学"，也是从文学的角度去分析80年代以后日本民族主义、国家主义思潮的兴起背景，从根源上去分析日本人改写历史、否认侵略的原因与深层的民族文化心理。从这个意义而言，"倭寇文学"亦有其不可取代的价值。

事实上，日本史学家对"倭寇"的注解和日本作家对"倭寇"的描绘，虽然从本质上来说都是对"倭寇"及倭寇行为的正当化乃至美化，但是，日本史学家尤其是小说家在对其进行文学表达的过程中，因其所持立场和切入视角的不同，依然呈现出了种种不同的样态。作为"倭寇文学"的研究者，在进行"倭寇文学"研究的时候，同样也需要从不同的视角对其进行切入与分析。本书便从"倭寇文学"形成的学术背景、"倭寇文学"的神道教基础、"倭寇文学"的文史乖离、"倭寇文学"的商贸视角、"倭寇文学"与日本的"民族美学"、"倭寇文学"与倭寇的核心人物以及"倭寇文学"的中日比照这七个角度，对"倭寇文学"进行相对全面的研究。

所谓"倭寇文学"形成的学术背景，主要是指日本历史学家的倭寇研究对"倭寇文学"创作的影响。而在众多研究倭寇的史学论著中，东洋史学的代表人物宫崎市定的倭寇论，是极具代表性的，同时，对后来的倭寇研究以及"倭寇文学"创作所产生的作用也是尤为明显的。宫崎市定从日本国家主义立场出发，试图从根本上为日本历史教科书中的"倭寇"张目和"正名"，从而对倭寇之"寇"的属性进行了一系列"去寇化"的界定与论述。他歪曲明朝与日本之间朝贡贸易的本质，以"和平贸易"来定义倭寇的武装走私甚至劫掠行为，并将倭寇在明朝国土上的杀掠以及与明政府的对抗，说成是为了明朝贸易伙伴的"侠义之举",又援引亲日明人郑舜功《日本一鉴》中对日本与倭寇的相关记述,论证了倭寇"良善"本性。这对日本当代"倭寇文学"产生了深刻影响,从而误导了作家的创作,使其整体上呈现出有违史料记载和历史逻辑的反历史倾向。

在诸多日本的倭寇文学作品中,最能体现这种反历史倾向的,当属小说家津本阳(1929—)的长篇小说《雄飞的倭寇》(『天翔ける倭寇』)。小说将倭寇写成了智勇双全、有情有义的英雄,将倭寇的寇掠行为当作日本雄飞海外的壮举,并借此将倭寇及倭寇行为予以正当化甚至英雄化,而全然不顾基本的历史事实和历史逻辑,通过文学的想象,对历史进行了篡改,呈现出了背离历史的倭寇观。

在倭寇文学的创作中,日本的历史小说家们除了从日本史学家的倭寇研究中找到了史学背景之外,也从日本的神道教传统中,寻得了将倭寇行为正当化的宗教支撑,即八幡大菩萨信仰及神国思想。早乙女贡(1926—2008)的《八幡船传奇》便是从信仰的角度描写倭寇的代表之作。小说不仅没有试图去遮掩倭寇在中国沿海的烧杀寇掠之举,甚至对于以小说主人公为首的一众倭寇在中国烧毁攻占城池、杀戮百姓官兵的行为颇为自得,这是因为,在日本的"八幡大菩萨"信仰体系中,倭寇及倭寇的烧杀抢掠之举,都是受到"八幡大菩萨"护佑的行为。而日本由来已久的神国思想,则将日本所有的对外侵略,包括倭寇活动,都视作是神的旨意,这些都为日本的倭寇文学对倭寇的正当化描写提供了宗教基础。

在倭寇文学中,除了从民族国家的立场对倭寇进行正当化乃至英雄化的描写之外,将"倭寇"视为"海商",以现代重商主义的价值标准去看待倭寇海上活动的观点与作品也占了相当的比重。陈舜臣(1924—2015)的《战国海商传》便是从"商业主义"的角度描写"倭寇"的佳作之一。小说从一开始便将进入中国的武装集团界定为受日本各战国大名指派来中国筹措战资的"海商",并以这些武装商贸集团由"海商"到"倭寇"的转变过程为主线,从文学角度对倭患、海禁政策、走私贸易以及东亚经济发展之间的关系等问题做了描写、分析与判断，他主张官府保护之下的和平的海上贸易机制。并将进入中国的日本武装商贸集团与"倭寇"进行了严格区分，否认他们"寇"的属性，以此完成对"倭寇"的正当化描写。此外，日本历史小说家作为日本人，从"倭寇"的描写出发，对明代的历史与政治所持的观点乃至发表的议论也值得我们深思。如《战国海商传》便从重商主义立场出发彻底否定了明朝的抑商政策，并通过虚构的"反明"势力试图以"商战"颠覆明政府的行为，表现了对古代海上武装贸易及其价值意义的肯定，又通过对历史人物的形象改写，表现了对明代皇帝独裁制的批判和对法制国家建设的构想。这样的观点虽有脱离历史现场之嫌，但同样为我们看待倭寇与明代历史提供了一个新的角度。

除了从民族主义、国家主义、商业主义等立场去肯定倭寇及倭寇行为之外，日本的"倭寇文学"中也不乏从"民族的美学"的角度去描写倭寇的作品。所谓"民族的美学"，是日本当代思想家柄谷行人提出的概念。柄谷行人在《民族的美学》和《走向世界共和国》两书中，在对康德的《纯粹理性批判》与《判断力批判》的创造性的解读的基础上，认为康德提出了道德（理性）的"感性化"或"美学化"的问题，认为"民族的美学"就是民族共同体的共同情感与想象，指的是全体国民通过共同的审美趣味的结成，而形成民族的共同认同。[①] 按照"民族美学"的视角，日本当代小说家南条范夫（1908— ）的长篇小说《海贼商人》最具典型性。该书将所有倭寇相关的描写及其围绕东亚海域的贸易中心展开的武装活动，都做了貌似超越国家与时代的纯审美化处理，将倭寇与贼商的海上暴力活动作为纯粹的武勇行为加以描述欣赏，从而超越了人类社会的一般伦理与道德，强调倭寇在海上的热血冒险，以此引发了日本读者的审美认同与审美共鸣，同时也在很大程度上削弱了日本民众

---

① 参见［日］柄谷行人《民族与美学》，薛羽译，西北大学出版社2016年版；参看［日］炳谷行人『世界共和国へ』第三部第三章、東京：岩波書店、2006年。

从道德与理性的层面对倭寇寇掠本质的认知。

此外，在日本的倭寇文学中，也有小说家以倭寇史上的典型人物为核心，对其进行评传式的描写。如泷口康彦（1924—2004）的《倭寇王秘闻》便是以倭寇头目王直为主人公，并对其进行评说的评传式小说。在小说中，泷口康彦试图洗白王直"倭寇王"的恶名，通过文学的想象为其"净海王"的自号进行佐证，并将其描写成品行俱佳的仁义之士，可以说是对王直形象的全面美化。这与中国涉及倭寇的文学作品，尤其是明清小说中勾结日本、烧杀劫掠、奸淫妇女的王直形象形成了鲜明的对比。

由此可见，日本历史小说家通过"倭寇文学"对倭寇行为的种种注解以及赋予倭寇的种种精神，究其根本，无一不是对"倭寇"的美化乃至对日本历史的美化。其中所呈现出的倭寇观、历史观以及民族文化心理，不仅仅是日本作家的观念与心理的文学化反映，同时，因"倭寇文学"的大众文学属性，其中所反映的历史观念与文化心理，很大程度上也是日本作家对普通民众心理的揣摸与迎合。而这一切又反过来刺激、引导，甚至塑造着日本民众的倭寇观、历史观，成为他们心理构造中的一环，影响着他们对历史乃至对当下的判断与作为。从这个角度而言，我们研究日本的"倭寇文学"，在历史的真实与文学的想象之间，在史料的记载与历史的注解之间，在中日两国对倭寇的文学化表现之间，去分析其中存在的差异乃至错位，或可有助于我们更加具象、深刻地认识日本民族的历史观念与文化心理。与此同时，不可否认的是，倭寇的武装贸易活动客观上对东亚海域的一体性确实起到了一定的推动作用。从这一时期开始，日本的东亚意识也初现端倪。须知，在很大程度上，唯有具备东亚意识，才有可能拥有东亚的主导权。当然，这并不意味着我们肯定通过对外扩张乃至对外侵略的方式夺取东亚主导权的行径。但是作为东亚大国，以坚定的东亚意识去建构东亚的连带性、整体性，从而拥有东亚话语权与主导权，是我们不可推卸的责任。作为文学研究者，在研究具备东亚性的"倭寇文学"时，也必须突破国别的限制、传统文学批评模式的制约,将视野投放到整个东亚乃至东方,以跨学科的方法,从历史、政治、经济、国际关系、民族性乃至审美等各个不同的角度进行分析,力求呈现出日本"倭寇文学"中所反映的深层日本民族文化心理,以期成为我们理解日本与日本行为的直观的、形象的依凭。

第四节 "倭寇文学"研究的方法

"倭寇文学"是一种以历史上特殊历史事件为题材的文学创作。与此相适应,在本书的研究中,首先使用的是"超文学研究"的方法。

所谓"超文学研究"作为比较文学研究中的一种方法,与美国学派提出的学科与学科之间关系研究的所谓"跨学科研究"是有区别的。"超文学研究"指的是在文学研究中超越文学自身的范畴,以文学与其他相关知识领域的交叉处为切入点,来研究某种文学现象与外来文化之间的关系,它不仅"跨学科",同时也必须是"跨文化";而且,"同'跨学科'的研究相比,比较文学的'超文学研究'方法的范围是有限定的、有条件的。与文学相对的被比较的另一方,必须是'国际性的社会文化思潮'或'国际性的事件'。这是比较文学'超文学研究'得以成立的前提和基础"[1]。而"倭寇"正是东亚历史上发生的"国际性的事件","倭寇文学"就是以这个"国际性事件"为题材的日本文学。从方法论上说,本书关于"倭寇文学"的研究,正属于"超文学研究"的范畴,因而在"倭寇文学"的研究中也需要运用"超文学"的研究方法。

其次,使用严格意义上的"外国文学研究"的方法。由于迄今

---

[1] 参见王向远《比较文学学科新论》,江西教育出版社2002年版。第102—112页。

为止日本所有的"倭寇文学"文本都没有中文译本,就我们中国研究者而言,在日本的"倭寇文学"的研究中,首先需要使用与"翻译文学"研究相区别的、直接面对原文的、严格意义上的"外国文学研究"的方法。关于严格意义上的"外国文学研究"的方法,已有学者强调:"外国文学"与"翻译文学"都有着各自全然不同的研究对象、研究方法、研究规范以及研究意义,"翻译文学研究"的重点是做文本转换的研究,"外国文学研究"的重点是对外国作品文本的评述、分析与评价,旨在向本国读者提供一个新的知识领域。所谓"外国文学",并不是"来自外国的文学"或者"译自外国的文学",而是指外国作家用其民族语言创作的主要供其本民族读者阅读的文本。那些经过翻译家翻译的文学文本,不是真正的"外国文学",而是"翻译文学";因而,只有"在没有转换为翻译文学,即没有本国的译文或译本的情况下,对某一外国作家作品的研究"才属于真正的"外国文学研究"的范畴。换言之,"只有面对外国原作原文的研究,才是外国文学研究,而立足于译文的研究,则是翻译文学研究"[①]。对于"外国文学研究"方法的强调,旨在鼓励和引导中国研究者去注意和发现未经翻译的"外国文学"文本,强调研究的直接性、创新性,鼓励研究中的难度模式与深度模式,避免"外国文学研究"与"翻译文学研究"在文本对象及处理方法方式上的混淆。按照这样的界定,本书涉及的所有日本"倭寇文学"文本,对中国人而言都是"外国文学"。因为迄今为止都没有中文译文。没有中文译文,就意味着它们对中国一般读者还是陌生的,意味着对中国研究者而言必须直接面对原文,意味着研读难度的增大,也意味着研究对象上的开拓及创新的可能性。同时也可以有效避免受翻译文本的误导,使得该研究能够在最大程度贴近原文的基础上

[①] 参见王向远《外国文学研究的浅俗化弊病与"译文学"的介入》,《东北师大学报》(哲学社会科学版)2017年第1期;王向远《译文学:翻译研究新范型》,中央编译出版社2019年版,第332—351页。

进行。

最后，本书的研究方法中的另一个关键词是"文史互化"。所谓"文史互化"，主要是指现代文学中的"历史的文学化"与"文学的历史化"的倾向。

"文史互化"现象，是古代的东方各国的一种文化传统，例如在中国先秦时代的史传文学，往往都是文学与历史二者合一的，所谓"文史不分家"，文学寄体于史学著作，而历史著作又具有浓厚的文学性。这种情况在印度、日本也是普遍存在的，如印度的两大史诗《摩诃婆罗多》与《罗摩衍那》、日本的《古事记》《日本书纪》便是明证。后来，文学与历史虽然从"不分"的混融状态中逐渐分立，但事实上"文史不分"的传统依然潜在地极大地影响着后世作家的文学创作。即便到了现当代文学中，这种情况也是屡见不鲜。而本书所研究的日本的"倭寇文学"便是如此。到了现代文学，所谓"文史互化"，包括"历史的文学化"与"文学的历史化"这两个方面。而具体到"倭寇"与"倭寇文学"创作而言，"历史的文学化"，就是作为历史事件的"倭寇"的文学化、想象化、情感化，这主要发生在日本的以历史小说家为主的"倭寇文学"创作者身上，他们以作为历史事件的"倭寇"及倭寇活动为题材进行文学创作，创作出"倭寇文学"，完成对"倭寇"这一历史事件的文学化。除了倭寇文学的创作者之外，另有一些日本的历史学家，如现代东洋学家宫崎市定、当代历史学者西尾干二等人，他们关于倭寇的历史著作中，也明显存在着凭文学想象去书写历史的"历史的文学化"倾向。在将历史事件加以文学化的过程中，那些作家必定会或多或少、有意无意地对历史进行相当程度的加工乃至篡改，日本的"倭寇文学"就是如此。"倭寇文学"对倭寇的描写，与作为历史的"倭寇"以及中国、朝鲜关于倭寇的史籍记载之间，存在着极大的距离，这也是本书需要研究的重要部分。

而所谓"文学的历史化"，实际上主要是就读者一方面来说的。普通日本的读者，在阅读日本"倭寇文学"时，会自觉或不自觉地将"倭寇文学"中作家对倭寇的描写当作历史的真实去看待,从而形成了一种脱离历史真实的、偏颇的倭寇观与历史观。读者的阅读与反应,理应是"倭寇文学"的研究者必须注意的问题,也是日本"倭寇文学"研究的社会意义之所在。而想要从根本上对冲日本"倭寇文学"对日本民众倭寇观的误导,就需要对照严肃的史籍记载,遵循历史本身的逻辑,对日本"倭寇文学"的反历史倾向进行剖析批判,并进一步研究造成这种文史乖离的深层原因,从而揭示"倭寇文学"的虚构与想象的实质,还其"文学"的真面目。

综合概括上述思路,本书研究中的"倭寇文学"与倭寇史之间"文史互化"的逻辑线索,可图示如下:

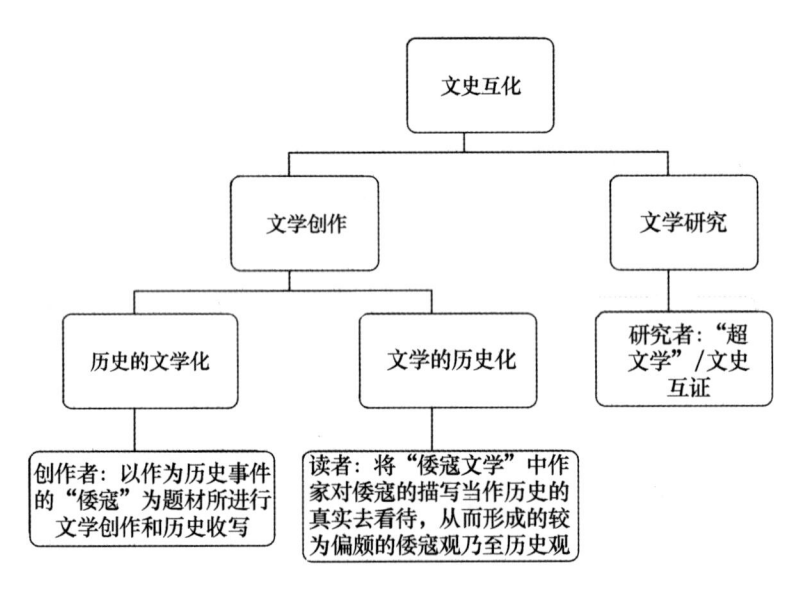

```
                    文史互化
                  ┌─────┴─────┐
               文学创作        文学研究
            ┌────┴────┐           │
         历史的       文学的     研究者:"超
         文学化       历史化     文学"/文史
            │           │          互证
     创作者:以作    读者:将"倭寇文学"中作
     为历史事件    家对倭寇的描写当作历史的
     的"倭寇"为题材所进行   真实去看待,从而形成的较
     文学创作和历史收写    为偏颇的倭寇观乃至历史观
```

倭寇文学的文史互化

本书在运用"文史互化"的方法时,又采用了几个不同的层面或视角。主要包括五个层面。第一是历史学的层面,以历史史料为准据来分析"倭寇文学",从文学与历史的对照之中见出"倭寇文学"对历史的乖离;第二是宗教学(神道)的层面,分析"倭寇文

学"与日本的传统宗教思想之关联，从日本人的宗教信仰的层面去看倭寇活动及倭寇描写的心理基础；第三是经济学（商贸）的层面，分析"倭寇文学"中的经济史、海洋贸易史的描写视角，分析他们如何从经济贸易的角度观察倭寇对东亚海域贸易圈的形成以及对东亚各国经济贸易所产生的作用；第四是"民族美学"的层面，分析"倭寇文学"的日本"民族美学"的认同与共鸣功能，第五是在典型人物塑造的层面关注"倭寇文学"的创作特点及历史人物观。最后就是从中日比较文学的角度，对中日"倭寇文学"进行比较研究与比较评价。

综上，本书把"倭寇文学"作为日本当代文学的独特题材类型加以把握与研究，站在中国人及中国文化的立场上，运用相应的研究方法，从不同的层面与角度，较为全面而又有重点地呈现出日本"倭寇文学"的基本面貌，试图提供一个关于"倭寇文学"的较为系统、新颖的知识领域，并在中国相同题材作品的比较中，揭示中日之间巨大的文化视差，并以此作为倭寇及"倭寇文学"研究、日本文学研究乃至中日比较文学研究中的一个有益补充。

第 一 章

"倭寇文学"形成的学术背景

——从宫崎市定"去寇化"倭寇观看
东洋史学对"倭寇文学"之影响

日本"倭寇文学"的创作,很大程度上受到了日本倭寇史研究的影响。而在日本的倭寇史研究中,"东洋史学"的代表人物宫崎市定(1901—1995)关于倭寇的论说,可以说是极具代表性的,同时,对于后来倭寇史的研究以及倭寇文学的创作,都产生了相当的影响。他从日本国家主义立场出发,试图从根本上为日本历史教科书中的"倭寇"张目和"正名",从而对倭寇之"寇"的属性进行了一系列"去寇化"的界定与论述。他歪曲明朝与日本之间朝贡贸易的本质,以"和平贸易"来定义倭寇的武装走私甚至劫掠行为,并将倭寇在明朝国土上的杀掠以及与明政府的对抗,说成是为了明朝贸易伙伴的"侠义之举",又援引亲日明人郑舜功《日本一鉴》中对日本与倭寇的相关记述,论证了倭寇"良善"本性。宫崎市定的"去寇化"的倭寇观对日本当代"倭寇文学"产生了深刻影响,使得作家的创作整体上呈现出了有违史料记载和历史逻辑的反历史倾向,并进一步影响了日本普通民众的倭寇观乃至历史观。

宫崎市定是日本著名的东洋史学家、汉学家,他的史学著述在中国译介较多，为中国学界所熟悉，一些方法和观点具有启发性，也为一些研究者所称道。但是，他在东洋史研究中的民族主义乃至日本国家主义的立场是毫不掩饰的，这在他对"倭寇"问题的论述尤其是《倭寇的本质与日本的南进》（收录于《宫崎市定亚洲史论考》）的长文中表现得更为明显。该文是宫崎市定在昭和十七年（1942）秋连载于《京都新闻》上的"随笔式论文"。他在文末也交代了该文的写作宗旨：

> 最近，听说"倭寇"一词从教科书中抹去了，其实，问题不在名目而在于实质。对日本史和东洋史的看法，最近也有各种各样的议论，但是，非要在外观上将两者弥合得似乎天衣无缝，还不如深入事实的内部，阐明事实的真相，这才是当务之急。①

确如宫崎市定所说，在第二次世界大战时期，日本因为不喜"倭寇"一词其中所含有的"寇"的负面意味而将其从历史教科书中抹去，这在日本国内外引起了强烈争论与反响，而宫崎市定的这篇文章便是就此事而写。不难看出，他对倭寇本质的辨析，与一些教科书抹去"倭寇"一词的根本动机是一样的，只不过教科书是"在外观上将两者弥合得似乎天衣无缝"，而宫崎市定则试图从"深入事实的内部"否定倭寇的寇掠本质，即加以"去寇化"。事实上，正如英国历史学者卡尔（Carr）所说："历史学家是历史的一部分，他在队伍中所处的地位就决定他观察过去时所采取的观点"；"伟大的历史，恰恰是在历史学家对过去的想象为他对当前各种问题的见识所阐明时才写出来的。"② 确实，历史学家永远无法完全超脱于当

---

① ［日］宫崎市定：《宫崎市定亚洲史考论》（上），张学锋、马云超等译，上海古籍出版社2017年版，第452—453页。
② ［英］爱德华·霍列特·卡尔：《历史是什么》，商务印书馆1981年版，第34、36页。

时的社会环境而再现历史，毋宁说他们是在当时的历史环境之下、在当时的社会影响之中撰写历史甚至创造历史的。而宫崎市定在写作《倭寇的本质与日本的南进》之时，正参与在1939—1944年日本"东方文化学院"与"东亚研究所"的合作项目之中，其集体成果为《异民族统治中国史》，而且，在第二次研究项目因日本战败未果，其研究成果《大东亚史概说》也未能出版的情况下，宫崎市定仍将自己在项目中的撰稿未加改动便进行了出版，名为《亚细亚史概说》。在这样一种大东亚思潮甚嚣尘上的社会背景之下，作为"大东亚共荣圈"理论建构的参与者，宫崎市定在对历史的撰写和思考中持有日本侵略政策之下的民族主义研究立场，便是可想而知的了。而正是在这一历史研究立场的主导之下，宫崎市定在《倭寇的本质与日本的南进》一文中对"倭寇"进行了一步步地正当化、美化甚至正义化，以达到"去寇化"的目的。

第一节 "和平贸易"：宫崎市定对朝贡体制的无视

对于与倭寇问题相伴相生的中国朝贡体制与海禁政策，举凡涉及倭寇的研究，都会对其进行一定的审视与探讨，宫崎市定也不例外。但是，与客观的历史研究者对两者关系的分析不同，宫崎市定却从贸易自由的角度对明朝的海禁政策及朝贡贸易进行了彻底的批判，并将倭乱暴发的原因完全归结到了中国朝贡体制以及对朝贡贸易所制定的种种规则之上：

> 朝贡贸易的限制非常死板，对中国本国民众来说毫无意义，走私贸易因此产生，由于走私违背了国法，因此弹压和讨伐便随之而来。为了报复官府，民众蜂拥而起，倭寇参与其中，倭

乱因此而起。①

明朝的这一系列规定，是否真的能将各国的贸易完全控制在政府的手中呢？当然绝对是不可能的。朝贡贸易中对次数、船只数、人数的限定，在国际贸易已经日趋隆盛的当时，无疑是一种贸易抑制政策，这对外国来说是一种对贸易自由的束缚，对明朝本国民众来说无疑也是一种困扰。②

不难看出，宫崎市定是有意无意地将"朝贡贸易"与一般意义上自由平等的"贸易"加以混淆，这是他借以批判明朝政府在"朝贡贸易"中所制定的一切规则的根本立足点。如果从自由贸易的角度来看，明朝政府对朝贡贸易中的入贡次数、船只数和人数的限定，的确不符合贸易自由的原则，基于此，宫崎市定将朝贡视作明政府对各国贸易的控制，认为明朝政府通过朝贡制度"对海外各国的贸易采取了严密的统制政策"。但是，宫崎市定却刻意地忽略了当时明朝与日本之间君臣式的宗藩关系，这其实与长期以来日本历史著作包括后来的历史教科书中的做法是一样的，就是对明朝与日本之间的朝贡性质和宗藩关系的含糊其辞。例如就日本历史教科书而言，东京书籍社在1981年、1986年和1993年这三个版本的教科书中，在讲到明朝的倭寇和明日关系时，都提到了日本幕府从"朝贡贸易"中获得的利益，却都没有说明它的朝贡属性："义满按照那个提议禁止倭寇，打开跟明朝的贸易，把贸易的利益用作了幕府的财源。"大阪书籍社1986年版历史教材虽然提到了"勘合贸易"，但其对勘合贸易的定义依然是利用贸易所得的利益为幕府所用："将军义满想用贸易利益补充幕府的财政，以日本国王的名义表面上臣服于明朝皇帝，开始和明的贸易。之后的贸易船，为了和倭寇有所区别，持有

---

① ［日］宫崎市定：《宫崎市定亚洲史考论》（上），张学锋、马云超等译，上海古籍出版社2017年版，第448页。

② ［日］宫崎市定：《宫崎市定亚洲史考论》（上），张学锋、马云超等译，上海古籍出版社2017年版，第438页。

称为勘合符的对牌。这种日明贸易被称作'勘合贸易'。"（大阪书籍社1986年版）该版教材中对明朝与日本之间的宗藩关系，解释成了日本国王对明朝皇帝的"表面上臣服"。而清水书院的历史教科书在1993年版以前也都只是含混地提到日本"向明派遣商船"，直到1993年版的教材中才承认了当时明日之间的宗藩关系："将军义满考虑到幕府的财政收入，以'日本国王'名义表示臣服明朝皇帝，与明建立了国交。"（清水书院1993年版）日本书籍、扶桑社、学图出版社的教科书在不同年份的版本中对于明朝与日本之间贸易的贡赐性质则都是时添时减，其对于当时日本附属国地位的排斥态度是显见的。

不管是宫崎市定，还是后来的日本历史教科书，对日本人的历史观都是极具引导性甚至塑造性的存在，然而他们都极力地否认明朝与日本之间贸易的朝贡性质以及明日之间的宗藩关系。他们承认日本幕府在对明的朝贡中所获得的利益和对朝贡体制的经济依赖，但对于明朝的宗主地位和日本的附属国地位却含糊其辞，将明朝与日本之间的关系往来，从一种君臣式的宗藩贡赐关系强移为一种平等的贸易关系，甚至歪曲为明朝因不堪倭寇滋扰而请求日本来明朝贸易，这显然都不符合历史事实与历史逻辑。宫崎市定正是以这一违背历史事实的判断为逻辑基础，将"朝贡贸易"等同了"贸易"，而后再从贸易往来的角度看待"朝贡贸易"，于是对其进行重新辨析便是顺理成章的了。他认为明朝在朝贡贸易中所设定的种种限制是"对贸易自由的束缚"，是"一种贸易抑制政策"，从而对明朝的贸易规则加以指责和批判。然而，如果按照这一逻辑，从商业贸易的角度出发看待朝贡贸易，那么明朝对朝贡国一贯秉持的"厚往薄来"政策，便也不符合经济规律了。但是宫崎市定对于这一点却只字未提。同样是朝贡贸易中宗主国所制定的规则，因为对船只、人数等的限定妨碍了日本等朝贡国的经济收益，于是对其大加贬斥，而面对能够让日本等朝贡国获得巨大经济利润的"厚往薄来"政策，则只字不提，其中的日本立场与偏见是显而易见的。

而对于中国来说，朝贡本身就不是一般意义上在平等自愿的前提之下所进行的贸易行为，而是在中国强盛、四邻弱小，中国对国际贸易依赖度低而外国对中国商品需求量大的前提下，通过"怀柔远人"所建立的一种"华夷秩序"。华夷秩序是一种以"中国"为中心，以"四夷"为附属，以"礼"为核心的儒家伦理等级式外交秩序，可以说它是分封制之下天子与诸侯的君臣关系的延伸，而作为维持"中国"与"四夷"关系的朝贡贸易，也是诸侯对天子的朝贡制度的延伸。通过朝贡贸易，朝贡国获得巨大的经济利益，而中国则由此确立其宗主国的权威性与合法性。同时，朝贡体制也是中国文化对周边国家显示出其强大的吸引力并对周边文化释放影响力的过程，是中国文化强大向心力的体现。无论从哪一方面来说，朝贡体制对于中国的政府，其本质都不在贸易而在政治，与其说它是一种经济行为，毋宁说是一种政治手段。而作为这种政治手段的实施者，中国朝廷认为自己毋庸置疑是规则的制定者。

这样看来，对于"朝贡体制"，中日之间是存在着认识上的错位的。中国一厢情愿地认为日本对中国的朝贡是日本承认两国宗藩关系之下的称臣纳贡，他们有意无意地忽视了日本的不臣之心；而日本则一厢情愿地认为朝贡就是日本对明贸易、并从中获取利益的手段，却罔顾朝贡体制之下的种种规则。

那么，中日历史上是否真的存在过这种中国人认为是理所当然、日本人却想要极力否认的宗藩关系呢？事实上，中日两国的交往确实是从汉武帝元封三年（公元前108年）倭人部落对汉乐浪郡的献贡开始的，日本也是自此被中国纳入了册封体制之中，然而中国对日本的认识在此后的五个世纪之间都处于近乎停滞的状态，而日本对朝鲜半岛的觊觎和不甘臣属于中国的野心却在此期间慢慢膨胀，直到隋文帝开皇二十年（600）日本使进贡之时不再像以往那样向隋文帝请求封号。我国历史学者王贞平认为："此举是一个重要的外交信号：中日间的君臣关系已经动摇，日本已不再视自己为中国的属国。"① 到了唐朝，日本可以说已经毫不掩饰地显露出了自己不甘被纳入中国册封贡赐体制之中的野心：他们在自己的内部文书中称朝鲜为"近藩"，称唐朝为"远藩"，甚至在与唐朝往来的外交文书中，巧妙地利用日文训读法"须明乐美御德"掩盖"日出处天子"的本意，来访唐朝的日本使臣也愈加地矜大无礼。然而唐朝政府至此仍然认为日本是一个"人民丰乐，礼仪敦行"，施行"汉制"的蕞尔小国，笃信他们臣属唐朝，或者说唐王朝的皇帝和官员都确信即便日本略有不臣之举，终究也翻不起大浪，因此才对其表现出了一种漫不经意的漠视。他们不仅对日本的实情与文化不甚了了，甚至连去了解的意愿都没有，只是兀自沉浸在四夷宾服的盛世景象之中。其后，唐昭宗乾宁元年（894）日本天皇废止遣唐使，宋代中日两国官方往来停滞，随后蒙古帝国的兴起，日本被列入元军征服版图。许多学者认为，正是元军两征日本的惨败，致使中日两国的关系发生了彻底的转变："他（忽必烈）播下了双方直接进行武装斗争的种子，使中日关系出现一个对垒的时代。"②而中日官方往来的停滞与僵持，反而催化了两国民间贸易的发展，形成了一些海上武装贸易集团，成为明朝倭寇的雏形。

到了明朝，有一点是肯定的，那就是日本不甘也不会接受臣属于中国的地位。日本的对华政策虽则时有反复，例如明成祖时期也有足利义满短暂的称臣纳贡，但是这主要是因为日本在连年混战、四分五裂的局势之下，任何一方大名将军皆无法完全代表日本政府，也没能制定出一套清晰可行、一以贯之的对华政策，所以才会出现时而谀顺时而强硬的态度。与日本对明朝的态度相对

---

① 参见王贞平《汉唐中日关系论》，文津出版社 1997 年版。
② 黄枝连：《亚洲的华夏秩序——中国与亚洲国家关系形态论》，人民大学出版社 1992 年版，第 302 页。

地，明朝对于日本的态度则始终是以宗主国自居的。明朝初年，明太祖便曾屡派特使出使日本，要求日本政府称臣入贡，并对倭寇采取有效措施阻止其祸乱中国沿海。后因其既不肯称臣，又未能解决倭寇问题，才有了洪武二十三年（1390）所记载的"帝素厌日本诡谲，绝其贡使"，以及明太祖的"列不征之国十五，日本与焉"。这种全面禁止对日贸易的政策，事实上对中国来说，并不会造成多大的生活不便和经济滞塞，因为中国小农经济的生产方式以及"上下交足，军民胥裕"的政治经济结构，使之在经济上基本无求于他国，并且朝贡贸易为中国带来的经济与商业利益可以说是微乎其微的，甚至在朝贡体制中，中国政府的赠赐往往十数倍于日本的献贡。可以说，对中国的统治者来说，与他国之间进行贸易的意义就在于其中政治价值，即以一种"天朝上国，万邦来朝"的盛世景象来确立自己统治地位的合法合理性。也就是说，在明朝的皇帝看来，他国若想往来于中国，就须以朝贡的方式，若如此，中国甚至可以牺牲一些经济上的利益，但如果他国不肯称臣纳贡，那么两国之间的贸易往来也就没有必要进行了，这便是明太祖严令海禁的逻辑之所在。到了明成祖时期，日本派使来贺，所呈递的国书又以属国自居，充满阿谀邀宠之语，明成祖也是当即优酬以待，甚至对于日本人在中国私贩兵器的行为也予以宽宥允准："外夷修贡，履陷蹈危。来远，所费实多。有所赍以助资斧，亦人情，岂可概拘以禁令。至其兵器，亦准时直市之，勿阻向化！"[①]由此，日本人打着朝贡的旗号络绎而至，慢慢变得贪得无厌起来，不仅态度倨傲，不断要求增加银钱赐物，还时有"掠居民货，有指挥往诘，殴几死"[②]的情况出现，这才有了明朝廷对日本入贡的种种限制。

[①]（清）张廷玉等撰：《明史》卷三百二十二，"列传第二百十 日本"，中华书局1974年版，第8344—8345页。

[②]（清）张廷玉等撰：《明史》卷三百二十二，"列传第二百十 日本"，中华书局1974年版，第8347页。

显然，对于日本来说，入贡中国只是他们进入中国、攫取利益的手段，或献贡朝廷获得回赐，或以入贡为名进行民间私市贸易，甚至于因贸易被阻而武装抢掠，其根本目的只在经济收益。在这样的思维主导之下，有了武装抢掠所得的巨额财物的对比，中国朝廷的回赐便越来越无法满足他们不断增加的需索，这才是日本将朝贡贸易视作不公平贸易的最根本原因。事实上，对于日本入贡中国的本质和日本人一贯的对华策略及心理，明朝士人多少也已经有所察觉。在嘉靖二年（1523）宁波争贡事件之后，给事中张翀曾经上疏明世宗，认为日本"窥伺中土，得间则张其戎器，以劫杀为事；不得间则陈其方物，以朝贡为辞。劫杀则利民财，朝贡则利国赐，兼有得不得，而利无不在，此倭奴之大情也"。他们对中国的"叛服不常"背后，隐藏着以种种途径从中国攫取利益的根本原则。然而一直到了明朝，中国的朝廷官员对于日本的态度仍以漠视无知为多，像张翀这样对日本有着清晰认识的官员寥寥无几。而张翀尽管看得清日本朝贡中国的意图，却除了绝约闭关、断绝朝贡以外，也没有提出其他的应对策略。正如黄枝连所说："日本方面，是把'入贡中国'看作一种特殊的贸易形式。在政治上吃了一点亏，必须在物质的赏赐上取得补偿。""对日本人来说，'公平交易'存在于对方能够满足他们的日益增加的需索。"① 而倭寇的暴起，很大程度上则是明朝政府渐渐无法满足日本日益增加的需求。

也正是因为如此，宫崎市定才对明朝政府乃至整个朝贡体制进行了猛烈的抨击：

"市通则寇转而为商，市禁则商转而为寇"这一说法真是太确切了。然而如果因此认为一旦禁止海市不与交易，那么日本

---

① 黄枝连：《亚洲的华夏秩序——中国与亚洲国家关系形态论》，中国人民大学出版社1992年版，第308—309页。

人马上就会来船抢掠,这样的认识存在着严重的不足。凡事都有一个顺序,日本人再性急,也不会做出买不到就抢这样的蠢事来。如果中国官府从一开始就像江户幕府那样,把民众管得死死的,实行彻底的锁国政策,那么作为外国人的日本人也就根本无法加以干涉。①

不难看出,这段话中的主观偏见可以说相当强烈了,以至于提出不如"实行彻底的锁国政策"这样的偏激之辞,这与历史学家审慎客观评论历史的态度相去甚远。与宫崎市定相似,日本不少历史研究者都将倭乱爆发的原因归结到中国的海禁政策和朝贡体制上,但是,正如黄枝连先生所说:"在日本历史上,从公元8、9世纪开始,海贼一直活跃在历史舞台之上,也许他们也应该被考虑为一股具有很大独立活动自由的封建割据力量。"② 而"倭寇"只是日本海盗集团从濑户内海和北九州地区向中国大陆和朝鲜半岛的蔓延,即"倭寇是'国际化'了的海盗集团"③。诚然,倭寇的爆发是由多种历史环境与社会环境之下所推动的,而"倭寇"是日本海盗的蔓延这一观点,至少可以说是倭寇爆发的另一个重要原因。而且我们不难发现,宫崎市定在行文表述之间,经常会把"倭寇"与"日本人"进行混同,可见他所做的这一些界定,并不是为了还原真实的与倭寇相关的历史,而是为作为"日本人"的"倭寇"及倭寇行为进行辩解与美化。这一点在宫崎市定对倭寇性质"去寇化"的想象性界定中表现得更为明显。

---

① [日]宫崎市定:《宫崎市定亚洲史考论》(上),张学锋、马云超等译,上海古籍出版社2017年版,第449页。
② 黄枝连:《亚洲的华夏秩序——中国与亚洲国家关系形态论》,人民大学出版社1992年版,第310页。
③ 黄枝连:《亚洲的华夏秩序——中国与亚洲国家关系形态论》,人民大学出版社1992年版,第312页。

第二节 "侠义之举"：宫崎市定对倭寇性质的想象

对于"倭寇"的定义，宫崎市定在开篇第一段就以先发制人的姿态写道：

> 中国人将室町时代对中国沿海进行大肆骚扰的日本人群体称作"倭寇"，这是非常著名的历史事实。关于倭寇，日本已经发表了许多研究成果，但几乎无一例外地将之视为海盗集团，其实，所谓倭寇，绝对不是以强取财物为目的的强盗集团。①

在宫崎市定之前，日本就已有一些关于倭寇的研究，主要是站在日本国家主义的角度对倭寇性质的辩白。例如秋山谦藏《日本人的对外发展与倭寇》（启明会，1938）一书将倭寇事件看作是日本的海外发展，登丸福寿与茂木秀一郎合著的《倭寇研究》（中央公论社，1942）更是在日本入侵中国，占领众多地域的背景下，在日本的殖民政策和海外发展热潮的推动之下写成的，因此其中对倭寇行动、路径、战法等的研究都是为了给日本所谓的"圣战"提供历史参考。但是，在宫崎市定看来，这样通过把倭寇视作日本的海外发展和殖民政策而企图将倭寇予以正当化的言论还不够彻底，因为他们依然承认倭寇在本质上就是海盗。宫崎市定显然不满于此，于是直接否认了倭寇的强盗本质。所以他得出的结论是："所谓倭寇，绝对不是以强取财物为目的的强盗集团。"这是一个完全不符合史学界通识的独断之语，而他整篇文章也正是为了论述"倭寇"不是强

---

① ［日］宫崎市定：《宫崎市定亚洲史考论》（上），张学锋、马云超等译，上海古籍出版社2017年版，第437页。

盗这一结论，并试图为倭寇找到新的名目并加以重新定性，这便是笔者所说的"去寇化"。

对于"倭寇"中的日本人构成及倭寇对中国沿海的劫掠烧杀行为，宫崎市定从数个层面对此加以辩护与开脱，他这样写道：

> 足利义满对日本沿海的居民也颁布了严格的禁令，打击和取缔海盗行为，即使如此，中国沿海地区还是时不时地有所谓"倭寇"的出没。不过，这都是些突发性的事件，可能是西日本的地方豪族派出的走私团伙在中国沿海因某些事情与中国官民发生的冲突，为泄余愤而付诸暴力而已。将军足利义满满足于与明朝的正规朝贡贸易，而无法获得朝贡贸易份额的地方大名或豪族，私自派船前往中国沿海，与沿海民众互通有无。①

宫崎市定一开始便撇清了倭寇活动中日本官方的责任，他的逻辑是："足利义满对日本沿海的居民也颁布了严格的禁令，打击和取缔海盗行为"，这么说来，中国沿海地区出现的倭寇就与日本政府无关了。

且不论这一逻辑能否成立，首先值得我们注意的是，在宫崎市定的这一逻辑中，出现了一个历史时序上的不对位甚至错乱：足利义满（1358—1408）的为政时间主要是在14世纪后半叶，其发布的禁令和对倭寇的打击与取缔所针对的自然也是14世纪的倭寇。众所周知，作为历史事件的倭寇活动，因其活动地区、人员构成、发生原因、性质等方面的不同而被划分为两个时期，即"前期倭寇""后期倭寇"，或者"14至15世纪的倭寇"与"16世纪的倭寇"。如田中健夫在《倭寇——海上历史》中所甄别与划分的那样，"14至15世纪的倭寇"活动于朝鲜半岛，而对中国沿海地区造成侵扰与

---

① ［日］宫崎市定：《宫崎市定亚洲史考论》（上），张学锋、马云超等译，上海古籍出版社2017年版，第438—439页。

劫掠的则属于"16世纪的倭寇"。而且田中健夫指出：这两个时期的倭寇因为"在性质或内容上并不相同，很难看到他们之间的连续性"①，这也是历史学界对两个时期的倭寇所达成的共识。也就是说，足利义满所打击和取缔的倭寇，主要是14世纪活动于朝鲜半岛的倭寇，与16世纪侵扰中国沿海的倭寇并无"连续性"。事实上，关于足利义满的禁贼举措，田中健夫在《倭寇——海上历史》中也是有所描述的，14世纪后期，朝鲜半岛不堪倭寇侵扰，曾多次向日本派出使者要求禁止倭寇。譬如1392年，太祖李成桂甫一即位便向室町幕府派出僧人觉鎚要求禁止倭寇。足利义满接受了朝鲜的要求，并下令九州地方武士禁贼船，送还被掳人口。1397年朝鲜回礼使朴惇之又向足利义满要求禁止以对马、壹岐及肥前松浦地方为根据地而侵扰朝鲜的"三岛之贼"。足利义满同意禁贼，并遣使送回被掳人口百余，作为交换，日本向朝鲜求取大藏经木版和佛具。②但足利义满对倭寇的禁令在其死后便失去了效应，与16世纪肆虐中国沿海的倭寇更是毫无关联，因此，宫崎市定以足利义满的倭寇禁止令来为日本开脱的说法显然是站不住脚的。

在说到明嘉靖二年（1523）日本朝贡使大内氏和细川氏在宁波的争贡之役时，宫崎市定否定了它对后续而来的嘉靖大倭寇的推动，他说："这个事件通常被视为嘉靖年间倭乱之始，但事实未必如此。其实这也应该算是一件突发性事件。"他甚至否定了争贡事件与宁波市舶司关闭、中日朝贡贸易陷入僵局之间的关联："也有人认为，正是因为这一事件，明朝政府关闭了宁波的市舶司，日本方面正规的朝贡贸易也由此中断，因此商人转身变成了倭寇，这一说法也未必

---

① ［日］田中健夫：《倭寇——海上历史》，杨翰球译，社会科学文献出版社2015年版，第12页。
② ［日］田中健夫：《倭寇——海上历史》，杨翰球译，社会科学文献出版社2015年版，第31—32页。

得当。"① 但是，他只是简单地用"事实未必如此""这一说法也未必得当"这样不甚确凿的说法进行了否定，并没有给出他进行否定的有力依据。而且，他紧接着又否定了市舶司的存废对中日之间的官方贸易所发挥的作用："市舶司的存废，对明朝和日本双方来说，其产生的影响都是有限的。因此，即使嘉靖二年真的因那场突发事件而关闭了宁波市舶司，其实也不是什么大不了的问题。"②

显然，宫崎市定对日本两氏贡使在中国因为争贡而发起战役的行为颇为讪讪，因此只能极力否认争贡之役在明朝和日本的关系乃至整个历史走向中所发挥的作用，从而来降低它的存在感。不得不说，宫崎市定国家主义的史学立场与使命感甚至已经发挥到了凡日本人所做的事，他都有责任对其进行解释的地步。

并且，宫崎市定善用"突发事件"来解释倭寇相关的问题，然而须知，所有的偶然事件背后都潜藏着促使它突发的必然原因。他认为争贡之役之前的倭寇"都是些突发性的事件"，"可能是西日本的地方豪族派出的走私团伙在中国沿海因某些事情与中国官民发生冲突，为泄余愤而付诸暴力而已"③，事实上这两句话本身就有矛盾之处：当时明政府施行海禁政策，打击走私贸易，自日本而来的走私贸易团伙抵达中国沿海，必然会遭遇到中国官兵的打击，这是可想而知的，那么日本的走私团伙武装而来，也自然是准备攻破中国官兵的防御的，更何况从日本而来的，绝不仅仅是进行走私贸易的商人，史料中倭寇在中国沿海地区烧杀抢掠的情形不胜枚举，所以说倭寇在中国沿海地区的活动，既不像宫崎市定所说属于突发，也不仅仅只是走私团伙在走私贸易遭到阻拦之后的泄愤，更有其作为

---

① ［日］宫崎市定：《宫崎市定亚洲史考论》（上），张学锋、马云超等译，上海古籍出版社 2017 年版，第 439 页。
② ［日］宫崎市定：《宫崎市定亚洲史考论》（上），张学锋、马云超等译，上海古籍出版社 2017 年版，第 439—440 页。
③ ［日］宫崎市定：《宫崎市定亚洲史考论》（上），张学锋、马云超等译，上海古籍出版社 2017 年版，第 439 页。

入寇者本来就有的劫掠抢杀的本性。而对于争贡之役，宫崎市定再一次将其解释为"突发事件"。争贡之役绝非偶然和突发，这一时期的日本正处于战国时期，战国大名之间的争霸及其由大名内部发起的冲突愈演愈烈，而他们争霸的资本，便是各自所持有的经济力量以及由经济力量所决定的军事力量。而在对明朝的朝贡贸易中，除了明朝皇帝对其朝贡物品"厚往薄来"的赏赐，对其国王、王妃乃至贡使使团的成员依品级的馈赐之外，明廷对贡使随船所携带的私货也会进行"给价"，市舶司和会同馆对贡使也会热情接待，沿途的驿站和地方官员都要负责为他们起运货物，设宴款待。这样的朝贡贸易，对明政府造成了巨大的经济负担，与此相应地，作为朝贡方的日本也获得了巨大的收益。而这些收益，必然造成基于经济实力和军事实力的日本大名之间的争夺，这样看来，发生于宁波的争贡之役绝非突发。

在撇清倭寇的入寇活动中日本官方的责任之后，宫崎市定又进一步否认了倭寇进入中国是为了劫掠财物的通识，为此，他还考察了倭寇在中国境内活动的轨迹：

> 倭寇入侵的地点并不只限于海岸，从他们去过的地点来看，与登陆地点之间还有相当的距离。在这些远离海岸的城镇，即使有着丰富的物产可供掠夺，但掠夺来的物产要想顺利运到港口装船也不是一件容易的事。而且，倭寇在沿海掠夺了一个地点后马上就撤退的情况非常罕见，通常都是一站一站地攻向内地。之所以这么做的理由并不十分清楚，很可能是为了追杀复仇对象或者什么的而采取的行动路线。①

在这里，宫崎市定以内地不便于赃物运输为由，认为倭寇既然

---

① ［日］宫崎市定：《宫崎市定亚洲史考论》（上），张学锋、马云超等译，上海古籍出版社2017年版，第444—445页。

进入了内地，便不是为了劫掠财物。但是正如宫崎市定在《倭寇的本质与日本的南进》一文中写倭寇英勇善战的时候所说的那样，倭寇"有中国内地人做向导，对地理形势又非常了解"，连对阵官兵都是游刃有余的。① 可见有了中国海贼的援引和配合，倭寇在内地进行掠夺并将货物运到港口，并不是多么困难的事情。宫崎市定认为，倭寇进入中国是有别的不得不这么做的理由，至于这个理由到底是什么，他便"并不十分清楚了"。但是事实上，对于倭寇潜入内陆的原因，除了获取财物这一毋庸置疑的目的之外，我们在史料中却也是可以循到一些蛛丝马迹的。例如著名的华裔日本作家陈舜臣在《中国的历史》一书中也曾说倭寇："虽然是海盗，却擅长陆战，不惯水战。船只是移动所使用的工具，真正的本领是上岸以后的作战，所以倭寇往往弃船深入腹地，在各地肆意暴虐。"② 这其实恰恰与宫崎市定对倭寇在中国境内活动路线的考察相互呼应，因为"长陆短水"，因此往往潜入内陆活动，这样的逻辑是明显成立的。然而宫崎市定却猜测说倭寇"很可能是为了追杀复仇对象或者什么的而采取的行动路线"，这显然仍是他企图剥去倭寇入寇劫掠的本质即"去寇化"而将其行为进行正当化的途径。

紧接着，宫崎市定又进一步否定了日本人入寇中国所能带来的经济收益：

> 当时中日之间的贸易利润，一个往来可赚五至十倍。也就是说，将白银从日本带往中国即可赚两倍以上，从中国购买生丝到日本贩卖，又可赚五倍。在这样的情势下，乘船渡海到中国从事贸易，商品资本的比重只占到五分之一到十分之一。换句话说，乘船到中国去掠夺，与出资到中国去购买，两者之间

---

① ［日］宫崎市定：《宫崎市定亚洲史考论》（上），张学锋、马云超等译上海古籍出版社2017年版，第445页。

② ［日］陈舜臣：《中国的历史》（第6卷），郑民钦译，福建人民出版社2013年版，第88页。

的利润差最多只有五分之一到十分之一。……仅仅是为了五分之一以下的微利，为什么非要铤而走险，不顾性命地与中国官府作对呢？①

按照宫崎市定的这一逻辑，由于同中国进行贸易往来就能获得巨额的利润，因此无须特意进行掠夺。但问题在于，在明朝严施海禁政策的局势之下，不管是"出资到中国去购买"还是"乘船到中国去掠夺"，都是"与中国官府作对"。而事实上日本人也是深知这一点的，这从所有前往明朝的船只都配备武装就能推知。倭寇进入中国，能够贸易便进行贸易，贸易受阻便施以武力，因此无论是所谓的和平贸易还是武力劫掠，都是他们攫取巨额利益的手段而已，并无本质上的区别。然而一个往来就可以赚取五倍甚至十倍利润的贸易，本身就是不符合市场规律的，它本就属于政府严厉打击的走私贸易的范畴。然而在宫崎市定看来，这才是所谓的"和平贸易"，也就是说，只有明朝政府放任日本对中国进行这样一本万利、不限入明次数和人员的"贸易"，才是"和平贸易"的前提，否则就是对自由贸易的管控，也成为他们进行武力掠夺的客观理由。殊不知，和平贸易与自由贸易最重要的前提岂不就是贸易双方的平等自愿，明知违反了国法的贸易，无论从何种意义上来说都不属于"和平贸易"与"自由贸易"。而倭寇在中国沿海进行掠夺杀虐的原因，也由此被归结到了中国政府的贸易政策。正如宫崎市定所言："日本人只是希望能够和平地进行贸易，即使这样的贸易违犯了中国的国法，但这也似乎与日本人无关。"他们只是"期待着明朝允许日中两国民众自由贸易的日子早点到来"②。

事实上，宫崎市定在文中反复伸张日本人对这样的"和平贸易"

---

① ［日］宫崎市定：《宫崎市定亚洲史考论》（上），张学锋、马云超等译，上海古籍出版社2017年版，第444页。
② ［日］宫崎市定：《宫崎市定亚洲史考论》（上），张学锋、马云超等译，上海古籍出版社2017年版，第442页。

与"自由贸易"的渴望,并将日本进入中国进行烧杀抢掠的行为界定为实现这一"和平贸易"的途径:

> 倭寇炽盛时期的日本人,虽然在一种无法逃避的困境中与中国官府作战,但其本心还是希望能够早日实现和平的民间贸易。①

> 倭寇的暴行绝不是一种营利行为,当然也不是日本人乐意这么做。日本人最终还是希望在和平的环境下从事通商贸易。②

> 日本人本来就爱好和平,自始至终都只是想与中国民众在和平的环境下进行通商贸易。如前所述,只是在万不得已的情况下加入到了中国官府与民众的争斗中去了,这就是所谓的倭寇。③

由此我们可以看出,宫崎市定其实并不否认"倭寇的暴行",但他将倭寇在中国的烧杀劫掠以及与官府的武力对抗说成是一种迫不得已的行为,是日本人"无法逃避的困境","也不是日本人乐意这么做",这就如同入室抢劫者杀死了房主后申诉自己的迫不得已,说若不杀死房主,房主就会反抗一样的荒谬。更为荒谬的是,倭寇本就是逐利而来,这一点是宫崎市定之前和之后的历史学者都不能否认的事实,然而宫崎市定却反其道而行,直接说"倭寇的暴行绝不是一种营利行为"。试问,倭寇进入中国,能走私就走私,不能走私

---

① [日]宫崎市定:《宫崎市定亚洲史考论》(上),张学锋、马云超等译,上海古籍出版社2017年版,第446页。
② [日]宫崎市定:《宫崎市定亚洲史考论》(上),张学锋、马云超等译,上海古籍出版社,2017年,第447页。
③ [日]宫崎市定:《宫崎市定亚洲史考论》(上),张学锋、马云超等译,上海古籍出版社2017年,第452页。

就抢掠的行为若不是为了利益又是为了什么呢?

宫崎市定在否定了倭寇的逐利性之后,为其入寇行为所寻到的"合理"解释,居然是断言倭寇是帮助中国民众向官府复仇的"战争帮手",是讲"哥儿们义气",为惨遭官府迫害的中国"贸易伙伴"复仇的"侠客式行为":

> 他们的目的绝不是掠夺,他们只是出于哥们儿义气,参与了遭受官府迫害的中国同类的复仇运动中去而已。当然,在可能丢失性命的战争状态下,掠夺财宝、穷凶极恶的事情都会发生,但这毕竟时第二义的目的,而不是最根本的目的。……倭寇绝不是以中国民众为敌的。我这样说绝不是想抹杀中国方面既有的记载,只是希望大家不要不加怀疑地全盘接受。

> 倭寇是中国民众向贪官复仇的战争帮手,绝不是受利益驱使,事实上,日本人通过战争而获取利益几无可能。那些倭寇在中国出了一臂之力回到日本后,他们都会说"做客回来了",可见他们确实受到了中国同伙的热情接待。

> 关于倭乱的平息,中国史书将之归功于将军胡宗宪、俞大猷、戚继光等人的平倭灭倭,但事实恐非如此。说到底,所谓倭寇,只是参与明朝民众反抗官宪运动中去的一股势力,报仇行动一旦结束,再行侵寇也就失去了它的必要。倭寇的暴行绝不是一种营利行为,当然也不是日本人乐意这么做。日本人最终还是希望在和平的环境下从事通商贸易。①

这可以说是史学家对倭寇所能进行的最为大胆且最不合逻辑的

---

① [日]宫崎市定:《宫崎市定亚洲史考论》(上),张学锋、马云超等译,上海古籍出版社2017年,第445—447页。

谬论了！那么，宫崎市定这样界定倭寇的依据是什么呢？他在文中亦有交代："历史记载上虽然看不到，但可以想象，他们（倭寇）回国时肯定也会接受同伙们赠送的很多土特产品，而且受邀去中国时乘坐的可能是中国的船只，回国时乘坐的船只也很有可能是分得的战利品。"① 原来他竟然只是"想象"！而这样罔顾历史记载，直接将"寇"反转为"侠"的大胆想象，不过是为了将倭寇在中国烧杀抢掠的恶行正当化，使得历史教科书可以在不抹去"倭寇"二字的情况下依然能够无损于日本人的形象。宫崎市定又紧接着反驳道："我这样说，绝不是想把倭寇的行为绝对正当化，这正如不能把幡随院长兵卫等侠客们的喋血事件看成是君子所为一样。"② 事实上，宫崎市定将倭寇比作江户时期有名的侠客首领幡随院长兵卫，这本身便是对倭寇行为的美化。须知，幡随院长兵卫因幕府的减俸政策从武士出身沦为社会底层之后，开始集合劳动力在江户城周边建设道路、修理城墙，他仗义疏财、乐于助人的行为也被广为传颂。而宫崎市定以之作比的倭寇，除了实实在在的烧杀抢掠之外，并无任何侠义之举，所谓的帮助中国民众以及他们在中国的贸易伙伴向官府复仇，正如宫崎市定自己所说，也只是出于"想象"，而并无历史记载。

另外，倭寇真的如同宫崎市定所说的那样，跟中国的海贼属于伙伴，并甘愿为他们冒险与官府作对吗？事实上，倭寇与中国海贼之间确有合作，但他们的合作也是逐利而合，因利而散的，而且双方为了争夺资源和地盘，相持不下、互相反目的情况也时有发生。比如嘉靖四十三年（1564）俞大猷在广东的抗倭战争中，便巧妙地利用了倭寇和中国海贼之间争夺地盘的矛盾，先捕获温七与伍端，后利用他们攻克倭寇集团："七被擒，端自缚，乞杀倭自效。大猷使

---

① ［日］宫崎市定：《宫崎市定亚洲史考论》（上），张学锋、马云超等译，上海古籍出版社2017年，第445—446页。

② ［日］宫崎市定：《宫崎市定亚洲史考论》（上），张学锋、马云超等译，上海古籍出版社2017年，第452页。

先驱，官军继之。围倭郊塘，一日夜克三巢，焚斩四百有奇。"① 可见，倭寇与中国海贼之间的关系，绝不像宫崎市定所说的那样互帮互助、温情脉脉，他们为了赢得利益或保住性命而倒戈相向的情况实属常见。

至此，宫崎市定将倭寇想象成了救助中国的海贼同伙并为其复仇而与官府武力对抗的"侠士"，这已是超出了人们对于倭寇的基本认知和起码的历史逻辑，然而，宫崎市定对倭寇的"侠义"性质的想象，还不止于此。例如，宫崎市定将徐海只在浙江沿海烧杀，而未曾兵锋南下劫掠广东的原因，归功于"日本商人"的劝阻之功："日本商人反对其南下，不希望他与广东官府作对，力图维持福建广东方面的现状。在日本商人的劝谕下，徐海只得作罢，在浙江方面来回烧杀。"② 这样一来，倭寇倒像是成了和平贸易的维护者，甚至还会去劝阻中国的海贼与中国政府对抗。而在解释倭寇从江浙沿海转战广东，在广东选择浯屿、南澳岛为据点的原因时，宫崎市定写道："这样做不仅对走私商人来说非常便利，对前来讨伐的官兵也很有利，只要你快快地逃走，官军既可以减少战争带来的危险，又有了出兵讨伐的胜利成果。"③

在宫崎市定的笔下，倭寇可以说颇有"人道主义"的情怀了，他们不仅为了中国的同伴与中国官府相对抗，而且在与中国官府对抗的过程中，连选取据点，也会考虑到哪里适合中国官兵迅速逃走以减轻他们的伤亡。我们很难说这位著名的历史学家对倭寇的评述是基于严肃审慎的历史学态度，不难看出，他的所有的论说，更多是凭着狭隘的日本国家主义的情感和想象力，为了对倭寇进行"去

---

① （清）张廷玉：《明史》卷二百十二，"列传第一百俞大猷"，中华书局 1974 年版，第 5601—5607 页。
② ［日］宫崎市定：《宫崎市定亚洲史考论》（上），张学锋、马云超等译，上海古籍出版社 2017 年，第 447 页。
③ ［日］宫崎市定：《宫崎市定亚洲史考论》（上），张学锋、马云超等译，上海古籍出版社 2017 年，第 446 页。

寇化"而作的文学想象。

第三节　宫崎市定对亲日明人郑舜功的援引

《倭寇的本质与日本的南进》一篇共分十一节，宫崎市定从倭寇的发生、明朝的海禁政策及市舶司贸易、走私贸易及明政府对走私贸易的打击、倭寇的入寇动机和本质、倭寇从浙江沿海到广州福建的南进，乃至倭寇最终由寇掠走向朱印船贸易的整个过程，都做了自己的评述，每一节之间都互相关联，按着历史演进的顺序依次评述倭寇始末，唯独第十节"知日派政客郑舜功"插入了对明朝士人郑舜功及其著作《日本一鉴》的评述，这似乎与其他各节无甚关联。但事实上，这一节可以说是宫崎市定其他各节立论的基础，而他在众多明代士人对日本的论述中只选取了郑舜功作为主要的评述对象，本身就具有极强的倾向性。

对于倭寇寇掠中国、掀起倭乱的原因，宫崎市定便是沿用了郑舜功在《日本一鉴》中的看法，并在其基础上进行了大胆的发挥。他认为，"所谓倭寇，其实是由中国亡命恶人所招致的。"[①] 事实上，关于中国海贼引诱倭寇进入中国进行走私贸易的相关史料，不仅仅是《日本一鉴》，在《明史》《明太祖实录》《倭变事略》等史料中也均有记载，但是我们并不能因此就简单地认定，中国海贼私商的诱引便是倭寇劫掠中国的原因。倭乱的形成可以说是在很多特定的历史条件和社会背景的交互作用之下所产生的结果，这其中既有中国的原因，也有日本的原因，绝不是单一的被引诱可以解释的。

然而，在宫崎市定看来，仅仅说明倭寇进入中国是受中国海贼的诱引，由此表明倭寇的无辜还不够，于是他又引用了郑舜功在

[①] ［日］宫崎市定：《宫崎市定亚洲史考论》（上），张学锋、马云超等译，上海古籍出版社2017年，第450页。

《日本一鉴》"风土条"中对日本国俗的赞美，所谓"臣为君死，子为父死，妻为夫死，弟为兄死，朋为友死，皆如是"，并将倭寇被诱引进入中国之后的寇掠与对抗官府的行为归结于"朋为友死"的大义之举："这其中最后一句，正是日本人奔赴中国掀起倭乱的唯一原因。"① 正如笔者上文中所分析的，倭寇与中国海贼之间本是互相利用、互相提防，甚至可以为了利益可以倒戈相向的关系，实在谈不上所谓的"哥儿们义气"。

在宫崎市定笔下，倭寇除了为"朋友"对抗官府的"侠义"之外，他们还本性良善，并不是"好寇嗜杀"之人。他的这一论断，也是来源于《日本一鉴》：

> 在"渔猎条"中又说，牛力于农耕故不食其肉，马勤于挽运故不食其肉，犬警夜役猎故不食其肉，鸡报晓故不食其肉，此四事即可见其义心深厚，怎么会好寇嗜杀呢？入寇并非其本心，均为中国亡命者蛊惑所致，这些均不可不知。他对日本的这些认识虽说不一定准确，但结论无疑是正确的。②

事实上，且不说这一关于日本人并不"好寇嗜杀"的论断是否正确，单就推论过程本身来说，就是存在逻辑漏洞的。正如郑舜功所说，正是因为日本人需要借牛农耕，用马挽运，凭犬警夜役猎，需鸡报晓，所以才不能食牛马犬鸡，而非所谓的"义心深厚"。关于日本人在明治以前禁食肉食的问题，其实也是早有定论的，在《日本书纪》中，从天武四年（625）年日本历史上第一份"禁猎令"问世之后，"禁猎"乃至"禁肉"的诏令频繁地出现在天皇的敕书之中。不管是作为天皇的祈福行为还是罪己行为，究其根本原因，

---

① ［日］宫崎市定：《宫崎市定亚洲史考论》（上），张学锋、马云超等译，上海古籍出版社 2017 年，第 450 页。

② ［日］宫崎市定：《宫崎市定亚洲史考论》（上），张学锋、马云超等译，上海古籍出版社 2017 年版，第 451 页。

都是源于日本的饮食习惯，与日本人的性情全无关系。其实，关于日本人的性情问题，西方著名思想家孟德斯鸠早在18世纪便曾经断言："日本人生性残忍"①，这一印象在后来日本人不断的对外扩张和侵略过程中有了充分的暴露。而当代一些日本学者似乎也越来越意识到了这一点并进行反思，像《大江户残酷物语》（氏家干人）、《日本残酷物语》、《日本残酷死刑史》（森川哲郎）、《日本拷问·处刑残酷史》（柳内伸作）等描述和记录日本残酷行为的著作层出不穷。其中，森川哲郎写道："在人权落后的日本，国家对人命的不尊重，已经深深刻入我们意识深处。"② 而柳内伸作的《日本拷问·处刑残酷史》更是在封面上就写上了"来自阿鼻地狱的喊叫，连血液都能凝固的残虐绘卷"。其中历数了"人类对人类所能实施的鲜血淋淋的残虐"，以及那些"将杀人视作娱乐的人类的阴暗面"。柳内伸作写道，战国时代是一个认为"人命只具备政治和经济价值的时代"，在这个时代"武将们内心还残存着此前的时代所培养的对人命的漠视"③。比如足利义晴好施锯刑，丰臣秀吉制铁釜以施煎炸之刑，织田信长入越前时的虐杀所致的"骸骨遍地，街上无处落足"，等等，这些都足可见出宫崎市定引以为据的郑舜功所说的日本人"义心深厚"、不会"好寇嗜杀"这样的论断是何等的主观臆断！

　　宫崎市定首先将倭寇进入中国的原因归结为王直的引诱，而后又将倭寇进入中国之后所进行的无法掩盖的劫掠与杀戮行为定义为"朋为友死"的大义之举，紧接着申明日本人本性良善，在中国"好寇嗜杀"就此显出了种种迫不得已，事实上宫崎市定也明确地说，倭寇就是"在万不得已的情况下加入到了中国官府与民众的争

---

　　① ［法］孟德斯鸠：《论法的精神》（上），许龙明译，商务印书馆2014年版，第285页。
　　② ［日］森川哲郎：『日本残酷死刑史』、東京：日本文芸社、2001年、第241頁。
　　③ ［日］柳内伸作：『日本拷問·処刑残酷史』、東京：日本文芸社、2001年、第6—7頁。

斗中"①。而这些，都是在引证明朝士人郑舜功《日本一鉴》的基础上生发而出的观点，那么，郑舜功对日本的这些见解，又是否客观可靠呢？

　　郑舜功生活在明嘉靖年间，《明史》和各地方志中对其都未有记载，只能从《日本一鉴》中作者的署名、自称以及相关描述与《明实录》《明史》的对应互证之中可以推知，郑舜功为明嘉靖三十五年（1556）奉浙江总督杨宜之命，以"大明国客"的身份"宣谕日本国"的新安（今安徽歙县）商人。《日本一鉴》是郑舜功回国之后根据自己赴日期间的所见所闻所感写成，包括《桴海图经》三卷、《穷河话海》十卷、《绝岛新编》四卷，成书于明嘉靖四十四年（1565），其中对日本的风俗和日本人的性情多有溢美之词，认为日本是一个重礼良善的民族。由此认为日本人耻于行盗贼之事，倭寇寇掠中国是由于中国流民、私商的诱引。现在看来，无论是《日本一鉴》中对日本的美化，还是对倭寇形成原因的判断，都是有失偏颇和偏激的。事实上，郑舜功在日本仅停留了半年，时间过短，对各方信息的了解也不免有浮于表面之嫌。当代中日关系史及明代研究学者郑樑生先生便曾在《郑舜功〈日本一鉴〉之倭寇史料》一文中，逐次考证了郑舜功在《日本一鉴》中对日本山川、疆域、习俗等记载上的偏误，足以证明郑舜功对日本了解的局限性。而关于郑舜功日本人入寇中国是受中国流民引诱这一论断，郑樑生也通过历史考证予以了反驳："中国奸民之引倭人至中国东南沿海劫掠者"虽多，但"华人之引倭人至中国私贩，致使滨海州县居民备尝其害之纪录，则甚稀"②。

　　除此之外，我们在《日本一鉴》的描述中，也多少可以推知郑舜功之所以那样推崇甚至美化日本，而不齿中国的原因。如《穷河

---

　　① ［日］宫崎市定：《宫崎市定亚洲史考论》（上），张学锋、马云超等译，上海古籍出版社 2017 年版，第 452 页。
　　② 郑樑生：《郑舜功〈日本一鉴〉之倭寇史料》，《第九届明史国际学术讨论会暨傅衣凌教授诞辰九十周年纪念论文集》，厦门大学出版社 2003 年版，第 290 页。

话海》卷六《流通》：

先是，布衣郑舜功往谕日本。至丰后，得彼之情，乃以从事沈孟纲、胡福宁赍执《批书》，往谕日本国王源知仁，获其听信。远至潮州，执（批）赴投辟望巡检司照验，却被弓兵毁灭（批文），诬执下狱。信报得知，告言军门（胡宗宪）而不之信。令人伸救，已陷杀其间矣。①

同书卷九《接使》：

军门非唯不用功谋，而更陷功于狱。继而从事沈孟纲、胡福宁晓谕日本国王源知仁，与其文武陪臣近卫、三条西、柳原、飞鸟、井藤、长庆等会议行禁，遂与回书，并付信旗与孟纲等。经过丰后，丰后君臣告以差僧附舟报使之意，亦与信旗。尽彼之域，回至潮州海上，执（批）投赴辟望巡检司照验，竟被弓兵毁灭《批文》，诬执下狱。信报得知，言于军门而不之信。令人赴广伸救，已陷杀于其间矣。既而任臣助长偾事，致臣幽禁，乃以报使清授，妄引典例，谬请安插于四川，图灭欺妄之迹。②

郑舜功以布衣之身前往日本，算得上是为了母国以身犯险，他在日本受到了丰后的领主大友义镇礼遇，日本民众对其大多也都友善相待，然而当他回国之后，官府不仅未用其言，反而陷他入狱，而从事沈孟纲更是惨遭杀害。想来，郑舜功在日本和中国的经历和所受到的截然相反的待遇，是促使他在对日本的描述和对倭寇形成原因的分析中有意无意地混入了自身主观情感的重要原因之一。

---

① 郑舜功：《日本一鉴》卷六（1939年据旧抄本影印本），东北师范大学图书馆藏本。

② 郑舜功：《日本一鉴》卷六（1939年据旧抄本影印本），东北师范大学图书馆藏本。

而宫崎市定在中国诸多描写日本和倭寇成因的著作中，却唯独选取这一带有明显美化日本的主观色彩和不实记述的作品，显然就是因为郑舜功的记述最贴近宫崎市定的观点，目的是要以中国人的记述来攻破中国人的倭寇观。

第四节　宫崎市定对当代"倭寇文学"的影响

宫崎市定站在日本国家主义的立场，出于为日本历史教科书中的"倭寇"正名的目的，对倭寇形成的原因、入寇中国的理由以及倭寇的本质，做出了与中国的史料记载以及中国甚至于日本的历史学研究结论相背离的论断。他的这些论断以及他"去寇化"的倭寇观在相当长的一段时间内，都影响着日本历史学者的倭寇研究。虽然进入80年代以后，中日两国历史学界对于倭寇的研究都开始慢慢趋于客观，但是，宫崎市定以及宫崎市定影响之下的那些历史著作，依然深深地影响到了日本小说家的"倭寇文学"书写，这种影响甚至一直持续到了今天，以文学文本的形式在日本普通民众之间发挥着作用，左右着他们的历史观和倭寇观。

宫崎市定直接否认了倭寇的寇掠本质，认为他们"绝对不是以强取财物为目的的强盗集团"①，而是受中国海贼和私商引诱进入中国进行"和平贸易"的商人，他们在中国的杀掠以及与中国官府的对抗，都是不得已而为之："倭寇炽盛时期的日本人，虽然在一种无法逃避的困境中与中国官府作战，但其本心还是希望能够早日实现和平的民间贸易。"② 他认为："日本人本来就爱好和平，自始至终

---

①　[日] 宫崎市定：《宫崎市定亚洲史考论》（上），张学锋、马云超等译，上海古籍出版社2017年版，第437页。

②　[日] 宫崎市定：《宫崎市定亚洲史考论》（上），张学锋、马云超等译，上海古籍出版社2017年版，第446页。

都只是想与中国民众在和平的环境下进行通商贸易。"① 宫崎市定反复强调倭寇对和平贸易的渴望以及对明朝海禁政策的批判，这一点与陈舜臣（1924—2015）通过《战国海商传》所表现出的主旨几乎如出一辙。《战国海商传》是陈舜臣以 16 世纪在中国沿海进行武装走私贸易的海商活动（史称"倭寇"）为中心所作的长篇历史小说，描写了受日本各战国大名指派来到中国筹措战资的日本海商佐太郎等人与中国沿海私商王直等人在中国沿海的一系列活动。陈舜臣的整个行文的主线便是在明朝政府严厉的海禁政策之下，从日本而来的海上走私贸易集团不得不由"海商"向"倭寇"的转变。而且，小说结尾还为曾为倭寇的主人公佐太郎安排了一个十分完满的结局，使他筹得战资，回到日本，协助战国大名完成日本的统一大业之后，又去学习了商贸知识，通过葡萄牙人参与到东南亚的贸易中。后来又作为和平的海商与朝鲜进行交易。而后又将目光转投明国已解除了海禁的吕宋和安南，作为一个和平的海商活跃海上。由此我们不难看出，陈舜臣所期待的是在政府允许和保护之下的和平贸易，是一个能够辖制海上治安的同时，又会允许海外贸易的强大的政府。跟宫崎市定日本国家主义的立场不同的是，陈舜臣多重的文化教育背景使得他在看待历史问题时摆脱了国家的、政治层面的因素制约，具备了世界性的眼光，但即便这样，陈舜臣在《战国海商传》中将倭寇视作海上自由贸易集团的观点和宫崎市定依然是一脉相承的。此外，陈舜臣认为明朝面临的"南倭北虏"的威胁，皆源于朝贡贸易。他说："与此同时，北方的蒙古族因明朝停止马市而频繁入境扰乱"，"由于南北的对外纷争，使得明朝疲于应对，国力大为损耗。北方是蒙古族，南方是日本人，虽然入侵的民族不同，但问题却同样都是明朝所说的朝贡。"② 这样将"南倭北虏"的原因完全归结于

---

① ［日］宫崎市定：《宫崎市定亚洲史考论》（上），张学锋、马云超等译，上海古籍出版社 2017 年版，第 452 页。

② ［日］陈舜臣：『戦国海商伝』（上）、東京：講談社文庫、1992 年、第 400—401 頁。

朝贡的观点，在宫崎市定论述中甚至可以找到原话："世宗的嘉靖年间，是苦于南倭北虏的时代。然而这也可以说是墨守祖法锁国主义，也就是朝贡贸易制度的结果。"①

除此之外，日本当代小说家南条范夫（1908—　）所著的《海贼商人》更是以一种缅怀姿态描绘着16世纪的末期倭寇在东亚海域波澜壮阔的海上活动。小说从永禄十一年（1568）织田信长攻打近江箕作城之时，守城部将建部吉保之子逃往海上这一历史记载为开端，对其逃往海上之后历史无载的活动进行了想象性的推演。建部吉保之子弥平太先后加入"倭寇"与海贼队伍，在南海之上，在广州、吕宋以及日本之间进出往来，时而抢掠战斗，时而贸易交换，进行了一系列海上活动。后又在机缘巧合之下成为日本堺市纳屋助左卫门的养子，最终继承其名号，转而为商，成就了日本历史上一代豪商纳屋助左卫门的威名。在描写这一切的时候，南条范夫的语调之中充满了缅怀与向往，正如他在后记中所说："但愿此书能让这个时代的日本人天马行空地驰骋对海上壮阔生活的想象，能够在古老的梦幻世界中遨游。"② 他不仅如宫崎市定一样，将倭寇的武装寇掠看成了一种经济行为，更将武装寇掠过程中的战斗与流血都进行了审美化，从本质上来说，其与宫崎市定将倭寇活动定义为一种侠义之举的做法是相同的。

如果说《战国海商传》与《海贼商人》只是从贸易方面对宫崎市定的呼应，那么津本阳（1929—　）的长篇小说《雄飞的倭寇》（原书名为《天翔ける倭寇》）则是对倭寇及倭寇的整个入寇过程的正当化、美化以及英雄化描写，可以说完全是对宫崎市定倭寇界定的承继。《雄飞的倭寇》主要以嘉靖二十七年（1548）到嘉靖三十年代初（16世纪50年代初）倭寇头目王直所率的倭寇在中国江浙

---

① ［日］宫崎市定：《宫崎市定中国史》，浙江人民出版社2015年版，第271页。
② ［日］南條範夫：『海賊商人』（後記）、東京：河出書房新社、1986年、第237頁。

一带的劫掠活动，以及王直应明朝官方檄文捕缴卢七、沈九、陈思盼等中国海寇头目为主线而展开。在小说中，作者反复地描写倭寇与日本海贼、中国海寇以及明朝官兵交战的场面，其中以与明兵的交战为主。倭寇逢城必攻，每攻必胜，而且往往都是以少胜多的奇战。他们深谙化妆、偷袭、火攻等种种奇袭之法，配合默契，英勇无匹。相比之下，大明官兵便愚蠢庸弱得不堪一击。这与宫崎市定在《倭寇的本质与日本的南进》一文中对倭寇的描写的完全一致的："倭寇是战争的天才。有中国内地人做向导，对地理形势又非常了解，总能够通过伏兵的战术以寡敌众，尤其是日本刀的使用出神入化，让胆小的明朝官兵闻风丧胆。"① 除此之外，和宫崎市定反复强调倭寇的良善本性相同的，津本阳《雄飞的倭寇》在行文中也着意描写了倭寇的种种"善行"，而明朝的百姓以及明朝的女子则是津本阳用以表现倭寇良善的重要道具。津本阳在小说中着力描写了一段又一段倭寇进入村庄之后与村民和谐相处的场景："在占领潭军的兵舍之后，他们把兵舍所藏的铜钱全部分给了村民，村民们便争相照料倭寇。"② "村民们把倭寇看作降伏潭兵的勇士，纷纷让自己的女儿与他们春风一度。"③ "杂贺的年轻人们却和村民们聊得热火朝天，他们不惜气力，热情地帮他们干活，村民们也不吝惜黄金，全都送给他们用来制造弹丸。"④ 而在倭寇即将离开的时候，"村中的男女老幼都因为别离而悲伤流泪，他们希望倭寇

---

① ［日］宫崎市定：《宫崎市定亚洲史考论》（上），张学锋、马云超等译，上海古籍出版社2017年版，第445页。
② ［日］津本陽：『天翔ける倭寇』（下）、東京：角川書店、1993年、第173頁。
③ ［日］津本陽：『天翔ける倭寇』（下）、東京：角川書店、1993年、第174頁。
④ ［日］津本陽：『天翔ける倭寇』（下）、東京：角川書店、1993年、第224頁。

能长久地住在村里"①。更有甚者，津本阳还描写了许多倭寇流寇各地之时与当地的女子交游私许的情景。小说主人公龟若更是与在倭乱中与家人失散的明朝女子王绿妹相知相恋，相随终生。这样的描写，不要说审慎的史料无载，就连正常的逻辑推断也是很难符合的。试想面对劫掠与寇杀，被寇掠者又怎会与他们温情脉脉地相处，因倭寇入侵而家破人亡的女子又怎么会与他们相爱相许呢？事实上，我们有太多像《倭寇图卷》《筹海图编》这样的史料记载了当时倭寇入侵之时明朝百姓的惨状。可以说《雄飞的倭寇》中这一系列美化倭寇的描写完全是脱离了历史的虚构，是具有反历史倾向的，然而这样的虚构也并非全无来源，其来源便是像宫崎市定这样站在日本国家主义的立场对倭寇进行"去寇化"界定的历史学家。

　　人们创造了历史，历史反过来又塑造着人的思想与观念。日本也是一样，日本的历史学家脱离历史事实对"倭寇"进行了"去寇化"的创造性改写与界定，而这些历史著作又影响到了日本的"倭寇文学"，使其呈现出了反历史的倾向。由此，历史学家的历史观通过文学作品更为广泛地传导到了日本民众之间，塑造着他们的历史观。事实上，对于倭寇性质的研究与确证，中国和日本史学界都经历了漫长的过程，到了今天，无论中国还是日本，历史学界都可以基本中正客观地看待这个问题。但是，在文学界，在关于倭寇的文学书写中，却还存在着从偏狭的国家主义立场看待倭寇、将倭寇正当化甚至英雄化的反历史倾向，这些却并不是文学家的向壁虚构，而是明显受到了像宫崎市定这样著名的历史学家的著述的引导。像《战国海商传》《海贼商人》《雄飞的倭寇》这样的小说，在日本都是作为畅销小说广受日本民众关注的，有些甚至被一再重版，并且纳入到文库本之中。这些小说让日本

---

① ［日］津本陽：『天翔ける倭寇』（下）、東京：角川書店、1993 年、第 225 頁。

民众感受着这个时代生活在大都市的人们无法体会到的热血、激情与冒险，但同时，也混淆着日本民众的历史观念，让他们在倭寇的历史真实与文学想象之间无所适从，甚至慢慢地偏向于更加易于被日本人接受的反历史的文学想象，可以说这些都来源于像宫崎市定这样的历史学家所秉持的"去寇化"倭寇观。而这样的倭寇观以文学作品的形式在日本民众之间所发挥的影响力远远超出了历史著作，它重塑着一代人甚至几代人的历史观，这是我们文学研究者不得不谨慎对待的问题，也是我们考察日本的"倭寇文学"受历史学家影响的意义之所在。

第 二 章

"倭寇文学"的神道教基础

——从早乙女贡《八幡船传奇》看倭寇的神道化

对于倭寇,虽然各国史学家都各有言说,也都各有立场,但是总的来说,倭寇的寇掠本质是各国史学界都无法否认的。那么,对于从本质上具备寇掠性的倭寇集团,日本的历史小说家们对他们行为的粉饰、正当化,乃至美化,又是基于怎样的文化心理呢?他们除了在日本史学家的倭寇研究中找到了倭寇文学书写的史学的背景支持之外,更从日本的神道教传统中,寻得了将倭寇行为正当化的宗教支撑,即八幡大菩萨信仰及神国思想。

在这方面,早乙女贡(1926—2008)的《八幡船传奇》(1978)于众多的"倭寇文学"中可以说是极为特殊的一部。早乙女贡是日本战后重要的历史小说家、时代小说家,其作品多次获得直木文学奖、吉川英次文学奖等大众文学的高级别奖项。其小说《八幡船传奇》不仅没有试图去遮掩倭寇在中国沿海的烧杀寇掠之举,甚至对于以小说主人公香月大介为首的一众倭寇在中国烧毁攻占城池、杀戮百姓官兵的行为颇为自得,而其自得的根由和支撑,便是与小说题名《八幡船传奇》中所提到的"八幡船"相关的"八幡大菩萨信仰",以及蕴含于其中的神国意识。《八幡船传奇》便是从"倭寇"乃至日本武者的精神与信仰出发,描写"倭寇"的又一部代表作。

第一节 "八幡船""八幡大菩萨信仰"与"倭寇"

正如小说题名《八幡船传奇》所示,小说主人公便是驾着八幡船,扬起八幡大菩萨旗,开始了他们在中国沿海的倭寇生涯,而他们的行为,也处处彰显着对八幡大菩萨威灵的信仰。因此,在剖析小说之前,我们有必要先对"バハン""八幡""八幡船""八幡大菩萨""八幡大菩萨信仰""八幡大菩萨旗"这一系列概念进行厘清。

小说题名中的"八幡船",指的便是倭寇船,这也是人们对"八幡船"的一般认识。最早将倭寇船舶等同于"八幡船"的,是江户时代香西成资所著的《南海通记》"予州能岛氏侵大明国":"明世宗嘉靖年中,倭之贼船入大明国,侵其边境……是值天文弘治之年,我国贼船皆立八幡宫旗,出于洋中,侵掠西蛮市舶,夺其财产,故称其为贼船,呼其为八幡船也。"① 而"八幡船""八幡贼"中的"八幡",事实上是对"バハン(bahan)"最为常见也最为通用的汉字标记。1603年日本耶稣会在长崎书林出版的《日葡词典》中,便列有"バハン"的词条,"バハン船"被定义为到其他国家进行掠夺的盗贼船,而"バハン"则可指称乘船到其他国家进行掠夺的盗贼或海贼。日本关于"バハン"的汉字标记,最早的文字记载当属室町时代中期刊行的馒头屋本的《节用集》,其中是用"番舶"二字来标记"バハン"。其后,江户时代的《合类大节用集》则出现了用汉字"夺贩""八幡"来标记"バハン"的用例。而《岛津国史》庆长四年(1599)七月二十日条中有"者波牟船"一

---

① [日] 香西成資:『南海通記』卷八,東京:弘成社,1926年,第258—259頁。

语，也被推定为"バハン船"。此外，田中健夫在《倭寇——海上历史》中还将中文中的"发贩""破幡""破帆""八番""波发""白波""彭亨"等汉字以及日本假借字中的"谋叛""婆波牟"等与"バハン"的发音联系起来。但总的来说，"バハン"的汉字标记，使用最多也最为顺理成章的，仍然当属"八幡"。因为在《松浦家文书》中，天正十七年（1589）丰臣秀吉朱印状中便使用了"八幡"二字。而对于"バハン"的语源，日本历史学界也多有讨论，有人认为该词来源于荷兰语，也有人认为是由"番舶""夺贩"或者"发贩"（fafan）转化而来。石原道博主张该词出自郑舜功《日本一鉴》中出现的"破帆"（白波·波发）、"破幡"[①]。而太田弘毅则认为："完全没有必要去在荷兰语之类的外国语中寻求语源，'八幡贼''八幡船'的名称便是来源于八幡大菩萨信仰。"[②]但对此学界依然未能形成定说。因此，对于"バハン"与"八幡"之间的关系，我们不能简单地将其画上等号，只能说，一般而言，可以将"八幡"视作对"バハン"的汉字标记。而"バハン"的含义中虽也包含"倭寇"，却比"倭寇"更为宽泛，指的是跨越国界的海贼活动乃至一般意义上的掠夺行为，到了江户时代也可用于指称走私贸易，甚至连同中国商船进入长崎港，并从中卸下货物这个过程，也被称作"バハン"。

而作为"八幡船""八幡贼"的名称来源的"八幡大菩萨"，亦即"八幡神"，是日本八幡宫奉祀的神祇。由于日本的多神信仰，全国供奉着各种神祇的神社数量达10万之多，而其中与八幡神相关的，就有4万多个，由此足可见出八幡大菩萨在日本民族信仰系统中的威势。关于"八幡神"最早的文字记载，可见于《续日本纪》，其中记载了圣武天皇在藤原广嗣之乱时下诏大将军大野东人祈请八

[①] ［日］石原道博：『倭寇』（日本歴史叢書7）、東京：吉川弘文館、1964年、67—68頁。

[②] ［日］太田弘毅：『倭寇——商業軍事史の研究』、東京：春風社、2002年、第483頁。

幡神一事。从钦明天皇时代（539）起，八幡神开始以煅冶之神的形象出现，并有了应神天皇乃八幡神化身的说法。奈良时代，外来的佛教开始与日本原有的神社神道发生融合，出现了神佛融合的现象，八幡神作为最早显现出神佛融合现象的神祇，在天平十三年（741），奉祀八幡神的宇佐八幡宫就已经开始献纳佛经、居住僧侣。并且，在奈良东大寺修建大佛之时，宇佐八幡宫的神官亦捧持神示前往，至此，八幡神确立了其佛教护法神的地位。到了天应元年（781），圣武天皇前往东大寺参拜大佛时，授予八幡神"菩萨"的称号，成为日本唯一享有"大菩萨"称号的神。这便是"八幡神"之所以又称"八幡大菩萨"的因由。及至平安时代，八幡神与应神天皇相重合的说法被普遍接受，八幡神由此从宇佐的地方神及氏族神成为日本国家的守护神，并受到皇室与朝廷的供奉。中世纪之后，八幡神因其兼具战斗神的神格，受到武士的尊崇，同时，作为宇佐地方氏神的八幡神相传主要掌管海上的船只往来，这样一来，凭借武力横行海上的倭寇集团奉拜八幡神即八幡大菩萨，便成为理所当然的了。

八幡大菩萨信仰的本原是九州的宇佐八幡。在古代，八幡大菩萨的神名亦称八幡菩萨宇佐宫、比壳神社、大带姬庙神。平安前期受京都石清水分祀，自此作为王城的镇护神而受人崇信。石清水八幡宫便是如此，是仅次于伊势的宗庙。其祭神为应神天皇与神功皇后，并成为皇族后裔的源氏氏神。因此，伴随着武士政权的建立，成为最大的武神。并在石清水八幡宫之外另建别宫，亦即北九州的筥崎宫。由此，筥崎宫与石清水八幡宫相连的一带，成为八幡大菩萨信仰的中心，北九州与京都之间成为八幡大菩萨信仰的枢轴线。

由此可见，日本对八幡大菩萨的信仰，即通常所说的"八幡大菩萨信仰"，在日本古已有之。及至元世祖忽必烈两征日本，即日本所谓的"蒙古袭来"被击退，也就是日本所称的"文永之役""弘安之役"，八幡大菩萨信仰伴随着日本神国思想的发展更具威信。在"蒙古袭来"之后不久，日本还出现了颂扬八幡大菩萨的神德、灵验与灵威的作品《八幡愚童训》，其主旨便是八幡大菩萨将日本从

"蒙古袭来"的日本国难中拯救了出来，这本书对八幡大菩萨信仰的普及起到了相当的作用。但是随着时间的流逝，日本人对于八幡大菩萨的信仰也在慢慢衰减。一直到了"应永外寇"，八幡大菩萨的神德与威灵再一次得到强化。"应永外寇"，即朝鲜所称的"己亥东征"。自高丽王朝末期开始，朝鲜沿岸经常受到倭寇侵扰，应永二十六年（1419），李氏朝鲜国以打击对马岛倭寇为目的，对日本发起进攻。日本将其视作镰仓时代"蒙古袭来"的再现，于是，可于国难中拯救日本的八幡大菩萨再一次被崇信。在《看闻御记》《满济准后日记》等日本关于"应永外寇"的记事中，都对此有所描述。《看闻御记》是伏见宫贞成亲王（后崇光院）的日记，记载了日本室町幕府盛期的种种事象，被视作日本历史研究中的根本史料。其中应永二十六年八月十三日条中引用了九州探题（探题：日本镰仓与室町幕府的官职名，设于地方要地，掌管政治、军事和审判等）所书"探题注进状"，提到了一个在两军混战艰难之际出现在海上帮助日本军获胜的"女人"，据悉，这个"女人"就是作为"八幡大菩萨"之祭神的"神功皇后"，这也是她在《八幡愚童训》之后的再次现身。《满济准后日记》是室町时代初期的僧人满济准后的日记。满济准后作为足利义持、足利义教两代将军的幕政最高顾问，在朝廷与幕府间拥有绝对的权威。因此，以他的名姓冠名的日记可以说是了解当时的幕府政治与社会情势的重要史料。《满济准后日记》在关于"应永外寇"的记事中，提到了"奇瑞"的说法，这个"奇瑞"也被当作"八幡大菩萨"显现出的威灵。日本所谓的"应永外寇"，事实上正是朝鲜王朝对"倭寇"，确切地说是对日本历史学家所界定的"前期倭寇"的打击，日本人认为作为"八幡大菩萨"之祭神的神功皇后显灵襄助日本击退了朝鲜军，这就明确了日本人观念中"八幡大菩萨"对"倭寇"的护佑关系。因而，"倭寇"由此将"八幡大菩萨"视作他们的守护神，乃至于在某种程度上"八幡大菩萨"的加护成为他们活动的原动力。而为了求得八幡大菩萨的神德与威灵护持，倭寇开始在他们的船上竖起"八幡大菩萨"旗。

"八幡大菩萨"旗可分为两种，一种是在一面旗上同时标有"天照皇太神""八幡大菩萨""春日大明神"三大神神号的三大神连记旗，另一种则是在每一面旗上各标一个大神神号的单独旗，而每面旗各标一个神号的单独旗则是三旗并立于船舶之上。在三大神连记旗上，"八幡大菩萨"的神号位居中央，墨色浓于左右两大神的神号，同时，位置比其他两大神号高出一头，由此足可见出"八幡大菩萨"作为主神无可撼动的优越地位。而且，在"八幡大菩萨"旗上，除了"八幡大菩萨"之外，其他两大神号也并不是固定不变的。据江户时代享保四年（1719）香西成资《南海通记》有载，在大三岛的大山祇神社，相传属于三岛水军旗的旗帜上，写着"伊势大神宫""八幡大菩萨""三岛大明神"的神号。[①] 可见，与"八幡大菩萨"组合的神号，也不一定只有"春日大明神"与"天照皇太神"，而是会根据地域的不同，去使用当地最有威力的神祇之名。在"八幡大菩萨"旗上惯常所标的"天照皇太神""八幡大菩萨""春日大明神"这三大神中，"天照皇太神"作为国家神，主要承担着守护国土的职责，"春日大明神"则主要是作为奈良的地方神出现的，相比之下，"八幡大菩萨"作为武神的神格更为浓厚。因此，对于海贼与倭寇来说，"八幡大菩萨"更适合做他们近身的守护神。于是，在海贼与倭寇的活动过程中，"八幡大菩萨"旗也慢慢从三大神连记旗发展为三大神单独旗并立，尤其是到了"后期倭寇"的活动期，即倭寇在中国沿海活动的16世纪，三大神并立的单独旗又发展成了"八幡大菩萨"旗一旗独立，达到了对"八幡大菩萨"的绝对崇信。

"八幡大菩萨"旗除了作为倭寇的守护神，立于倭寇船上护佑倭寇武运久长之外，还有作为战旗的实际功用。在倭寇进行劫掠活动

[①] ［日］田中健夫：『倭寇——海の歴史』（教育社歴史新書日本史66）、東京：教育者、1982年、175—176頁。

以及与商船或官军发生争战之时，倭寇往往用它来识别敌我两方，并将其作为转换阵形、前进后退的指挥旗。此外，由于倭寇，尤其是后期倭寇所兼具的走私贸易的性质，"八幡大菩萨"旗也被用作进行海上走私贸易时与中国船只的联络信号。

而立有"八幡大菩萨"旗的倭寇船舶，便是"八幡大菩萨"船了，简而称之，则为"八幡船"。"八幡船"仅仅是日本的说法，在中国，不管是历史记事还是史料记载中，均无"八幡船"一语，这大概是因为有了"倭寇"的说法，作为倭寇与倭寇船舶之指代的"八幡船"，在中国便没有使用的必要了，而且，对于中国人来说，"倭寇"二字显然更能表达其对这一时期屡屡入侵沿海地区的日本武装集团的憎恶情绪。同样地，日本人将"倭寇"称作"八幡"或"八幡船"，很大程度上也是从本国的立场出发为"倭寇"正名的手段。

除了"八幡大菩萨"旗与"八幡大菩萨"船之外，另一样明显带有"八幡大菩萨"标记的，便是日本刀。在日本刀上，多雕刻有"八幡大菩萨"的神名。"日本刀是武器，因此，通过在刀上雕刻作为武神的八幡大菩萨的神名，可以使其神德附于刀上，起到为刀灌注斗魂与神灵加护的作用。而使用这种日本刀的人，也会得到神的护持。"[1]同时，日本刀也是后期倭寇在走私贸易中的重要走私品。"刻有'八幡大菩萨'神名的日本刀，通过后期倭寇，经由明国内部与倭寇勾结的相关人员，便流入了明国人手中，使他们成为日本刀的消费者。而原本就非常珍视日本刀的中国人，对于流行于日本的刀上刻有'八幡大菩萨'神名的日本刀，更是尊其为'日本刀中的日本刀'。"[2] 但是，由于日本刀属于杀伤性武器，其运输和交易需要比其他物品更为隐秘，因此不可直接将装载日本刀的走私贸易

---

[1] ［日］太田弘毅：『倭寇——商業軍事史的研究』、東京：春風社、2002 年、第 493 頁。

[2] ［日］太田弘毅：『倭寇——商業軍事史的研究』、東京：春風社、2002 年、第 488—489 頁。

船称作"日本刀船",又因日本刀上刻有"八幡大菩萨"的神名,故而以"八幡船"代称"日本刀船"。而"八幡船"也便成为后期倭寇活动期中日两国日本刀的买卖者乃至所有走私贸易者之间通用的暗号。[①] 这也是日本史学家太田弘毅所主张的"八幡船"即"后期倭寇船"的观点的来由。同时,因为用来指称日本刀船的"八幡船"是作为秘密的暗号和代称使用的,为了避免暴露的危险,在流通和交易过程中便均不使用商用文书,也未留下文字记载,这也就从另一个方面解释了中国的史料记载中并无"八幡船"一词的原因。

由此可见,无论是"前期倭寇"还是"后期倭寇",都与八幡大菩萨信仰有着密切的关系。在日本的历史记事以及日本人的观念中,是八幡大菩萨的出现,帮助他们驱逐了攻打日本"前期倭寇"的朝鲜军,就此,八幡大菩萨信仰在日本威势愈盛,"后期倭寇"更是将八幡大菩萨当作他们唯一的守护神,在船上乃至战时皆竖"八幡大菩萨旗",将所用船舶称"八幡船",甚至因为笃信八幡大菩萨对倭寇的护持,而将他们在别国的烧杀抢掠视作正当的、合法的、受神灵庇佑的行为。

第二节　武士、武士之道与"倭寇"

《八幡船传奇》写的是一个失去家主的武士在日本与中国的往返之间、在武士与倭寇的身份转换之中、在外来宗教与贸易思想对固有武士精神的冲击之下的矛盾纠葛的一生。小说的故事发生在1551年战国大名大内义隆被属下陶晴贤发动"下克上"叛乱之后。主人公香月大介本是大内义隆的家臣,在大内义隆被迫自裁后,香月大

---

① ［日］太田弘毅:『倭寇——商業軍事史的研究』、東京:春風社、2002 年、第 489 頁。

介成了失去家主的浪人。为了救回被卖往中国的好友之妹,他同好友荒户源七郎一起乘坐大倭寇徐海的船来到了中国,开始了他们倭寇的活动。在两年的倭寇生涯之后,他们又返回了日本,并遇到了原家主大内义隆的女儿容姬,二人当即拜容姬为新的家主。容姬立誓要杀死陶晴贤为父报仇,香月大介与源七郎也便以容姬的心愿为心愿,多次组织暗杀陶晴贤,最后一次终于被陶军追剿,逃至悬崖边,不得不跳入海中,所幸被堺市橘屋出海寻找手代宗助的大船所救,并被带回了橘屋,奉为座上宾。然而,橘屋所寻找的手代宗助,事实上是在与容姬等人进行武器贸易时因欺侮容姬而被其所杀,这一事实最终还是被橘屋的主人得知,容姬和香月大介也被橘屋众人围攻,香月大介为了替容姬脱罪,自请受死。小说至此终了。

总的来说,《八幡船传奇》所描写的,就是主人公香月大介在从武士到倭寇再到武士的身份转换之间的种种经历以及内心的矛盾纠葛。武士的身份起初是他最引以为傲的东西,后来在乱世的种种冲击之下,也成为他最沉重的枷锁,使他最终选择为之死去。

那么,武士的身份以及武士的伦理道德与行为规则,对于武士而言到底意味着什么呢?众所周知,对于武士的传统价值观念和品行准则,人们惯常用"武士道"一词来进行总括。但是事实上,"武士道"一词并不是与武士阶级同时产生的。"武士"一词最早出现在光仁天皇宝龟年间(770—781),是一个官职名。后在国家的中央集权受到冲击,皇权旁落、贵族争权的情势之下,各家族为了保护自己的领地,开始各自集结武装力量,使得武士逐渐形成规模,到了平安时代末期,武士身份形成,武士开始以集团的形式登上历史政治的舞台。同时,在武士集团内部,也形成了一系列道德规范和行为标准,其核心便是主从关系。而在这种主从关系中,一般而言存在着两种道德评价体系,一种是绝对的"献身",即武士所有行为的评价标准,就取决于他是否能够完全摒弃利己主义,以无我无私的献身精神奉侍主君、忠于主君;另一种则是主君的"慈爱"与家臣的"忠节"之间构成的双向性主从关系,即在武士忠于主君的同时，主君也须保障武士的利益，或者说，只有主君能够施恩，武士家臣才会报恩，由此形成了一种功利的契约型关系。但无论如何，武士的基本道德标准，仍然是绝对的忠诚。直到战国时代后期乃至末期，"武士道"一词才得以出现，它是日本社会以及武士群体对武士阶层集体价值观的思考与表达。江户时期的一些武士道理论家也著书以论说武士舍生忘死效忠主君的武士道精神。其中山本常朝（1659—1719）口述，田代阵基笔录的《叶隐闻书》（成书于1716年），便作为武士道精神之源头而被广为流传。其贯穿全书的核心观念就是"武士之道乃寻死之道"："所谓武士道，就是看透死亡。于生死两难之际，要当机立断，首先选择死。没有什么大道理可言，此乃一念觉悟而勇往直前。"[①]在常朝看来，凡事以主君为上，随时准备着为主君献身舍命，是武士最高的道德修养。而在小说《八幡船传奇》中，主人公香月大介所坚守的，就是这样的武士精神。

小说开篇描写的便是日本山口都（今山口市）附近汤田町一妓馆中的场景，俨然是举国混战中的一处安乐之所。而来这里求欢买醉的，却正是大内义隆家的武士，小说的主人公香月大介和他的伙伴荒户源七郎。此时，陶隆房尚未谋反，但是武士的生活已经呈现出了靡乱的景象，武士们眠花宿柳成为寻常。但是，他们依然时时以自己的武士身份为傲，就连在花街柳巷的寻欢作乐，也流露着他们作为战国武士的自豪感："这就是战国武士的情欲"[②]"真是旁若无人的战国武士啊"[③]。然而，在举国争权夺地、战乱不休的战国时代，大内义隆却丧失了他的政治野心、镇日沉迷享乐，大内家武士也便没有了冲锋陷阵、一展宏图的机会，他们以往挞伐敌人的武士热血，只得用在妓馆的女人身上，不免显得可笑可悲。他们虽以"战国武士""日本武士"来自我标榜，但事实上他们流连妓馆的行

[①] ［日］山本常朝：《叶隐闻书》，李冬君译，广西师范大学出版社2007年版，第1页。
[②] ［日］早乙女贡：『八幡船伝奇』、東京：春陽堂書店、1978年、第15頁。
[③] ［日］早乙女贡：『八幡船伝奇』、東京：春陽堂書店、1978年、第17頁。

为已经与武士的"克己禁欲"有所背离了。而在香月大介与荒户源七郎从暴走的牛车中救下大倭寇徐海的妻子翠娥,将她送回徐海在汤田町的居所时,徐海的兄弟何福对他们殷殷道谢,说等到告知徐海后,会在次日向他们送上谢礼的时候,他们的回答是:"日本武士,助人不为酬谢。"① 语气中全是身为日本武士的倨傲和自豪。而在他们得知陶隆房谋反,正在围攻大内义隆的筑山馆之时,香月大介与荒户源七郎并不是选择苟且逃生,而是逆着人潮奋力赶回筑山馆,英勇突破谋反军的围困,带领大内家剩余的家臣与女眷逃入了法泉寺。为此,他们甚至不惜舍弃了家人的安危。荒户源七郎的妹妹、香月大介青梅竹马的恋人深雪在孤身逃跑的过程中被谋反军掳掠奸淫,并被一路从博多、五岛带往了中国。

由于家主大内义隆的败逃与身死,主人公香月大介与荒户源七郎就此成了浪人,他们对未来失去了方向,加之深雪被何福掳掠到了中国,于是他们便以寻找妹妹为由随大倭寇徐海到了中国,做起了倭寇:"大介和源七郎在日本都不过是刚失去家主的浪人,全无指望,如果深雪被带去了明国,他们也便没有留在日本的理由了。"② 而香月大介与源七郎等人做了倭寇之后,也依然自称"日本武士",他们在中国的活动,不管对百姓的寇掠,还是与官兵的对战,抑或只是日常的生活,都时刻流露着日本武士高于其他任何身份人等的没来由的自豪与自傲。而在做了两年倭寇,重又回到日本之后,香月大介与荒户源七郎巧合之下又遇到原来的家主大内义隆之女容姬,他们宛如找到主心骨一般,即刻转换了身份与姿态,并将返回日本的理由也套上了忠于家主的理由:"二人轮流讲了辛亥之变后的遭遇。他们告诉容姬,是为了讨伐陶隆房,振兴大内家才从南蛮返回日本的。"③ 由此,香月大介与荒户源七郎又回归了武士的身份,以

---

① [日] 早乙女貢:『八幡船伝奇』、東京:春陽堂書店、1978 年、第 12 頁。
② [日] 早乙女貢:『八幡船伝奇』、東京:春陽堂書店、1978 年、第 59 頁。
③ [日] 早乙女貢:『八幡船伝奇』、東京:春陽堂書店、1978 年、第 161 頁。

旧日家主之女容姬为新的效忠对象，以容姬的目标为他们自己的目标，开始谋划着为大内义隆复仇。此时，香月大介对于武士的价值体系是完全认同并决意严格践行的："下克上，也算不上是多么卑劣的手段，在战国时代随处可见，但是——我不允许——香月大介在这个意义上或许并不具备成为战国大名的素质。——但是，我是武士啊！——"① 他主动而自觉地将自身的行为与思想放入了武士的道德规范与行为准则的规制。

在他们效忠容姬期间，容姬俘获了仇敌陶隆房之女佐代里，并对其百般凌虐，香月大介见之不忍，便趁着容姬睡着悄悄放走了她。在这个过程中，大介与佐代里之间产生了深刻的恋情："这浓烈的女儿情，将这战国武士的心箍得发痛。""但是，他要如何接受这份恋情呢？香月大介是武士啊！"② 由于佐代里是香月大介的家主大内家仇人陶隆房之女，作为以"忠"为最高行为准则的武士，香月大介也只能忍痛按下心中的恋情。事实上，"忍恋"也是武士的伦理道德标准之一："恋之至极，是为忍恋，为坚守且秘藏于内心而不外宣的无上恋情。逢人就表现在姿态上，其恋格为下品。爱恋一生，秘埋于心，为爱情焦思而死，才是忍恋的本意，也才是恋之为恋的道吧。"③ 而在大介放走佐代里一事，事实上已经违背了新的家主容姬的意愿，他没有想过逃避，而是在送走佐代里之后，便立即返回了他们所居住的猛儿馆，跪请容姬的惩罚。这也是香月大介在武士的行事准则与人性人情产生矛盾冲突时对武士价值观的一次的违背，但也只是小小的违背，他即刻就又回转到了容姬的身边。而容姬对香月大介的惩处近乎无理，她让香月大介独自前去杀掉陶隆房，这几乎是不可能完成的事情，而且极有可能丢掉性命。因为此时的陶隆房已经掌权，护卫重重，想要靠近他都难。但香月大介还是领命

---

① ［日］早乙女貢：『八幡船伝奇』、東京：春陽堂書店、1978 年、第 166 頁。
② ［日］早乙女貢：『八幡船伝奇』、東京：春陽堂書店、1978 年、第 164 頁。
③ ［日］山本常朝：《叶隐闻书》，李冬君译，广西师范大学出版社 2007 年版，第 68—69 页。

前往，并拒绝了源七郎与觉圆和尚的帮助，他拒绝的理由又是："不自己去的话，便不是一个合格的武士。"而深谙武士之道的源七郎与觉圆对此也是十分理解，他们听了香月大介的话之后，"二人都沉默了，因为武士道高于一切"。但是二人依然不免担心他独自去往防卫重重的陶氏居所无异于自投火海，香月大介的回答是："我知道，但这不就是武士的宿命吗。"①武士的宿命，便是恪守主从秩序，为了完成主人的命令，哪怕是为了自投火海也在所不惜。

作者早乙女贡对此写道："在这个人人都争功名，抢名誉，利欲熏心的乱世，像自己这样就这么愚蠢地去送死，或许没有任何意义。但是，在两年的海贼生活中，他见识了那些潜藏在人心中的兽心、带着假面的欲望，这让他厌恶，也许正是因为这些，才让他可以以纯粹的武士的本分生活吧。"② 此时，虽然看上去香月大介的行为乃至想法与此前无差，似乎依然严守着武士的忠义，但是，武士的身份对他来说已不再仅仅是一种至高无上的荣耀，武士的价值观之下形成的行为标准也不只是他作为一个武士需要义无反顾、不问因果去践行的准则，他甚至意识到了所谓的武士的忠义之下的残酷以及对人性与人情的背反。但是他依然决定"以纯粹的武士的本分生活"，更多地是因为在他见识了乱世的人心丑陋之后，武士的身份与道义，成为一个可以让他维持自己内心安宁的避难之所，可以使他在人人争名逐利、无所敬畏的世界不至于无所适从。

而容姬一众对陶晴贤的复仇举动，与其说是真的想要达到杀死陶晴贤的目的，不如说他们是为了复仇而复仇，因为与已经身为一方领主的陶晴贤相比，只余十数人的容姬一众与其力量相差太过悬殊，他们事实上并没有任何胜算，但他们还是一次又一次地如卵击石一般的复仇，他们甚至都没有多少完整的、可行的行动计划，只

---

① ［日］早乙女贡：『八幡船伝奇』、東京：春陽堂書店、1978 年、第 165—166 頁。

② ［日］早乙女贡：『八幡船伝奇』、東京：春陽堂書店、1978 年、第 167 頁。

是不断地行动，失败，被追剿。似乎这个过程本身的意义要大于结果。关于此，《叶隐闻书》的译者李冬君在《叶隐闻书》的导读中说得比较透彻："既然是武士，成败当作别论，结果不重要，行动就是意义。复仇就是复仇，既没有什么大道理，也不要挖空心思地用计，只要冲上前去，杀！杀！杀！冲决一切生和死的束缚和顾虑，立即去复仇，方为大义。……武士道的精神是狂，不是仁。"①

在容姬一行反复偷袭陶晴贤未遂之后，陶晴贤也屡次派军突袭乃至火攻容姬等人。最后一次，在陶军的追剿中香月大介带着容姬逃到一处悬崖边，不得已之下，二人一起跳下悬崖，落入海中。所幸他们在海中遇到了堺市橘屋寻找手代宗助的船，二人被救起并被带回了橘屋。然而，在他们参加橘屋举办的赏雪宴时，容姬以前杀死橘屋手代宗助的事暴露了，香月大介作为武士的忠义心和责任感再一次使得他决定为容姬顶罪，并以自己的死换得容姬的活。他请求参加赏雪宴的堺市代官松永久秀保护容姬："这是一个武士最后的请求，容姬，只要容姬能活下去，求您！"② 在容姬被松永久秀的侍从护起之后，"大介感受到了一种悲壮的喜悦"③。"在渐渐降临的黄昏，大介深吸一口气，让清冽的空气灌满胸膛，他双手叉腰，两脚分立，射击吧！他说道，一副全无所谓的态度。"④ 在一颗又一颗的子弹打中身体、满面血污的情况下，香月大介依然快意且嘲弄地大笑，他是笑着赴死的。他这种面对死亡无惧无畏甚至于"悲壮的喜悦"情绪，正合了《叶隐闻书》中所说的"武士道就是对死的狂热，即'死狂'本身"⑤。

---

① 李冬君：《叶隐闻书·导读》，广西师范大学出版社2007年版，第16页。
② ［日］早乙女贡：『八幡船伝奇』、東京：春陽堂書店、1978年、第248頁。
③ ［日］早乙女贡：『八幡船伝奇』、東京：春陽堂書店、1978年、第248頁。
④ ［日］早乙女贡：『八幡船伝奇』、東京：春陽堂書店、1978年、第248—249頁。
⑤ ［日］山本常朝：《叶隐闻书》，李冬君译，广西师范大学出版社2007年版，第44页。

事实上，香月大介对于武士身份与武士价值体系的感受，是有一个清晰的变化脉络的。起初他以自己的武士身份为傲，严格践行一个武士忠于主公的职责，舍生忘死，为了大内家女眷和家臣的安危，将青梅竹马的恋人置于一边，使其被掳掠凌辱，也毫无怨言。甚至于在他到了中国，做了倭寇之后，他依然以武士自居，武士的身份，是他哪怕脱离了武士的生存环境与生活方式，也依然在固执坚守的荣光。但是，在香月大介从中国返回日本，从倭寇又做回了武士之后，他却反而没有了重新得回武士身份的荣耀感，他活得并不快活，甚至时常因为最基本的人情人性与武士的道义发生冲突而苦闷。在他的新主容姬凌虐仇人之女时，他是痛苦的，因为他知道下克上的争斗与一个弱女无关；在他与佐代里产生恋情的时候，他也是痛苦的，因为在他武士的价值体系中，爱上家主的仇人之女，便是不忠不义；甚至于在为容姬拼死战斗的时候，他也会怀念曾经恣意海上的倭寇生涯："他率领着威风凛凛的军船，耳中尽是沿岸诸州官民'八幡来了''倭寇来了'的恐惧呼喊。那样的英姿，如今何在？"①实际上不难看出，因为两年的倭寇生涯，他作为武士，对武士价值观的深刻认同已经从心底里发生了动摇，他开始以怜悯的眼光看待武士群体，对于他从前无比引以为傲的武士身份，乃至整个充满武力争战的世界，他也不由自主地生发出了厌离的情绪："这个世界，或死，或生，或力量。除此以外，别无其他。""身披铠甲，手握武器，与为了生存的原始动物又有何异。"②他甚至对他的新主容姬充满了同情："她没有体会过普通人的爱恋，不知身为女子的喜悦，只是为了替父报仇，苦练武技，变成了一个没有感情的鬼。……大介真想，两个人就这样去一个没有人认识他们的异国，忘记仇恨，忘记对陶晴贤的仇恨。"③ 在被这种种对武士

---

① [日] 早乙女貢：『八幡船伝奇』、東京：春陽堂書店、1978 年、第 191 頁。
② [日] 早乙女貢：『八幡船伝奇』、東京：春陽堂書店、1978 年、第 190 頁。
③ [日] 早乙女貢：『八幡船伝奇』、東京：春陽堂書店、1978 年、第 192 頁。

价值观的质疑情绪所捆绑的情况下，香月大介的死，是他的解脱，也是作者面对武士精神难以为继的乱世，以武士之死为武士精神求得的保全。

　　面对主君，日本武士堪称道德的典范，他们尽职尽忠，正直无私。然而，在面对"外人"的时候，他们却会显示出极其残虐的一面。小说《八幡船传奇》便将这一点表现得淋漓尽致。主人公香月大介以及他的同伴荒户源七郎对主公大内义隆可谓恪尽职守，即使大内义隆在"下克上"的战斗中失败，他们也拼死救出了大内家的女眷并将其妥善安置。在偶遇大内义隆之女后，又当即奉她为新的主公，完全听从她的指南，直至为之献出性命。而他们之间也互相守望相助、慷慨无私。他们一同战斗，一同去往中国，在走失之后仍然拼命寻找对方并在对方最需要的时候出现，同时，他们对彼此作为武士的忠义之心也有着最深切、最感同身受的理解。然而，在面对他们的武士群体以外的人时，情况却迥然不同，他们不仅没有心慈手软，甚至罔顾基本的道义与人性。

　　香月大介和荒户源七郎等人在日本时就已显出了他们为所欲为的一面。荒户源七郎为了找寻妹妹，曾闯入私宅，因赌博赌输而与人打斗，并放火离开。到了他们漂泊海上，做了倭寇，便更加无所顾忌了。他们拦截来往的商船乃至海贼船，抢夺财物，斩杀船长，霸占船只，完全做着海贼的行径。在踏上中国的土地，潜入南京城之后，他们火烧南京城，制造出了极大的混乱与伤亡，而作者在行文中对此也毫不避讳掩饰。香月大介等人夜烧南京城，市民从睡梦中惊醒，纷纷狼狈逃窜，"人就如同烂泥一般被踩在马蹄之下，死去，倒在死者身上的人又被踩踏，死去"[①]。以至于中国的百姓听到"八幡来了"之类的话便惊慌失措，纷纷逃窜，而他们对此却颇为自得，显示着对于生命的完全的漠视。而他们这样的行为，也并不仅仅是因为他们身处中国，脱离武士身份的原因。在他们回到日本，

---

　　① ［日］早乙女貢：『八幡船伝奇』、東京：春陽堂書店、1978 年、第 95 頁。

重又回归武士身份之后,除了对他们的新主容姬以及他们一同战斗的同伴外,对于其他人,他们同样冷漠甚至残酷,并无任何道义可言。例如在又一次偷袭陶晴贤失败之后,他们决定从堺市的武器商橘屋那里买取"堺筒",以增加向陶氏报仇的胜算。为了买到堺筒,容姬受辱于橘屋与他们交涉的商人手代宗助,于是香月大介等人便合力杀死了手代宗助。之后,在陶氏的一次追剿之下,容姬与香月大介被逼至悬崖,跳落海中,幸而在海中遇到了橘屋的大船,二人被救起。但是,橘屋的船正是出海寻找被容姬等人杀死的手代宗助的。但他们二人面对救命恩人,谁也没有提起此事。更有甚者,当橘屋的六平太察觉到手代宗助就是被容姬等人杀死一事时,容姬为保住秘密,当机立断用剑将他刺落海中。而后若无其事地随着橘屋的船来到了堺市,借住在橘屋,橘屋众人将他们奉为座上宾,甚至允许香月大介参与到武器的生产制造中,他们也心安理得地享受着橘屋的厚待,一直到手代宗助被容姬等人所杀的事情败露。面对救命恩人,他们既没有坦荡承担,也没有知恩报恩,反而是颇有些寡廉鲜耻的意味。

正如《叶隐闻书》的译者李冬君所说:"战国时代,有这样的说法:'杀人越货,是武士的习气。'对于战国武士来说,吃或被吃,兴或亡,是他们的家常便饭。在关系生死的战斗中,自我保存的本能就是武士的生存之道,这里没有什么仁义道德可言。"[①]他们的仁义道德,只限于对待自己的主君。因为即便是到了人人逐利、"下克上"之风盛行的战国时代,毅然为主君抛家舍命依然是武士社会的理想化行为和最高名誉。也就是说,在一个武士的身体里,同时存在着两种迥然不同的人格,一种是在面对主君之时,他们至死忠心、无私舍己,恪守着世上最为严格的道德标准,如同"道德之光",

---

① 李冬君:《叶隐闻书·导读》,广西师范大学出版社2007年版,第12页。

"沐浴大众"①；另一种则在面对外人之时，他们杀人越货、冷酷无情，他们的武士训练和军事实力成为他们谋求个人利益和施加暴力的最有效手段。正是因为这一点，小说《八幡船传奇》中，主人公香月大介和荒户源七郎等人从武士到倭寇再到武士的身份转换才显得那样轻易而没有界限。或者说，倭寇烧杀抢掠的属性，只是武士另一种人格的表现，只是因时因势而变。事实上，日本社会也明确意识到了这一点，因此，从中世初期开始，日本便产生了一系列的法律和惯例，用以防范武士群体通过暴力手段谋取个人利益的行为。

第三节　"神国思想"与"倭寇"

在日本的当代倭寇文学中，不论作家是从哪个视角出发、站在怎样的立场去看待倭寇，他们都不可避免地会对倭寇在中国沿海的恶行乃至罪行进行不同程度的掩饰或者推诿。例如津本阳《雄飞的倭寇》就将倭寇的寇掠行为当作日本雄飞海外的壮举，将那些在中国沿海烧杀抢掠的倭寇写得智勇双全、有情有义，由此完成对倭寇得正当化甚至英雄化描写。泷口康彦《倭寇王秘闻》更是将倭寇在中国的烧杀劫掠歪曲成了他们帮助中国百姓对抗明政府的狭义之举。南条范夫《海贼商人》则为16世纪日本海贼商人，即后期倭寇在东亚海域的武装活动披上了热血的海上冒险的外衣，淡化了他们烧杀抢掠的本质，反而引发了当代生活在都市秩序中的人们的向往，达到了美化倭寇的效果。陈舜臣《战国海商传》在当代倭寇文学中可以说是立场相对客观的一部了，他是从商业主义的角度去理解倭寇的，但是事实上将进入中国进行武装活动的日本团体定义为海商，本身就有美化之嫌，因为即使我们可以将武装走私贸易看作正当的

---

①　［日］新渡户稻造等：《日本的本质》，青山译，新世界出版社2016年版，第62页。

贸易行为，但倭寇进入中国，除了走私贸易以外，还有武装劫掠乃至杀虐行为。所以说，对倭寇行为与倭寇本质进行不同程度的美化，是当代日本倭寇文学共同的倾向。但是，早乙女贡的《八幡船传奇》却完全不同。

《八幡船传奇》对那些由日本武士转变而成的倭寇进入中国之后的杀虐行为丝毫不作掩饰，高调地乃至生动地描述着他们在中国境内烧毁城池、践踏百姓之时的英勇，甚至还写到了百姓逃难之时的慌张无助和卑微如泥。作者早乙女贡写道，在香月大介等人夜袭南京城，火烧城池之时，市民从睡梦中惊醒，口中一边喊着"八幡来了""胡贼来了"，一边纷纷狼狈逃窜。然而当他们逃到南京城门时，却发现守卫兵为了抓捕城内倭寇，坚守城门不开。"大火烧城，市民若不能逃出城外，便会被烧死。"①城门边一片哀号。在主人公香月大介等一众倭寇的马蹄过处，"人就如同烂泥一般被踩在马蹄之下，死去，倒在死者身上的人又被踩踏，死去"②。而与这些被烧虐踩踏的中国百姓的惨状相对的，作者对放火烧城的香月大介等人的描绘是："与白天假扮百姓的样子不同，他身着铠甲，铠甲外披挂红色战袍，身后八幡大菩萨旗帜猎猎，俨然一个威风凛凛的武者。"③虽然小说所写的香月大介等人来到中国，从事倭寇活动的起因是为了寻找并救出荒户源七郎的妹妹深雪，但他们在中国的行动轨迹却早已偏离了救人。他们不仅烧城掠地，甚至也讨伐官兵。早乙女贡写道："在讨伐胡宗宪之后，他们的气势愈盛，凡是通过杭州湾的船，不论官民，都遭到了他们的袭击。"④ 在日本的倭寇文学中，如此不加掩饰地对受迫害的中国百姓加以描写的小说，是绝无仅有的。而作者之所以这样描写，当然不是像中国涉及倭寇题材的文学那样是在揭露倭寇在中国的恶行，而是为了凸显香月大介等人的英武非

---

① ［日］早乙女貢：『八幡船伝奇』、東京：春陽堂書店、1978 年、第 94 頁。
② ［日］早乙女貢：『八幡船伝奇』、東京：春陽堂書店、1978 年、第 95 頁。
③ ［日］早乙女貢：『八幡船伝奇』、東京：春陽堂書店、1978 年、第 97 頁。
④ ［日］早乙女貢：『八幡船伝奇』、東京：春陽堂書店、1978 年、第 113 頁。

凡。此外，作者也丝毫不掩饰这些"八幡"乃至日本武士的不道德之处。在他们日间饮酒，夜宿花街，甚至就连主人公香月大介幻想觊觎徐海的妻子翠娥，都有大段香艳的描写。这与别的倭寇小说如《雄飞的倭寇》试图将倭寇的奸淫妇女美化成自由恋爱全然不同。那么，对于这样一种侵害别国，无论在何种意义上都不符合道德规范与国际道义的寇虐行为，作者早乙女贡是在什么样的心理前提之下，对其进行心安理得的褒扬的呢？这便与倭寇的"八幡大菩萨信仰"乃至日本的"神国思想"密切相关，事实上，日本的"神国思想"与"八幡大菩萨信仰"是一以贯之的。

日本的"神国思想"事实上在古初便已见端倪，大隈重信等编著的《日本开国五十年史》绪论中，对此就有所提及："日本有古语曰'加弥那加拉么弥哥挪希罗希眉斯窟尼'，汉译云'惟神之国'，意谓神孙统治如神世之邦也。"① 而"神国"二字最早作为一个词使用，是在《日本书纪·神功皇后摄政前记》："新罗王遥望，以为非常之兵将灭己国，詟焉失志。乃今醒之曰：吾闻，东有神国，谓日本。亦有圣王，谓天皇。必其国之神兵也。岂可举兵以距乎。即素旆而自服，素组以面缚，封图籍，降于王船之前。"② 这段记载，说的是神功皇后征伐三韩（新罗、高句丽、百济）之事：新罗王看到神功皇后的大军，以为神兵天降，于是不战而自降。而神功皇后出征的本质，就是为了掠夺财富、扩张领土。待侵入朝鲜之后，他们"遂入其国中，封重宝府库，收图籍文书"③。由此可见，"神国"本就是在对外掠夺的语境中产生的。而神功皇后作为日本向着海外开疆拓土的先驱，也被当作日本日后海外行动的护佑。到了平安时代，《日本三代实录》在对贞观十一年（869）十二月新罗船袭击日本筑前国那珂郡的记事中，也出现了"神明之国"的表述："我朝

---

① ［日］大隈重信等编：『日本開国五十年史』第一册、東京：東京印刷株式会社、1908 年，第 3 頁。
② ［日］小島憲之校・訳：『日本書紀』卷九、東京：小学館、1994 年、428 頁。
③ ［日］小島憲之校・訳：『日本書紀』卷九、東京：小学館、1994 年、428 頁。

久无军旅，专忘警备，兵乱之事尤可慎怒。然我日本朝所谓神明之国，神明之助护赐，何兵寇可近来。况挂畏皇大神，我朝大祖御座，食国天下照赐护赐。然则他国异类加侮致乱事，何曾闻食天。"①记事中认为，日本"久无军旅，专忘警备"，但在遭到"他国异类"入侵的时候却能不受其害，这便是日本得神明护持，可称为"神明之国"的有力明证。如果说《日本书纪》是借新罗王之口为日本加诸"神国"的称谓，尚有收敛之意。到了《日本三代录》中，日本开始以"神明之国"自称，便证明他们已经产生了明确的神国意识。而《日本书纪》中的"神国"与《日本三代录》中的"神明之国"，作为日本人神国意识的最早记载，事实上已经相当程度地揭示了神国意识乃至后来系统化、思想化的神国思想的本质及其表现：在《日本书纪》中，"神国"一词的出现伴随着日本对别国侵略，而《日本三代录》中对"神明之国"的使用，则源于日本对他国入侵的抵御，在这两部纪事中，无论是日本对别国的侵略还是日本对别国入侵的抵御，都受到了神明护持。至此，"神国"的表述以及"神国思想"之于日本人的意义便基本奠定了。也就是说，当日本与他国发生关系，确切地说是发生战争的时候，日本因其属于"神国"，受到神明庇佑，都会无往而不胜，而这种战争，既包括日本的对外侵略与寇夺，也包括日本的自我抵御和防卫。

此后，诸如《春记》《大槐秘抄》《东大寺众徒参诣伊势太神宫记》等的历史典籍以及《平家物语》《保元物语》《吾妻镜》等的文学作品中，也都出现了"神国"用例，但其中的神国思想都不甚强烈。直至13世纪后半期元世祖忽必烈两次征伐日本，也就是日本所称的文永之役（1274）与弘安之役（1281），亦即日本所谓的"蒙古袭来"的发生，日本的神国思想才被完全激化。

事实上，在"蒙古袭来"之前，日本感受到他国入侵的威胁之

---

① ［日］『日本三大録』、『国史大系』（新訂増補）、東京：吉川弘文館、1996年、第255頁。

时，日本的神国意识就已经显露出了端倪，并开始支配日本人的行为与思想。在蒙古入主中原建立元朝之后，元世祖忽必烈曾数度遣使东渡招谕日本，但始终无果。譬如至元五年（1268）正月及次年七月蒙古的谕日本国书及牒状，皆言辞强硬，甚至多有恐吓之语，日本见到之后惶惶而惊，他们经过商议草拟了复牒，但最后却都被搁置了。其中，日本草拟答复至元六年（1269）七月蒙古牒状的《赠蒙古国中书省牒》中写道："凡自天照皇大神耀天统，至日本今皇帝受日嗣，圣明所覃，莫不属左庙右稷之灵。得一无二之盟，百王之镇护孔昭，四夷之修靖无衅。故以皇土永号神国，非可以智竞，非可以力争，难以一二，乞也思量。"① 日本在此自称"神国"，意在震慑蒙古，使其能够有所忌惮。随后，朝廷又派人到伊势大神宫以及京都附近的22个神社、寺庙——祝祷，祈求神明镇护，异国降伏。如我们所知，蒙元军的两次东征都惨遭失败，其中当然有很多必然的和偶然的原因，但日本显然更愿意将其归因于日本是神国，而阻挡蒙古军的飓风也成了"神风"，就连"蒙古袭来"之前日本朝廷在神社的祷告，都有了重大的通神意义。

之后，日本的诸多史籍、纪事乃至文学作品都对此事大加描写渲染，宣称日本得神所助，是"神风"大败元军。譬如成书于14世纪初期的宣教文学《八幡愚童训》，便将日本击退"蒙古袭来"的原因归于神明护佑，所谓"八幡愚童训"，即训示蒙童，向他们讲述八幡神威灵的意思。而且，《八幡愚童训》中的神不再是以前的纪事与文学作品中那些模糊化的诸神，而是清晰的、具体的八幡神，即八幡大菩萨。书中写道："今度既武力尽果，若干大势逃失将败之时，夜半时分三十余白衣装束人自箱崎宫奔出，举箭便射。其状甚恐，令人毛骨悚然。家家燃焰映海，宛若波中燃起烈火。蒙古[人]

---

① ［日］『本朝文集』、『国史大系』（新訂増補）、東京：吉川弘文館、1996年、第400頁。

肝心迷失竟逃，日本之归虏及蒙古俘虏皆作此言。"①这里的"白衣装束人"便是指八幡神的化身，在"文永之役"帮助已经"武力尽果"的日本军大败蒙古，使其仓皇而逃。日本的"神国思想"也就此彰显。另有南北朝时期思想家北畠亲房《神皇正统记》（1343）写道："辛巳年（弘安四年），蒙古大军乘大量战船侵犯我国，在筑紫进行了大战。神明现威显形阻止。大风突然刮起，数十万贼船皆被掀翻而毁灭。虽是末世，神明之威德真是不可思议。这应是不变的誓约。"②以此来佐证《神皇正统记》的核心观念："大日本是神国。天祖初开基，日神长传道统。只有我国才有此事。异朝无此例。因此谓之神国。"③其中的"神国"优越感不言而喻，而日本的"神国意识"可以说已成为一种系统化、固定化的思想。

此前，日本的"神国思想"都是以外征侵略和专守防卫这两种形式为表现的。到了明朝，日本不再甘心臣属于中国。他们既不愿称臣纳贡，也不去切实解决侵扰中国沿海的倭寇问题。而其原因就在于，日本的"神国思想"日增，并开始表现在了他们对明朝的外交态度上。应永二十六年（1419）七月，室町幕府第四代将军足利义持在其《谕明朝使臣书》中直接以神国自诩，并将不与明朝的往来的理由归因于神的旨意："本国开辟以来，百皆听诸神。神所不许，虽云细事，而不敢自施行也。……然而余之所以不肯接明朝使臣者，其亦有说，先君之得病也，卜云，诸神为祟，故以奔走精祷，当是时也，灵神托人谓曰，我国自古不向外邦称臣，比者变前圣王之为，受历受印，而不却之，是乃所以找病也，于是先君大惧，誓乎明神，今后无受外国使命，因垂诫子孙，固守毋坠。"同时，对于明朝责问倭寇犯边一事，又含糊其辞："又责以海岛小民数侵边围，

---

① ［日］樱井德太郎等校注：『八幡愚童訓』、『寺社縁起』、東京：岩波書店、1975年、第189页。
② ［日］岩佐正校注：『神皇正統記』、東京：岩波書店、1965年、第321页。
③ ［日］岩佐正校注：『神皇正統記』、東京：岩波書店、1965年、第7页。

是实我所不知也。"①由此也可看出，倭寇的产生与壮大，与日本的"神国思想"是密不可分的。

到了16世纪后半期，丰臣秀吉成为日本的实际掌权者之后，"神国思想"开始在他的施政中得到了充分的体现。天正十五年（1587）六月，丰臣秀吉因感受到天主教的渗入对日本事务和国民思想的影响，遂以"日本乃神国"为由颁布《驱逐传教士令》，在日本禁绝天主教。日本"神国思想"所表现出的专卫防守，由此从对他国入侵、与别国往来的防卫，走向了更深入的意识形态与思想上的排外。而且，丰臣秀吉也多次表示了意欲出兵朝鲜、进击中国、称霸东亚的野心，而他的理由仍然是"日本是神国"，在他的统治理念中，日本是"天孙民族"，受神明护佑，理该坐拥天下，一统异邦。至此，日本的"神国思想"终于从一种外交方式、一种意识形态，演变成了他们确确实实发动对外侵略的理论支撑和思想武器，成为日本此后对外扩张的开端。

我们细究日本"神国思想"的脉络，不难发现其与倭寇的密切联系。首先，倭寇作为日本所谓的"雄飞海外"的行动，本就是其"神国思想"中外征侵略的体现。其次，在"神国思想"的形成过程中，八幡神，即八幡大菩萨作为唯一的具体化了的神，在日本进行对外侵略和抵御外国入侵中都以守护神的形象出现，发挥了重要的作用。而八幡大菩萨又被倭寇奉为守护神，甚至倭寇也被称作"八幡"，这其中的联系是不言而喻的。此外，日本的"神国思想"也为倭寇的烧杀抢掠提供了行动依据和将倭寇正当化的思想依据。

早乙女贡《八幡船传奇》虽然写得主要是主人公香月大介等人乘上倭寇船，做了倭寇之后的种种行动与际遇，但从小说题名到小说内文，除了在提示读者所谓"八幡"，就是"倭寇"时小说家使用过"倭寇"之外，在其他情况下，一律是使用"八幡"来代称

---

① ［日］田中健夫：『善隣国宝記・新訂続善隣国宝記』、東京：集英社、1995年、第138—141頁。

"倭寇"的。当然，这两个词在含义上是可以等效的，但在情绪、情感乃至观念上，则存在着巨大的差别。"倭寇"一词，"倭"是中国对日本的蔑称，而"寇"则是对这一时期进入朝鲜与中国的日本武装集团的寇掠本质的界定，其中轻侮厌憎的意味不言自明。而"八幡"则不然，如太田弘毅等日本历史学家所说，"八幡"就是来源于日本的"八幡大菩萨信仰"。这也就意味着，以"八幡"指称"倭寇"，不仅消除了其中的轻侮厌憎之情，从日本人的角度来看，甚至带有神圣的意味。而在小说中，早乙女贡为了避免使用"倭寇"而坚持使用"八幡"，甚至还犯了一个史实性的错误。小说写道，在南京城陷落之后，总督胡宗宪逃往浙江，并给徐海写了亲笔信，名为"背叛劝告书"，称："八幡"已包围了桐乡，徐海若能解桐乡之围，便许他黄金五千两，并许他大明朝的高官之位。事实上，"八幡"仅是日本人对倭寇的指称，在中国的历史记事和文书中均无"八幡""八幡船"等表述。据日本史学家太田弘毅推测，"八幡""八幡船"等用法是"后期倭寇活动期中日两国走私贸易者以及日本刀的买卖者之间通用的暗号"，[①] 既然是"暗号"，又怎么会堂而皇之地写在官府发出的"劝告书"中呢？

同时，如前所说，《八幡船传奇》对于以主人公香月大介为首的一众倭寇在中国烧城掠地、残害百姓的活动的描写，不仅无所避忌，甚至写得理所当然、志得意满。我们联系日本的"神国思想"，以及作为日本"神国思想"之构成部分的"八幡大菩萨"信仰，便不难理解其中的逻辑了。既然在日本所谓的"应永外寇"，亦即朝鲜王朝对"前期倭寇"的打击中，日本有"八幡大菩萨"显灵襄助，击退朝鲜军。这就说明，在日本人的观念中，"倭寇"本就是受"八幡大菩萨"的正当行为。而对于"后期倭寇"，即16世纪活动于中国沿海的倭寇集团，史学家太田弘毅也充分验证了"八幡大菩萨"对

[①] ［日］太田弘毅：『倭寇——商業軍事史的研究』、東京：春風社、2002年、第489頁。

其的护持作用:"将在外国侵略中守护日本国土的'第三神风'与后期倭寇进行关联,结果会如何呢?那么,日本人——特别是后期倭寇——认为'神风'护佑倭寇在海外的活动,也就不奇怪了。或者说,后期倭寇正是凭借风力驱动船舶驶向中国大陆的。'第三神风'可能便是倭寇活动的能量之源。'第三神风'不仅仅具有观念上的意义,更被认为是现实中船舶行驶的动力。这便是具体的'第三神风'的恩泽。这样想来,八幡大菩萨='第三神风'与后期倭寇的结合,便无可否认了,而它们的象征,便是八幡船。"①

而小说《八幡船传奇》中所描写的倭寇,正是活动于16世纪中国沿海的"后期倭寇"。他们驾"八幡船"、船上竖"八幡大菩萨旗"进入中国沿海地区,或烧杀抢掠、攻城略地,或武装走私、武力商贸,虽然有学者从商贸的角度对他们的行为进行了肯定,认为他们在一定程度上促进了东亚区域的经济交流,也有中国学者认为倭寇的武装走私活动推动了中国的资本主义的萌芽。对此,我们无须否认,这是后世学者通过研究得出的客观结果,但绝不是倭寇活动的主观动机。倭寇入寇中国的目的,也只是为了获取财富,他们获取财富的方式,就包括武力掠夺和武装走私这两种,即所谓的"亦商亦寇",他们的行为,对中国人民和土地造成了长久的灾难,这一点无论从何种角度都是无法否认的。因此,对于倭寇的本质,我们只能做入寇劫掠的定性。此外,由于倭寇涉及了国与国之间的问题,于是便有许多学者提出,倭寇,尤其是后期倭寇中的人员组成问题,认为后期倭寇主要以中国人为主,日本人只占十之一二,这就说明倭寇并不是日本对中国的侵略,而是中国内部的矛盾。事实上,关于这一点,我们单看倭寇所乘的"八幡船",船上所竖的"八幡大菩萨"旗,以及倭寇的"八幡大菩萨信仰"这一原生于日本的信仰体系,就可以知道,尽管在人数上,中国人占比更多,但

---

① [日]太田弘毅:『倭寇——商業軍事史的研究』、東京:春風社、2002年、第483頁。

倭寇仍然是发自于日本、明显携带着日本精神的入侵力量，而混迹其中的中国人，不管是为了在严苛的海禁政策之下求得生存之路，还是为了走私贸易的巨额利润而铤而走险，到底不过是为了一己私欲在异化于中国之后化归日本而已。

其实，一直以来认为倭寇的人员构成中中国人占多数，所以倭寇便是受中国人引诱乃至倭寇行为是由中国人主导的观点，主要出自日本的历史学者。他们出于种种民族心理，站在自国的民族主义立场，怀抱着美化自国历史的民族责任感，对倭寇的本质做了一定的遮蔽。然而，那些比起历史学家来说，更加能够体察日本民众情感与意愿的日本作家，他们在倭寇文学的书写中，往往并不愿意将来自中国的"伪倭"设置为整个倭寇群体的头目，甚至在极力淡化中国"伪倭"在倭寇活动中的作用。譬如在陈舜臣《战国海商传》在写到日本人、葡萄牙人以及王直的倭寇集团在双屿走私基地联合进行走私贸易时，他写道："日本人，葡萄牙人以及王直虽然三方联合，但由于佐太郎掌握着商品的秘密供给源，因此日本人占据优位，具体来说，就是佐太郎实为盟主。"① "世人都以为双屿帮的首领是王直，是他得到了日本人和葡萄牙人的支持，掌握着事情的主导权。但是，被看成是首领的王直，实际上却并不觉得自己是首领，他只是按着佐太郎所说行事。"② 作家的倾向性是显而易见的，他在世人认为的大倭寇头目王直之上，又设置了一个来自日本的倭寇总指挥佐太郎。而《八幡船传奇》中更是主要聚焦于由日本落魄武士组成的倭寇集团在中国的活动以及他们的爱恨情仇，中国倭寇头目徐海等人在小说中也不过是浮光掠影式的一提而过。由此可见，在日本作家乃至日本民众的看来，倭寇，主要是倭寇中的日本人，他们在中国沿海的武装活动，以及他们在活动中所表现出的所谓的奇谋善

---

① ［日］陈舜臣：『戦国海商伝』（上）、東京：講談社文庫、1992 年、第 331 頁。

② ［日］陈舜臣：『戦国海商伝』（上）、東京：講談社文庫、1992 年、第 322—323 頁。

断、英勇无匹，都是值得骄傲的事情，他们并不希望这份"功勋"被中国人抢占，这是他们的民族情感和民族心理所决定的。而另一个很重要的原因，便是在本质上，他们并不认为倭寇的活动是错误的，于是，他们可以如《八幡船传奇》那样冷漠而又生动地描写中国百姓在倭寇践踏之下的可怜之态，以凸显倭寇的雄姿。而他们将倭寇的寇掠乃至入侵行为正当化的根源，我们结合日本的"八幡大菩萨信仰"以及"神国思想"，便可以找到答案。

如前所述，在日本的纪事中，"八幡大菩萨"的现身显灵，本就与倭寇直接相关。在日本所谓的"应永外寇"中，"八幡大菩萨"帮助日本驱逐了攻打"前期倭寇"的朝鲜军，直接成为倭寇的守护神，于是，"后期倭寇"乘坐"八幡船"，船上竖立"八幡大菩萨旗"踏上中国。而"神国思想"事实上就是"八幡大菩萨信仰"的一种普泛化的表现。换言之，主要作为倭寇守护神的"八幡大菩萨"，其实就是日本"神国思想"中那些护持日本的诸神的具体化与确定化。因而，"神国思想"与倭寇之间联系是天然存在的。如太田弘毅所说："从外征——虽不能说是国家层面——的一面来看，后期倭寇便是对神国意识的一大表现。"①如《八幡船传奇》中所写的那样，倭寇每次在中国的杀伐争战，他们都会高举"八幡大菩萨旗"，在猎猎旗帜下，犹如带着"八幡大菩萨"的意旨一般作战。在战胜之际，他们会挥动"八幡大菩萨旗"欢呼呐喊，如同"八幡大菩萨"的神威得到了佐证一般，而在战败或撤退的时候，他们会将旗帜卷起，仿佛是愧对"八幡大菩萨"的护持。同时，作者早乙女贡也数次写到了"八幡大菩萨旗"的"神威"："八幡大菩萨旗让明兵因畏惧而缩手缩脚，还未开战，便已丢弃了刀枪，一个一个地降服了。"②"八幡大菩萨旗足以让南海沿岸诸州都战栗。"③在这些表

---

① ［日］太田弘毅：『倭寇——商業軍事史の研究』、東京：春風社、2002 年、第 482 頁。
② ［日］早乙女貢：『八幡船伝奇』、東京：春陽堂書店、1978 年、第 97 頁。
③ ［日］早乙女貢：『八幡船伝奇』、東京：春陽堂書店、1978 年、第 113 頁。

述里，早乙女贡甚至直接用"八幡大菩萨旗"代替"倭寇"，这样一来，作家让我们感受到的，是倭寇的入寇不仅仅受到"八幡大菩萨"的护佑，甚至成为"八幡大菩萨"的直接行为，而神明护持之下的行为当然就是正当的。这便是《八幡船传奇》中，早乙女贡骄傲自得地描写倭寇对中国沿海的烧杀劫掠，以理所应当的态度描写饱受迫害的中国百姓的惨状的根本原因了。

而"神国思想"本质上就具备凌驾于道德、对错、国际道义与法律法规之上的特点。在"神国思想"的统摄之下，日本怀着"神国天孙"的优越感，认为日本的国家为神所造，日本的民族是神的苗裔，神明护佑他们免受外族的入侵，神明支持他们开疆拓土，他们为自己的任何一种行为都冠之以神的旨意，所以，即便是入寇他国乃至对外侵略，都是正当的、正义的、神圣不可置疑的。在这种思想的影响之下，日本民族主义思想的产生和帝国主义思想的发展可以说是必然的结果。这一点，日本在"神国思想"支撑之下于明治维新以前的数次对外侵略以及明治维新以后横行世界的野心就是明证。这一思想也同时表现在日本的文学艺术中，而与"神国思想"有着直接连接点的"倭寇文学"，就是其中非常典型的一例。也正是"神国思想"在日本"倭寇文学"中的融注，才使得日本的"倭寇文学"呈现出了与中国的史籍记载以及文学描述全然不同的倭寇叙事，甚至，由于早乙女贡《八幡船传奇》中尤其明显的"神国意识"，使得这部小说与其他一味粉饰倭寇罪行的日本"倭寇文学"也有所不同，也为我们通过对小说的剖析更加深入地理解日本的国民性及国民心理提供了可能。

第 三 章

"倭寇文学"的文史乖离

——从津本阳《雄飞的倭寇》看历史与文学的悖谬

在日本的"倭寇文学"中，许多作家基于日本国家主义、民族主义的立场，肆意违背历史事实和历史逻辑，驰骋文学想象，虽然号称"历史小说"，但却没有对"历史"足够的尊重，从而造成了严重的文史乖离，亦即文学与历史之间的悖谬与反差。

其中，日本当代著名作家津本阳（1929—　）的长篇历史小说《雄飞的倭寇》（《天翔ける倭寇》）是极具代表性的一例。该书单行本于1990年由东京的角川书店刊行，1993年纳入角川文库本，到1994年已刊印四版，足以见得该小说在日本的发行量之大、影响之广。该书约合中文30万字，迄今为止并没有中文译本，中国读者对其知之甚少，但为了便于对日本文坛的走向有所了解，有必要其加以剖析、批评与批判。特别是在当今日本社会整体右倾化的大背景下，对该小说加以批评与研究，不仅具有文学上的价值，更具有文学之外的价值。小说描写了嘉靖前期王直所率的倭寇在江浙一带的活动，小说通过倭寇与明军的对比及明朝百姓和女子的衬托，将倭寇写成了智勇双全、有情有义的英雄，将倭寇的寇掠行为当作日本雄飞海外的壮举,并试图将倭寇及倭寇行为予以正当化甚至英雄化。《雄飞的倭寇》对倭寇的正面化描写,在当代一系列倭寇题材的日本历史小说中很有代表性。通过对该小说加以分析研究,可以见出近三十年来日本文坛、学界相当一部分作家、学者的右翼历史观的形成与表现,并可窥见当代一些日本人的民族文化心理的畸变。

第一节 智勇与怯懦:《雄飞的倭寇》中的倭寇与明军

《雄飞的倭寇》主要以嘉靖二十七年(1548)到嘉靖三十年代初(1550年代初)倭寇头目王直所率的倭寇在中国江浙一带的劫掠活动,以及王直应明朝官方檄文捕缴卢七、沈九、陈思盼等中国海寇头目为主线而展开。小说中,王直为扩充队伍,时常招募日本的年轻人加入,而源次郎便是去和歌浦为王直招募倭寇的人员之一。他有过远渡大明的经历,也为和歌浦带去可以制作铁炮的铁、硝石,以及时钟、望远镜、砂糖等日本没有的物品。王直许诺凡是做了倭寇的人,其父母可得铜钱三贯,应募的人数比想象的要多,源次郎通过相扑、刀枪、弓、铁炮等各项比试,从应募的五百多人中选出了二十五人,这其中就有小说的主人公龟若。他们随源次郎来到平户,拜见了王直,等到东北风起,便与倭寇队伍一起,驾着战舰,由五艘平底船护航,装载着武器、药物和商品驶向了大明,开始了他们第一次入寇。此时是天文十七年(嘉靖二十七年,1548)十月。他们进入大明境内之后,应浙江海道使丁湛传檄,先后捕获了为乱江浙沿海的海寇头目沈九和卢七,后又歼灭极有势力的海寇陈思盼,夺取了其船队与财货。他们第二次入寇大明是在天文十八年(1549)六月,因王忬、俞大猷捣毁了王直副头目黄侃在烈港的据点,王直便率三万倭寇以为其报仇为名攻打烈港。天文十九年(1550)夏天到秋天,倭寇陆续进攻宁波、绍兴,后沿海路北上,从钱塘江北岸的海宁入侵杭州，并分成千人小部队，分别劫掠洞庭山、无锡、江阴、苏州、上海、江苏。天文二十年（嘉靖三十年，1551）三月，倭寇又劫掠昌国卫、海宁、长安町、夏塘、杭州城、塘楼、太湖各地，而源次郎一行小队伍却在太湖去往无锡的过程中遇到大浦官兵，又加之突降骤雨，枪支进水，被明朝官兵击溃，源次郎中箭身亡，龟若等人不知所踪。

在小说中，作者反复地描写倭寇与日本海贼、中国海寇以及明朝官兵交战的场面，其中以与明兵的交战为主。作者津本阳本来就以善写日本剑客对决的场面而闻名，写起《雄飞的倭寇》中以火器为主的集团对战也显得得心应手，让人读来如同亲临战地。而整个小说情节的推进，都伴随着各种各样争战场面的描写。而每一场争战，倭寇都显得有勇有谋，凸显了作者违背历史事实的正面性、想象性的描写。

津本阳所写的第一场争战，从源次郎在和歌浦招募到龟若等人后便开始了。龟若一行随源次郎从和歌浦去往平户，当他们到达淡路岩屋时，便遇上了有名的岩屋海贼，海贼驾着大大小小三十多艘船只，每一艘都是竖着盾牌的战船，船上装载有大炮，海贼们将船用粗麻网相连，铺陈海上，堵塞航路，拦截通过濑户的船只，这就是所谓的"连环守备"了。面对日本海贼，源次郎一行并不恋战，而是在亮出自己的实力之后便要求和谈，并答应给海贼五十贯铜钱换得通行。源次郎称，由于常行海上，招致海贼怨恨，这样做总是有害无益的。作者所描写的这一举措，一方面可以见得他们在海贼横行的日本海上的生存智慧，另一方面，事实上也客观地暴露出他们的海贼本质，与当时在日本海上横行的各路海贼并无二致。值得注意的是，他们在日本的海面上对其他海贼是得让且让，而一旦入境大明之后，却对中国的"海贼"赶尽杀绝。这两者形成了对比，足见倭寇对日本人和中国人，是内外有别的。

而当倭寇船队驶入大明之后，作者自然而然就写到了面对中国人时倭寇的表现。倭寇在舟山群岛附近遇到了沈九领头的一众海贼来袭，经过一场激战，来犯的二百四五十人全部被降服，头目沈九被捕。浙江海道副使丁湛得知长期为害海上的沈九被倭寇剿杀，便悬赏银钱三百贯，意图仅用倭寇的力量捕获卢七。和歌浦的二十五个年轻人自告奋勇与源次郎一起突袭卢七。他们仅驾一艘一百石左右的平底船，假扮作因风暴漂流海上的日本人，靠近卢七的船队，趁卢七等人不备，连续投射火箭炮弹，一举摧垮了多达二百多人的海贼，捕获了卢七。而后作者写道，明朝官员以允许互市作为交换，使倭寇讨伐海贼陈思盼，于是源次郎一行三百倭寇经过周严的部署，先偷袭了海贼的关口，捕杀了关口的十五六人，而后用火炮轰炸了他们的舰队和住所，并与海贼肉搏，剿灭陈思盼及其部下一千余人，军船五艘，平底船二十艘以及财物无数。

与这一段描写相对应的历史，日本和中国历史著作均有记载，然而两者之间却有出入。日本学者田中健夫的《倭寇——海上历史》一书中写道："浙江海道副使丁湛传檄王直等人，许诺如能捕捉贼徒，则允许私市即民间贸易。王直响应檄文要求，捕献了卢七等人。嘉靖三十年（1551）又在舟山岛定海附近的沥港（列港、烈港），捕献了很有势力的倭寇头目陈思盼（盼或泮都是同一个人），夺取了陈思盼的船队与财货。王直依靠打倒与自己敌对的海寇头目这件事，一方面协助、讨好官宪，一方面确立了自己的海上霸权。"[①] 田中健夫的记载与小说所写大致相同，都突出了倭寇对明朝官方的协助。而在《筹海图编》中，关于王直剿杀陈思盼以及与明朝官员的交涉，却有如下记载："广东贼首陈思盼自为一艅，与直弗协。直用计掩杀之。……直以杀盼为功，叩关献捷，求通互市，官司弗许。"[②] 据此可知，王直等倭寇斩杀了与自己敌对的海贼陈思盼之后，向明政府邀功，请求开通互市，结果被明政府拒绝。在《明史·日本传》中，

---

① ［日］田中健夫：《倭寇——海上历史》，杨翰球译，社会科学文献出版社2015年版，第110页。

② （明）郑若曾撰，李致忠点校：《筹海图编》，中华书局2007年版，第323页。

对于王直等倭寇杀贼的始末，以及明朝政府的考量，都有更为明晰的记载："又言，有萨摩洲者，虽已扬帆入寇，非其本心，乞通贡互市，愿杀贼自效。……宗宪以闻，兵部言：'直等本编民，既称效顺，即当释兵，乃绝不言及，第求开市通贡，隐若属国然，其奸叵测。宜令督臣振扬国威，严加备御。移檄直等，俾剿除舟山诸贼巢以自明。果海疆廓清，自有恩赉。'"① 从这一记载我们可以看出，明政府确实有传檄王直剿除海贼，然而却并非如同小说所说，是因为政府无能只得依靠倭寇剿杀海贼，而是对倭寇"乞通互市""杀贼自效"的请求的将计就计罢了，显而易见，兵部的指令中，一方面同意传檄王直等人捕杀海贼，另一方面则要求督臣"严加备御"。事实上在嘉靖三十年前后，明朝官司也确实并未与日本开通互市，允许私市贸易。这足以证明让倭寇对战海贼，只是明朝官员平定海上之乱、借贼杀贼的谋略，并非如津本阳小说中所说，是明朝官军无能，只有借力倭寇才能剿灭海贼。

而像这样矮化明朝官兵的描写，贯穿着《雄飞的倭寇》之始终。在津本阳笔下，与"雄飞"的倭寇相比，明代海防官兵颟顸愚蠢、庸弱无能，面对倭寇，常常不堪一击。例如，作者写到倭寇攻打奉化的场景时，他让倭寇化妆成百姓，趁着清晨的大雾进入了奉化。在奉化的教场，斩杀了备倭总指挥王应麟和副指挥采炼和八十余名官兵。然而，《筹海图编》对此却有如下记载："初六日，贼至海宁卫，马呈图督官兵御之，弗胜，遂与指挥采炼，百户王相、姜楫、吕凰、姚岑皆殁于行阵。继而把总王应麟率兵追逐之，与战于海口巡司，大胜之。"② 根据《筹海图编》的记载，采炼确实为倭寇所杀，然而王应麟却追击倭寇，最后大获全胜。

不仅仅是普通官兵，就连历史上有名的抗倭将领，在《雄飞的

---

① （清）张廷玉等撰：《明史》卷三百二十二《列传第二百十 日本》，中华书局1974年版，第8354页。

② （明）郑若曾撰，李致忠点校：《筹海图编》，中华书局2007年版，第325页。

倭寇》中，也是不堪一击的。津本阳首先就写到了倭寇与俞大猷的对战。小说写到王直率三万倭寇再次入寇大明，攻打海兵总兵官俞大猷所在的昌国卫时，倭寇先用炮轰攻城不下，便命二十人潜到昌国城背面，杀死了打头的八名官兵，换上他们的衣服，扮作官兵，诱使城内打开后门，扛着刀枪大摇大摆走了进去，其他近三百倭寇也趁机冲了进去，斩杀了数十倍于他们的官兵，而后几十人聚作一团，一边砍杀，一边冲向正门，待他们打开正门，门外的倭寇便立即涌入城门，而俞大猷只得率幕僚逃往城外。对于小说所写的倭寇在昌国卫与俞大猷的交锋，光绪《镇海县志》卷十九《名宦》有如下记载："时汪直据烈港，勾倭为患，定海最为贼冲，大猷连败之松门、普陀、烈港、昌国、临山、观海诸处，擒斩四千，溺者不可胜计，贼自是不敢犯定海。"①《都督俞公生祠碑》记载："倭攻昌国，公帅舟师赴之，战于石浦、扁礁头、玉屏、海门、松门，十有八合，擒斩四千，溺者万计。"② 如果说津本阳此前的描写只是矮化明朝官兵、夸大倭寇在剿灭海贼中的作用，到了写与俞大猷的交战时，作者竟直接反转了战争的结果，将一场四千倭寇被擒斩、溺者万计的惨败写成了以少胜多的奇袭，想象不可谓不大胆。众所周知，俞大猷是明代的抗倭名将，在平定倭乱的战役中战功显赫，与戚继光并称"俞龙戚虎"。他所率的"俞家军"与"戚家军"一样，都是令倭寇闻风丧胆的存在。津本阳却让区区二十人便诱使"俞家军"打开了昌国卫的城门，而后一举拿下了昌国卫。如果"俞家军"真的如津本阳所写的这样庸弱，又怎么会有征剿倭寇屡屡得胜的记载呢。

不过，杀死八名官兵，换上他们的兵服，诱使守城士兵打开城门之举，也并不全是津本阳的想象，这确是倭寇所为，却并不是小说所写的攻打昌国卫之时，守城将领也非俞大猷，而是倭寇在嘉靖

---

① 光绪《镇海县志》卷十九《名宦》，续修四库全书本，上海古籍出版社2002年版，第365页。
② 光绪《镇海县志》卷三十三《金石》，续修四库全书本，上海古籍出版社2002年版，第238页。

四十一年（1562）的兴化之战中的举动，他们斩杀了总兵刘显派出的八名信使，换上了信使的衣服骗开城门，攻陷兴化。但兴化后来也被赶来驰援的俞大猷与戚继光军队收复。津本阳将兴化之战中倭寇短暂的得利错乱了历史时序，安插在了与俞大猷的对战之中，显然是津本阳认为，倭寇战胜普通的大明官兵已不足以表现其勇武了，故而才不惜颠倒历史，以抗倭名将的败绩来凸显倭寇。但如果抗倭名将真的那样容易战胜，也就不是抗倭名将了。

在《雄飞的倭寇》中，以抗倭名将的战败来衬托倭寇智勇的描写，并不止于俞大猷，就连戚继光与戚家军，在小说中也多次惨败于倭寇之手。

作者写到倭寇攻入杭州城之后，又埋伏在赶来驰援的戚家军必经的路边，一举击败了戚家军。而在攻打太湖城时，两万倭寇先是用撞木撞击城门无果，便派源次郎与龟若等人悄悄攀城墙而上，与倭寇里应外合，攻破城门，戚家军溃逃，倭寇进驻城内。后来，津本阳又写到，在源次郎的小队倭寇去往金山寻找黄金的途中，他们遇到了准备攻打倭寇大本营的一万戚家军，于是谎称自己是奉戚继光之命假扮倭寇的正兵局官兵，深入了兵营，趁官兵不备向他们开炮，并打起了八幡菩萨的大旗，官兵以为闯入的倭寇有两三万人，纷纷逃走，倭寇又创下了以一百五六十人赶走了一万"戚家军"的战绩。

对照《雄飞的倭寇》中的这些描写，我们可以对戚继光在江浙一带对战王直为首的倭寇的史迹一一加以查证。戚继光本是山东登州卫都指挥佥事，在嘉靖三十四年（1555）才被调任浙江御倭前线出任参将。从此时起到王直被杀的嘉靖三十八年（1559）期间，戚继光与倭寇的对战仅有两次。嘉靖三十四年秋，王直等倭寇在龙山所（今慈溪东南龙山）登陆，意图直犯杭州。戚继光率部迎战，在阵前连射三箭，三个倭酋应弦而倒，明军乘势进攻，倭寇败逃入海，龙山所得保。另一次交锋，是在嘉靖三十六年（1557），戚继光会同俞大猷围攻王直余党于岑港，岑港地势险要，倭寇死守不却，明军一时无法得手。而大批倭寇趁明军胶于岑港，从台州沿海登陆，大肆焚掠。戚继光挥师驰援，自舟山渡海过奉化，忽闻倭寇转犯温州，乃昼夜兼程，紧追不舍，至乐清县瓯江北岸与倭寇接战。戚继光连战皆捷，少数倭寇夺船而逃，其余尽死瓯江一带。戚继光紧接着乘胜回师舟山，与俞大猷再度围攻岑港，倭寇不敌，败退岑港。

《明史》所载的这两次对战与小说中所写几乎全无重合之处，更何况，津本阳在小说中动辄便称"戚家军"如何。然而须知，"戚家军"的组建时间却是嘉靖三十八年（1559），此时王直已经被捕，也就是说"戚家军"从未与王直所率的倭寇进行对战交锋，足可见得小说的意图只不过是借助威名赫赫的"戚家军"与戚继光为倭寇扬威。然而，津本阳似乎也深知让倭寇与俞大猷、戚继光等抗倭名将正面对战并且得胜不合逻辑，于是便让他们使用伏击、偷袭、伪装等一系列诡诈之法获胜，让历史上有名的抗倭将领连番先后败于倭寇的小阴谋之中，以满足于倭寇神勇无匹的意淫。

更有甚者，小说中竟然还出现了王直与兵部侍郎胡桂芳对战的情节。小说写到，王直占领昌国城后，接着又攻向了胡桂芳的兵营，他们首先派汉奸叶白等人弄清了兵营的兵力部署、武器装备、火药集聚地和马厩的所在地，而后又故技重施，假扮官兵，放跑战马，点燃火药仓库，趁乱攻营。胡桂芳在毫无准备的情况下遭遇倭袭，一时难敌，只得弃营而逃。稍有历史常识的人就会知道，这一战称得上是无稽之谈，胡桂芳（1553—1633）是明万历年间援朝抗倭的将领，后又曾征剿杨应龙，在小说所描写的嘉靖三十年前后，他还尚未出生或者刚刚出生，又怎么可能与王直对战呢！

《雄飞的倭寇》中的场场战争，津本阳都写得极为骄傲自得，倭寇逢城必攻，每攻必胜，而且往往都是以少胜多的奇战。他们深谙化妆、偷袭、火攻等种种奇袭之法，配合默契，英勇无匹。相比之下，大明官兵便愚蠢庸弱得不堪一击，就连缉捕频繁作乱的海贼也要借助倭寇的力量。然而我们一旦将其与历史事实进行对比查证，就会发现其中漏洞重重。津本阳为了表现倭寇的神勇，不惜夸大倭寇的胜利、反转战争的结果，乃至颠倒历史的时序。然而他似乎忽略了这是有确实的史料根据的历史小说，而并非无根无由的向壁虚构。罔顾历史事实甚至历史时序的"时代小说"，并不是以尊重历史为前提的历史小说。

在《雄飞的倭寇》中，作者除了在对战中将倭寇写得神勇无匹以外，在每场胜仗之后，也每每借倭寇饮酒作乐时的言谈来表现其对明军的鄙夷不屑。其中和歌浦的倭寇长藏和千代楠的对话便极有代表性：

"大明局势稳定，地大物博，这里的人都过得太悠闲了。"
"嗯，是啊，他们一打起仗来就不行啦！"
"太弱了，完全没有干劲。"
"看着那么多人，着实被吓了一大跳，可他们逃跑得也太快了，真是扫兴。"
"他们土地广袤，什么都能吃，也就没人会真心应战。"①

而在云霞之战后，长藏又忍不住地感慨：

"如果是在纪州的争战中，一百六十人去迎战一万敌兵，不消一刻，就会被杀得一个不剩，但是在大明就不一样了。他们就算有一万人，也不过是纸老虎。他们在战争中之所以这么没骨气，是因为国土广阔，百姓富裕，即使互相反目，也能活得下去。这跟纪州相比简直就是极乐之地。"

龟若心里也深以为然。

大明的官兵十分怯懦，跟日本兵士完全不能相提并论。这

---

① ［日］津本陽：『天翔ける倭寇』（上）、東京：角川書店、1993年、第266頁。

帮人胆子小是因为不习惯战争。国土太大，不知战争的人太多了。①

此外，津本阳在小说中也多次直接对明朝的海防和官兵大发议论："与在战乱中艰难偷生的日本住民相比，明国已习惯了长泰久安的生活，他们疏于海防，水军组织也只是个形式。"② "安于太平的大明官兵在近身战中鲜有能与倭寇匹敌之人，他们大多都哭喊着逃跑了。"③

诚然，当时的明朝政府政治腐败，严嵩等奸佞专权，结党营私，排斥异己，屡屡不顾战事陷害不愿依附于己的备倭将领，甚至贪污受贿，克扣军饷，这严重削弱了御倭力量。而有些沿海卫所和地方官员也贪生怕死，不敢与倭寇拼争，争功推过，谎报战功，以致倭寇气焰嚣张。然而却依然有俞大猷、胡宗宪、戚继光等抗倭将领奋力拼杀，才使得浙江一带的倭寇最终得以肃清。而津本阳无论是借助倭寇之口，还是自己直接所发的议论，都将明朝军队战斗力贫弱的原因归结在了明朝土地广阔，人民生活安逸之上。他们自从踏上明朝起，便对这里广袤的土地和人民富足的生活垂涎三尺，因而时时不忘提及，甚至屡发感慨，认为如果能代替明朝官员而治，"不止五峰大海贼的财富跟现在相比不可同日而语，大明沿岸也会建立起新的秩序"④，由此便可一窥津本阳的逻辑所在：既然明朝土地广阔，而明朝官员庸弱，便不妨让日本的倭寇来代为治理，才能为大明沿岸"建立起新的秩序"。这样的想法与逻辑，与17世纪的江户

---

① [日] 津本陽：『天翔ける倭寇』（下）、東京：角川書店、1993 年、第 140 頁。

② [日] 津本陽：『天翔ける倭寇』（上）、東京：角川書店、1993 年、第 209—210 頁。

③ [日] 津本陽：『天翔ける倭寇』（上）、東京：角川書店、1993 年、第 235 頁。

④ [日] 津本陽：『天翔ける倭寇』（上）、東京：角川書店、1993 年、第 172 頁。

时代剧作家近松门左卫门的《国姓爷合战》，可以遥相呼应了。至此，津本阳极力放大倭寇的勇武与智谋、矮化明朝官兵的意图便一览无余了：那就是认为明朝官员无力治理大明的广袤土地，因而倭寇进入明朝，对抗明朝官兵，也就变得顺理成章了，同时，倭寇的入寇行为也就具有了其正当性，日本的侵略行径也被由此予以正当化。

第二节　温情与臣服：《雄飞的倭寇》中的倭寇与明朝百姓

　　与大明百姓的关系，是《雄飞的倭寇》用来美化倭寇，表现倭寇良善的重要途径。作者在行文中总是刻意地去表现倭寇对大明百姓的善行，却又在不经意间便暴露了他们掠杀的本质。

　　当倭寇攻破湖州城，闯入城门之后，源次郎警告部下："我们只打有钱人，不要欺负小店铺和百姓。什么都不抢的话，颜副头目有赏，知道吗！别做那些让人恶心的事，也别对女子下手。"[1]单看这段话，我们简直就要将倭寇视为维护穷苦百姓的正义之师了，然而只要稍稍翻看上下文就能发现其中的矛盾，须知他们在湖州城外集结两万倭寇，与戚家军拼死而战，有死有伤，就是为了攻下湖州城，抢占城中的财物。事实上，在他们破城而入时，作者自己便有交代："由于源次郎部队在上一战中的贡献和死伤，颜思斋给了他们在湖州城先行掠夺的特权。除伤员之外的一百六十多人，在城内两千几百户住民家中随意抢夺财物。源次郎告诉他们，只要金银，其他东西不好携带。"[2] 他们为金银而来，暂时不去打杀百姓，恐怕只是因为

---

[1] ［日］津本陽：『天翔ける倭寇』（下）、東京：角川書店、1993 年、第 117 頁。

[2] ［日］津本陽：『天翔ける倭寇』（下）、東京：角川書店、1993 年、第 116 頁。

百姓手中并无多少能够便于他们携带的金银吧。

而后他们顺着从湖州城中的富豪那里拷问得来的藏宝图寻找金山，金山为当地的富豪潭壶阳所有，位处云铃。当打探到云铃城中有四百余人驻守，城周围有墩台，上置石制火箭时，他们不敢贸然进攻，只得进入黄村休整，在黄村，津本阳又着力描写了一番倭寇与村民和谐相处的场景："在占领潭军的兵舍之后，他们把兵舍所藏的铜钱全部分给了村民，村民们便争相照料倭寇。"①"村民们把倭寇看作降伏潭兵的勇士，纷纷让自己的女儿与他们春风一度。"②"杂贺的年轻人们却和村民们聊得热火朝天，他们不惜气力，热情地帮他们干活，村民们也不吝惜黄金，全都送给他们用来制造弹丸。"③且先不论这样的事情是否符合当时倭寇和大明百姓之间关系的实况，但就津本阳的行文来看，就可以找到其自相矛盾的地方。因为在这一段温情的描写之后，津本阳紧接着便写到了倭寇攻打云铃的场景。他们夜攻潭军，有三十人按照俘虏所供的路线爬上城墙，进入城中放火，等三十人返回，龟若等人便开始炮火攻城，而后进入城内，找到了潭壶阳藏金的石库，疯狂抢占其中的黄金，因为村民将此处的黄金当作神赐，得知有人抢夺，便拼死抵抗，以至于倭寇落败而逃，人员折损近半，武器也损失惨重。这是小说中倭寇在踏入大明之后的多次战争中为数不多的败北之一，官兵海贼都无法打败的倭寇，败在了村民手中，仅由此我们也可以窥见村民们为了保卫家园和财物，拼死以战的决心。这样的村民，在得知倭寇制造弹丸的铅用光之后，恐怕会欣喜若狂而后奔走相告，再商量出相应的抗倭对策吧，怎么会如津本阳所写的"不吝惜黄金，全都送给他

---

① ［日］津本陽：『天翔ける倭寇』（下）、東京：角川書店、1993 年、第 173 頁。

② ［日］津本陽：『天翔ける倭寇』（下）、東京：角川書店、1993 年、第 174 頁。

③ ［日］津本陽：『天翔ける倭寇』（下）、東京：角川書店、1993 年、第 224 頁。

们用来制造弹丸"呢？难道村民们会主动奉上黄金，供倭寇造成弹丸，再来射杀自己吗？他们又怎么会和倭寇"聊得热火朝天"，"争相照顾倭寇"，甚至"纷纷让自己的女儿与他们春风一度"呢？

更为离谱的是，作者写到倭寇败逃到桃源乡，经过几日休整将要离开的时候，"村中的男女老幼都因为别离而悲伤流泪，他们希望倭寇能长久地住在村里"①。虽然作者并没有写倭寇在桃源乡劫掠的情景，但我们可以设想，大队人马以及伤员进入村庄，食物粮草，伤药住所，无一不须，文中可并没有倭寇从百姓手中购买这些东西的描写。既非购买，必为抢掠，即便只是抢占食物房舍，不伤害村民，村民也万没有希望他们长久留在村里的可能，只怕一边战战兢兢地祈祷着能够保全性命，一边盼着倭寇早些离开才更符合逻辑吧。源次郎一行倭寇在离开桃源乡之后，决定经由太湖去往无锡，与大队倭寇人会合。他们躲过了官兵的追捕，到达了太湖岸边的村庄，他们消灭了正在凌辱百姓的官兵，而后随同村民一起去了附近一个无人居住的小岛躲避官兵追捕。他们在此躲过了大批行进的官兵，到离开的时候，"村民们知道倭寇要走，像要失去依靠一般紧紧拉着他们拼命挽留道：'留下吧，你们在这里，我们才什么都不怕，才能过的舒心。'长藏安慰着村长，但是平时爽快的村长，此时也眼角闪着泪光。"②"村长和村里的男男女女一起，流着眼泪送他们离开。长藏坐在军船的船尾，也朝村民们含泪挥手。'你们也受了很多苦啊，可是你们要坚强起来。在这个世上活着就是艰辛。但不管怎么艰辛，都要忍耐，忍耐到死。'长藏对着并不能听懂这些话的中国人，再三地絮说。"③这两段村民与倭寇送别的场景，写得可谓感人

---

① ［日］津本陽：『天翔ける倭寇』（下）、東京：角川書店、1993 年、第 225 頁。

② ［日］津本陽：『天翔ける倭寇』（下）、東京：角川書店、1993 年、第 249 頁。

③ ［日］津本陽：『天翔ける倭寇』（下）、東京：角川書店、1993 年、第 250 頁。

至深，村民依依不舍，别泪涟涟，倭寇对村民的不幸与艰辛有着深刻的理解与同情，可是殊不知倭寇来袭正是让百姓苦不堪言的要因之一。而在津本阳的小说中，倭寇反而成了同情百姓苦难，抚慰鼓励他们的人，这不免让人觉得无比讽刺。

同样是嘉靖年间的浙江沿海地区，中国小说中的倭寇，却与《雄飞的倭寇》中所说的良善正义的倭寇完全不同。

《西湖二集》第三十四卷《胡少保平倭战功》："话说嘉靖三十一年起，沿海倭夷焚劫作乱，七省生灵被其荼毒，到处尸骸满地，儿啼女哭，东奔西窜，好不凄惨。"① 这样的场景在小说中比比皆是："凡吴越之地，经过村落市井、昔称人物阜繁、积聚殷富之处，尽被焚劫。那时承平日久，武备都无，到处陷害，尸骸遍地，哭声震天。倭奴左右跳跃，杀人如麻，奸淫妇女，烟焰涨天，所过尽为赤地，柘林八團等处都作贼巢。"② 《型世言》第七回《胡总制巧用华棣卿　王翠翘死报徐明山》中写道："到了嘉靖三十三年，海贼作乱，汪五峰这起寇掠宁绍地方：楼舡十万海西头，剑戟横空雪浪浮。一夜烽生庐舍尽，几番战血士民愁。横戈浪奏平夷曲，借箸谁舒灭敌筹。满眼凄其数行泪，一时寄向越江流。一路来官吏婴城固守，百姓望风奔逃，抛家弃业，掣女抱儿。若一遇着，男妇老弱的都杀了，男子强壮的着他引路，女妇年少的将来奸宿，不从的也便将来砍杀，也不知污了多少名门妇女，也不知害了多少贞节妇女。"③ 倭寇来犯，不仅大肆劫掠财物，而且残杀百姓、奸淫妇女，他们所经过的村庄田舍，也变得荒颓残败："村村断火，户户无人。颓垣败壁，经几多瓦砾之场；委骨横尸，何处是桑麻之地！凄凄切切，时听怪禽声；寂寂寥寥，哪存鸡犬影。"④ 房屋被烧，家财、粮食、牲畜被洗劫一空，躲过倭寇虐杀的百姓辗转他乡，昔日繁荣殷富的吴

---

① （明）周清原：《西湖二集》，人民文学出版社1989年版，第543页。
② （明）周清原：《西湖二集》，人民文学出版社1989年版，第546页。
③ （明）陆人龙：《型世言》，中华书局1993年版，第100页。
④ （明）陆人龙：《型世言》，中华书局1993年版，第101—102页。

越之地，如今遍地尸骸，一片血色，百姓世代的经营，也尽化为乌有。而这些小说中的倭寇形象，便是来源于真实详尽的史料记载。

现藏于日本东京大学的《倭寇图卷》，是现存的较为系统地描绘倭寇活动的绘画史料，也是日本史家比较信服的材料。画面构成按照倭寇船队的出现、登陆、观望形势、掠夺放火、明人逃难、倭寇与明朝官兵交战、报捷、明朝官兵出击等顺序依次展开。在画卷中，我们可以看到倭寇放火烧毁房屋并趁火抢劫粮食的画面，也可以看到他们或背或扛或抬地搬走财物的场景，更有男女老幼仓皇避难的情形，画卷虽然静止，但仅从房屋上的滚滚浓烟、倭寇搬运的一箱箱一包包的财物和匆忙避走、衣发散乱、扶老携幼的百姓，我们也可以推想倭寇入侵远非《雄飞的倭寇》中描写的那般温情脉脉。

而文字的史料更是令人瞠目。《明史纪事本末》记载："英宗正统四年夏四月，倭寇浙东。先是，倭得我勘合，方物戎器满载而东。遇官兵，矫云入贡。我无备，即肆杀掠，贡即不如期。守臣幸无事，辄请俯顺倭情。已而备御渐疏。至是，倭大嵩入桃渚，官庾民舍焚劫，驱掠少壮，发掘冢墓。束婴孩竿上，沃以沸汤，视其啼号，拍手笑乐。得孕妇卜度男女，刳视中否为胜负饮酒，积骸如陵。于是朝廷下诏备倭，命重师守要地，增城堡，谨斥堠，合兵分番屯海上，寇盗稍息。"① 而这样"缚婴沃汤""孕妇刳腹"的荒诞残虐之举，在徐学聚的《国朝典汇》、郑若曾的《筹海图编》、郑晓的《皇明四夷考》、涂山的《明政统宗》中也均有记载。

日本史学家田中健夫在《倭寇——海上历史》中，也引述了这一史料，然而紧接着他又做了如下评论，他说："由此看来，'缚婴沃汤'与'孕妇刳腹'似乎已经成了夸张宣传倭寇残暴性的固定化表现。然而并非所有的倭寇都经常进行这种极端的残暴行为，与此相反，也有明朝官兵捕到倭贼而后切腹的事例，倭寇在掠夺行为之

---

① （清）谷应泰：《明史纪事本末》卷五十五，"沿海倭乱"，2015年，第23页。

暇似乎有时也表现过温情。"①

事实上,《倭寇——海上历史》已经算是日本记录倭寇的史学著作中较为客观中肯的了,然而作者依然无法直面史料记载中倭寇荒淫秽恶的行径。可这样血淋淋的史实摆在眼前,却又无从辩驳,只能弱着声气说这"似乎"是"夸张宣传"。何必宣传呢?为了告诉中国民众日本人是多么残暴吗?可事实上《明史·日本传》中便记载得清楚:"大抵真倭十之三,从倭者十之七。"真正的日本人只占了十分之三,其他的都是或被倭寇掳去或伪装成日本人的中国人。既然中国人占了大多数,中国的史书又何必以此来宣传日本人的暴行呢。何况记录这些的本就不是一时抗击倭寇的宣传册子,而是严肃的史书,史书只为真实客观地记载历史罢了。田中健夫紧接着又反驳道:"也有明朝官兵捕到倭贼而后切腹的事例。"似乎只要证明明人也会将人剖腹就能掩盖倭寇的残暴与罪行一般。然而我们须知,倭寇剖杀的是手无寸铁的百姓和无辜无助的妇孺,而明朝官兵面对的则是烧杀抢虐、攻城略地的贼寇,何况剿杀倭寇本就是他们的职责。一方是进犯者,另一方是应其进犯而生的抵御者,如何能够相提并论。《倭寇——海上历史》又说:"并非所有的倭寇都经常进行这种极端的残暴行为","倭寇在掠夺行为之暇似乎有时也表现过温情",这样无力的辩驳也只是反证了倭寇的残暴行为确有其事罢了,只要生而为人,便无法时时处处都处在对他人施加暴行的状态中吧,可是已有残酷的虐杀在前,试问哪一个受害者还有闲心去体会他们"掠夺行为之暇"的"温情"呢,这样的"温情"又有何意义呢。

在《雄飞的倭寇》中,在作者津本阳笔下,大明百姓一方面是用以表现倭寇仁义的对象,另一方面又是衬托他们英勇形象的注脚。在作者意欲表现倭寇的仁义之时,百姓便是饱受大明官兵欺凌、富豪压榨的弱者;在作者想要反映倭寇所向披靡,奋勇拼杀的时候,

---

① [日]田中健夫:《倭寇——海上历史》,杨翰球译,社会科学文献出版社2015年版,第148页。

大明百姓便成了战场上的布景，山石草木一般无生命的存在，任由他们一路砍杀而去；等到战争结束，哀鸿遍野，城墙坍塌，房屋被焚，百姓的尸首又成了他们赫赫战功的勋章；而当百姓对他们可能造成威胁时，便又理所当然地变成了他们的敌对方，他们会因怕走漏风声而连同老幼妇孺一概捆绑，会因身份暴露而将酒馆吃饭的百姓全部砍杀。因而无论津本阳如何夸大倭寇对百姓的善行，如何掩盖倭寇对百姓的虐杀，也终究无法改变倭寇入寇与杀掠的本质。

此外，倭寇与中国女子的关系也是津本阳着力表现倭寇温情的一大手段。小说的主人公龟若是源次郎在和歌浦杂贺庄招募的年轻倭寇，他本是和歌浦的大名铃木家的公子，与其他杂贺庄为生活所迫才做了倭寇的年轻人不同，他是因为青梅竹马的恋人小银被迫他嫁，心伤难忍之下才跟着倭寇船出海的。他擅长吹笛，温柔多情，纵使做了倭寇，也厌见杀人的场面。他在平户时就因扶笛思念小银，引来王直的侍女，并与她互生爱慕。在攻破杭州城之后，他又救下了在倭乱中与家人失散的大明女子王绿妹，并带她随行。在津本阳笔下，龟若倾心于王绿妹的美貌，对她温柔多情，而王绿妹对龟若，也没有丝毫怨恨恐惧，反而对他无比依赖，与他渐生情愫，为他做饭浆洗、包扎伤口、贴身照料，最终托付终身，似乎全然不知龟若便是闯入城门，害得自己家破人亡、流离失所的倭寇。不止王绿妹，小说中还多次写到了倭寇与当地的女子交游私许的事。

在倭寇捕获了沈九和卢七之后，停留在马迹潭一个多月，在这期间，他们饮酒作乐，抢占财物，收购硝石，除此之外，便是与当地的女子在山野幽会。津本阳写道："在这片土地上，人们对海贼都甚为尊崇。舟山一带的居民会为王直大海贼的侍从们奉上酒、米和肉，甚至自家的女儿。尽管没有父亲，但他们依然会因自家的女儿能有幸生下基因优良的孩子而感到自豪。"[1] 而在打败陈思盼之后，

---

[1] ［日］津本陽：『天翔ける倭寇』（上）、東京：角川書店、1993年、第129頁。

"颜思斋的部下和杂贺的年轻人们每天都饮酒度日，有些人还和当地住民家的女儿相知相爱，相亲相许"①。在倭寇准备攻下金山，驻扎在黄村的时候，"村民们把倭寇看作降伏潭兵的勇士，纷纷让自己的女儿与他们春风一度"②。

倭寇每到一处，但凡稍有停留，就会与当地的女子"幽会""交游"甚至"相知相爱，相亲相许"。小说中从来没有提到倭寇逼迫大明女子的情形，似乎都是女子慕其英勇，心甘情愿地献身。这只能说是作者基于日本婚俗与性观念的大胆臆测，而且大胆得让人瞠目。在日本，直到平安时代初期，一直盛行着"访妻婚"（妻問い婚）的婚俗，"访妻婚"的男女婚后并不同住，而是各居母家，一般夕会朝别，有时也会同居几日，他们不需要信守婚姻的誓约与忠诚，也无须承担相应的义务与责任，是极为无定的两性关系，《万叶集》《古今和歌集》《源氏物语》等诸多日本文学作品中对此都多有表现。此外，还有兄死无后，弟娶兄妻的"收继"、因他人妻妾娇美而作一夜之借的"借妻"等。日本这样的婚俗，使得他们的贞节与伦理观念相对淡薄，而中国则不同。在中国，自古婚姻的缔结讲究"父母之命，媒妁之言"，否则便为"淫奔"，《礼记》说"奔者为妾，父母国人皆贱之"，话本戏曲中虽也有男女互生情愫，不为封建礼制束缚而私奔的佳话，但毕竟数量极为有限。此外，恪守贞节是中国封建伦理纲常的重要内容，女子非但要夫死守节，未婚夫死亦要尽节，偶为男子调戏，也要拼死以证贞节。贞节问题在封建时代普遍存在，只是不同时期严苛程度不同而已。而《雄飞的倭寇》中对应的明代，守节观念尤为突出，几乎成为宗教一般的存在。贞节被看得比生命更为重要，女子连皮肤手臂也不能为丈夫以外的男子接触，任何情况下，接触异性便被视为失身，甚至只要有异性窥

---

① ［日］津本陽：『天翔ける倭寇』（上）、東京：角川書店、1993年、第153頁。

② ［日］津本陽：『天翔ける倭寇』（下）、東京：角川書店、1993年、第174頁。

见体肤，女子便要以死证明自己的贞白。《明史》载崇祯时兴安起大水，两落水姐妹因看到了施救男子的裸体，竟投水自尽。而历代统治者对节烈女子都有所奖励，到了明代，无论在广度、力度上，都达到了空前的规模，相应的制度建设，也达到了空前完备的状态。这使得许多女性把践行节烈作为义不容辞的责任和实现自身价值的重要途径，并化为自觉的行动。由此，明代的节烈女子空前增多，已成为颇为惹人注目的现象而引得专家学者大加研究。在这样的历史与社会前提下，且不说是外寇入侵，掳掠财物、火烧民屋、伤人性命，即便是真正守家卫国的勇士，为礼教所束的明朝女子大约也很难对他们私许终身。

而且，在《筹海图编》一书中，便用了大量的篇幅来记载在倭乱中被倭寇侵犯或为了免受倭寇凌辱而自杀身死的女子，谓之"受难殉节考"。单单摘出与小说所写的时间相符、入寇地域相当的条目，也是让人触目惊心的："（嘉靖）二十九年，寇犯昌国卫，烈妇严氏死之。严氏，民人叶小九妻也。为贼所执，驱之而前。氏知所不免，遂投河而死。"[①] 嘉靖三十一年五月，寇入奉化县，后攻游仙寨，"烈妇徐氏死之。徐氏名玄奴，有异色。值母病衰归宁，贼至其家，玄奴抱母恸哭，贼欲污之。玄奴绐贼，转室持妆奁同往，乘间赴井而死"[②]。"贼犯归安县双林乡（浙江省湖州市），烈女严氏死之。严氏，讳四英，桂林知府凤之从女也。寇入乡，伤其父，掳四英以行。至跳街桥，四英投溺焉。山阴徐渭为之立传。"[③] 与此相类的事件还有很多。

而明清涉及倭寇的小说中，对倭寇奸淫妇女的情形也多有表现。《胡总制巧用华棣卿，王翠翘死报徐明山》："女妇年少的将来奸宿，不从的，也便将来砍杀。也不知污了多少名门妇女，也不知害了多

[①] （明）郑若曾撰，李致忠点校：《筹海图编》，中华书局2007年版，第640—641页。

[②] （明）郑若曾撰，李致忠点校：《筹海图编》，中华书局2007年版，第641页。

[③] （明）郑若曾撰，李致忠点校：《筹海图编》，中华书局2007年版，第646页。

少贞节妇女。此时真是各不相顾之时。"①《雪月梅》:"妇女三十以上无姿色者,杀戮无存;少艾者驱使作役。青天白日,群聚裸淫,少不如意,挥刀渐血……探听得有官兵到来,将这些妇女关闭在屋,放火焚烧而去。可怜这些妇女既遭淫污,又活活烧死,惨不可言。"除此之外,《杨八老越国奇逢》《绿野仙踪》等小说都对倭寇的荒淫都有披露。这些小说或许在史实的基础上有所敷演,但我们读来却仍觉得符合逻辑和常理。不管是什么时代,什么目的的外族入侵,女性似乎都免不了被侵犯的悲剧,从未听闻入侵者和当地的女子相亲相爱的事例。倭寇以抢占财物为目的闯入大明,大明的女子在他们眼里也成了可以被抢占的物品,那些让他们满意的便极尽淫虐,不满了则挥刀砍杀,全无人性,又哪里有《雄飞的倭寇》中所描写的情深意长!

第三节 是"雄飞"还是"入寇":《雄飞的倭寇》历史观的偏谬

小说原题《雄飞的倭寇》,日文原题《天翔ける倭寇》。其中"天翔る"(あまかける),意为"飞天""翱翔",其中包含着冲破阻碍一飞冲天的褒扬之意,根据该词本身的词义与其中所含的主观情感,可以将该小说名译为《雄飞的倭寇》。"雄飞"语出《后汉书》中"大丈夫当雄飞,安能雌伏"一句,意指奋发有为,与"天翔る"词义最为贴合,也符合作者试图将倭寇正面化的企图。

事实上,"雄飞海外"一语在日本本身就是指一种对外扩张思想的汇总和侵略行动的源流,它是德川幕府时期的儒学家、国学家、洋学家们从不同的角度论证对外侵略扩张的必要性和可行性的各种思想主张的总括。德川幕府中期经世学派思想家本多利明的"殖民

---

① (明)陆人龙:《型世言》,上海古籍出版社2001年版,第65页。

扩张论"意图通过殖民扩张和海外贸易建立一个与英国并驾齐驱的海陆兼备的"大日本国",其后,德川幕府末期佐藤信渊的"宇内混同论"则打破了本多利明在东北亚地区"海外雄飞"的界限,而将扩张的蓝图绘制到整个亚洲乃至全世界,而吉田松阴的"海外雄飞论"已经不再满足于本多和佐藤的书斋论道、纸上谈兵的扩张构想与侵略理论,而是在继续论证和传播"海外雄飞"思想的同时,通过兴办松下村塾培养出了一批明治维新干才和贯彻自己扩张遗训的开国元勋,他的"海外雄飞论"偏重于"失之西方列强,补之东亚弱邻"的"东西补偿论"。这一系列的思想与行动均被冠上了"海外雄飞"的美名,然而并不能掩盖其对外扩张与侵略的本质。现在看来,津本阳的"雄飞的倭寇"以及日本学者和史学家将倭寇定义为"海外发展",试图为倭寇正名,将他们的寇掠行为正当化、崇高化的行径,与德川幕府时期的"海外雄飞论"简直如出一辙。

战前的日本教科书中,曾经一度直接抹去了"倭寇"一词,并将他们的寇掠行为冠上了"海外发展"的美名。例如三省堂编《中学国史教科书》对"倭寇"及这段历史的叙述如下:"从镰仓时代末期开始,日本便开始与元、高丽进行通航贸易,贸易不得,便诉诸武力侵扰沿海。彼国称此为倭寇,恐慌非常。"[1] "在战国时代,我国民曾经远渡南洋,明与高丽便是因为苦于航海而过早衰亡。我国民强盛的冒险心不仅促成了战国时代的改变,而且在此后也成为了为我国文化带来新机运的基础。更重要的是,欧洲文化的渡来,加速了我国的进步。"[2]而西田直二郎在《中学国史通记》中,将倭寇说成了日本人的海外发展:"从吉野朝廷时代到室町时代初期,在四国、九州、濑户内海等边海民之间,涌起了一股航渡海洋、雄飞国外的风潮,从朝鲜到辽东、山东、浙江、广东、台湾、暹罗、南

---

[1] [日]『中学国史教科書』(第一学年用)、東京:三省堂、1938 年修正再版、第 115—116 頁。

[2] [日]『中学国史教科書』(第一学年用)、東京:三省堂、1938 年修正再版、第 116—117 頁。

洋诸岛，他们的通商贸易遍及各处，不仅如此，他们还在各地设立了进出海外的根据地。"①《本邦史教程》则将倭寇行为看作中世纪的对外关系："从吉野时代到室町时代，国家分裂，国内难展宏图，于是开始盛行去往海外发展，这使得濑户内海以及九州以西的诸岛屿纷纷变为根据地，此外，还侵寇了朝鲜半岛及支那沿岸，因而被那些国家称为倭寇，极为惧怕。"② "我边民的船上全都飘扬着写有八幡大菩萨的旗帜，故而明人称之为八幡船或八幡贼，极度畏怖。"③在这些日本的历史教科书中，"倭寇"被置换上了"我国民""我边民"等这样模糊了其盗寇本质的称谓，倭寇的残虐和贪婪则被说成了"勇武"和"强盛的冒险心"，而倭寇对他国的寇杀和抢掠则被说成了"通航贸易""航渡海洋、雄飞国外"以及"海外发展"，并且当时的历史学家认为，正是倭寇这样的"壮举"为日本"文化带来新机运"。

津本阳的小说题名"天翔る倭寇"（雄飞的倭寇），便是在这个意义上使用"天翔る"（雄飞）一词的。只是由于小说的主体便是倭寇，因此他只能对"倭寇"一词加以挪用，然而他依然不遗余力地弱化了倭寇在大明国土上肆无忌惮的杀掠与淫虐，对倭寇与大明官兵的对抗以及协助明兵追缴海贼的功绩大加褒美，将倭寇的劫掠行为视作冲破狭隘的岛国界限，寻求海外发展的壮举，并且认为这一切都是他们"雄飞海外"的梦想的体现。然而，倭寇离开日本，入寇大明的行为真的是出于"雄飞海外"的目的与大无畏的冒险精神吗？我们在津本阳的行文中就能找到答案。

在小说中，日本正处在纷乱的战国时期，这一时期，"下克上"的浪潮波及整个日本，各地的"守护大名"被其家臣打倒或夺取实权，而拥有实力的武士和领主纷纷乘乱扩充势力、自立为王，取代

---

① ［日］西田直二郎：『中学国史通記』（上級用・後編）、大阪：積善館、1930年、第2頁。
② ［日］『本邦史教程』陸軍士官学校、1941年、第222頁。
③ ［日］『本邦史教程』陸軍士官学校、1941年、第223頁。

原来的"守护大名"而成为"战国大名"。他们拥有自己的武装，各自割据一方，互相争雄，混战时有发生。小说主人公所处的和歌浦杂贺庄便和根来党之间纷争不断，龟若青梅竹马的恋人小银就是为了消解两党争端而被强行嫁去了根来。此外，日本物资贫乏、灾难频发，日本人过着极为困苦的生活，这一点在小说中也有具体的描述："和歌夏日酷热，冬日西风刺骨。年轻人们穿着爬满虱子的褴褛衣衫，拼死迎战，却也只能得到十文钱，他们过着贫穷的生活。环顾左右，狭小的土地上挤着密密麻麻的人。父母兄弟也都挤在充斥着粪尿气味的小草屋里，他们自己则在混战中朝不保夕。"①"日本处在战国争乱的漩涡之中。足利幕府威信尽失，争权夺位的残酷斗争轮番上演。百姓家宅被烧，田地被夺，他们不得不成为流民，四处漂泊。街巷中群盗横行，世道黯澹。战乱、风暴、火灾、流行病，件件夺人性命。"②而当日本的民众在这样困窘环境中苦苦挣扎的时候，源次郎驾着南蛮大船，满载着珍稀的物品和制造火炮的铁与硝石回到了和歌浦，这无疑是让和歌浦的百姓万分艳羡的。而当他们得知源次郎此来便是为了招募倭寇，并且每一个做了倭寇的人家都会得到三贯铜钱，他们便纷纷报名应募了，因为单单是源次郎许诺给他们的三贯铜钱就足足抵得上他们在杂贺庄辛苦一年的工钱了，更何况跟着倭寇船出海，可以暂时摆脱和歌浦困窘的生活，还有可能像源次郎那样带回巨额的物资。生活的困窘，对源次郎出海所得的艳羡，以及那三贯铜钱，大约就是这些杂贺庄的年轻人们决定去当倭寇的所有原因了。而离开日本的倭寇，在残虐拼杀之余，也会吹起故乡的小调，思念故乡的亲友与恋人，但与此同时，他们也会回想起在日本时于贫穷与疾病、灾难与混战中苦苦挣扎的窘境，于是便屡生感慨："与此相比，在大明的海上恣意地生活，真是好太

---

① ［日］津本陽：『天翔ける倭寇』（上）、東京：角川書店、1993 年、第 185 頁。

② ［日］津本陽：『天翔ける倭寇』（上）、東京：角川書店、1993 年、第 209—210 頁。

多了。"① "这些年轻人觉得，乘船出海，纵然遇上海难，也算不上是什么噩运了。活着就是幸运。"② 他们根本不想再回到日本："如果回到日本，他们将陷入苦痛的大网，不得脱身。倭寇们不想再回到那样的生活。就算要回，那也是弄到了财宝之后的事情了。"③ 日本对他们来说，是故乡，却更是一张网罗着战乱、贫穷、灾难和疾病的"苦痛的网"。他们做倭寇也不过是为了能够活着罢了。从头到尾，他们便从未有过什么宏图大展的愿望和雄飞海外的梦想，不过是迫于生计的苟且求生罢了。

在倭寇踏上大明的土地之后，他们不住地感叹大明的广阔与富足："大明不似日本那么狭小，财宝更是多得让人惊叹。"④ "大明国真是太大了，纪州的山一会工夫就翻过去了，这里的山走了半日，抬头看还是一个样子。" "来这里之后，才知道陆地也能像海洋一样宽广。"⑤ "这样无边无涯的大国，有些地方金块滚得遍地都是，只要不是偏乡僻壤，随手就能捡到。"⑥他们看到绵延千里的沃野，看到雕梁画栋的屋宇，看到富足安逸的百姓以及许许多多他们在日本从来都没有见过的珍奇，他们羡慕有之，嫉妒有之，觊觎有之，于是他们抢占和掠夺能够带走的物品，不能带走的便烧毁破坏，然后迅速离开。归根结底，无论他们多么觊觎大明广袤的土地，到底也只是为财而来，他们最大的追求也不过是抢掠足够多的财物卷回日

---

① ［日］津本陽：『天翔ける倭寇』（上）、東京：角川書店、1993年、第185頁。

② ［日］津本陽：『天翔ける倭寇』（上）、東京：角川書店、1993年、第209—210頁。

③ ［日］津本陽：『天翔ける倭寇』（上）、東京：角川書店、1993年、第210頁。

④ ［日］津本陽：『天翔ける倭寇』（下）、東京：角川書店、1993年、第74頁。

⑤ ［日］津本陽：『天翔ける倭寇』（下）、東京：角川書店、1993年、第161頁。

⑥ ［日］津本陽：『天翔ける倭寇』（下）、東京：角川書店、1993年、第163頁。

本，盖几间屋舍，以保后半生挥霍享乐而已。他们没有侵占大明土地为己有，而后举家甚至举国迁往大明的野心，更谈不上雄飞大明的壮志。

在《雄飞的倭寇》中，津本阳一边大刀阔斧地勾画他们的胆气与豪情，一边又回笔细细描写他们隐秘的恐惧与苦痛、乡愁与悲哀。他们在朝不保夕的战斗与杀伐中，对死亡日渐麻木，龟若在看到同伴死去的时候，"想象着自己中箭而死的样子，却并不觉得恐惧。与死为邻，让他感受到了冒险的快乐"①。他们杀人，也被杀，他们的生活与死亡如影随形，前一刻还在谈笑的同伴后一刻便可能断了生息。也正是因为这样，他们更加疯狂地虐杀，他们用杀人的刺激掩盖被杀的恐惧。杀虐之余，他们喝酒赌博，奸淫妇女，他们不计后果，不顾明天，"时处乱世，没有一个年轻人会去奢望长命百岁，安乐度日。所有人都只追求当下的快乐，而不去想明天的事情。"② 他们认为："我们这些人，就像被大风扬起的尘埃，就算死了，也不会影响到谁，所以只管由着性子生活。喜欢赌博的就赌博，喜欢女人的就尽情玩女人好了。"③在他们无止无休的恶行中，似乎也隐隐包裹着自我厌弃的情绪，事实上，他们倭寇旌旗上的标语正好也印证了这一点："厌离秽土，欣求净土。"对于他们来说，处处弥漫着贫穷和战乱的日本是秽土，他们寇杀淫掠的大明战场也是秽土，唯独死去，才能到达净土，他们并不想长久地活着："所谓长生，也不过是意味着要长久地忍受苦痛罢了。"④因此，他们对死亡甚至抱有一丝隐秘的期待，龟若在心中不安时便会想："不管发生什么事情，死

---

① ［日］津本陽：『天翔ける倭寇』（上）、東京：角川書店、1993 年、第 169 頁。
② ［日］津本陽：『天翔ける倭寇』（上）、東京：角川書店、1993 年、第 167 頁。
③ ［日］津本陽：『天翔ける倭寇』（下）、東京：角川書店、1993 年、第 98 頁。
④ ［日］津本陽：『天翔ける倭寇』（上）、東京：角川書店、1993 年、第 167 頁。

了也就结束了。这世上大概也不会有比死更令人恐惧的事情了吧。死后就能变成一缕魂魄回到日本了,龟若这样想着,就像一切都与自己无关一般。在无数人流血死去的战场,他已经习惯了人生无常。"① 显而易见,他们淡看死亡的态度,并不是因为英勇奋战、不惧牺牲的大无畏精神,而是出于对苦痛人世无所贪恋的厌世情绪。我们暂且剥除日本人赋予"雄飞海外"的侵略扩张的思想,只将"雄飞"一词作"奋发有为"解,也知道它是积极的,向上的,现世的,这与津本阳在小说中所描述的倭寇的心理和对生死的态度是背道而驰的。在他们那样消极厌世的心态之下,所谓的舍生忘死的勇气与冒险的快感,也不过是朝不保夕的肆无忌惮而已,实与"雄飞"无关。

我们不难看出,真正意义上的"雄飞",日本学者与作家加附在倭寇身上的"雄飞",以及倭寇真实的心理状态这三者之间,存在着层层落差。我们说,"雄飞"理当是一种大展宏图的外向意识,是奋起而战并且有所作为的积极状态,同时,其所作所为应当是普世的,而非以损害一方为代价的。而日本学者与作家却只从本民族中心主义的立场出发,罔顾外民族的利益与生死,将"雄飞"偏狭成了一个与"侵略""扩张"相等同的词汇,他们将倭寇臆想成有着长远的海外眼光和宏大的发展构想的勇士,认为他们的举动必当为日本的经济带去发展,为文化带去生机。然而事实上,倭寇只是一群为生活所迫的亡命之徒,遇城便攻,见财便抢,杀虐抢掠之余便喝酒赌博奸淫妇女,他们朝不顾夕,慢说对日本民族的发展有何规划,他们连自己的明天是生是死都不作考虑,又何谈"雄飞"呢!

此外,"天翔る"一词本身也指灵魂的飞升。作者以此词为小说的题名,除了将倭寇的寇掠与杀虐行为予以正当化的企图之外,应

---

① [日] 津本陽:『天翔ける倭寇』(下)、東京:角川書店、1993 年、第 179 頁。

当还有祭慰倭寇亡灵的意图。津本阳笔下的倭寇有勇有谋，以少胜多，所向披靡，每到之处，百姓臣服，女人钦慕，他们是日本"雄飞海外"的先驱，是为日本带去生机的勇士。然而，津本阳为他们设置的结局，并不像我们按着行文所预想的那样，让他们劫掠到大量的财物，回到和歌浦过上了富足的生活。而是让他们在屡得奇胜之后，脱离了大队倭寇，在太湖去往无锡的过程中遇到大浦官兵，加之突降骤雨，枪支进水，于是被官兵击溃，源次郎中箭身亡，龟若等人不知所踪。小说终结在嘉靖三十年代（1551）初，此时距嘉靖三十七年（1558）王直被捕还尚有时日，并且他们所在的倭寇集团在浙江沿海的行动将愈加肆虐，然而津本阳却让《雄飞的倭寇》的主人公们在此时就死去，让他们不必面对集团整体的败绩，恰如日本人所崇尚的樱花会在最绚烂的时候凋零一样，字里行间的惋叹情绪让读者不知不觉陷入英雄末路的悲怆之中，正合了小说的题名"天翔る"中灵魂得以飞升的告慰之意，让这些生前烧杀抢掠、奸淫妇女的强盗，都变成了"英灵"。同时，也试图以此回归日本传统文学中的"物哀"与"幽玄"之美，用情感的流露掩盖历史的真实，这也是津本阳将倭寇加以美学化的手段。

《雄飞的倭寇》中这种从各个角度对倭寇及倭寇行为进行美化以遮掩其入寇本质的描写，让我们不由联想到日本近代的军国主义扩张以及他们在侵略之后的反应与态度。日本近代不断地对外扩张，1874年进犯台湾，1894年甲午战争，1910年吞并朝鲜，1931年"九一八"事变，1937年全面侵华战争，1941年太平洋战争，其军国主义的侵略几乎遍及整个亚太地区，给亚洲各国人民带来了深重的灾难。然而战争之后，他们除了在战后初期迫于美国的压力，接受国际军事法庭以及在各交战国设立的战犯审判法庭对日本战犯的审判之外，便开始了一系列掩盖战争罪行和推卸战争责任的行为。他们篡改历史教科书、参拜靖国神社、弱化"南京大屠杀"和强征亚洲妇女为"慰安妇"的历史事实，他们否认战争的侵略性质，称其为"自卫战争"，并扭曲战争的扩张目的，声称是为了"解放殖民地，确立大东亚共荣圈"①。更炮制了大量粉饰和美化侵略战争的右翼言论书籍。对于这一点，我们要做的除了对其涂改史实、美化罪行的行为进行揭露和批判之外，更重要的是去深度挖掘这一现象的内在原因和日本民族的深层心理。

同样是第二次世界大战中法西斯主义国家的德国，对于侵略战争的反省态度，却与日本截然不同。关于这一点，曾经大力推动德国战后审判的德国基督教民主联盟议员本达说过，推动审判并不是"屈服于外国的压力，而是屈服于个人信念的压力"。本达所说的"个人信念"，便是指宗教的力量了。李乐曾曾在《反省历史，日本为何比德国难》一文中指出："在德国，90%以上的人信奉天主教或新教。基督教有关原罪和赎罪等基本教义已为广大教徒普遍接受，原罪—认罪—赎罪对基督徒来说是一个很自然的因果关系程序。公开认罪并在良心和道义上进行忏悔，对信奉基督教的德国人已不是一件耻辱的事情。有了这个宗教文化的基础，德国人在承认战争罪行、承担战争罪责时，就没有太多的心理负担。"②而日本则不然，日本文化中并没有"原罪"的观念。正如本尼迪克特所说，与西方的"罪恶感文化"相对的，日本文化是一种"耻辱感文化"，"日本人重视耻辱感远胜于罪恶感"③。这使得他们天然地拒绝去反省历史，甚至于去涂抹掩盖历史，以避免深重的"耻辱感"。

而且，日本人自古便信仰"言灵"（ことだま），这也造成了他们的文学创作中淡化历史的真假判断与善恶判断，而更多地服从于情感判断的现象。"言灵"是在日本神道教中万物有灵的基础上所衍生出的言语有灵的概念。在日语中，"言"与"事"的假名表记同

---

① 亓成章、陈锋主编：《中国的国际环境与世界若干国家的跨世纪发展战略》，当代世界出版社1996年版，第47页。
② 李乐曾：《反省历史，日本为何比德国难》，《环球时报》2007年3月27日第11版。
③ [美]本尼迪克特：《菊花与刀——日本文化的诸模式》，孙志民译，浙江人民出版社1987年版，187页。

为"こと",这就使得"言"不仅是作为"事"的表达的存在,而且从根本上确立了日本人"言"与"事"同的观念,他们认为,语言本身就具有神秘的力量,它能够决定事情的走向、影响事情的本质,并且语言的灵力反过来会作用于说话的人身上,对他们产生影响。基于日本人的这一心理,他们在对自民族的历史做出评价的时候,便会有意无意地受到这一信仰的支配,抹去恶语批评,只做正面评价,连同倭寇这样入寇他国,杀虐抢掠无数的侵略行为,也都有变成了"雄飞海外"的壮举。更何况他们还有强烈的祖先崇拜的思想,他们坚信死去的都会化身神佛,所有战死之人也都成了英灵,因而不能对其加以恶语,否则会遭到神灵的惩罚,在这样的心理前提下,他们便彻底失去了历史主义精神和客观主义判断,我们又怎么能指望他们拉开历史与现实的距离,对历史与祖先进行客观公正的评判呢?

此外,日本的历史上几乎没有与外民族发生过大规模的冲突,其善恶观的建立也就被拘囿在了自民族之中,而不是建立在一个民族与另一个民族之间关系的基础上,这使得其对善恶的判断具有强烈的本民族中心主义倾向,凡事往往会从自己国家的利益和立场出发去考虑问题。因此,即便是对第二次世界大战这样已有国际定论的历史事件,他们也很难从人道主义和民族平等的角度去进行真正的反省和悔罪,那么对于倭寇入侵的烧杀抢掠与奸淫无度,用文学性的笔触将主角美化得英勇而温情,将入寇行为美化成一场"雄飞海外"的壮举,也就不难理解了。

第 四 章

"倭寇文学"的商贸视角

——从陈舜臣《战国海商传》看 "重商主义" 的倭寇观

倭寇，尤其是16世纪活动于中国沿海的后期倭寇，在进行烧杀寇掠的同时，也有武装的走私贸易活动，因此，倭寇文学中也便出现了从经济贸易的视角对倭寇及倭寇行为进行描写的一类作品，其中陈舜臣（1924—2015）的《战国海商传》堪称是从"重商主义"的角度描写倭寇的代表之作。

《战国海商传》是陈舜臣以16世纪在中国沿海进行武装走私贸易的海商活动（史称"倭寇"）为中心所作的长篇历史小说，该小说起初以《天外之花》（『天外の花』）为题在日本产经新闻连载，后因写作过程中小说的重心从原定的恋爱描写转向了海商活动，加之当时出版的图书中有一本书的书名与《天外之花》同音，陈舜臣遂将题名改作《战国海商传》。该小说于1992年纳入讲谈社文库本，约60万字，分上下两册，因迄今尚无中文译本，因而虽在日本颇有影响，但在中国却鲜为人知。正如陈舜臣所说，该书是"从海洋的角度，去重新审视那段为人熟知的历史"①。所谓"海洋的角度"，

---

① ［日］陳舜臣：『戦国海商伝』（下）（解説）、東京：講談社文庫、1992年、第331頁。

确切来说其实是指海上贸易的角度，而"那段为人熟知的历史"便是中国史料记载的明嘉靖时期的倭患。作者陈舜臣以小说的形式表现出了明代的海上武装贸易集团、明政府以及当时的海禁政策和相关举措的一系列时代局限，呈现出了一种较为客观中正的倭寇观、海禁弛禁观以及商业观。而正是由于对明政府本身的局限性的认识，陈舜臣在小说中又虚设了一个以曾伯年为首的反明势力集团和一个以明代藏书家范东明为原型的退隐士大夫，让他们对明代的商业和政治做了一系列的思考与设想，乃至为了其理想中的商业环境和政治环境做出了一系列与政府政策相悖甚至相对抗的行动，反映出了作者自身独特的明代史观以及贸易观、政治观。同时，陈舜臣在小说中主要将倭寇视为"海商"，以现代重商主义的价值立场来看待倭寇的海上活动。主张官府保护之下的和平海上贸易机制。该小说作为具有世界视野的重商主义"倭寇文学"范本，其独特的倭寇观与东亚历史观，颇有文学研究与历史认识上的价值。

第一节　陈舜臣商业主义思想及创作中的倭寇观

　　陈舜臣是著名的华裔日籍作家，在当代历史小说家中与司马辽太郎齐名。司马辽太郎的创作多以日本历史为素材，陈舜臣则多以中国历史为题材或背景，由此确立了日本文学中"中国历史小说"这一文学门类的声誉，被称为"日本中国题材历史小说第一人"[①]，并获得了直木文学奖、吉川英治文学奖、日本艺术院奖等十多个奖项。陈舜臣的历史小说与历史著作绝非对史料简单的复踏，也并未试图去还原历史。如他所说，面对历史，"不能误入复古主义的圈

---

　　① ［日］陳舜臣：『Who is 陳舜臣？』（扉のページ）、東京：集英社、2003 年。

套",也"不能返回到过去,难道真有值得返回的具有魅力的时代吗?我相信是没有的"①。因此,他的作品总有着自己独特的凝视历史的视角。他一方面忠实于史料的记载,另一方面又以自己的思想与历史观驱使着史料,将其演绎成一部部具有独特历史观的生动的文学作品,并能让读者对其所描绘的那一段历史进行反思。正是这样的历史小说,极大地丰富了日本中国题材的小说创作,同时在其影响下,日本出现了宫城谷昌光、酒见贤一、田中芳树、冢本青史等踵迹其后的一批青年作家,田中芳树称陈舜臣为"巨大的灯火",并感叹:"陈舜臣先生的弟子在日本国内无处不有。当然,先生不会感觉到。其实所谓弟子,也只是单方面的一种敬仰而已,对先生来说也许是麻烦的。但不管怎样,他们对中国的文化、历史、人物都是心怀憧憬的。我自知功底浅薄却依然执着写作至今,也是因为沉浸在先生作品中的结果。"② 陈舜臣的历史小说在日本的影响力由此可见一斑,事实上,许多日本人正是通过陈舜臣及其后学的中国历史小说来了解中国、理解中国的。而陈舜臣的思想与历史观也正是在这个过程中延及整个日本国民,对他们产生着潜移默化的影响。因而,对于中国读者与中国研究者而言,我们不得不予以足够的重视。

　　阅读陈舜臣的历史小说,我们可以发现,他的创作多以动荡时期的争战为背景。在他与竹内实的对谈中便曾经说过:"从个人的角度讲,我是台湾人,但因为那场战争我成了日本人,二十来岁的时候又恢复为中国人。我想再一次进一步弄清楚,决定我命运遭际的东西究竟是什么。决定我本人命运的是战争。战争'是什么'?这个问题是我的一个很大的宿题,是现在还没有解答的一个课题。"③ 因

---

① [日] 司馬遼太郎、陳舜臣:『対談:中国を考える』、東京:文芸春秋、2006年、第70頁。
② [日] 陳舜臣、田中芳樹:『対談:中国名将の条件』、東京:徳間書店、1996年、第153—155頁。
③ [日] 陳舜臣:『Who is 陳舜臣?』、東京:集英社、2003年、第85頁。

第四章 "倭寇文学"的商贸视角 117

为这一个人身份不断转变的自身遭际,陈舜臣的目光反复流连于战争,进行着关于战争的历史小说书写,也正是因为自身的遭际所赋予他的多重的历史文化背景,使其在对战争的书写中糅入了超越民族国家的世界主义眼光。正如他在《耶律楚材》与《成吉思汗一族》中所建构的那个超越民族界限、消解文化鸿沟的融合和平的世界一样,他不断在关于战争的描写中审视战争,追寻到达和平的途径。而这一点在其晚年的长篇小说《桃源乡》中表现得尤为显著,他说:"桃源乡并不是在特别的地方,而是在这个世界上的什么地方。世道混乱被压迫的人们为了逃避现实,走到哪儿就在哪儿营造超越各自国家和宗教而且没有竞争的世界。这就是乌托邦,就是桃源乡呀!虽然现实中不会是这样也不可能是这样。尽管如此,人们仍在寻找绝不会放弃希望。"① 加藤彻也认为:"贯穿于陈舜臣文学全部作品主旋律的低音协奏'炽热的渴望',在这部作品中大胆地喷发出来。此种鲜明地高举希望世界和平主张的作品绝无仅有。"② 而在中国台湾举行的《海的三部曲》与《十八小说史略》的新书发表会后,《实用历史》的主编游奇惠提到《海的三部曲》中的"南海王国"给人以"没有国籍的藩篱"的感觉时,陈舜臣对答道:"在文学上,我追求世界大同的理想境界。"他还说,自己"对国家的认识在不断地变化,世界是相同的感觉变得越发强烈"③。

正是由于陈舜臣跨越国籍藩篱的基本主张和对世界主义文学观的追求,其在"倭寇"的书写中也就跳出了基于国家层面的"入寇他国"抑或是"雄飞海外"的历史性判断,也摆脱了区域国际政治因素的制约,而独辟蹊径地从经济贸易的角度来观照"倭寇"。这与津本阳在《雄飞的倭寇》中对倭寇烧杀抢掠的入寇行为的淡化与粉

---

① [日]陳舜臣:『Who is 陳舜臣?』、東京:集英社、2003年、第106頁。
② [日]加藤徹:「桃源郷・解説」、陳舜臣『桃源郷』(下)、東京:集英社、2004年、第370頁。
③ [日]陳舜臣:『Who is 陳舜臣?』、東京:集英社、2003年、第102頁。

饰的右翼历史观有所不同，它是一种更为广阔的、以世界主义观念为前提的"重商主义"视角。所谓"重商主义"，是一种东西方历史上皆有的社会思潮，与重农主义相对而言。从广义上来说，重商主义就是重视商业之意，而在狭义上的，亦即经济学家所说的"重商主义"（Mercantilism），则是指15世纪到18世纪之间风行欧洲的一种经济学说和经济政策，它是在新航路的开辟和地理大发现之后，在全球经济一体化的需求之下所产生的一种经济思想，因而本身就具备了世界性视野。

事实上，"重商主义"的思潮不仅盛行于西方，在东亚也是存在的，中国以儒家的经世致用为旨归的"实学"以及日本以石田梅岩的思想为中心的所谓"石门心学"都是例证。在中国，自战国末年韩非发挥商鞅、荀子之说，提出以农为"本"、工商为"末"的思想之后，历代封建统治者大都把"重本（农）抑末（商，泛指工商）"作为基本国策。到了宋代，主张功利之学的叶适从工商业的社会功能诸方面出发批评了"重本轻末"的传统观念。明末清初，随着农业生产的恢复和发展，手工业与农业进一步分离，一些农村集镇逐步变成了专业城镇，促使商品经济迅速发展，商贾的社会地位空前提高，基于此，明清实学家在对叶适的继承和发挥的基础上，从对"抑末"思想简单的批判，发展到了提倡"商农并重""工商皆本"的思想。到了近代，面对中国封建社会的没落和西方帝国主义巨大的经济冲击与入侵，实学家为了推动中国民族资本主义的发展，在明清实学的基础上进一步提出了"以商立国""以工商为本"的商本论思想，是对传统的"重农抑商"的价值观念的彻底反拨。而日本的传统社会与中国一样，也秉持"农本主义"的经济观，认为"町人无用"，抑制对利润的追求。但到了江户时代，随着商品经济的发达和町人文化的兴起，旧的社会秩序、经济制度与思想文化体系都面临着革新的需求，石田梅岩（1658—1744）便是在这样的社会背景之下创立了"石门心学"，用以阐释商人的职业伦理、商人赢利的合理性，并确立商人的社会价值与社会地位，这在日本经济思想史上占有重要地位。而陈舜臣作为一个有着西方的教育背景与中日文化底蕴的现代作家，其"重商主义"的思想来源应该是多元化的，这其中便有可能既包含了西方"重商主义"思潮的影响，也不乏中国"实学"、日本的"石门心学"的作用存在。同时，他商人世家的出身，也使得其价值取向自觉不自觉地靠向了"重商主义"。而他在写作中一贯持有的世界主义的文学视野，与重商主义的价值观可谓不谋而合，并形成了历史小说中独特的叙事视角，这在《战国海商传》中得到了尤为显著的表现。

第二节 《战国海商传》中的明代史论

一 《战国海商传》从重商主义立场出发对明朝抑商政策的彻底否定

陈舜臣在《战国海商传》中对于明朝的政治，上至帝王下至宦官，包括政令律法，甚至国家体制，都进行了全面的否定，而这样彻底的否定，则为其后续的"倭寇"描写与历史观奠定了基础。

对于小说所写时代的嘉靖帝与其前的正德帝，陈舜臣都是有所评价的。他写道，正德帝即位后生活放纵，设建豹房，"起初因为喜爱异邦的音乐，在豹房集结了各地的音乐家"，后来则用来"蓄养伊斯兰、欧洲、东南亚等不同民族的人种"，宛如一个"巨大的人种展览会场"[1]，供自己游乐之用。而小说中的新吉就曾被蓄养在豹房，因而对正德帝极为了解：他是一个对异国充满着强烈憧憬的人，但"只是没头没脑地叫嚣着大海大海，但他并不清楚为什么要去往大

---

[1] ［日］陳舜臣:『戦国海商伝』（上）、東京：講談社文庫、1992年、第134頁。

海，他连他自己也不懂得"①。在这里，陈舜臣以设建畜养不同人种的豹房来表现正德帝的荒淫。事实上，明朝确实是历史上封建帝王与豪门贵族豢养动物的最鼎盛的时期，京城内也多建有虎城、象房、豹房、鹁鸽房、鹿场、鹰房等饲养动物的场所。历史上对正德帝所建豹房的用途也是说法不一，有学者认为它是正德皇帝荒淫享乐的场所，也有学者认为豹房是正德帝治理朝政的政治中心与军事总部。但无论如何，"豹房"确如其名，是畜养豹子的，相关记载可见于《万历野获编》："嘉靖十年兵部覆勇士张升奏，西苑豹房畜土豹一只，至役勇士二百四十名，岁廪二千八百石，占地十顷，岁租七百金。"朱国祯《涌幢小品》也有"豹房土豹七只，日支羊肉十四斤"②等关于豹房养豹的记录。从中可以见出养豹耗资巨大，这也或可证明正德帝的生活放纵。但史料中并无陈舜臣所说的正德帝在豹房畜养各色人种的记载。

同时，《战国海商传》还写到了国政腐败、贿赂成风的情形。到了嘉靖十八年，日本贡使上京之际，新吉认为："北京的风纪与腐败的正德末期相比，也并无改善。"③而嘉靖帝则只求长生，故令大臣作青词（又称绿章，是道教举行斋醮时献给上天的奏章祝文。一般为骈俪体，用红色颜料写在青藤纸上，要求形式工整和文字华丽）以献，善写青词者方能得到重用。《明史·宰辅年表》统计显示，嘉靖十七年后，内阁14个辅臣中，有9人是通过撰写青词起家的（著名的有夏言，严嵩的儿子严世蕃，徐阶等人）。更有因不愿作青词而被流放的大臣。这使得朝臣皆以学写青词为业。而善写青词的严嵩则极得皇帝信任，有野心的官员于是纷纷向严嵩聚拢，朝廷上下，

---

① ［日］陳舜臣：『戦国海商伝』（上）、東京：講談社文庫、1992年、第137—138頁。

② （明）朱国祯撰、王根银校点：《历代笔记小说大观·涌幢小品》，上海古籍出版社2012年版，第34页。

③ ［日］陳舜臣：『戦国海商伝』（上）、東京：講談社文庫、1992年、第160頁。

贿赂成风，严嵩根据官员的贿赂金额多少选用自己中意的人，其中赵文华更是与严嵩结为干亲，从通政使升任工部侍郎。他们甚至利用国家面临的巨大威胁进行敛财，对他们来说："北方的阿勒坦汗和南方的倭寇是明国最大的问题，而最大的问题也是最大的敛财时机。"① 这一趋势几乎无人可阻。范东明在供职工部时，就因阻止严嵩之子严世蕃贪墨公产而被廷杖。陈舜臣写道，在这个时期，"世人皆知，被廷杖的都是正义之士"②，而遭受廷杖也成了刚正之士警醒世人的唯一方式。就连日本贡使也深谙明朝官场的贿赂之道，宁波争贡之役便是由于细川氏以大量金银贿赂市舶司贸易监督官太监赖恩，获得优先贸易权，造成了大内氏的不满而引发的。中国的海商集团更是与朝廷官员交往密切，小说所写的以李光头、许栋为首的新安贸易集团便通过贿赂朝廷官员以及宦官，拥有对日走私贸易的主导权，就如同作者所写的："朝贡形式以外的对外贸易都是非合法的，这是明国的国是。但沿海各地的通商活动却极为繁盛，这些通商都属于走私贸易，是官宪取缔的对象，然而所谓的取缔，也不过是像想起了就应付一下一样，处于半公认的状态。这都是贿赂的结果。"③ 而在明廷派朱纨捣毁双屿这一事件中，表面上巡按御史杨九泽忠言直谏，上请朝廷遣派巡视重臣严格取缔私市贸易，实际上，杨九泽与宦官及新安商人都多有勾结，他的进言，也只是因为收受了新安商人的贿赂，替他们移借朝廷之力打压与之抗衡的佐太郎与王直而已。也正是因为上通朝廷官员，许栋才会肆无忌惮地迁入了自己请求朝廷攻打的双屿，并认为朝廷所谓的取缔只是虚张声势，及至朱纨捣毁所有可供出洋贸易的二桅以上船只，他也坚信那只是要求增大贿赂金额的手段。"对他（许栋）来说，就没有不收受贿

---

① ［日］陳舜臣：『戦国海商伝』（下）、東京：講談社文庫、1992年、第286頁。
② ［日］陳舜臣：『戦国海商伝』（下）、東京：講談社文庫、1992年、第26頁。
③ ［日］陳舜臣：『戦国海商伝』（上）、東京：講談社文庫、1992年、第280頁。

赂的官员。官员态度强硬也只是诈财的手段而已。"① 而在朱纨指挥的兵队攻入双屿之后，仍有收受过许栋贿赂官兵队长借劝降为名阻止官兵向许栋射击，并等官兵撤退时让他穿着官兵的衣服混在官兵中间大摇大摆离开。而对于沿海商人与朝廷官员通过贿赂关系的勾结，作者借佐太郎之口说道："非合法贸易商在朝廷看来就是'海贼'，至此，大部分海贼都向朝廷行贿，北京的宫廷一旦收受贿赂，就不再将其当作海贼。然而这种情况一旦被扭转，大部分海贼无法进行贿赂，他们便只能变成真的海贼了，北京又会怎么做呢？应该会使用武力，开始大规模的取缔吧。"② 显而易见，贿赂不仅成为一种普遍通行并且行之有效的潜规则，似乎也变成了维持走私贸易与朝廷海禁政策之间的微妙平衡的手段。此外，海商、沿海豪族以及朝廷官员之间也形成了一个行贿受贿的链条，海商以走私贸易的巨大利润引诱沿海豪族投资以人、船等财力和影响力，而后，沿海豪族以银钱上通朝廷官员，影响朝廷决策。例如小说中提到的温州豪族白世南，他与许栋集团关系密切，双屿被烧的船只中，有不少便为白世南所有，为此，他进京收买宦官，使得御史陈九德以"擅杀良民"为名弹劾朱纨，朱纨不堪受审，饮毒自尽。就如陈舜臣所批判的：明国从下到上，层层贿赂，"这已是既成的秩序，虽然是坏秩序，可当事者却并不自觉"③。

除了皇帝的昏聩、朝臣的勾结贿赂之外，陈舜臣对明廷的政令乃至政体也是持否定态度的。对于贿赂，陈舜臣也将其归因于明廷的"俸薄之害"："明朝在中国历代王朝中，官员俸禄是最低的。后世史家也对'俸薄之害'有所指摘。因为单凭俸禄无法生活，扩展

---

① ［日］陳舜臣：『戦国海商伝』（下）、東京：講談社文庫、1992年、第376頁。

② ［日］陳舜臣：『戦国海商伝』（上）、東京：講談社文庫、1992年、第281頁。

③ ［日］陳舜臣：『戦国海商伝』（上）、東京：講談社文庫、1992年、第280頁。

副业或者索取贿赂就被看成理所当然的了。对于行贿索贿，他们没有了罪恶感，政治自然变得腐败。"① 同时，他也批判明朝的东厂制度："就连庶民也得压低了声音说话，人们都生活在东厂的阴影之下，这岂是人过的生活！有骨气的人因为让宦官不痛快而惹来杖责这样屈辱的惩罚。"② 关于海禁政策，作为一个商业主义的主张者，陈舜臣必然是支持海上贸易、反对海禁的，因而他在小说中对明廷严行海禁的举措自然颇多指摘，也借小说人物之口表达了种种不解和不满。而且，陈舜臣认为明朝所面临的"南倭北虏"的忧患，便是起因于朝贡："由于南北的对外纷争，使得明国疲于应对，国力大为损耗。北方是蒙古族，南方是日本人，虽然入侵的民族不同，但问题却同样都是明朝所说的朝贡。"③ 此外，他还质疑明朝的政治体制，这更是超越时代局限的批判："因为现在是完全的皇帝独裁制，皇帝想怎样便能怎样。然而我们不能保证一个皇帝永远是明君。只有对于明君，皇帝独裁制才是好的，但是，如果遇上了昏君，就不好说了。因此，需要确立一个皇帝虽然拥有权力但也不能破坏的体系，那就是'法'。"④

明朝政治固然腐败，然而陈舜臣在小说中的描写也是极具倾向性的，他对皇帝偏听偏信、官员腐败贿赂的批判，最终还是指向了与他最关心的海上贸易相关联的海禁政策上。在他的描写中，官员的贪腐与皇帝昏庸独裁所造成的最严重的后果便体现在海禁政策的严苛和对海外贸易的管制打压之上。事实上，对于海禁政策以及与之相关联的朝贡贸易，不管是当时还是后来，不管是中国还是国外学者，只要站在经济发展的角度对其进行评价时，必定是持贬斥态

---

① ［日］陳舜臣：『戦国海商伝』（上）、東京：講談社文庫、1992 年、第 78 頁。
② ［日］陳舜臣：『戦国海商伝』（上）、東京：講談社文庫、1992 年、第 291 頁。
③ ［日］陳舜臣：『戦国海商伝』（下）、東京：講談社文庫、1992 年、第 400—401 頁。
④ ［日］陳舜臣：『戦国海商伝』（下）、東京：講談社文庫、1992 年、第 15 頁。

度的。然而我们也必须看到朝贡贸易和海禁政策在中国产生的必然性。

如埃里克·琼斯《欧洲奇迹》所说，欧洲由于肥沃的土地在地理分布上缺乏连续性，故而在分散的土壤肥沃地区形成了分散的经济政治中心区域，从而形成了欧洲多元的政治体系，而诸多独立的政治体系之间都存在着强烈的竞争性，同时也有着密切的商业往来，这就造成了西方重视商业利益并在竞争中谋求生存的国际贸易观，也使得"重商主义"成为西方各国在对外贸易中的基本思想。[1] 重商主义主要是以国家强大为指向，以货币（金银）为财富的象征，以对外贸易为获得财富的重要途径，以国家对经济的干预为国家致富的基本保证的经济思想。其中重商主义所坚持的国家干预实质上主要表现在政府对商人开拓国际贸易甚至以武力进行贸易扩张的支持之上。

而中国却很早就实现了统一，邻近小国也完全不具备与之竞争的能力，同时，中国传统农业经济自给自足的属性使其对国际贸易的依赖度很低，反而是外国对中国的丝绸、瓷器等商品有很大需求，这使得中国历代封建王朝都秉持着"重农抑商"的基本思想，坚持以农为本而限制工商业的发展，因此，国际贸易对中国来说并不是为了商业利益，而是通过"怀柔远人"来建立"华夷秩序"的一种政治手段。它使得朝贡贸易成为维持"中国"与"四夷"关系的基本方式。与西方贸易扩张中的暴力与不平等性相对，中国的朝贡贸易是一种和平的关系往来，它不依靠武力征服，而是以他国对中华帝国的文明与商品的需求为保障的。通过朝贡贸易，朝贡国获得巨大的经济利益，而中国则由此确立其宗主国的权威性与合法性。到了明代，中国甚至将所有贸易都纳入到朝贡体系之下，使得朝贡贸易成为唯一合法的贸易方式，因为朝贡贸易的本质不在贸易而在政

---

[1] 参见［英］埃里克·琼斯《欧洲奇迹》，陈小白译，华夏出版社2015年版，第85—120页。

治，所以中国不仅不支持商人进行海外贸易，甚至多番禁止，明代的海禁政策便是基于此而产生的。对此，也有西方学者认为，所谓的朝贡贸易，其实只是中国官员与外国贡使合力编演的"构建合法性和贸易欺骗的帝国游戏"，他们通过藩属使节的叩拜礼节与朝贡行为维持其"王朝对内权威的合法性"，藩属也因为由于贸易利益而非常乐于参与到这一欺骗游戏之中。①

此外，作为一个农本主义社会，从社会稳定的角度来看，政府也必定会为了将大多数人附着在土地上而控制商人的规模、社会地位以及他们的商业活动，而海外贸易与国内贸易相比是更不可控的商业行为，所以政府必定会加以控制。

而陈舜臣作为一个出身商人之家，受西方"重商主义"思想影响并在自由贸易的氛围中成长起来的现代作家，面对"薄来厚往"的朝贡贸易，面对"片甲不得下海"的海禁政策，必定采取批判的态度。他对明朝的抑商政策表达了强烈的不满，并将反明势力的起因完全归结到明朝对商人的限制之上，认为"这是对他们（明政府）轻视商人的惩罚，他们将为这个世界做出巨大贡献的贸易事业看得等同乞丐，就得受到相应的惩罚"②。显见地，陈舜臣对商业贸易的态度是深受西方"重商主义"思想影响的，重视对外贸易、政府支持并保护商人进行国际贸易乃至贸易扩张是西方"重商主义"的重要内容，这也是陈舜臣在《战国海商传》中对海外贸易所持的基本主张和对政府的基本期待。所以说，陈舜臣对明代海禁政策的批判以及由海禁政策所引发的对明朝皇帝官员的贬斥，都是以"重商主义"为心理前提的，或者说他至少是作为一个现代人，站在现代自由贸易的立场之上对明代贸易体系进行批判的。

---

① ［英］约翰·霍布森：《西方文明的东方起源》，孙建党译，山东画报出版社2010年版，第62页。
② ［日］陈舜臣：『戦国海商伝』（下）、東京：講談社文庫、1992年、第54页。

二 《战国海商传》对"曾伯年"的虚构与作者的海上贸易观

在《战国海商传》中,陈舜臣是基本遵循历史的脉络推进小说的情节发展的,而他所安插的历史之外的人物与情节,则是反映其思想的重要道具,也是我们去究查其思想的重要线索。在小说中,陈舜臣虚设了一个以曾伯年为首的反明势力集团。中国历史上,是不存在"曾伯年"其人的,而且这个反明集团也并不像历史上惯见的反政府势力一样靠武装夺取政权,而是主要通过商业利益的拉拢来扩充集团的势力,通过商贸活动对抗当权的统治,从而达到撼动甚至推翻明政府的目的。当然,他们的反明集团也并非没有武力装备,但那只是为了商战的需要。在商战或贸易中以强大的武装为后盾来达到震慑对手的目的是这一时期的商贸集团惯用的方式。小说从没有出现曾伯年集团与他所反对的政府官宪真刀实枪地正面对抗的场景,他最多只是怂恿他所拉拢的日本武装海商与政府为战。陈舜臣这样的设置,这样的描写,究竟目的何在?他想要借此表达什么呢?一方面,在作为"重商主义"者的陈舜臣看来,商业对一个国家来说,是足以抗衡甚至颠覆其政权与统治的存在;另一方面,以商业为战的反明势力的设置,也是陈舜臣借以表达他对政府压制商业的极端不满的方式。

由小说可知,曾伯年本是泉州某名门的家主,明成化十年(1474),专管琉球进贡贸易的泉州市舶司被移往福州之后,泉州日益凋敝。为重振泉州,他曾向朝廷上书,请求再设市舶司,并请求将以前只面向琉球的贸易扩展至面向东洋,即包括日本与朝鲜在内的地区,却以失败告终。而新安(安徽、浙江、江西三省)商人却通过贿赂宦官,获得了与日本的贸易权。曾伯年请求开设市舶司,进行合法贸易的上书被否,而新安商人通过贿赂宦官达成的私市贸易却畅行无阻,这使得曾伯年对明朝政府彻底失望:"朝贡形式以外的对外贸易都是非合法的,这是明国的国是。但沿海各地的通商活动却极为繁盛,这些通商都属于私贸易,是官宪取缔的对象,然而所谓的取缔，也不过是像想起了就应付一下一样，处于半公认的状态。这都是贿赂的结果。"而这样的贿赂，"已是既成的秩序"① 了。他说："现在的这个王朝，应该早点灭亡才对。……就连庶民也得压低了声音说话，人们都生活在东厂的阴影之下，这岂是人过的生活！有骨气的人因为让宦官不痛快而惹来杖责这样屈辱的惩罚。前朝一个叫张岳的泉州人因为直谏皇帝无谋的南巡，被处以杖刑，他是我最尊敬的同乡前辈。……已经不行了，只能重来。我不知道下一个王朝会是怎样，但总不会比现在更坏。……结束这一切吧，我的愿望是复兴泉州没错，但我还有更隐秘的愿望，那就是让这个篡夺而得的王朝（永乐帝夺取建文帝的皇位）从世界上消失。"② 至此，曾伯年走上了对抗明朝政府之路。虽然小说借曾伯年之口为其反明之路设置了一个看上去极为合理的逻辑线条，即明朝政治腐败，整个国家从下到上，层层贿赂，皇帝昏聩，偏信奸臣，官员相互构陷，良臣蒙冤而死。然而追根究底，他走上反明之路的动因，依然是其增开市舶司、扩展海外贸易、兴盛泉州经济的设想的破灭，到底还是商业利益的驱动。

在商业利益的驱动之下，曾伯年以整饬国家秩序的姿态，集结了受现政府迫害的人，意图推翻明政府的统治，这其中，有受其祖先牵连而不能享有正常的明人待遇的蒲氏一族，有因妨碍太祖统一天下而不被允许在陆上生活的陈友谅军团的后人"九姓渔户"，以及比其他地方都负有更重的税金的苏州张士诚的后代，而他们动摇整个国家的砝码，便是商业，他们的每一个动作，都与商业相关。他们利用发动商战、操控商圈的行动，对明朝的政府发起挑战并形成影响。为了达成这一目的，曾伯年集团首先所做的，是以生丝为筹码对以佐太郎为首的日本海商的拉拢。曾伯年垄断了作为对日贸易

---

① ［日］陈舜臣：『戦国海商伝』（上）、東京：講談社文庫、1992 年、第 280 頁。

② ［日］陈舜臣：『戦国海商伝』（上）、東京：講談社文庫、1992 年、第 291 頁。

主要输出品的生丝与绢织，这使得中国市场上以对日贸易为主的新安商贸系统受到了巨大的打击。与此同时，中国海贼王直、日本海商佐太郎等也都因主要输出品被垄断而大受影响，于是佐太郎等人前往九日山，与曾伯年进行商谈。曾伯年借机拉拢佐太郎，将生丝与绢织全部交给了他，但交换条件是他必须加入与新安商人的商战，并担任商战的总大将，对新安商人进行彻底的打击。于是，生丝与绢织从佐太郎手中开始流通，而"在生丝的买卖中，出现了新的面孔，这意味着在一直以来的新安系商人之外，又出现了一些小商人，用后世的话来说，就是新安系商人的市场占有率显著减少了"①。这里说的"小商人"，事实上就是曾伯年安插在生丝贸易市场上用以排挤新安商人的棋子，他们持有曾伯年供给的源源不断的衡价生丝。"为了打击这些小商人，许栋及其背后的新安商人大规模地囤积生丝。然而不管怎么买进，生丝的市价都没有上涨。不仅如此，不知哪里一直在大量地供应着价钱便宜的生丝，这些小商人们一点都不困扰。而在小商人们抛空之后，生丝的价格突然大幅跌落。新安商人损失惨重。"②

曾伯年对新安商贸集团的打击，一方面是因为此前新安集团通过行贿获取对日贸易权的行为打破了曾家在泉州增开市舶司的计划，但更重要的，则是曾伯年意图通过打击新安商人来对朝廷施加影响。因为他深知新安商人在暗中与明廷，至少是与宦官勾结紧密，如果新安商人的商权被夺，他们必定会再次借助明廷的力量打击对手。而这一次，曾伯年早有预谋地将佐太郎推到与新安系商战的前线，以生丝为饵诱其作了商战的总大将，而他自己则隐藏在日本武装海商之后谋划布局、发号施令。同时，佐太郎的日本海商集团此前又与王直有所勾连，较之日本出身的佐太郎，王直对中国市场以及新

---

① ［日］陈舜臣:『戦国海商伝』（上）、東京：講談社文庫、1992 年、第 322 頁。
② ［日］陈舜臣:『戦国海商伝』（上）、東京：講談社文庫、1992 年、第 322 - 323 頁。

安系统的了解自然更深入，所以在商战中，往往是王直与新安商人进行正面交锋，佐太郎则负责生丝的供给以及接受传达曾伯年的指令，这样一来，"世人都以为双屿帮的首领是王直，是他得到了日本人和葡萄牙人的支持，掌握着事情的主导权。但是被看成首领的王直，实际上却并不觉得自己是首领，他只是按着佐太郎的指令行事"①。事实上，佐太郎也并不是指令的真正发出者："买、卖、静观，佐太郎只是遵从着这样简单的指令行事。……一有指令，佐太郎就会告知王直。"② 所有指令的发出者，其实都是曾伯年。但在新安系看来，与他们进行对抗的却是王直以及王直勾结的日本人，这也就暗合了历史记载中"倭寇"的构成成分。而新安商人通过贿赂请求明廷打压的对象也就变成了王直的海贼集团及日本武装海商，亦即明朝官方所说的"倭寇"。朝廷原本就有海禁政策在前，沿海私商，尤其是日本的武装走私海商本就是严厉打击的对象，加之那些收受新安集团贿赂的宦官对决策者乃至皇帝的怂恿，让明政府发兵出剿"倭寇"并不困难。这便是曾伯年策划这一行动的主要目的："明政府若为此施行大规模的军事行动，必会动摇政权的基础，尤其是当下并不稳固的政权，这有可能导致明政府的衰亡。"③ 事实上，朝廷也确实因此派朱纨出剿倭寇以及他们盘踞的双屿港。但由于王直与佐太郎得到了曾伯年送来的消息而提前迁出，双屿之战对他们并无任何损伤，反倒是新安私商集团因为贿赂之后的有恃无恐而迁入了双屿港，以致损失惨重。

整个行动环环相扣，从朝廷的决策到新安系商人的心理，从让政府出兵以动摇国基到将日本武装海商拉入自己的集团，曾伯年称

---

① ［日］陳舜臣：『戦国海商伝』（上）、東京：講談社文庫、1992 年、第 323 頁。

② ［日］陳舜臣：『戦国海商伝』（上）、東京：講談社文庫、1992 年、第 322—323 頁。

③ ［日］陳舜臣：『戦国海商伝』（上）、東京：講談社文庫、1992 年、第 282 頁。

得上是算无遗策。其实，佐太郎也一早就知道自己被曾伯年利用，而且他也深知："对手不仅是新安商人，还有这个国家的主人，明王朝，一个巨大的国家。"① 但是为了能够获取生丝以及生丝贸易中的利润，佐太郎依然走入了曾伯年的计谋与布局之中，这也明确地表达了日本海商的立场，即为了商贸利益，不惜与整个明王朝对抗。而曾伯年集团也正是抓住了日本武装私商以经济利益为上的心理，诱使他们与新安商人乃至与明廷对抗。当然，如果将小说所写的以佐太郎为首的日本海商集团等同于史料中的"倭寇"，并站在政治角度去衡量的话，陈舜臣的这一描写不免有混淆倭寇的入寇本质，推诿倭寇的劫掠行为的嫌疑，但正如笔者在《从"海商"到"倭寇"——陈舜臣〈战国海商传〉的重商主义倭寇观》② 一文中分析的，陈舜臣是站在商业主义的立场上看待倭寇的，因此小说也会处处显示出商业至上的观念。这一点也反映在曾伯年反明势力的所有行动中，他通过对生丝的垄断和适时的抛出将包括新安商人和王直、佐太郎的海商集团在内的整个生丝市场玩弄于股掌之间，乃至借此引发政府的军事行动，以达到动摇其政权的目的。当然他也如愿完成了对日本武装海商集团的拉拢，使日本海商成为其对抗明朝廷的前阵，也为策动日本武装海商进一步自发地向明朝廷发起战争提供了可能。

而后，曾伯年集团所做的，便是获取沿海住民的支持，并彻底击碎民众对朝廷与官兵本来就所剩不多的信任。

此时，以佐太郎为首的日本海商和以王直为首的中国海商都已经因为对日生丝贸易的利益与曾伯年的反明势力捆绑在了一起，而曾伯年也正是试图通过掌控沿海商贸实现其推翻明政府的政治目的。他们意识到："与官宪为敌，我们的对手是巨大的，几乎与"天下"

---

① [日]陳舜臣：『戦国海商伝』（上）、東京：講談社文庫、1992 年、第 282 頁。

② 郭尔雅：《从"海商"到"倭寇"——陈舜臣〈战国海商传〉的重商主义倭寇观》，《东疆学刊》，2019 年第 2 期。

等身，为了与此相对抗，我们必须尽可能增加我们的同伴。"而沿海的民众因为"贫穷，渴望交易所得的利益的零头，当然就做了海商的伙伴"，"海商赚到了钱，住民们也就有得赚了"。于是，"金钱分散到了他们那里，但官兵一来，就夺去了那些钱财，官兵就是那样的强取豪夺"，这使得沿海住民"憎恨索取贿赂、为了威吓而严加取缔海商的官兵"，"他们不仅向海商索贿，还向住民索贿，他们一边标榜着自己律法执行的裁量权，一边欺压海商和住民"。在官府的压榨和海商的拉拢之下，沿海住民自然靠向了海商集团，成为他们"可供依恃的壁垒"，"海商们进行非合法活动时的安全，是住民来守护的"。而且，曾伯年集团对住民的拉拢，不仅表现在沿海，还延续到了内陆，不仅表现在贸易中，还运用于与官府的战争中："从沿海到内陆，加入我们的住民越来越多。……内地住民与我们结为同伴，与官宪之间的战争已经愈演愈烈。"①

按照陈舜臣所写，烈港之战后王直率倭寇攻打乍浦的行动，实则仍是由曾伯年集团所指挥操控的。他们作战的目的，依然是为了通过获取住民的支持而达到动摇明政府统治目的："伙同住民——要动摇明王朝的统治，这是他们必须保持的基本姿态。"② 为了拉拢住民，他们首先做的，便是引发民众对官府的愤恨、粉碎民众对官府的信任。"他们切实感受到官宪压榨住民的情况。税金是由当地的官兵收取的，由于他们拥有处罚权，因而在正规的税金之外还乐此不疲地压榨住民。这不正是贿赂吗，甚至与贿赂的半自愿相比，这完全是强制的。以贿赂为名的榨取中，沿海住民是最大的受害者。海禁是国是，沿海住民向海商供给物资，并且有了许多接触，以此维持生计，为了生存，他们不得不违反国是，而为了躲避惩处，他们便必须贿赂。他们满怀愤怒地贿赂官兵，脸上虽然带着卑屈的笑，

---

① ［日］陈舜臣：『戦国海商伝』（上）、東京：講談社文庫、1992 年、第 53—54 頁。

② ［日］陈舜臣：『戦国海商伝』（下）、東京：講談社文庫、1992 年、第 165 頁。

胸中却燃烧着憎恨的怒火,一触即发。想要动摇明王朝,没有比点燃住民心中的怒火更有效的方法了,所以必须与他们结为同伴。"①他们焚烧官家建筑物,闯入富豪家放火抢掠,激怒官府,使官兵对他们出手,"他们让住民们看到,四十个船男一拿着武器,明兵便仓皇而逃的情景,这无非是想要告诉住民,平时压榨他们的官兵实际上是何等的无能,一点都不足为惧"。而在平湖知县罗拱辰率数百官兵赶来乍浦之时,日本船又及时撤退了。因为"此次的目的,并不是战争本身,而是告诉住民,明王朝的官宪是不可靠的。这一目的已经达到了"②。而由于倭寇的四处焚烧抢掠,"明王朝会不得不因此而扩充武器装备,造成赋税加重,从而导致人心离散。"在这种情况下,他们则"对住民施以恩惠。这是作战的根本目的。在乍浦收买粮食的时候支付数倍于市价的价格,也是因为遵从这一方针"③。

曾伯年的反明集团通过商业利润的引诱和对官民矛盾的激化将沿海住民乃至内陆百姓拉拢至自己一方以壮大自己的势力,这样的设置其实也是符合明嘉靖年间的社会现状和历史规律的。我们知道,在中国这样一个农本主义国家,百姓是最看重安定的,只要政府官宪值得信赖,日常生活有所保障,他们是不会参与更不会发起动乱的。但是在小说所写的嘉靖时期,皇帝崇道,内阁纷争,宦官专权,厂卫横行,对于百姓来说,更重要的是皇室、官僚以及地主各阶层都剧烈兼并土地,以至皇室勋贵、官僚地主拥有大量的土地,皇庄更是数不胜数,而农民则因为失去了土地而沦为佃民,更有甚者,地主阶级还千方百计将自己应该负担的赋税徭役转加摊派给农民,

---

① [日]陳舜臣:『戦国海商伝』(下)、東京:講談社文庫、1992 年、第 165—166 頁。

② [日]陳舜臣:『戦国海商伝』(下)、東京:講談社文庫、1992 年、第 167—170 頁。

③ [日]陳舜臣:『戦国海商伝』(下)、東京:講談社文庫、1992 年、第 158—159 頁。

加之政府的财政危机,朝廷又增加了赋税,致使农民重荷难负甚至被迫背井离乡、辗转流亡。而对于沿海住民来说,朝廷的海禁政策使得他们的远海渔业以及在沿海贸易中的获利受到了严重影响,致使他们向武装私商靠拢,这一状况反映在《战国海商传》中,便是迫于生存压力的沿海住民和内陆百姓对曾伯年反明势力的支持。

事实上,在嘉靖年间,有记载的农民起义就先后爆发了四十余次,此外,因缺饷而发生的各地兵变也有二十余次,想必也正是这些起义与兵变的记载为陈舜臣设置反明势力提供了摹本。然而明嘉靖历史上的起义和陈舜臣所写的反明势力是有着极为本质的区别的。

陈舜臣设置的反明集团所处的社会阶层应该是商人,他们也是通过商业利润来扩大集团势力和人员,通过商战来进行反明活动的。在中国,虽然重农轻商是封建社会的主流,但到了明代,政府对商人的法令制度以及商人的生存环境都是相对宽松的。明朝开国之初施行了一系列恤商政策,例如对商税的严格限制:"凡商税,三十而取一,过者以违令论。"[1] 并且还扩大了商税的免税范围:"军民嫁娶丧祭之物、舟车丝布之类,皆勿税。"[2] 到了永乐年间,明成祖又进一步扩大了免税范围:"凡嫁娶丧祭时节礼物、自织布帛、农器、食品及买既税之物、车船运己货物、鱼蔬杂果非市贩者,俱免税。"[3] 这使得商人获得了更大的生存空间。加之明中期以后生产力的发展,农产品、手工业品的生产规模不断扩大,也在很大程度上促进了不同行业、不同地域之间的商品交换和商业活动的繁荣,各地奇珍异货的引诱和商业利润的刺激使得上至皇帝官僚、下至士卒

---

[1] (清)张廷玉等撰:《明史》卷八一,《志第五十七 食货五》,中华书局1974年版,第1975页。

[2] (清)张廷玉等撰:《明史》卷八一,《志第五十七 食货五》,中华书局1974年版,第1975页。

[3] (清)张廷玉等撰:《明史》卷八一,《志第五十七 食货五》,中华书局1974年版,第1975页。

百姓纷纷涌入经商浪潮，致使明中叶以后商品经济普遍蔓延于整个社会。与此同时，士人与商人之间的界线日趋模糊，商人习儒、追慕文雅、与士人交往渐密，甚至通过科举或者捐纳等经济手段跻身仕途，而士人中"弃儒就贾"、流向商人的也不在少数。

在这样的社会环境之下，商人手中集聚着大量财富，社会地位也有了很大的提升，他们实际上并没有进行反政府行动的充分理由与动力。事实上，明嘉靖年间确实也没有商人发动起义的文献史料记载。明朝甚至中国历代的起义与变乱，因发动者的身份不同有各种各样的名目，但不管是农民起义、士兵哗变、邪教作乱、土匪强盗、商贩作乱乃至民族纷争，其发起的原因无外乎日常生活难以为继或是巨额利润的驱动，当然其中也不乏以夺取政权为目的的变乱，他们攻城略地、抢盗库兵、释放囚徒，甚至设置百官自立为王，达到了不小的规模，但从没有一个反政府武装集团如陈舜臣所写的那样是为了替商人张目、建立一个政府保护之下的和平的贸易环境而走上反动之路。因为那并不符合明代的社会环境与历史语境，也就是说，在农本主义的中国封建社会，根本不可能孕育出像西方那样在政府支持之下的海外贸易制度。曾伯年的反明集团所秉持的政治理想，只能说是陈舜臣基于自己在西方社会构成的影响之下赋予他们的理想化设置。

三 《战国海商传》中"范东明"形象的虚实与作者的明代政治观

陈舜臣作为一个拥有现代的政治意识和政治觉悟的作家，在写作过程中也明显将这一观念融入了小说之中。在曾伯年的反明势力之外，他在明代著名藏书家范东明这一历史人物的原型之上进行了加工，借范东明之口表达了自己现代的、受西方社会体制影响形成的政治见解，并为范东明所建的天一阁赋予了藏书之外的政治功用。小说写道，范东明为官十五六年，痛感明朝官场腐败、拉帮结派的现象，故此萌生了退隐之心，并借为父丁忧之机建造藏书楼天一阁，想要将其作为一个国家法制化的研究所,让人们从书中汲取治国平天下的精神。而他为世人所熟知的酷爱书籍的形象,其实不过是为了免遭当权者的猜疑。

而历史上的范东明(范钦,1506—1585)为官之时的确刚直不阿、不畏权贵,曾因顶撞武定侯郭勋被廷杖下狱,最终在任职兵部右侍郎时遭弹劾"回籍听参"。回乡之后"于其宅东月湖深处,构楼六间以为藏书之所",将经年积累的藏书七万余卷收入其中,是为天一阁。天一阁是我国现存最古老的藏书楼之一,是亚洲现存历史最悠久、最古老的私人藏书楼,也是世界上现存最古老的三个家族图书馆之一,它为中国古代的藏书事业包括《四库全书》的编修以及书楼的修建提供了有效的借鉴,也是中国藏书文化的象征。因而对于范钦其人及其所建天一阁的研究众多,也有不少学者亲自登阁为其编撰书目,我们由此可知,天一阁藏书主要包括历代善本碑帖、各地方志以及一些借由官场之便所得的官书等内部原始资料,其功用便是藏书,也有学者认为它是范钦与友人的交游宴饮之所,但没有任何资料与研究可以证明天一阁具有陈舜臣所说的研究国家法制化的功能,甚至天一阁的藏书中关涉国政法制的书目也极为有限。而范钦的归隐也只是迫于被弹劾的无奈之举以及对官场失望之后的独善其身,并不是像中所刻画的那样是为了将国政法制化的蓄势待发。而范东明在小说中仅仅出现过两次,第一次是帮助日本海商新吉与青峰救出了佐太郎,第二次便是在佐太郎的会面中表达自己对国政的看法,我们从中不难看出范东明亲近并帮助日本海商、批判明朝政治以及海禁政策的立场,然而,与其说这是范东明的立场,不如说是陈舜臣自己的立场。我们由天一阁所藏的明嘉靖刻本《范司马奏议》可知,范钦在任职兵道备和巡抚南赣时,外剿倭寇,内防动乱,终因剿抚倭寇有功被擢升为兵部右侍郎。而被陈舜臣表述为海商、并与王直勾结的佐太郎等人,在明朝官方看来,就是倭寇,范钦对他们施以援助并与他们相交甚笃的可能性应该极小。

另外,陈舜臣让范东明对明朝的"皇帝独裁制"作了一番议论:

"因为现在是完全的皇帝独裁制,皇帝想怎样便能怎样。然而我们不能保证一个皇帝永远是明君。只有对于明君,皇帝独裁制才是好的,但是,如果遇上了昏君,就不好说了。因此,需要确立一个皇帝虽然拥有权利但也不能破坏的体系,那就是'法'。"①

在陈舜臣的笔下,范东明是一个对国家政治敢于批判、对皇帝极权与法治的关系有所思考,甚至为了建立理想中的"法"的体系乃至法制化的国家而付出行动的人。从对范东明的言谈举动的设置之中,我们其实可以看出西方的社会制度、国家政体及其对权力的认识对陈舜臣的影响。在西方,从古希腊时期开始,人们便对权力,尤其是最高权力充满了警惕与戒备,亚里士多德在它的《政治学》中,通过对一百五十多个希腊国家的政制的研究之后指出,与只依靠君主一人智虑的君主政体相比,由贵族集团或一部分人共同参与政治的共和民主政体更为可靠,而只有"法治"才是让人们平等参与政治的方式,他说:"法治应当优于一人之治。遵循这种法治的主张,这里还须辨明,即使有时国政仍须依仗某些人的智虑(人治),这总得限制这些人们只能在应用法律上运用其智虑。"②这种以法律来限制统治者权力的论调贯穿着西方政治学和法学研究的始终。而他们对法律的依赖与对权力的忌惮,很大程度上是出于他们对人性本恶的认识,就如亚里士多德所说:"世间重大的罪恶往往不是起因于饥寒,而是产生于放肆。"③ 在他看来,放肆地追求权力是比盗窃、寻欢等为饥寒与情欲所驱使的犯罪严重得多的最大的犯罪,而人一旦拥有了至高无上的权力,就会堕入对权力的放纵。因此他们将法律作为利器,来遏制人性、制约权力。而中国则不同,无论是

---

① [日]陈舜臣:『戦国海商伝』(下)、東京:講談社文庫、1992年、第165—15頁。
② [古希腊]亚里士多德:《政治学》,吴寿彭译,商务印书馆1996年版,第167—168页。
③ [古希腊]亚里士多德:《政治学》,吴寿彭译,商务印书馆1996年版,第71页。

儒家的性善与礼教治国主张，还是法家的性恶与制度治国主张，其最终都归结到了通过对人性的教化和顺应去加强君主的权力。由此我们不难看出，在中国传统社会，政治家和思想家的研究焦点最后都会落到君主的身上，而权力对国家与社会所产生的不同的作用最后也都被归结到了君主的品行修养上。人们坚信，同样的制度，尧舜用之则治，桀纣任之则乱。孔子也说："善人为邦百年，亦可以胜残去杀。"（《论语·子路》）也就是说，人们把所有的权力都心甘情愿地奉于君主之手，而后又将整个社会的稳定与发展寄望于君主的盛德仁风，唯一能够制约帝王的，只有所谓的"民心"与"天命"，而这只是一种隐形的制约。这与"西方对政府权力久怀猜疑"[①]而通过法治来限制统治者从而限制权力的做法是有着本质区别的。而陈舜臣让一个在整套儒家学说与君权权威的思想中为学、出仕的明代士大夫质疑皇权、质疑国家政制，并以藏书楼为名私自建立了一个将国家法制化的机构，这是不符合历史逻辑与社会文化背景的。如果说陈舜臣虚设的曾伯年的反明势力是站在商人的立场，从自由贸易的角度出发对明政府的统治产生怀疑并进行反明行动，是作家自身的文化背景和思想倾向的潜移默化，那么他对范东明的形象加工则是直接在明代典型士大夫的身上嫁接了一个具有西方政治观念的头脑，一个在中国传统封建社会尤其明代无论如何也不会产生的头脑。

中国历代封建王朝，尤其是自秦汉以后均处于君主专制的统治之下，在这种政体中，君主享有至高无上的地位和世袭罔替的君位，君权更是不受制约、凌驾于包括法律在内的其他任何权力之上的绝对权力，君主是集行政、立法、司法权于一身的。在行政权上，皇帝本身就是全国的行政首脑；立法权更是归于皇帝，所谓"法出自君，言出为法"；对于司法权，皇帝则通过种种手段对其加以控制。

---

① [美]郝大维、安乐哲：《先贤的民主》，何刚强译，江苏人民出版社2004年版，第133—137页。

到了明代，皇权专制更进一步加强，在皇帝的绝对统率之下，建立起了一整套体系完备的司法机构，而皇帝不仅直接掌控刑部、大理寺、都察院这三个主要的中央司法机关，还通过三法司之间的权力分配和牵制来加强对其的控制，以此来强化专制主义中央集权。在此之外，明代皇帝为了严密监察司法官吏的活动，在唐宋御使监察制度的基础上又设置了都察院、六科给事中的监察机构，使得整个国家的监察权乃至司法权牢牢掌控在皇帝手中。然而，皇帝仍然不能完全放心这些直接受命于他的司法机构和监察机构，于是另行组建了由锦衣卫与东厂、西厂及内行厂组成的厂卫特务机构，使他们直接听命于皇帝，并赋予了他们直接行使司法权的权力，开始了对全国的特务统治。皇帝亲掌锦衣卫，而厂卫则交由整日侍其左右的心腹宦官统治，以达到将举国上下朝廷内外的官民动向皆收于眼底的效果，这一举措更加巩固了极端君主专制主义的统治。

在这样的政治环境之下，在将一切权力都奉于君主并指靠君主仁德的文化心理基础上，面对昏聩无德的君主，士大夫所能做的，除了顺从与劝谏，最多的便是彻底失望之下的辞官归隐了，事实上，小说中的范东明便是选择了归隐，而历史上的范东明甚至连主动的辞官归隐都算不上，而是被弹劾回籍。除此之外，也有一些以皇帝不能顺应天命民心为由而发起的反政府武装势力，但是他们也只是想要朝代更迭、皇权易位，而后重新将最高权力交与下一任君主。他们没有思考国家政体的社会文化心理基础，更没有重建一种新的政治体制的意识。正如梁启超所说："中国自古及今惟有一政体，故政体分类之说，中国人脑识中所未尝有也。"[①] 小说所写的明代，中国依然自恃居于天下之中，等待四方来朝，而没有与其他国家其他政体进行比较的意识，当然也无从比较，当时中国对西方政治方面的著述尚无译介，时人对政治的思考自然也只能局限在当时的、唯

---

① 梁启超：《中国专制政治进化史论》，《饮冰室合集·文集之九》，中华书局1989年版，第60页。

一的政治体制之内，他们不具备也不可能具备质疑国家政体并企图建立新的政治体制的能力。而陈舜臣将范钦拔高到了一个能够摆脱时代限制、对皇帝独裁制加以批判、对法治国家的建设提出构想并通过修建天一阁将其付诸实践的高度，同时也为天一阁赋予了超出其藏书功能的政治化功用，毋宁说这是陈舜臣借由范东明所表达的自己对明朝政治的思考，或者说是陈舜臣自己在现代社会平等民主的基础上、西方政治三权分立的影响之下形成的政治观念。

第三节 《战国海商传》中从"海商"到"倭寇"的转变

一 从"海商"到"倭寇"的转变契机

《战国海商传》描写了受日本各战国大名指派来到中国筹措战资的日本海商佐太郎等人与中国沿海私商王直等人在中国沿海的一系列活动。小说所写的沿海武装私贸集团，在明朝的官方记载中即为"倭寇"。关于"倭寇"这一称谓，正如田中健夫在《倭寇——海上历史》所区分的那样，小说中所写的16世纪的"倭寇"与14至15世纪以日本人为主的倭寇不同，这一时期的"倭寇"中，"真倭"不过十之一二，此外，新侵入东亚海域进行走私贸易活动的葡萄牙人和西班牙人也被称作"倭寇"，而倭寇的主力军则是中国人。陈舜臣在这部小说中，不论是对中国人、日本人、葡萄牙人还是西班牙人，只要是从事海外贸易活动的，一律称作"海商"。但是，诚如小说所说："在这个商船必配武装的时代，他们都可作战，为商贸之仇而战，为抵抗官宪的取缔而战，有时也会因为交易中的纷争而对顾客拔刀相向。"[1] 可见，配备有武装的海上贸易集团与倭寇之间实则

---

[1] ［日］陳舜臣：『戦国海商伝』（上）、東京：講談社文庫、1992年、第184頁。

只是一步之遥。事实上，虽然《战国海商传》中故事情节线索庞杂、篇幅巨大，既有明朝的海禁政策及海禁政策之下的朝贡贸易，有武装海商在中国沿海地区的走私贸易活动，有走私贸易集团之间的商战乃至械斗，有明政府与海商集团之间的争战以及反明势力与私商勾结之下的种种活动，也有日本各战国大名之间的争斗、日本海商与战国大名之间复杂的矛盾纠葛，但是其行文的主线却是海上的走私贸易集团由"商"而"寇"的转变，我们只要循着这一路径，便能查知陈舜臣对于明朝的海禁政策以及武装海商（倭寇）所持的观点，也能由此看出其重商主义的历史观。

《战国海商传》的主人公佐太郎，本来是附属于大内氏的毛利家主毛利元就的私生子，一出生便被作为富商立花玄岛的次子寄养在立花家。到了大永三年（1523，嘉靖二年），细川氏派出贡船出使明朝之际，佐太郎便被立花家以求学为由托付给细川氏的副使宋素卿，来到了明国。在细川氏派出贡船的同时，大内氏同样也派出了朝贡使团，但明国对日本朝贡船只的数额有严格的限制，朝贡船只必须持明国颁发的"勘合"才能入明，因此勘合成为日本各藩主之间的争夺对象，而细川氏并未争取到勘合，因而只能持已经无效的弘治勘合入明，大内氏则持有尚且有效的正德勘合。然而细川氏的副使宋素卿本是"明国"（明朝）人，深谙明国官场之道，他一到宁波便携大量金银贿赂市舶司贸易监督官太监赖恩，赖恩收受贿赂之后，不仅先给细川氏的三船货物验货放行，而且在嘉宾馆的接待宴上还让细川氏坐于上席。大内氏宗设谦道等人愤而离席，随后集结随船的所有可战斗人员攻入了嘉宾馆，并夺取了细川氏的武器和入库商品，又在宁波到绍兴之间大肆抢掠，后逃至海上，不想被暴风吹到朝鲜，三十人被杀，两人被俘，朝鲜将所俘之人送至北京，明政府对宋素卿与大内党人一并论死。陈舜臣在小说中将其称为"宁波倭乱"，亦即明史所载的"争贡之役"。而佐太郎也正是在这场倭乱中被大内氏派到明国筹措战资的入江新吉与朝仓青峰所救，开始了其在明国的拜师求学乃至后来的走私贸易的历程。

对于"争贡之役",陈舜臣认为:"所谓宁波倭乱,正如其名,就是倭人之间的争乱。是大内和细川之争,就商权而言,是博多与堺之争。"但他紧接着便对大内与细川之争做了限定,他认为:"我们不能说在日本的细川与大内之争延续到了海的另一面的宁波,因为在日本,大内义隆和细川高国是协作关系。"① 而导致他们的协作关系崩溃的原因,便是商业利益的驱动:"在内政方面,细川与大内共同拥立室町幕府的足利义材,本是同盟关系,但是到了对明贸易中,他们的友好关系便土崩瓦解了。"② 由此我们已经隐约可见,陈舜臣将商业利益置于政治考量之上的取向。

而宁波的争贡之役所争的,从根本上来说便是在对明的朝贡贸易中所能获得的大额利润。由于中国在与周边国家的朝贡贸易中向来秉持"怀柔远人"的方略,并不以谋利为意,这就使得纳贡国有利可图了。在朝贡贸易中,贡使进贡时所带的物品,分贡品和私物两种。贡品由贡使呈献给中国皇帝,中国皇帝便会对其大加赏赐,而这种赏赐,遵循的便是朱元璋所说的"其朝贡无论疏数,厚往薄来可也"③ 的原则。而且,如果遇到节日或庆典,还会有特恩加赐。而对于贡使附带的私物,明廷也会"给价"收买或者许其自行贸易,而这种"给价"往往会高出时值许多。此外,进贡的使团中,商人也占到了很大的比例,这些商人都带有大量的私物,除了在会同馆和市舶司贸易之外,还会在赴京途中或其他地方私自交易,并从中获利。明政府虽有禁止这类私下贸易的法令,但往往不会予以严惩,因此屡禁不止。在这种朝贡贸易中,作为朝贡方的日本所能获得的收益是巨大的。

除了朝贡贸易之外,日本进入明国进行私市贸易的海商也不在少数,小说中所写的新吉与青峰,便是大内氏派往明国的商人。他

---

① [日]陳舜臣:『戦国海商伝』(上)、東京:講談社文庫、1992年、第29頁。
② [日]陳舜臣:『戦国海商伝』(上)、東京:講談社文庫、1992年、第28頁。
③ (清)张廷玉等:《二十四史·明史》卷三百二十五,中华书局2000年版,第5644页。

们在明国拥有自己的贸易团队、关系网络以及武装力量。他们虽然轻易不会动用武力，但如果商权与经济利益受到威胁，即便对象同是日本人，他们都是分毫不让的。事实上在小说中，陈舜臣多处写到了日本海商在明朝境内争夺商权与经济利润的情况。在不关涉经济利益的时候，在明日本人是一个相对独立的团体，然而一旦涉及对明的商权问题，他们则是寸金不让的，甚至不惜联合明人、借助明兵之力打击对方。例如小说写道：嘉靖九年（1530），尼子船私自进入舟山列岛进行私市贸易，这同时侵犯了博多与堺的商权，因此新吉与青峰决定攻打尼子船。他们雇了不受朝廷保护的"九姓渔户"的沙船，用琉球商人陈籍从广东带来的佛郎机袭击尼子船，同时放火引起沈家门水军监视所的官兵注意，以驱逐尼子船，并且削减尼子的财力。

而日本的商人从朝贡以及对明的私市贸易中获取的利益，很大程度上都成为了日本国内大名争霸的战资。小说中的佐太郎以及与他一道的日本海商，均是为其领主筹措战资而来明国进行私市贸易的。这一时期的日本，正处在战国时代（1467—1568），"下克上"的风潮席卷全国，中世纪的社会秩序与价值体系被打破，战国大名之间的争霸及其由大名内部发起的冲突愈演愈烈，而他们争霸的资本，便是各自所持有的经济力量以及由经济力量所决定的军事力量。他们笃信"经济力量和军事力量能解决万事"①。他们积累经济力量的一个很大途径，便是对明贸易，其中便包括朝贡贸易与海商的走私贸易。而他们从事海外走私贸易，除了积累财富之外，也是为了从经济方面支持日本的大名争霸。这一点在《战国海商传》中也多有体现："新吉在明国所得的资金全都流向了隆元（毛利嫡子）一线。将贸易所得当作军用资金的，并非毛利一家，陶氏和尼子也渴

---

① ［日］石田良一：『日本文化史概論』、東京：吉川弘文館、第333頁。

望能够如此。"① "青峰为大内氏筹措军资，功丰绩伟。然而，他是一个幕后之人。如果说策彦和尚以及那些渡明的大内家系的人站在舞台之上的话，青峰则一直屈居幕后。……他活着的价值，就是得到大内主君的褒奖，而后受封重臣。"② 佐太郎与新吉等人在明朝陷入嘉靖倭患、海外贸易停滞之后，也携带走私所得的战资与武器返回日本，投入了一统日本的大业。"佐太郎知道，自己筹措的军用资金会引发流血，但那是为了阻止更多的流血，因而是必要的。他不像新吉那样只为毛利一人。"③ 也是在此时，他方才找到了自己的价值所在。正如有学者所指出的，这一时期的海商，是"以自己的商业活动和经济实力对政治施加某种影响，从而确立商人自己的社会地位和体现独立于武士阶级的价值和精神"④。

由此可见，在陈舜臣的笔下，这一时期的日本，上到大名藩主，下到贡使海商，他们均是以商业利益为上的。大名托赖于商人进行争霸，同时商人则借为争霸之战提供战资体现自身价值并确立其社会地位，这就使得此后关于海商在明政府海禁政策以及禁海措施之下因贸易受限而由商到寇的转变变得顺理成章了。

在《战国海商传》中，"宁波倭乱"之后，佐太郎所在的日本海商集团不仅开始了与身处广东的葡萄牙人的贸易，同时还与王直的私商集团有了合作关系，这与真实的历史情况是极为吻合的。争贡之役让中国贡赐勘合贸易潜藏的内在矛盾与明政府的政治腐败暴露无遗，也直接导致此后十五年内明廷对日本的闭关限贡以及对备倭海防力量的加强，这让日本同明朝通商贸易的正常渠道被堵塞，

---

① [日] 陳舜臣：『戦国海商伝』（下）、東京：講談社文庫、1992 年、第 165—251 頁。

② [日] 陳舜臣：『戦国海商伝』（下）、東京：講談社文庫、1992 年、第 31 頁。

③ [日] 陳舜臣：『戦国海商伝』（下）、東京：講談社文庫、1992 年、第 278 頁。

④ 刘金才：《町人伦理思想研究——日本近代化动因新论》，北京大学出版社 2001 年版，第 57 页。

然而商人趋利，因此他们只能寻求政府力量之外的合作与援助，那便是中国的沿海私商和当时已登陆中国的葡萄牙人，形成了与明政府的海禁政策相拮抗的武装商贸集团，成为东亚海域的一股强大力量。如王慕民所说："中日官方贸易的萎缩、终结又在客观上推动了正在成长中的中外私人贸易的蓬勃发展，并导致倭寇问题的日趋严重。……正是这迅猛发展和日渐失控的中外海上私人贸易与明政府所发生的激烈的政治、军事冲突，成了引发嘉靖年间大规模倭乱的重要因素。从这个角度进行考察，可谓宁波'争贡之役'是'嘉靖大倭寇'的发端。"① 也为"海商"到"倭寇"的转变埋下了引索。

如果说，在《战国海商传》中，宁波争贡事件为作者陈舜臣的重商主义观点奠定了基础的话，那么到了双屿之战，他的重商主义观点则是渗透于整个作品之中。

二 "海商"之盛导致的双屿之战

由于"争贡之役"所导致的中日官方贸易的式微，给私人海上贸易提供了机会。使得以双屿为中心的舟山群岛一带的私人海上贸易获得了前所未有的发展。如陈舜臣所写："双屿离宁波不远，宁波是政府公认的朝贡贸易港，而双屿则是私贸易基地，两者互为表里。"② 而"双屿的建设是日本人、葡萄牙人以及王直三方借九姓渔户之力进行的。"③ 在这里，日本人、葡萄牙人以及中国海商王直等人联合进行对日贸易，但"日本人，葡萄牙人以及王直虽然三方联合，但由于佐太郎掌握着商品的秘密供给源，因此日本人占据优位，

---

① 王慕民：《海禁抑商与嘉靖"倭乱"——明代浙江私人海外贸易的兴衰》，海洋出版社，第 194 页。

② ［日］陈舜臣：『戦国海商伝』（上）、東京：講談社文庫、1992 年、第 319 頁。

③ ［日］陈舜臣：『戦国海商伝』（上）、東京：講談社文庫、1992 年、第 227 頁。

具体来说，就是佐太郎实为盟主"①。而《战国海商传》也以双屿为根据地设置了一场佐太郎和王直的商贸集团与新安系商人的对日生丝贸易商战。日本海商佐太郎作为这场商战的总大将，控制着生丝与绢织在中国市场的流通，他为了打垮一直以来在对日生丝贸易中占主导地位的新安商人，便在生丝市场投入了一些小商人，使得"新安系商人的市场占有率显著减少"，而"为了打击这些小商人，许栋及其背后的新安商人大规模地囤积生丝。然而不管怎么买进，生丝的市价都没有上涨。不仅如此，不知哪里一直在大量地供应着价钱便宜的生丝，这些小商人们一点都不困扰。而在小商人们抛空之后，生丝的价格突然大幅跌落。新安商人损失惨重"。"世人都以为双屿帮的首领是王直，是他得到了日本人和葡萄牙人的支持，掌握着事情的主导权。被看成是首领的王直，实际上却并不觉得自己是首领，他只是按着佐太郎所说行事。"②

在陈舜臣的划分标准中，此时的海上武装商贸集团尚属"海商"，他们以商业战争为手段，以谋求经济利益为目的，他们回避与明政府的正面冲突，而沿海住民也能从他们的交易中通过搬运货物等工作获得相应的报偿。这使得双屿渐渐发展成了一个亚洲各地、甚至欧洲商品的交换、中转和集散地。《战国海商传》的这些描写，是有着充分的史料依据的。关于当时的双屿贸易地的记载，16 世纪 40 年代后期，葡萄牙人平托曾到达双屿并在其《远游记》中写道："当时那里还有三千多人，其中一千二百为葡萄牙人，其余为其他各国人。据知情者讲，葡萄牙的买卖超过三百万金，其中大部分为日银。日本是两年前发现的，凡是运到那里的货物都可以获得三、四倍的钱。这村落中除了来来往往的船上人员外，有城防司令、王室大法官、法官、市政议员、死者及孤儿总管、度量衡及市场物价监

---

① ［日］陈舜臣：『戦国海商伝』（上）、東京：講談社文庫、1992 年、第 331 頁。

② ［日］陈舜臣：『戦国海商伝』（上）、東京：講談社文庫、1992 年、第 322—323 頁。

察官、书记官、巡夜官、收税官及我们国中的各种各样的手艺人、四个公证官和六个法官。每个这样的职务需要花三千克鲁札多购买，有些价格更高。这里边三百人同葡萄牙妇女或混血女人结婚。有两所医院，一座仁慈堂。它们每年的费用高达三万克鲁札多。市政府的岁入为六千克鲁札多。一般通行的说法是，双屿比印度任何一个葡萄牙人的居留地都更加壮观富裕。在整个亚洲其规模也是最大的。"① 无独有偶，17世纪旅行家曼里克在游历远东各国之后亦称："葡萄牙人在中国建立的第一个居民点是宁波市，此地在澳门以北二百里格，其交往和贸易的规模之大，可以与印度的主要城市相比。"② 葡萄牙人加斯特洛·桑巴域在《中国澳门》一书中也曾说道："1545年前，葡萄牙人曾经在双屿港建成一座名副其实的市场，其中有天主教堂八所，医院两所，一座永久性的市政厅。"此外，明人对此也多有记载。王世贞写道："舶客许栋、王直等，于双屿诸港拥万众，地方绅士，利其互市，阴与之通。"③ 而在明军攻克双屿之后，朱纨的奏报中写道："双屿港既破，臣五月十七日渡海达观入港，登山凡逾三岭，直见东洋中有宽平古路，四十余日，寸草不生，贼徒占之久，入货往来之多，不言可见。"④ 这些均可证明当时双屿的私商之多、建筑之盛、贸易之繁荣。

事实上，双屿走私贸易的繁荣彻底脱离了明政府的统治，撼动了明王朝苦心经营的整个朝贡贸易体制，使得明王朝丧失了东亚海上贸易的主导权，同时也让封建中央集权受到了威胁，这是明朝统治者所不能容忍的，故此，嘉靖二十六年（1547）朝廷派朱纨出任

---

① ［葡］费尔南·门德斯·平托：《远游记》，澳门：东方葡萄牙学会，1999年，第699页。
② ［葡］曼里克著、范维信译：《东印度传教路线》，《文化杂志》（澳门）1997年第31期，第179页。
③ 王世贞：《弇州史料》卷三，《湖广按察副使沈密传》，明崇祯刊本，《明清时期澳门问题档案文献汇编》（五），人民出版社1999年版，第97页。
④ 朱纨：《甓余杂集》卷四，《双屿填港工完事》，第94页。

浙江巡抚，负责闽浙防务，上任后重申海禁令，严禁私造双桅帆船，并实行保甲制度，一人出海，全甲连坐，有力打击了沿海的走私贸易。随后，他又捣毁了走私武装海商们盘踞的沿海岛屿——宁波双屿港。然因其海禁举措损害了沿海豪族的利益，被以"不俟奏覆，擅专刑戮"① 为由弹劾治罪，后自绝于狱中，其实施的海禁也就此废止。陈舜臣《战国海商传》以此为根据进行了相应的推演，将双屿之战的动因，归结为王直与佐太郎的商贸集团和许栋所在的新安集团之间因商贸利益而发生的纠纷。他写道，由于佐太郎与王直对生丝的垄断，使得新安商人的对日贸易遭受了巨大打击，于是他们通过贿赂宦官与朝廷官员，告知朝廷双屿是走私贸易的巢窟，想通过朝廷之力打压佐太郎与王直的商贸集团。这一消息很快通过与佐太郎纠合的曾伯年在明廷布置的消息网传给了佐太郎，因此他们迅速撤离了双屿，而许栋集团则因为有恃无恐迁入了双屿港。因而双屿被捣，盛极一时的海上贸易中心被摧毁，陈舜臣虽然不无遗憾，但他将其归结到了商战对手的落败。而对朱纨之死，陈舜臣也颇多惋叹，他写道，朱纨的死，让慈姑等希望天下大乱的人很是高兴，王直等人虽然欢迎由此弛缓的取缔活动，但也觉得朱纨死的有些可惜。而"生活在这个国家的人，或多或少，都感觉到了一些末世之感"②。显而易见，在这里，陈舜臣是赞成海外贸易的，他始终奉行的是重商主义，可他并没有像一些持贸易自由论的学者那样站在海外贸易的立场彻底否定朱纨其人，这也可以看出陈舜臣的作为历史小说家的相对中正的立场。

从《战国海商传》所描写的双屿之战中，我们看到的不仅仅是明朝廷与商人集团之间的战争，更包含了各方盘根错节的势力之间的博弈：朝廷中因对海禁政策的态度而划分出的严禁派和弛禁派之

---

① "中研院"历史语言研究所编：《明世宗实录》（卷三四七）嘉靖二十八年四月庚戌条，1965年，第6285页。

② ［日］陳舜臣：『戦国海商伝』（下）、東京：講談社文庫、1992年、第80頁。

间的较量、商人集团通过贿赂的方式对朝廷决策的左右，以及与朝廷官员的暗中勾结、沿海豪族及势要之家与海商的纠合及对海禁政策的阻挠，等等。这其中都暗含着政治斗争的暗流汹涌与商贸利益的推动。例如表面上巡按御史杨九泽忠言直谏，上请朝廷遣派巡视重臣严格取缔私市贸易。实际上，杨九泽与宦官及新安商人都多有勾结，他的进言，也只是因为收受了新安商人的贿赂，替他们移借朝廷之力打压与之抗衡的佐太郎与王直而已。也正是因为上通朝廷官员，许栋才肆无忌惮地迁入了自己请求朝廷攻打的双屿，并认为朝廷所谓的取缔只是虚张声势，及至朱纨捣毁所有可供出洋贸易的二桅以上船只，他也坚信那只是要求增大贿赂金额的手段。"对他（许栋）来说，就没有不收受贿赂的官员。官员态度强硬也只是诈财的手段而已。"① 而在朱纨指挥的兵队攻入双屿，许栋陷入绝境、仓皇逃跑的时候，仍有收受过许栋贿赂的官兵队长借劝降为名阻止官兵向许栋射击，并趁官兵搜天妃宫时放走了许栋。

此外，《战国海商传》中沿海豪族与朝廷以及海商之间，也存在着千丝万缕的利益勾连与相互的影响。例如其中提到的温州豪族白世南，他与许栋集团关系密切，双屿被烧的船只中，有不少便为白世南所有，为此，他进京收买宦官，使得御史陈九德以"擅杀良民"为名弹劾朱纨，朱纨不堪受审，饮毒自尽。白世南这样的豪族，上通朝廷官员，影响朝廷决策，下结走私海商，借其人船，营获巨额利润。东南沿海自从宋元以来便因经济发达而推进了教育文化的发展，这使得东南一带入仕的人数远远领先于其他各地，而这些入仕的官员在参与朝廷决策的时候必然会倾向于自己所处的利益集团，即使他们解甲返乡之后，依然可以通过门生故旧对朝廷决策施加影响，所谓"福建多贤之乡，廷论素所倚重"② 便是由此而来。"此等

---

① ［日］陳舜臣：『戦国海商伝』（上）、東京：講談社文庫、1992年、第376頁。

② 陈子龙编：《明经世文编》卷二〇五"巡阅海防事疏"，中华书局1962年版，第2157页。

乡官乃一方之蠹，多贤之玷，进思尽忠者之所忧，退思补过者之所耻。盖罢官闲住，不惜名检，招亡纳叛，广布爪牙，武断乡曲，把持官府。下海通番之人借其资本、籍其人船，动称某府出入无忌，船货回还，先除原借本利，相对其余赃物平分，盖不止一年，亦不止一家矣。"[1] 他们由于经世的积累而成为豪族，而这些人面对走私贸易的巨大利益，开始以其财力和影响力投资海商，成为利益的共同体，因而千方百计维护海商，从而影响到朝廷对待海商的政策。事实上，商人阶层在朝廷培植势力，安插自己的代言人，是商人摆脱以往抑商的农本主义思想的压制、商业利益日益丰厚、国内外市场日渐扩大出必然结果。陈舜臣《战国海商传》是相关描写，也有助于读者对明代海商及其关系的理解。

三 由"商"转"寇"

在《战国海商传》中，朱纨自裁的四年后，巡抚一职空缺，浙江一带私市贸易的取缔、停滞，朝廷对于倭寇的唯一对策便是"以夷制夷"。而在王直应明廷的檄文捕获许栋、陈思泮等大海商移交官宪之后，官宪便默许他们进行走私贸易。同时，烈港也成了王直的贸易基地，舟山群岛再无任何集团可与其抗衡，时至嘉靖三十年（1551），烈港空前繁盛。小说中关于官宪默许走私贸易的这些描写，在史料虽不见明确记载，但我们可以从当时不少明朝将官与王直有所往来的记录中有所发现。例如，明代《海寇议》有："边卫军官，有献红袍玉带者。把总张四维，因与柴德美（慈溪一带走私贸易的大族）交厚，得以结识王直，见即拜伏叩头，甘为臣仆，五峰令其送货，一呼即往，自以为荣。"[2] 可见，王直与地方官宪的合作还算得上和谐，浙江海道借助王直消灭了其他海寇，维持了沿海安全，

---

[1] 陈子龙编：《明经世文编》卷二〇五"阅视海防事"，中华书局1962年版，第2158页。

[2] （明）万表：《海寇议》，明金声玉振集本，第2页。

王直则借助官府的力量扩张了自己的势力，几乎垄断了整个中日贸易。然而这种合作并没有得到嘉靖皇帝的允许，更没有达到制度化的程度，它只是地方的、私人的合作。

另一方面，陈舜臣在《战国海商传》中也清楚地表现了武装海商们身上存在的海盗本性："在这个商船必配武装的时代，他们都可作战，为商贸之仇而战，为抵抗官宪的取缔而战，有时也会因为交易中的纷争而对顾客拔刀相向。"① 因而，即使是地方官宪与武装海商的合作能够维系，也不会出现一些学者所假定的沿海地区贸易发达、秩序稳定的局面。事实也是如此，《战国海商传》又写道："四年之间，军事上无人负责，因此海商活动自然就大胆了起来，以武力解决贸易矛盾的事例也就越来越多了。"② 嘉靖三十一年四月，浙江奉化、游山、台州诸县遭"倭寇"袭击，五月，江苏宝山、瑞安、黄岩、象山遭袭。于是明廷派俞大猷攻打烈港，王直率众败走，沿海秩序彻底失控，海外贸易系统瘫痪，原本的武装贸易集团，自此转而为寇，嘉靖倭患爆发。对此，《战国海商传》写道："以前的'倭寇'事件是指因贸易上的纷争而引发的暴力冲突。虽然也有因官军的镇压而与之对战的情况，但像这次一样主动攻击官宪却是史无前例的。以前，他们火烧富豪宅邸并入内掠夺，在官军出动后便毁坏官有建筑物，这次却反了过来，他们最先袭击府县的仓库和役所，而后乘势踏入富豪宅邸。如果冷静观察就会发现，'倭寇'事件已经变质。"③ 其后，王直将平户作为根据地，组建数支船队，交替出发，嘉靖三十四年（1555）五月，徐海为首的船团则完全怀抱着复仇之心前往明国："此前的倭寇都是商贸第一的，他们虽然也与取缔

---

① ［日］陈舜臣：『戦国海商伝』（上）、東京：講談社文庫、1992 年、第 184 頁。

② ［日］陈舜臣：『戦国海商伝』（下）、東京：講談社文庫、1992 年、第 106 頁。

③ ［日］陈舜臣：『戦国海商伝』（下）、東京：講談社文庫、1992 年、第 173 頁。

私贸易的兵船战斗,也会因交易中的纷争使用武力,也不是没有过掠夺行为,但那都是其次的。然而这次的徐海倭寇船团,却是从一开始就以掠夺为目的的。"① 徐海在拓林基地集结之后,开始在乍浦平湖等地劫掠,并攻击了明朝的海军基地金山,而后分为四队活动,以致苏州、常熟、崇明、湖州、嘉兴等地纷纷沦陷。

值得注意的是,陈舜臣在《战国海商传》中对"倭寇"的称呼,至此也发生了变化。此前,他将"倭寇"一律称为"海商",发生战斗时,则改称"船中人""船上的男人们",涉及转述史料中所载的"倭寇"一词时,也必加引号。但在他认为"倭寇'事件已经变质"之后,便一改之前的称呼,从"海商""船男"等变为"倭寇",从"日本船"改为"倭船"。

而《战国海商传》对倭寇的称呼变化,事实上与明代官方语汇的使用是遥相呼应的。明代对日本的称呼,大致可分为三类:一是"日本""日本国王"等在正式的外交语境中能够体现国交关系中的对等性的语汇;二是"倭国""倭人""倭夷"等基于传统"华夷"观念的习惯性表述;三是"倭寇""倭贼""倭奴"等带有较强憎鄙色彩的词。对《明实录》中"倭寇"一词的使用频率而言,从明洪武时期到嘉靖以前,"倭寇"一词出现的频次总共为114次,而单单嘉靖年间的四十五年中便出现了132次,多过嘉靖之前一百五十多年间的总和。由此我们可以看出嘉靖时期倭寇活动的频繁,同时也能见出明代官方对"倭寇"态度的转变、历史逻辑与内涵。

与上述的历史状况相对应,陈舜臣在《战国海商传》的结尾部分,也写到了那时的明朝陷入了严重的倭乱,海外贸易停滞,而佐太郎与新吉等人便携带走私所得的战资与武器返回了日本,投入了一统日本的大业。到了嘉靖四十五年(1566),嘉靖帝死,葡萄牙人在澳门设居留区。新帝隆庆解除东南亚海禁,"虽对严重海禁招致倭

---

① [日] 陳舜臣:『戦国海商伝』(下)、東京:講談社文庫、1992年、第339頁。

患有所反省，但明国与日本的渡航交易仍属非合法"①。隆庆二年（1568）广东贼首曾一本虽也联络倭寇袭击南方各地，但次年便被捕诛杀。海上的战乱基本终结，和平的海上贸易时期到来。佐太郎在学习商贸之后，通过葡萄牙人参与到东南亚的贸易中。后又作为和平的海商与朝鲜进行交易。而后又将目光转投明国已解除了海禁的吕宋和安南，作为一个和平的海商活跃海上。

对于海禁政策与走私贸易之间的关系，陈舜臣在《战国海商传》中的态度也是极其明确的，他借小说人物俞大猷之口说："官宪的取缔越加紧迫，海贼行为就越加猖獗。……沿海的居民就是依靠商品的搬运、保管、中介生活，如果严加取缔，他们的生计会受到影响，以致民心不稳。"② 并且，作为作者，陈舜臣也有直接的评论："尽管禁制，通商的增加还是会让人们的生活水平提高，他们贿赂当地官员，违反法律的举动也就行得通了。国是是国是，但也不必时时强行。像朱纨那样的刚直之士奉行法的正义，他的志向虽好，却与现实不符。"③ 陈舜臣认为，明朝面临的"南倭北虏"的威胁，皆源于朝贡贸易。他说："与此同时，北方的蒙古族因明朝停止马市而频繁入境扰乱。……由于南北的对外纷争，使得明国疲于应对，国力大为损耗。北方是蒙古族，南方是日本人，虽然入侵的民族不同，但问题却同样都是明朝所说的朝贡。"④

显而易见，在《战国海商传》中，陈舜臣出于商业主义的立场，是赞成海上贸易的。他借小说人物佐太郎之口说道："许多人都是依靠贸易生活的，不知为什么却不被看作正业，尤其是与外国的交易，

---

① ［日］陳舜臣：『戦国海商伝』（下）、東京：講談社文庫、1992 年、第 415 頁。

② ［日］陳舜臣：『戦国海商伝』（上）、東京：講談社文庫、1992 年、第 185 頁。

③ ［日］陳舜臣：『戦国海商伝』（下）、東京：講談社文庫、1992 年、第 39 頁。

④ ［日］陳舜臣：『戦国海商伝』（下）、東京：講談社文庫、1992 年、第 400—401 頁。

第四章 "倭寇文学"的商贸视角 153

到底哪里不好了?!"① 在他看来,只要是以贸易为目的的海上武装集团,无论是为官方允许的朝贡贸易还是屡遭禁止的走私贸易,不管是盘踞广州福建等地的葡萄牙人、受战国大名指派来到明国筹措战资的日本私商还是违背禁令私自出海的中国商人,他都秉持赞许的态度。

  对于这一问题,学界历来颇有争议与研究。但不管是持何种观点的学者,都是将明代武装海商当作一个连贯的整体看待的,而陈舜臣的《战国海商传》却是以小说的形式深入到了海上武装集团的内部,将"海商"和"倭寇"做了清晰的区分,在烈港之战以前,日本武装海商在明朝境内虽也有一些武力冲突,但其最终目的都是为了获取经济利益,走私贸易是他们获取利益的主要手段,这中间便不可避免地与中国武装海商之间发生一些商战,而对于明政府,他们虽然多有非议,但仍然心怀幻想,希望明廷能够开放海禁,允许走私贸易。但到了烈港之战以后,他们开始又以贸易为上转向武力掠夺,不仅劫掠百姓富户,甚至烧毁官署官建,而陈舜臣在《战国海商传》中也相应地转变了对他们的称谓,由"海商"转为"倭寇",但与此同时,作者也渐渐将小说主人公佐太郎从其中抽离了出来。我们不难看出,佐太郎所代表的,是陈舜臣心目中的海商形象,他可以在商战中掌控全局大获全胜,也可以在明廷严施海禁的夹缝中主导沉浮,并将贸易所得投入了日本的统一大业,确立了作为一个商人在日本社会的地位,最终成为他所期待的政府保护之下自由和平的海商。事实上,陈舜臣对于以佐太郎为首的日本海上武装集团,自始至终都将其定性为"海商",只是,在他所说的"海商"到"倭寇"的转型之前,他将佐太郎集团与中国的武装海商进行了合体,让佐太郎作为王直等武装海商的指领,在明朝进行了一系列的对日贸易以及商业战争,并获得了大额的经济收益和商战的种种胜利。而到了转型之后,在陈舜臣对海上武装集团直称"倭寇"之

---

  ① [日]陈舜臣:『戦国海商伝』(下)、東京:講談社文庫、1992年、第8頁。

时，他又将他所确立的小说主人公与"倭寇"进行了剥离，为其后的每一次真枪实炮的战争都安排上了复仇、抢夺贸易港甚至推翻明政府的统治等名目，由王直、徐海乃至其所设置的反明势力主导。

与此同时，在《战国海商传》中，陈舜臣在行文中也自觉不自觉地夸大了日本海商的作用，他甚至试图将日本海商插入明政府与"倭寇"之间，使佐太郎成为明政府与"倭寇"之间的矛盾得以解决的纽带："在各方人马利害交错的贸易港周边，与各集团拉开距离的外国人会更加公正，因此会显得有威慑力，并且方便。因此，俞大猷想借外国人之手处理海商关系，就像南宋末期让基督教徒蒲寿庚在泉州市舶司任职一样。祝一魁向他推荐佐太郎。"[①] 这显然不合逻辑，因为在明廷看来，佐太郎与"倭寇"本为一体。但这同时也进一步说明了陈舜臣对作为海商的佐太郎等人从容往来于明政府、"倭寇"以及日本战国大名之间的人物设定，而这一对海上商人的重视也反映出了他以商业为上的主张。

在《战国海商传》中，陈舜臣以一个小说家的视角，站在海商的立场上表明了其对海禁政策的反思和对政府的期待。他虽然写出了一场又一场武装海商之间的械斗和商战，但他并不赞成通过争战杀戮乃至劫掠来获取财富，故而他对"海商"与"倭寇"进行了割裂，将佐太郎当作和平"海商"的代表，并在小说结尾为其设置了一个政府保护之下的和平海商的结局，由此可以看出，他所期待的是在政府允许和保护之下的和平贸易，是一个能够辖制海上治安的同时，又会允许海外贸易的强大的政府。事实上，同时期欧洲的海商海盗，正是如同陈舜臣所期待的那样，在国家武装商船的支持与政府私掠证明的许可之下进行海外贸易与扩张的。

在史料的基础上，我们阅读陈舜臣的《战国海商传》，可以更明晰地看出，嘉靖年间的海上武装集团，他们并不是近来某些学者所

---

① ［日］陳舜臣：『戦国海商伝』（下）、東京：講談社文庫、1992 年、第 189 頁。

说的那样是中国资本主义萌芽势力的代表，也没有推进东亚海上贸易发展甚至实现经济全球化的自觉。他们大都是明代海禁政策之下生活无以为继的落魄商人，因为缺乏自己的商业资本，不得不依附沿海豪势和日本武装海商。他们的活动仅限于简单的商品流通，而没有任何资本主义产生所必需的手工业生产。他们的通海行为虽然在客观上符合时代发展的趋势，但在主观上却是迫于生存的需求。

而在明朝政府方面，海禁政策虽然时紧时松，但统治者依然固守着建立华夷秩序和大一统世界的幻梦，海禁也只是政府在大一统秩序濒临崩溃时的应激反应。而朝廷中的弛禁派尽管看到了开海对海防的益处，却看不到海外贸易可对国内经济发展的促进作用，更没有像同时代的西方国家那样将海商与海外贸易行为当成国家扩张的剑戟。

而陈舜臣《战国海商传》则以小说的形式体现出了海上武装贸易集团、明政府以及当时的海禁政策和相关举措的时代局限，呈现出了一种较为客观中正的倭寇观、海禁弛禁观以及商业观。他不否认日本的武装海商们对日本战国大名所做的巨大贡献，但也没有将其定义为促进日本经济腾飞的英雄，他描述海商为明朝沿海带来的繁荣景象，同时也不粉饰嘉靖倭患中的倭寇的杀掠，他承认倭寇与海禁朝贡之间客观的内在关联，却并不将其滞定为直接的因果关系，他虽然有重商主义的思想基础，却并未将明代的武装海商活动推到一些学者所说的促进东亚海域贸易形成和催生中国资本主义萌芽的高度。他毫不留情地披露明政府的腐败，同时也清晰地意识到明代社会内部缺乏新兴开放机制的事实，故而在小说中虚设了一个以商业利益为纽带勾连倭寇海贼的反明势力，以期建立一种新的秩序，这样的设置也反映了陈舜臣对明代武装海商及明政府的本身局限的清醒认识。

同时，无论是以曾伯年为首的反明势力的设定中所反映的海外贸易观，还是以藏书家范东明为原型所表现出的政治观，明显都是超时代、超历史语境的，表现了作者陈舜臣在其"重商主义"和商贸自由思想的立场上对明代的商业政策以及包括"倭寇"在内的商业活动的思考，也是受西方政治体制和观念影响的陈舜臣对明代政治制度和历史现象的思考。其中不免或多或少地流露出一些视角的局限性、立场的僵硬性，尤其是对明代政治与海禁政策缺乏同情的理解，忽略了当时时代背景与社会文化环境之下这些政策与措施的历史必然性，造成了陈舜臣的《战国海商传》的历史观与我们通常的历史观，特别是倭寇观的差异，但唯其如此，方能为中国读者认识倭寇提供另一种维度。

第 五 章

"倭寇文学"与"民族美学"

——从南条范夫《海贼商人》看"倭寇"的美学化

  日本的"倭寇文学"中，除了从经济贸易、民族国家主义立场以及倭寇的八幡船信仰等角度对倭寇及倭寇行为加以正当化之外，也不乏从"民族的美学"的角度去描写倭寇的作品。所谓"民族的美学"，是日本当代思想家柄谷行人提出的概念。柄谷行人在《民族的美学》和《走向世界共和国》两书中，在对康德的《纯粹理性批判》与《判断力批判》进行创造性解读的基础上，从康德所提出的道德（理性）的"感性化"或"美学化"这一问题出发，将"民族的美学"界定为民族共同体的共同情感与想象，指的是全体国民通过共同审美趣味的结成，而形成民族的共同的价值观与认同。[①]这种通过审美认同而达成民族认同的"民族的美学"，事实上在日本"倭寇文学"的书写中也不乏其例。日本当代小说家南条范夫（1908— ）的长篇小说《海贼商人》，便通过对倭寇的武装贸易以及海上寇掠的审美化描写，引发了当代读者深刻的审美共鸣，由此

---

  ① 参见［日］柄谷行人《民族与美学》，薛羽译，西北大学出版社 2016 年版；《世界共和国へ》第三部第三章、東京：岩波書店、2006 年。

也影响着当代日本人对倭寇乃至对中日关系史的认识。

第一节　从武士到倭寇、海贼再到商人的身份转换

　　作者南条范夫作为一名小说家，曾因《灯台鬼》《古城物语》等小说在日本掀起阅读热潮并获得了直木奖，他写的剑豪小说、推理小说等也颇具影响力。而《海贼商人》作为以"倭寇"为题材的长篇时代小说，在昭和五十三年（1978）初版之后，因广受好评，又于昭和六十一年（1986）被纳入河出书房文库。但该小说在中国尚无译介，导致中国相关的文学研究者和史学研究者未能将其纳入研究范围，这不管是对以倭寇海贼为题材的小说的文学研究，还是对16世纪东亚海域贸易交流的史学研究，都不能不说是一个缺憾。因此，本章通过对《海贼商人》的原文细读，以文史互证和比较文学超文学、跨学科的方法，对小说进行研究。小说主要写了建部吉保之子弥平太兄弟几经辗转逃往海上之后，弥平太先后加入"倭寇"与海贼队伍，在南海之上，在广州、吕宋以及日本之间进出往来，时而抢掠战斗，时而贸易交换，进行了一系列海上活动。后又在机缘巧合之下成为日本堺市纳屋助左卫门的养子，最终继承其名号，转而为商，成就了日本历史上一代豪商纳屋助左卫门的威名。小说主人公从武士到倭寇、海贼再到商人的身份转变，反映了战国时代日本固有社会阶层与价值体系的崩塌，以及由此导致的社会整体价值观向经济利益的倾斜。而小说对当时最繁荣的贸易中心堺市与马尼拉的描写，也折射出了日本贼商试图通过经济与武力确立自己的社会地位与价值并对政治施加影响的实况，以及中、日、西班牙、菲律宾各国在这一特定的历史时期之内在国际关系、价值观念等方面的种种多重性与矛盾性。同时，作者南条范夫又对这一切进行了审美化的描写，使之披上热血的海上冒险的外衣，以引发当代读者的向往，从而达到审美上的共鸣，体现了日本文学乃至日本文化由

来已久的武力崇拜特色。

小说主人公弥平太事实上经历了数次的身份转换。他原本是近江国蒲生郡箕作城的守城将领建部吉保之子,属于上层武士,生得高大白皙,自幼修习弓箭之术、涵养文艺之能,并与母舅三好日向守家的小姐津世订下了婚约,只待成年,成家立业,成为主君。如果不遭遇后来的变故,弥平太可说得上是日本典型的武士形象的代表。但是,《海贼商人》描写的战国时代却是一个非常态化的时代,是一个因频繁的战乱而乱象丛生的时代,它向我们展现了武士阶级原本牢固的主从关系在这一时代的脆弱与断裂,同时也展现了身份几经转换的人物身上所根植的武士精神与记忆。

《海贼商人》写道,主人公弥平太在其父建部吉保为守箕作城被困城内时,受父命带幼弟弥平次逃往摄津的母舅家,后来得知箕作城迫于织田信长的威势全部投降,其父身死,于是几经辗转逃往了海上。而跟随他们的,是受建部吉保之命保护弥平太兄弟的志村佐五兵卫等人,他们虽然不是建部家郎党的旧家臣,但也是建部吉保在箕作城的部下,可是随着弥平太无望成为主君,出逃海上,他们对弥平太兄弟也变得渐无敬意甚至出言侮弄,弥平太因难以在乱世保全自己与幼弟,只能忍耐。而在弥平太兄弟加入倭寇队伍以后,原本作为弥平太兄弟护卫的佐五兵卫等人即刻反客为主,事事凌驾于弥平太兄弟之上。当倭寇队伍首次袭击广州神电卫时,佐五兵卫更是让弥平太冲锋陷阵,在弥平太带伤逃回船中,匆匆开船后才发现幼弟弥平次走失,他请求佐五兵卫返回海岸救人,却被佐五兵卫拒绝,弥平太只能独自跳入海中潜回海岸寻找幼弟。可以说,从此时起,弥平太才彻底扯断了他作为武士与过去的最后一点关联,也彻底完成了身份的转变。我们不难看出,所谓武士的主从关系与忠义观念,在脱离了武士所生存的环境之后,便变得不堪一击了。它并不是绝对的、一成不变的,在主君丧失了实力之后,从者的忠义也会随之消失。

我们知道,武士从其产生之初起,便"不以单独的家而存在,而是联合为复数的武士的家,作为武士团而存在"①。于是,单独的家的结构中的父子关系以及单独的家族结构中的本家分家的关系慢慢移入了武士团的结构,形成了主君与家臣的主从关系,而这种主从关系的核心就在于忠义观念,但是,武士的忠义并不是绝对的、无条件的,它是以主君的"御恩"与家臣的"奉公"为基础。"主从关系是主君给予从者领地、米、佣金等以保证从者的生活,从者则尽心为主君忠勤、奉仕,因此,两者的关系完全是相互的。"②"我们必须注意到,在武士意识中存在着一种恩顾与奉公间的长久性交换概念。……主从关系的本质便在于恩顾与奉公间交换关系的诚实履行。"③正如《北条五代记》所说的"主君无恩赐,战场舍命难",主从关系本质上是一种从者以忠义乃至生命换取主君恩赏的交换关系,这种关系是以主君的财力以及武力等实力为基础的。如果说在平安、镰仓时代武士的主从关系还存在着情感与道义的牵绊,那么到了战国时代,外有南北朝的武装对抗、足利氏一族的内讧争战,在频繁的混战中,从将军到守护大名到家臣,为了确保自己的领地、权力和地位,他们之间的主从关系缔结,赤裸裸地表现出了其最本质的实力关系,即强者为主,弱者为从。"武士根据自己的主君是否具有实力而决定是否更换主君,这种做法已经成为战国时代的武士之习。武士简直成了'朝秦暮楚者'。"④ 而且,由于长期混战导致的武士团的重新组合,这一时期的主君与从者之间不再有像平安、镰仓时代那样的家族血缘关系的牵绊,主君不再是一个家族的家长,这就更加使得主君对从者彻底失去了控制。也正是因为如

---

① [日] 高橋修:『中世武士団と地域社会』、大阪:清文堂、2000 年、第 1 頁。
② [日] 桜井庄太郎:『名誉と恥辱』、東京:政治大学出版局、1971 年、第 79 頁。
③ [日] 永家三郎:『日本道徳思想史』、東京:岩波書店、1984 年、第 89—91 頁。
④ [日] 覚泰彦:『中世武士家訓研究資料編』、東京:風間書社、1967 年、第 241 頁。

此，德川家康才在 1635 年颁布了作为大名行为准则的"武家诸法度"，并将武士需要遵守的道德准则和儒家思想相结合，形成了以单方面忠于主君为核心的包括勇武、廉职、节义、忍让为内容的思想体系，使武家制度更加完备，也进一步加强了对武士的统治。

小说主人公弥平太的首次身份转变，是从他带着幼弟出逃海上开始的。在群雄逐鹿、以实力为上的战国时代，弥平太的父亲建部吉保作为箕作城守城将领，在守城失败之后，又传出了整个箕作城全部投降的消息，这对于一个武士将领来说，无疑是致命的。无论是战事失败导致的军心涣散，还是全城投降引发的世间否定，都足以倾覆一个武士之为武士的立身之本。而且，在战国时代，武士集团是极为注重世间各阶层对其的评价的。据奥野高广《织田信长文书研究》所载，1580 年织田信长就曾因世间的否定评价处罚了一名在战场上无所作为的将领。正如王炜所说："在战国武士大名集团中，集团最高统治者——武士大名十分注重'外闻'，即包括社会各阶级和武士社会内部各阶层在内的'世间体'对武士言行的评价。其中，包括对武士大名个人言行是否符合身份所被赋予的责任和义务的评价，也包括以其为首的武士集团在社会中所获得的评价。"[①]面对这样的形势，建部吉保只能自尽，以保全一个武士最后的尊严，而作为跟建部吉保命运共通的建部之子弥平太，便只能出逃海上，保全性命以期后来。

事实上，当时舍弃武士身份而充作海贼的人绝不在少数，《海贼商人》中所写的弥平太第一次加入的海贼集团，就是建部家的家臣志村佐五兵卫与大内家的遗臣右冢太郎左卫门所组建的海贼队合并而成的三百多人的海贼集团。正如小说所说："昨日还是主君的公主，今天便成了某人的姬妾，即便如此，在这个时代，谁也不会感到奇怪。何况海上是一个完全靠实力说话的世界。……做海贼的人越来越多，船也随之扩大。然而不管船变得多大，等着乘船的人还

---

① 王炜：《日本武士名誉观》，社会科学文献出版社 2008 年版，第 116 页。

是很多。此时此世，只有海贼才是无所托赖的人最自由的生活方式，对于做了浪人的武士，也是通向权力的最为便捷之路。"①

　　出逃海上成为海贼，等待日后的发展，成为这一时期落魄武士的最好选择。但是，需要注意的是，小说主人公弥平太最初加入的海贼队伍，名为海贼，实际上属于严格意义上的"倭寇"。海贼泛指那些在海上驾船袭击商船和沿岸村落、抢掠财物的人，他们一般霸领一方海域，拦截过路商船，没有特定的袭击对象。然而弥平太初次加入的队伍，有着明确的劫掠对象，那就是"明国"，队伍中有曾经跟着倭寇头目王直入寇浙江沿海地区的助次郎，他们的船上依旧插着代表倭寇的"八幡大菩萨"旗，船头和船尾的长窗以铁网封锁，船舷铺有铜板，状如龟甲，天窗布满箭眼，武器库里陈列着武器，完全属于战斗用船，而他们也确实只行劫掠之事。只是在1570年的此时，正如作者所写，中国的海防日益完备，"倭寇"的强盛时期也已经过去，他们曾经的所向披靡已不复存在，因此只能选择袭击他们认为防守相对松弛的广州神电卫。他们伪装成落难船员，穿着破烂的衣服，把刀装进大袋子中扛在肩上上了岸。然而广州一带为了防备倭寇来袭，各卫所整备了总指挥使以下的1240人，并且配备了佛朗机、石炮、火炮、火箭、大铳、鸟铳等各种兵器严阵以待，海岸上也不断有士兵巡回。巡回的士兵很快识破了海贼队的伪装，不待倭寇靠近，垒壁上便弹如雨下，墩台上也射下火箭与石块，倭寇完全不敌，顷刻落败。

　　有意思的是，《海贼商人》中所写的倭寇在战败被广州卫所的士兵俘虏之后，其结局并不像诸如日本史学家田中健夫在《倭寇——海上历史》这样的历史著作以及津本阳《雄飞的倭寇》等其他的日本小说家所写的那样悲惨，而是充作了明朝的守备军："城内的守备军中，有十几个日本人，他们是天文弘治大倭寇时代入侵城中时被

---

①　[日]南條範夫：『海賊商人』、東京：河出書房新社、1986年、第19—20頁。

捕虏之后主动投降的一批,他们靠着武技和关于倭寇的知识,成为了佣兵长。"① 小说主人公弥平太便因寻找走失的兄弟弥平次,在倭寇队伍整体败逃之后又单独返回岸边,被神电卫士兵所捕,于是被军中的日本降兵宗中英留做了守备军。想来,很大一部分原因是这一时期的倭寇已经没有了嘉靖大倭患时期的凌厉之势,很难对中国沿海的人民财产和生命造成根本的威胁,更没有嘉靖时期倭寇动辄攻打焚毁官署官建的举措,如小说所写,两三百倭寇的劫掠活动往往还没有开始就已被沿海卫所的士兵击散,这就使得明朝士兵对他们少了大倭患时期的仇恨和忌惮,故而才有可能被留在军中。这也是这一时期倭寇队伍式微的最强有力的证明。

而小说主人公弥平太在从广州神电卫的卫所逃出之后,几经辗转,到达雷州半岛,加入了大海贼李马鸿的海贼集团。李马鸿的海贼集团收纳了不少像弥平太这样流落海上的日本人,因此也被称为"倭寇"。他们深知此时的中国沿海已经固若金汤,只能把目光转向南海,转向吕宋,主要靠拦截往来于南海之上的商船以及劫掠吕宋等地为生。然而此时的马尼拉已进驻有西班牙人,因此李马鸿的倭寇队伍在吕宋也没能占到便宜。小说写道,明万历二年(1574)十一月,弥平太所在的倭寇集团从捕获的商船那里得到了关于马尼拉守备的详细情报,决定袭击吕宋。李马鸿率领 52 艘船 4000 人的倭寇队伍进攻马尼拉湾。这对于倭寇团来说已经算是一个相当庞大的队伍了,可是,这一时期的倭寇,已经没有了早些年王直所率的倭寇那样令行禁止的集团意识,李马鸿最先派出查探情况的五六名侦察兵进入马尼拉屯所之后,偷窥女浴室,并不顾任务闯入浴室奸淫,结果引来屯营兵并引发了全城警戒,城内列炮从垒壁上向城下的倭寇开炮,对于在大炮死角靠近城门的,则用枪击。随后西班牙兵又骑马冲出城门与倭寇激战,倭寇队伍遭受重创,李马鸿的队伍自此冲散。以单纯的劫掠和袭击为主的倭寇乃至海贼活动,自此终结,

---

① [日] 南條範夫:『海賊商人』、東京:河出書房新社、1986 年、第 28 頁。

半劫掠性质的海上贸易成为他们的唯一出路。在这种情况下，小说主人公弥平太完成了他的第二次身份转变，即从"倭寇"与"海贼"转为"海贼商人"。

《海贼商人》写道，在李马鸿的队伍整体惨败的情况下，弥平太为了寻找据说被卖到吕宋的兄弟弥平次，只率几个人混入激战队伍中，巧妙地突破城门，潜入了城内。弥平太找到了牢房，救出了牢中自称知晓弥平次下落的一个日本人和其他六七人，而后顺利逃出城门逃往海上。弥平太从牢中救出的人是堺市纳屋助左卫门一族的仓之助，他们一族是有名的商人，却在乘着伯父助左卫门的船去卡加延（吕宋岛北端）时，在当地居民的店中与西班牙人发生争执，便被捕回了马尼拉。幸运的是，弥平太等人逃出马尼拉漂流海上的时候，遇到了前来寻找仓之助的助左卫门的大船，一行人被助左卫门所救，弥平太也随助左卫门回到了日本堺市，因为阔达的性格和出众的智谋才略而被助左卫门收作养子，跟随助左卫门学习商业知识并继承了纳屋，开启了他的商人生涯。但时间不久，他因不容于堺市织田信长所派的品行低劣的奉行而再次出逃海上，投入了海贼群体。经过五年的发展壮大，成为广袤海域新的海贼首领，名号太夫差。他起先以琉球岛为根据地，后将活动范围慢慢南迁，越过雷州半岛，到达安南、交趾、柬埔寨一带。在整个海上活动的过程中，弥平太尽量避免使用武力。如小说所写："与草率的掠夺行为相比，以琉球为中介，将日本与南方这些地方的财货进行交换，可以获得长久的可持续的利益。"① 他们将日本的蚊帐、伞、纸帐、扇子、斗篷、刀剑、枪、厨刀、铜器、涂漆、泥金画、屏风等物品运往东南亚各国，换取东南亚地区的白丝、缎子、华丽的条纹织物、纱、纱绫、花缎、绉纱、水银、鲛皮、珊瑚等高级品，通过这样的贸易往来，他们获得了大额利润。而这一切也是基于日本国内日益改善的政治与经济环境的。这一时期，织田信长在日本的统一事业进展顺

---

① ［日］南條範夫：『海賊商人』、東京：河出書房新社、1986 年、第 95 頁。

利，畿内一带已经恢复了治安，都市繁荣，这是日本人对东南亚的奇珍异货产生兴趣并具备购买力的基础。虽然他们更加倾向于和平贸易，但是"也不是完全不用武力，在商谈无法顺利进行的时候，性急的同伴不免会使用武力，而且，为了防止对方的不当行为，武力的威慑也是必要的，特别是在碰上西班牙人和葡萄牙人的时候，经常会发生武力冲突，在航海途中，遇上敌对的海贼集团，也会屡有交战。但是，弥平太不允许部下对当地住民使用武力，他认为，与当地住民进行和平贸易，赢得他们的好感，比找到弥平次的下落更重要"[①]。不难看出，如果不是迫不得已，他们是不愿意使用武力的。弥平太的队伍可以说已经具备了作为商人的核心思想，那就是利润至上，不管是和平贸易还是武力贸易，其最终目的都是为了获得利润的最大化，而这一时期与东南亚国家的贸易，显然和平贸易是获得利润、规避损失的最有效手段。

事实上，对于这一时期的海上贸易者，我们很难对他们进行严格的属性界定，他们时常在"海贼"与"商人"之间转换角色。就如助左卫门在南海初遇弥平太时，弥平太尚且属于李马鸿的海贼集团，他们刚刚为了获取财物而进攻了马尼拉城，可以说是严格意义上的海贼。而助左卫门不管在历史记载还是小说描述中，都是以一个商人的形象出现的。但是助左卫门却邀请落败的海贼弥平太跟自己一起返回日本并从事商贸活动，他说："你是海贼的话，我也是海贼。换个说法，我是八分商人两分海贼，而你是八分海贼两分商人罢了。"作者南条范夫紧接着评论道："贸易商人都会因时而变，成为海贼。在与对方交易决裂、发生纷争的时候，便会诉诸武力。此外，即使原本是海贼，如果发现有利可图的交易，也会放弃无谓的武力，以求能够获得持久的利益。"[②] 这也符合小说《海贼商人》的

[①] ［日］南條範夫：『海賊商人』、東京：河出書房新社、1986 年、第 95—96 頁。

[②] ［日］南條範夫：『海賊商人』、東京：河出書房新社、1986 年、第 48—49 頁。

题名。而且，通过小说我们可以看出，当时所有在海上活动的人，不论国别、不论主业，其实都多多少少具有"海贼"的性质。例如受命驻守马尼拉的北部镇扶司令官卡狄龙，他按理说属于西班牙政府委派驻守马尼拉的官员，但是在抓获前往吕宋进行贸易的弥平太等人之后，为了获得他们的货物，对他们严刑逼供，并对弥平太百般羞辱："一个海贼，难道想受到骑士的待遇吗？"弥平太反唇相讥道："你以为自己就不是海贼了吗？从你们的总督到西班牙的每一个人，不都是海贼吗？"① 的确如此，随着新航路的成功开辟，葡萄牙和西班牙都开始了大规模的殖民扩张和掠夺，而他们的扩张，则主要是通过垄断商路、建立商站、欺诈性贸易乃至直接的掠夺金银等方式完成财富的攫取。这事实上和海贼的确一般无二。

《海贼商人》的主人公弥平太的身份在小说中几经转变，从最初的武士到倭寇再到海贼，而后成为商人。我们发现，最初的武士和最后的商人身份都是有史可考的。关于武士的身份，如作家南条范夫在小说后记中所说："史书有记，永禄十一年（1568）织田信长攻打近江箕作城时，守城部将建部吉保之子侥幸脱逃，关于他们逃往海上这一点也是毋庸置疑的。但那之后的活动却已无考，《海贼商人》便是将史书无考的部分演绎成了小说。"② 而关于主人公弥平太最后的商人身份，作者南条范夫将其安置在日本战国时期堺市著名的贸易商人助左卫门身上，这不得不说是一个大胆的虚设。除了生活在相同的时代，同样去过海上之外，我们看不到建部吉保之子和助左卫门之间的其他的交集。也许是因为建部吉保之子出逃海上之后去向不明，而日本著名豪商助左卫门则屡次出海，于是小说家就设置了助左卫门救回建部之子，将他收作义子，并将纳屋的继承权交付与他的情节，随着小说情节推动，纳屋助左卫门与建部之子弥

---

① ［日］南條範夫：『海賊商人』、東京：河出書房新社、1986 年、第 116 頁。
② ［日］南條範夫：『海賊商人（後記）』、東京：河出書房新社、1986 年、第 237 頁。

平太由于受堺市的奉行打压被迫出逃，助左卫门被冲散进而音信全无，弥平太顺理成章地继承了纳屋助左卫门的名号，又因屡次去往吕宋进行贸易，故称吕宋助左卫门。至此，作为武士的建部吉保之子便摇身一变成为了日本历史上有名的豪商吕宋助左卫门，这种始于历史人物，而后脱出历史进行演绎，最后又回归到另一个历史人物的构架方法，可以说是非常独特且大胆的。而从武士到商人的转变，也可以看出"士农工商"的四民制在战国时期的日本的崩塌。而且，南条范夫事实上并不仅仅是一位小说家，也是日本国学院大学的经济学教授，那么，他经济学的思维模式和价值观或多或少移入文学创作中也就不足为奇了。此外，作为当代日本人，南条范夫必然也切身感受到了战后的日本在世界诸民族中以经济作为立身之本与核心价值观的状况，于是他将这种价值观反推到了日本古代，反推到自己的历史小说写作之中，让他的小说主人公历经波折，从起先无可选择地做了倭寇海贼，最终成为一个著名的贸易商人，可以说是作家经济学价值观的潜移默化。

同时，对于"倭寇"的定性，中国和日本的史学家都多有论争。有学者从入寇中国及朝鲜沿海的角度对其加以批判，也有学者认为倭寇的海上武装贸易对中国资本主义萌芽起到了推动的作用，甚至脱出中日贸易的局限，站在全球贸易的高度来审视倭寇，将其视作一种积极的经济行为。小说则用一个有血有肉有感情有想法的人物，让他亲历了从纯粹的"倭寇"到彻底的"商人"的转换过程，让读者在对主人公不得已投入倭寇队伍的同情中极大程度地消解了对倭寇本身的恶感。作者自身对"倭寇"所持的态度和观点也由此得以浮现。正如作者南条范夫在《海贼商人》后记中所说："在德川幕府锁国政策之前的两个多世纪里，我国国民进出亚洲海域，在各地进行贸易。比如在南北朝内乱的顶峰时期在朝鲜半岛和中国大陆的活动，虽然也时有海贼之举，被称为倭寇，但他们的掠夺行为并不是经常性的。他们当然最愿意和平贸易，但如果遇到阻害，便需要挥刀相向，流血。"由此可见，作者是将"倭寇"完全视作了一种经济行为，而这种行为所造成的破坏与死亡，却都是因为对这一行为的"阻害"造成的了。此外，在阅读《海贼商人》的过程中总能感觉到，不管主人公弥平太的身份怎样转变，小说中总有一条或明或暗的中轴贯穿始终，那就是利益。不管主人公在海上进行武力劫掠还是和平贸易，不管他的身份是倭寇、海贼，还是商人，或者亦商亦贼，促使这一切的根本原因甚至说唯一原因便是利益。如果说主人公的身份转换推动着小说的情节，那么这条利益的中轴则支撑着整个小说的骨架。小说在一系列的身份转变中演绎出一系列故事，同时又在对身份转变的描写中淡化了身份本身，由此我们不难看出主人公的海上活动皆是以获取利益为主旨的，而作者从经济的视角去看待倭寇与海贼的价值观也就不言而喻了。

第二节　东亚海域的武装贸易及贸易中心

小说《海贼商人》在对海上武装贸易的描写中，可谓跨幅巨大。从日本到中国再到菲律宾，从堺市到广州再到马尼拉，可以说当时东亚海域最为繁荣的几个贸易中心都被小说巧妙地串联了起来。事实上，在15—16世纪，亚洲已经形成了世界上最繁荣的贸易圈。在亚洲大陆由北向南延伸的东海岸线附近的海域，从北开始被鄂霍次克海、日本海、渤海、东海、南海、菲律宾海沟、西伯里斯海、苏禄海、马鲁古海、班达海等内海所包围，在这片海域中，人员的往来、货品的流通、文化的交流都极为活跃，成为15—17世纪世界上最繁荣的贸易圈，其规模与繁荣程度甚至超过作为欧洲文明摇篮的地中海海域。[①]

其中，日本最大的贸易都市堺市，从1469年到1615年之间一

[①] 参见［法］弗朗索瓦·吉普鲁：《亚洲的地中海——13—21世纪中国、日本、东南亚商埠与贸易圈》，龚华燕、龙雪飞译，新世纪出版社2014年版。

直作为东亚海域的一个贸易中心而极尽繁荣。以 1550 年为界，堺市的贸易可以分为前期和后期：前期以与明朝的朝贡贸易为主，在朝贡贸易中，每艘船平安往返一次就能获得相当于现在的 20 亿日元的利润；后期的堺市贸易则主要是依靠与南洋诸岛的葡萄牙人进行贸易往来。通过贸易，堺市的商人积累了大量的财富。1549 年，原本打算去往印度传教的弗兰西斯科·札彼埃尔（Franciscode Xa'vier）为了获取购买印度香辛料的白银来到日本，他甫到鹿儿岛，便感受到了堺市的繁荣，于是立即写信给身在印度果阿的神父，他说："堺市居住着许多富裕的商人，堺市的金银比日本的任何一个地方都多。如果在堺市设立葡萄牙的商馆，葡萄牙国王将会获得十分显著的物质利益。"他通过在日本倒卖从中国低价收购的生丝和丝绸而赚取十几倍的利润。到了 1557 年，葡萄牙强占澳门，将澳门当作中日贸易基地之后，堺市更是成为耶稣会传教士、葡萄牙商人，以及后来的西班牙、荷兰、英国及欧洲商人在东亚海域的汇聚地。16 世纪 60 年代访问日本的耶稣会士曾说"堺市犹如威尼斯"，就是说堺市是一个像威尼斯那样地方自治的城市，是亚洲的一个非常繁荣的国际贸易城市。堺市的商人通过与明朝及东南亚贸易积聚了大量财富，成为新兴市民，并将堺市建设成了一种连军阀也难以侵入的市民"共和国"。关于堺市的繁荣与自治，小说《海贼商人》中也写到了堺地多为富商居住，全国逃到此地的武将公卿，此地独立自治，和平安乐："……作为外国贸易的中心地，堺住着当时日本最富有的人。天王寺屋、大黑屋、纳屋、万代屋、樫木屋、红屋、宍喰屋、备中屋——无论哪一个都是大商家，他们是金融业者，更多的是兼营海运业和贸易业。他们选出了 36 人，称作'三十六人会合众'，来管理堺的政务。堺是米、丝、盐、纸的集散地，也是珍奇的南蛮商品的输入地。战国的武将们觉得，与其让这座町镇毁于战火，倒不如不时从富有的商人们那里获取一些军资和海外的珍奇商品，而且还可以利用这里发达的铁炮制造业。因此这座町镇聚集了从四面八方而来的没落的武将家族，贫穷的公卿，以及逃离了战火的茶人、画家、工匠等。町镇三面设有壕沟，这是为了防止流浪的武士的入侵，有时甚至也可以击退一些武将的军势。"①

然而，这样一个繁荣百余年、堪比威尼斯的地方自治城市，现在却完全不留昔日的繁盛印记，角山荣认为，堺市的财富除了建造寺院与捐赠给寺院之外，主要是用于茶道。如《海贼商人》所说的那样，在纷争不断的战国时期，地方自治、自成一统的堺市成为茶人们躲避战火的最好去处。茶室也就成了以下克上、父子兄弟相残、彻底失序的乱世之中唯一的宁静之所。因此，大到茶室内外的布置摆设，小到茶碗茶勺等一应用具，都是无一不精的。据说当时一个茶碗的价格甚至超过耶稣会日本支部的全年预算额，这让堺市的传教士们一度十分讶异。而《海贼商人》中也写到了堺市的商人们举办茶会的盛况。可以说，堺市的繁荣，除了作为东亚贸易中心的作用之外，对茶及茶文化向欧洲的传播也起到了极大的推动作用。但是，茶道与修建寺院的花费绝不是堺市彻底沉寂下去的主要原因。事实上，堺市最初的繁荣与自治可以说跟威尼斯是如出一辙的，威尼斯也是由逃避战乱的难民迫于生计建起的商业城市，由于资源匮乏、土地贫瘠，"他们不得不到别的地方去寻找维持生活的途径，于是就驾着自己的船舶航行沿海各口岸，从而使这个城市成了全世界各种货物的集散地，城里到处都有来自各国的人"。"在意大利遭受蹂躏破坏的时候，这个地方的人却享受着安居乐业的生活，在不长的时期，他们的实力就大大增强，名声远播。"② 然而，堺市与威尼斯的根本不同在于，威尼斯作为一个孤悬于海的独立国家，它所建立的以商人为主体和基石的共和体制，是没有外力干预的，不仅周边国家对商业贸易活动采取的种种限制与打击措施对它无所撼动，就连罗马教会也无法干涉他们的商业活动，正如亨利·皮朗所说，

---

① [日] 南條範夫：『海賊商人』、東京：河出書房新社、1986年、第49頁。
② [意] 马基雅维利：《佛罗伦萨史》，李活译，商务印书馆1982年版，第23页。

威尼斯人"处理任何事务就像教会不存在似的"①。同时，由于威尼斯是由和平移民组成的国家，它的历史也极为短暂，这使得威尼斯不存在根深蒂固的等级观念，"上至总督、下至平民百姓，都没有谁以从事商业为辱，相反，他们认为是体面的事"②。而且，威尼斯政府的很多岗位都是向商人开放的，可以说在威尼斯，商人阶层前所未有地成为了国家的统治者。而堺市虽然三面环壕，具有一定的军事抵御能力，但它终究只是日本内部的一个市镇，因而并不具备威尼斯那样足以抵抗外力干预的政治环境。可以说堺市的繁荣与自治都是在严格的四民制之下实现的不涉及政治层面的商业自治。因此，即便堺市的商人获得再多的财富，他们依然处于"士农工商"之末，依然必须安守商人的"本分"。他们不可能像威尼斯的商人那样触及政治，甚至连修建加盖金箔瓦的住宅也不被允许。

其实，从《海贼商人》中我们也不难看出，堺市并没有如一些研究者所以为的那样实现了真正意义上的商人自治，而是一直受军阀牵制的。小说写道，自天正二年以来，织田信长为攻打本愿寺莲如上人的根据地石山城，开始驻扎堺市，自此，这里二分，一方屈服信长，一方支援石山城反抗信长。天正三年，织田信长派松井友闲为奉行来到堺市，小说以"堺的恶奉行"为题名，专门用了一整章的内容描写进驻堺市的奉行在此地欺男霸女，让商人们惧恨交加的恶行。可以说，堺市在商业贸易上的自治和暂时的安宁，很大程度上是通过为战国军阀们提供军需物资谋得的。如小说所写，堺市的存在，是因为"战国的武将们觉得，与其让这座町镇毁于战火，倒不如不时从富有的商人们那里获取一些军资和海外的珍奇商品，而且还可以利用这里发达的铁炮制造业"③。小说写道，在天正十四

---

① ［比利时］亨利·皮朗：《中世纪欧洲经济社会史》，乐文译，上海人民出版社 1964 年版，第 64 页。
② 朱映红：《论影响威尼斯商业兴衰的社会政治文化因素》，湖南师范大学 2003 年版。
③ ［日］南條範夫：『海賊商人』、東京：河出書房新社、1986 年、第 49 頁。

年末，丰臣秀吉征伐九州岛津的过程中，堺町为二十万远征军提供粮食，为两万战马提供草料，而小说主人公弥平太即日本历史上著名豪商吕宋助左卫门所提供的粮食草料达总量的三成之多。除了经济上的需求之外，军阀们也可以毫不费力地对此地施加政治压迫："秀吉从天正十一年起在大阪建城，同时，为了将经济力都集中在城下，他强制京都、伏见、天王寺、堺町的人部分移住城下。更有甚者，天文十四年，他掩埋了围在堺町三面的壕沟，将此地的军事防御力完全剥夺，使其退居到大阪补助港的地位。堺町的人切身体会到了这种政治的压迫，看着自己町镇的繁荣一天天被大阪夺去，焦虑极了。"①可见，堺市面对军阀在经济上的予取予夺和在政治军事上的强制举措，几乎是没有还击之力的。

然而，面对政治上的威压和军阀混战的乱象，这一时期的日本商人包括堺市商人绝不仅仅是面对政治压迫的焦虑和抵触，想必更有打破阶层固化，可以凭借经济实力对政治施加影响的尝试。这一点在《海贼商人》中其实也有体现。南条范夫在小说中便写到了堺市商人直接参与抗击织田信长攻打石山之战的情节：织田信长在两次攻打石山失败后，决定先讨伐北陆，意图击灭加越两州的门徒，将石山孤立起来，然后从四面围困石山。天正四年，织田信长如愿攻下加越两州，而后封锁了通往石山的唯一一条通路——海上通路。一万三千士兵围攻石山，石山城中的门徒在知将铃木重幸的指挥下奋勇抗战，然而城内的兵粮一天天减少，他们将求救的密信送到了堺市，堺町镇上，反信长派聚集在纳屋商议对策，他们决定让芸州大守毛利辉元运送兵粮支援。用三百余艘船装载着数万石兵粮，由百余艘兵船与三千余士兵护送，由饭田越中守义信率领，驶向了大阪。七月二十四日，船队到达播州室津，弥平太带着助左卫门的心腹八十几人，接引义信。二十五日傍晚，按照弥平太的计谋，纳屋派出一人驾着一艘小船靠近了织田方守卫的大阪川口，他自称自己

---

① ［日］南條範夫：『海賊商人』、東京：河出書房新社、1986 年、第 179 頁。

是个商人，会在明晚戌时向他们提供室津最好的女人，以小船挑灯为标记，他们欣然应允。第二天晚上，数十艘挑着灯的小船靠近了川口，船帘下女人的衣服若隐若现，就在织田的士兵心痒难耐的时候，船上列出数百架铁炮，一时之间炮火轰隆。织田的士兵毫无准备，一时狼狈不堪。其他各个方位的驻军全部赶来支援，小船将织田方的军队引离川口，此时，三百余艘兵粮船堂而皇之地出现在川口，弥平太乘船引路。闻听海上战斗的佐久间右卫门尉信胜率一千士兵赶来支援，然而遭到纳屋埋伏在秽多崎堤下的铁炮的轰袭，他们只得撤退。毛利趁机将兵粮船驶进河的分口，北到淀川筋，南到芝崎的入江，而石山城中出来数百人接应，他们将粮食驮上马背，运入了城内。而弥平太则在兵粮船入河分口之后，又返回川口，斩下了固守住吉的信长部将沼野传内的人头。

在日本，像这样商人直接参与政治甚至军事的情形可以说少之又少。在等级森严的"士农工商"四民制之下，商人的身份是固化的，无法与士、农、工之间进行横向的转换与流通。中国虽然和日本一样也有"士农工商"的阶层划分，但是中国的商人在经商致富之后却可以购买土地、投资农业，甚至可以通过向国家捐纳钱物谋得官职，商家子弟也可以通过参加科考走上仕途，从而实现商人对政治的干预力。然而日本的商人历来对政治并无干预力，大约也唯有在各战国大名之间争霸不断的特殊历史时期，因为经济力量以及由经济力量所决定的军事力量成为军阀争霸的资本，商人的社会地位与价值才因其经济实力得以凸显。他们"以自己的商业活动和经济实力对政治施加某种影响，从而确立商人自己的社会地位和体现独立于武士阶级的价值和精神"[1]。因此，战国时期虽则是日本历史上空前混乱、征战不休的时代，却也是日本商人通过经济实力确立自己的社会地位与价值，从而让他们倍感缅怀的时代。

---

[1] 刘金才：《町人伦理思想研究——日本近代化动因新论》，北京大学出版社2001年版，第57页。

除了日本的堺市之外，马尼拉也是这一时期东亚海域重要的贸易港口之一，而在《海贼商人》中，马尼拉也占有构架小说情节的重要地位，小说对马尼拉的描写，也可以反证马尼拉在东亚海域贸易中的繁荣以及和中日两国之间的密切联系。

　　在《海贼商人》的描写中我们可以看出，这一时期的中国商人，包括盘踞在中国沿海地区的"倭寇"，他们所谓的出海与海外贸易，很大程度上都是去往吕宋，具体来说是马尼拉。小说主人公弥平太起初是作为中国沿海海贼集团中的一员去往吕宋的，他们作为海贼，当然主要是为了抢掠马尼拉，但事实上在小说中不难看出，他们的海贼船上也装载了一定数量可供贸易的商品。可见即便是纯粹的海贼，在去往吕宋的时候也是有商贸往来的。而对于弥平太跟随海贼队伍攻打吕宋一事，小说里的设置是弥平太的主要目的是为了寻找被卖往吕宋的兄弟弥平次，这也是小说家为主人公作为倭寇与海贼进击吕宋所设置的相对合理的解释。在中国和菲律宾之间，除了货物的往来之外，还有奴隶的交易，这一点我们在小说中也可以发现。小说主人公弥平太与兄弟弥平次在广州被冲散之后，弥平次便是被去往吕宋的中国商人卖到了吕宋。安东尼奥·博卡罗在说到马尼拉与中国的贸易时便提到了奴隶贸易的问题，他指出，在长途的航运中，奴隶贩运一般很少获利，但马尼拉的奴隶贸易却可获大利。[①]

　　此外，小说写到了一个细节，在进驻马尼拉的西班牙官员与居留在马尼拉的日本人进行交涉的时候，双方是使用中国话交流的，由此我们足可见出这一时期中国商船与商人进出马尼拉的频率之高以及对马尼拉的影响之深。

　　事实上，关于马尼拉，我们知道，在 1565 年，西班牙殖民者为了维护其在菲律宾及拉丁美洲的殖民统治，开辟了从菲律宾马尼拉至墨西哥阿卡普尔科的大帆船贸易航线，把墨西哥银圆载运到马尼

---

① C. R. Boxer, *The Great Ship from Amaco*: *Annals of Macao and the Old Japan Trade Lisbon*, Centro de Estudos Historicos Ultramarinos, 1960, p. 94

拉换取中国的生丝和丝织品，使马尼拉成为当时东亚海域重要的港口之一。①在大航海时代伊比利亚人的海外扩张中，西班牙国王多次派出船队进入远东，1521年麦哲伦船队首次到达菲律宾，1564西班牙冒险家黎牙实比（Miguel Lopez de Legaspi）率部下远征菲律宾，1569年被任命菲律宾总督，1571年攻占马尼拉，将其作为殖民地的首府，由此开始了西班牙人在菲律宾群岛的殖民统治。

中国与菲律宾之间的联系可以说由来已久，而这种联系便很大程度上表现为商贸往来，如陈台民在《中菲关系与菲律宾华侨》中所说："整部的菲律宾的对外贸易史，自从菲律宾稍为可由文字记载稽考的时候开始，在一个极长的期间中，实际上是一部中菲贸易史。"② 的确，早在1521年麦哲伦船队到达菲律宾时，据说他们就已听闻每年大约有6到8艘中国的商船到达吕宋。中国有记载的中菲贸易，是在"隆庆开放"之后，隆庆元年（1567），持续了约二百年的海禁政策被打破，福建漳州月港开港，而开港之后中国的主要海外贸易地点便是菲律宾。而且，菲律宾的西班牙殖民统治者起初对于中国的商船与商人也是持欢迎态度的。1570年5月黎牙实比船队远征吕宋的途中，与两艘中国商船发生了冲突，但最终西班牙人还是释放了中国商人，并给他们船只物品将他们遣送回国。西班牙人这样做，除了不想在攻打菲律宾的过程中节外生枝之外，还有一个重要的原因便是为了中国与菲律宾之间的通商往来可以延续。而在西班牙人占领马尼拉之后，他们发现当地无论是物产、手工业品还是社会经济的发展程度都比较低下，难以维持殖民当局开支，而且当地民众的日用消费品很大一部分都是来自中国。因此，为了进一步吸引中国商人，西班牙殖民政府对中国商人采取了一些保护与优待的措施。事实上，从月港出港的中国商船也有很大一部分都是去

---

① 参见李金明《十七世纪以澳门为中心的东亚海上贸易网》，《中外关系史论丛》第9辑，商务印书馆2005年版。
② 陈台民：《中菲关系与菲律宾华侨》（第一册），菲律宾：以同出版社1961年版，第147页。

往菲律宾。据《明神宗实录》记载，万历十七年（1589），明朝对于从月港出海、分别去往东洋和西洋的船只数量有明确规定，即东洋 44 艘，西洋 44 艘，共 88 艘。①后为满足海商的需要，又增加到 110 艘。但是，因为到西洋各地的航路遥远，"商船去者绝少，即给领该澳文引者，或贪路近利多，阴贩吕宋"②。可见当时大量的商船都是去往菲律宾进行贸易的。明代泉州籍的内阁大学士李廷机说："而所通乃吕宋诸番，每以贱恶什物贸易其银钱，满载而归，往往致富，而又有以彼为乐土而久留。"③由此可以看出，明朝末年中国与马尼拉之间的贸易已经非常频繁，而且成为当时南海上贸易利润最高的一条航线，居留于马尼拉的中国人也不在少数。装载着丝绸等货物的中国商船从月港出发，到达马尼拉，在马尼拉港经过转卖之后由马尼拉商人运入墨西哥西岸的阿卡普尔科港，这些货物在阿卡普尔科集市贸易之后，大部分被销往墨西哥内地，另有一部分则经由墨西哥城被运到维拉克鲁斯港，再在那里装船转销加勒比海地区，或者越过大西洋运销西班牙和其他欧洲国家，还有一部分经墨西哥城输入中美洲，运往哥伦比亚和巴拿马。

中国的丝绸等商品从月港出发经由马尼拉运往欧洲美洲，同时，美洲乃至从美洲运往欧洲的白银也辗转经由马尼拉输入中国，据万明的研究可知，从 1571 年马尼拉大帆船贸易兴起到 1644 年明朝灭亡，通过马尼拉一线输入中国的白银总计约 7620 吨。④贡德·弗兰克

---

① 《明神宗实录》卷二一〇，台北："中研院"历史语言研究所，1962 年校印本。
② "中研院"历史语言研究所编：《天启红本实录残叶》，《明清史料》第一本，中华书局影印本 1987 年版，第 67 页。
③ （明）李廷机：《李文节集》卷十四，报徐石楼，明人文集丛刊本，文海出版社 1970 年版，第 1304 页。
④ 万明：《明代白银货币化：中国与世界连接的新视角》，《河北学刊》2004 年第 3 期。

也认为至少有一半甚至更多的美洲白银流入了中国。①葡萄牙学者马加良斯·戈迪尼奥则将中国形容为"吸泵",以此说明中国对全球白银的吸纳。②可以说,马尼拉帆船贸易成为连接中国与美洲乃至欧洲市场的途径,也确立了明代中国参与的世界贸易网络与世界经济体系的初步形成。

至于日本与马尼拉之间的贸易,却并不能一概而论。在16世纪90年代之前,日本与马尼拉之间是存在贸易往来的,这一时期,日本商船可前往马尼拉进行贸易,他们在马尼拉也享有与中国人、印度人同等的待遇,他们将菲律宾所需的面粉、咸鱼等食物以及手工艺品乃至刀剑、盔甲等武器运往马尼拉,再将当地乃至中国、西班牙等地运往马尼拉的各色商品载运回日本。这样的贸易往来使得大量的日本船涌入马尼拉,而进驻马尼拉的西班牙人由于自己在墨西哥与秘鲁的大量银矿,事实上对日本白银的需求并不迫切,因此马尼拉当局对日本涌入的船只数量开始有了限制,如1599年马尼拉总督特洛(Tello)便将每年进入马尼拉的日本船限制在3艘以内。加之1580年西班牙与葡萄牙政府在联合之后,把日本划归到了葡萄牙的势力影响范围内,使得与日本之间的贸易基本由葡萄牙人所居留的澳门垄断。并且,丰臣秀吉在1591年时便放言要吞并菲律宾,后又处死了方济各会的修道士,导致当时菲律宾的殖民者西班牙与日本之间失去了政治上的互信。事实上,关于丰臣秀吉放言吞并菲律宾之事,在小说《海贼商人》中也是有相应描写的。小说写道,天正十九年九月十九日,丰臣秀吉命助左卫门作为使节随其所派遣的吕宋总督原田孙七郎一起去往吕宋,一行人带着丰臣秀吉的入贡要求书出发,同月二十四日,秀吉下令征伐大明。由于军力全部用来征伐大明,吕宋并不畏惧秀吉,因而并未答应纳贡,而助左卫门则

---

① [德]贡德·弗兰克:《白银资本——重视经济全球化中的东方》,中央编译出版社2000年版,第204页。

② Magalhaes Godinho, *Os Descobrimentos e a Economia Mundial*, Vol. 1, Lisboa, 1963, pp. 432–465.

被屡次派往吕宋，用以震慑吕宋。这一系列的原因，最终导致日本与马尼拉之间贸易关系的断绝。

而小说《海贼商人》所描写的，恰好便是日本与马尼拉之间由贸易的繁荣阶段转入僵滞阶段的过程中所发生的事情。

小说最初提到日本与马尼拉的贸易往来，是堺市商人纳屋助左卫门在去往吕宋收取沙金和兽皮的时候救了逃出马尼拉的弥平太等人。此后弥平太还多次去往吕宋。

根据小说的描写我们可以看出，当时进驻菲律宾的西班牙人对居留菲律宾群岛的日本人的态度可以说相当敌视，这跟历史上这一时期日本与菲律宾关系的僵化是相对应的。小说写道，当时的菲律宾有一处大约五百人的日本人聚居地，他们是在西班牙人进驻之前就住在那里的，几乎和当地居民没什么两样，但西班牙人依然对他们极尽打压。小说写到了一个西班牙派驻马尼拉的官员对日本聚居地的日本人所采取的迫降计策。驻守马尼拉的北部镇扶司令官卡利翁（Kariyon）等人决定通过离间居留马尼拉的日本人之间的关系，并在日本人聚居地的上游建筑要塞并设置大炮，使他们完全降服于西班牙当局。首先双方派代表进行了对谈，在对谈中，卡利翁提出吕宋岛在1570年已被西班牙占领，是西班牙的要地，不允许外国人居留，让他们在一个月内离开吕宋岛，离开的人可获得一些黄金作为补偿，而后赠给他们一樽葡萄酒，让他们好好商议，就离开了。日本人纷纷意动，两天过去，卡利翁又告诉他们，所给的黄金数量和每人过去五年来的收入总量相同，日本人为了获得更多的补偿金，纷纷夸大自己的收入，低评别人的收入，彼此争论不休。卡利翁在此期间，假称去上游考察，在那里筑建要塞。一个月过去了，卡利翁带着五个日本人来到建好的要塞，让他们交出过去五年的收入表，日本人交出之后，他们却说，既然收入这么多，就不必给补偿金了，还要将所报收入中的一年的份额交作税金，并且留下了四个日本人作为人质。在西班牙人大炮与舰队的威压之下，等待日本人的，除了屈服，只有死。

通过小说《海贼商人》中的这一段描写，我们可以更加清晰地感受到这一时期西班牙驻守官对于日本人的打压，他们对原本就居留在马尼拉的日本人尚且如此，对于在此时冒险进入到马尼拉的日本商人则更加严酷。小说写道，天正十年（1582）主人公弥平太为了寻找可能被卖到吕宋的兄弟，以中国贸易商太夫差的名号前往吕宋，他驾着十几艘满载腌猪肉、麦粉、铜、绵、刀剑等商品的船只到达吕宋，西班牙驻守官员听说他是中国人，对他以礼相待。但是在卡利翁与弥平太交谈的过程中，弥平太见到了四名日本人质，其中有一人恰好是弥平太还是武士时的护卫，他曾经弃弥平太与弥平次不顾，弥平太对他极其愤恨，但由于关系五百名日本人的性命，弥平太依然决定救出他们。这使得西班牙司令官卡利翁发觉了弥平太日本人的身份，于是迅速架起十数挺铁炮将他们包围起来，弥平太愿意用船上的货物换取五百日本人，卡利翁与从军僧却不仅要财物，还要税金，商谈不下，弥平太用短剑控制了最近的从军僧，以他为人质，与部下一起退回到船上，与西班牙驻守军开炮对战。

我们不难看出，驻守马尼拉的西班牙官员对于中国人和日本人的态度是截然不同的，同样一队商人，只因为他们是中国人便热情款待，而发现他们是日本人之后便对他们架起了铁炮，这样的描写与历史的事实也是完全吻合的。

而在丰臣秀吉扬言吞并菲律宾、日本与菲律宾的关系陷入僵化之后，小说写到了丰臣秀吉派遣沿用了助左卫门名号的弥平太去往吕宋购买茶壶的情节，紧接着，小说家南条范夫又交代，丰臣秀吉深知此时的马尼拉城满布西班牙人增驻的防备军，派弥平太去吕宋，就是意在借西班牙人的防备军杀死他。而弥平太一方面了解此时日本与马尼拉之间的紧张关系，另一方面由于推知了丰臣秀吉的用意，于是并未去马尼拉总督官邸，而是暗中联络马尼拉的商人，既购到了茶壶，也避过了杀身之祸。

面对马尼拉的西班牙殖民者对日本人的态度，我们究其原因，首先可以将其归因于1580年西班牙与葡萄牙在政府层面上达成的将日本划归葡萄牙势力范围的协议，但是从本质上来说，中国商人从中国运到马尼拉的日常用品和手工艺品物美价廉，基本能够满足菲律宾当地的需求，同时，由于墨西哥和秘鲁出产银矿，因此日本盛产的白银对西班牙人并没有太大的吸引力，这使得他们从根本上失去了与日本进行商贸往来的动力，再加上日本政府尤其是丰臣秀吉意图吞并菲律宾的狂言以及他们对方济各会修道士的排挤，使得菲律宾与日本的商贸往来彻底断绝。而小说中关于菲律宾的西班牙殖民者对日本人架起铁炮，甚至进入马尼拉的日本商人会有生命危险这样的描写，也就是理所应当的了。

第三节　东亚海域日本贼商的审美化描写及其文化动机

　　如上所述，我们通过对《海贼商人》的深层分析，可以看出作者用小说的形式，在有意无意之间对近世日本的社会阶层与东亚海域的武装贸易中的许多实况与问题都有所呈现。在小说中，主人公弥平太的身份从最初的武士到倭寇，从倭寇到海贼，最终从海贼成为一代豪商，这数次身份改变的背后，所折射出的是在战乱频生的战国时代，日本传统的稳固社会秩序和社会阶层的断损和四民制主导之下的固有价值体系的崩塌。也正是在这种原有的阶层秩序和价值体系断损与崩塌的混乱之下，整个社会的价值观呈现出了向经济利益倾斜的倾向。正因如此，作家也用了相当的笔墨对主人公弥平太等人在东亚海域的武装贸易活动以及他们在武装贸易中进出往来的贸易中心进行了描写，包括日本的堺市、菲律宾的马尼拉，以及中国的广州等地。日本堺市在这一时期几乎形成了一个近似于威尼斯的商人自治"共和国"，从小说中不难看出，这里的商人在面对军阀在经济上的予取予夺、政治军事上的强制举措以及各军阀混战不休的乱象之时，除了焦虑和抵触之外，更有主动打破日本商人不得干涉政治的阶层固化，通过经济与武力确立自己的社会地位与价值，从而对政治施加影响的跃跃欲试。而小说中写到的另一个贸易中心马尼拉，作为西班牙的殖民地、中国与美洲乃至欧洲进行贸易往来的主要中转地，与日本的交往交流却在这一时期处于僵化状态，而小说则以文学的形式，从民间的走私贸易和海贼行为的角度，折射出了中国、日本、西班牙、菲律宾各国的官方与民间在这一特定的历史时期之内所表现出的国际关系、价值观念等方面的种种多重性与矛盾性。

事实上，除了像这样的深入剖析之外，作家南条范夫创作这部小说的明确意图，也值得我们关注。

通览整部小说，我们不难发现，主人公弥平太在海上的所有活动，都被作者南条范夫冠上了寻找和救出失散兄弟弥平次的名头。在小说情节展开之初，弥平太便与弥平次不幸走散了：弥平太所在的倭寇队伍首次袭击广州神电卫时，弥平太冲锋陷阵，弥平次因担心兄长而下船寻找，待弥平太带伤逃回船中时，倭寇船匆匆开船逃离，弥平太只能独自跳入海中潜回海岸寻找弥平次。自此，弥平太便踏上了寻找弥平次的艰辛之路，小说也随之展开了一帧帧波涛汹涌的海上冒险的画卷。弥平太为了找到弟弟，闯入神电卫，并设法留在了明军之中，做了守备军。在军中多方打探，知道弟弟被卖给了前往吕宋的商人，于是夺船出逃，漂到海南岛后，加入雷州半岛有名的大海贼李马鸿的海贼队伍，并多次随海贼队伍前往南海进行劫掠，在这期间，他一直在寻找能够去往吕宋寻找兄弟的机会。在他加入海贼集团的第二年，李马鸿从捕获的商船那里得到了关于马尼拉的守备的详细情报，于是决定袭击吕宋。在海贼队伍攻打马尼拉的时候，弥平太奋力对战，混入敌方队伍，潜入马尼拉城内，遍寻兄弟弥平次无果，只得驾小船出逃，漂泊海上之时被堺市有名的商人纳屋助左卫门所救，并跟随助左卫门回到了日本堺市，打算在此等待机会出海寻找弥平次。在此期间，弥平太还曾在织田信长围攻石山之时设计帮助石山引入军粮船，并斩杀了信长的部将沼野传内。他也因此被追杀，于是只得再次逃往海上，加入海贼队伍。他用五年的时间，成长为海上极具影响力的首领，亦贼亦商，活动范围遍及雷州半岛、安南、交趾、柬埔寨一带。同时，他也在整个南海搜寻弥平次的下落而不得，觉得弥平次还有可能在吕宋岛，于是决定再次前往吕宋。这一次，弥平太以广州贸易商太夫差的身份满载货物进入吕宋，却被驻守马尼拉的西班牙官员看出了端倪，双方开战，弥平太重伤之际，被李马鸿之女季兰救至柬埔寨，并在此偶遇了弥平次的妻儿，得知弥平次去了暹罗。于是弥平太再次踏上了去往暹罗的船，却不巧碰上了西班牙人装载有奴隶的大船，两船对战，弥平太因船小人少处于劣势，于是伺机跳上西班牙人的船，放出船底的奴隶一同对抗西班牙人，终于险胜。同时，弥平太还在奴隶中发现了兄弟弥平次，随之便带弥平次一家回到了日本。至此，主人公弥平太在海上的种种活动，包括贸易、掠夺以及冒险也都基本告终。这也是许多冒险小说惯用的套路，即为了寻找某个人或某样东西，主人公不惜历经千难万险，战胜途中的所有敌人，克服路上的种种阻拦，最终达成目标。对于那些路遇的敌人和阻拦，读者一开始便先入为主，在阅读过程中也会自然而然地随主人公一起生出同仇敌忾的愤慨。

事实上，在《海贼商人》中，主人公弥平太等人的海上活动主要还是通过拦截过往商船、攻打守备弛懈的城池等来夺取财物的，当然他们也会进行一些货物的交换，但也是以配备有武器装备为前提的，所以说他们的身份，与"商人"相比，是更偏向于"海贼"的。他们叱咤东亚海域，在中国的广州、海南，在日本的堺市，在菲律宾的马尼拉，在越南、柬埔寨走私掠夺。即便是在海洋法则和国际法规还未曾确立的16世纪，走私掠夺对于被掠夺的国家和地区来说也是不合道义的。但是对于主人公一行的这种种武力行动，作者南条范夫却巧妙地为其冠上了搜救失散兄弟的名头，一切便显得顺理成章了。读者也由此忽略了对武装贸易乃至武装劫掠的价值判断以及对被劫掠者的同情，而是将目光投注于弥平太兄弟情深之下

第五章　"倭寇文学"与"民族美学"　　183

复仇的快意，由是，作家便在很大程度上以个人感情的凸显湮没了读者对国际道义的判断。其实，小说中作家着力彰显主人公弥平太重情重义的痕迹处处可见。例如小说写道，弥平太自幼与母舅三好日向守家的小姐津世订下婚约，后来虽然入海为寇，明知无法与其结合，却仍信守誓约。后来几经辗转，二人生死两不知，津世被迫嫁于仇人并生下一女，弥平太得知后前往搭救，津世在混战之中被丈夫枪杀，临终将女儿托付给了弥平太。弥平太在津世死后才与恋慕他已久的季兰结合。他们振兴纳屋，抚育津世之女，为其选定佳婿，并将纳屋交给了二人经营。可谓情深义重，令人感佩。可见，虽然从义理上来说，国际道义要高于民族利益，民族利益则更高于个人感情，但事实上，最能引发人内心共鸣的，却依然是每一个普通人都能够有深切体会的个人的情感。想必，这也是作者南条范夫将主人公弥平太在海上的所有武力活动都冠之以手足之情的主要原因。这也是作家为弥平太等人在东亚海域尤其是在中国东南沿海及菲律宾之间的武装贸易乃至武力掠夺寻到的一个看似正当的、道德的理由。

也有学者以当代的眼光，从世界经济贸易的角度出发，对当时的海贼行为予以了肯定，认为他们的武装贸易与掠夺行为客观上推动了区域经济的交流与发展。但是，我们若是置身历史现场，处在被掠夺的地位，生命与财产时时受到威胁，所得出的结论便全然不同了。而且，对于历史事件，若我们当真可以用今人的视角和价值观去评判历史并介入历史小说，那么对于法律意识完备的当代人来说，不管是在海上拦截商船还是对他国沿海的侵犯，岂不都是有违海洋法则和国际法规的行为。但是，我们在阅读《海贼商人》之时，直觉上对弥平太等人的所作所为却并没有任何恶感，反而为他们在每一场争战之中能否安全与获胜而悬心。这便是作者南条范夫的高妙之处。作为一个当代人，他深知当代人在严守律法和规则的生活中、在一丝不苟和疲于奔命的工作之下的内心热望，那种人性深处对于天高海阔的浪迹生涯，对于波澜壮阔的海上冒险，甚至于对拼杀和流血的渴望，是当代人在都市生活中最难以企及也最为向往的。因此，南条范夫用小说的形式将读者带入了这样一个无规则、无约束的历史场域，正如作家在小说后记的结尾所说："但愿此书能让这个时代的日本人天马行空地驰骋对海上壮阔生活的想象，能够在古老的梦幻世界中遨游。"这里武力至上、利益至上，归根到底生存至上，它将譬如规则、秩序等的文明社会的印记打落，试图唤起读者最原始的内心渴求。可见，作者南条范夫面对16世纪末期横行东亚海域的海贼行为，并未像以往的倭寇文学乃至史学研究者对于倭寇史的研究那样，或从国家主义立场出发将其看作是日本民族雄飞海外的壮举，或从贸易交流的角度出发将其看作促进东亚经济交流的伟业，《海贼商人》实际上是在尽可能地摒除这些国际关系的、经济贸易的、民族国家的，以及其他种种正误价值判断，而是想要纯粹地将弥平太等人的倭寇及海贼行动当成一种审美行为进行描写，以此来迎合生活在当代秩序社会之中的读者内心对自由而又冒险的海上生活的渴望，从而完成审美的共鸣。

此外，在《海贼商人》中，我们其实从字里行间依然能够或多或少查知作者南条范夫对所谓的"大倭寇"时代的缅怀与对小说所写的16世纪70年代倭寇衰败情状的惋惜。在小说主人公弥平太最初加入的倭寇集团中，有一位叫作助次郎的人，他曾经参加过倭寇肆虐时期即1550年前后由王直所率领的倭寇队伍。他喜欢向人展示他全身遍布的伤痕，以此作为勋章来证明他在寇掠活动中的英勇，他经常在船上跟众人炫耀当年在王直的带领下入寇浙江沿海地区的战绩。而对于让众人惊叹的五百石（70吨）以上的大船，他表现出了见过大世面之后的不屑，他当时所参加的倭寇队伍多达一万三千人，有两百艘船，大将王直与平户的门太郎所乘的船有一百二十步之广，可乘一千五百人，船上可以建城，甲板上可以三匹马并行。回忆这些的助次郎显得无比怀念，而听他讲述这些的倭寇则表现得无限憧憬，作者南条范夫也不无遗憾地写道："明国的防守已经极为完备，单只浙江沿岸的五十九城，仿佛沿着海岸建起了万里长城，十分难以靠近。"同时，"从天文到永禄以来，八幡不复凌厉之势，而是变得像现在这样不再强盛。"[①]而正是因为所谓的"大倭寇"时代已经过去，"倭寇"对中国沿海地区包括他们认为防卫松弛的广州等地的寇掠行为也变得举步维艰。

事实上，从商业贸易与经济往来的视角去看待"倭寇"、描写"倭寇"，这在日本的"倭寇文学"中并不独南条范夫如此，著名华裔小说家陈舜臣的《战国海商传》也是从商业主义的角度描写倭寇的佳作。有所不同的是，陈舜臣是一个中正的历史小说家，他的小说演绎是以尊重历史为前提的。同时，由于自身国籍的数次转变以及多重的文化教育背景，使得陈舜臣在文学创作中也具备了跨越国籍藩篱的基本主张和对世界主义文学观的追求，因而他的"倭寇"书写也就跳出了基于国家层面的价值判断，更不以某一国家的获利为评判标准，而是以一种更为广阔的、以世界主义观念为前提的"重商主义"视角来观照"倭寇"。而在《海贼商人》中，作者南条范夫似乎是有意无意地虚化了倭寇以及海贼的劫掠对象，他们只是倭寇与海贼成就其"海上壮阔生活"与财富积累的途径，而完全忽略了他们的感受，看似是完全站在自民族立场上的一种书写。虽然作者描写到的在东亚海域的贸易行为本身就具备了超越国界的特点，但作者所描写的利益获取走向是单边的，而不是共赢的。这本身就不符合经济所具备的世界性的特点。但如果就此判定南条范夫的《海贼商人》就是从经济的角度对倭寇与海贼劫掠行为的张目，似乎也不能成立。他并没有像津本阳《雄飞的倭寇》那样，将倭寇烧杀抢掠的入寇行为予以淡化、粉饰，并将其当作日本人雄飞海外的壮举。他的自民族意识是潜在的，正是这种潜在的意识，让他忽略掉了被寇掠者的观感。

南条范夫《海贼商人》描绘了一幅东亚海域不同国家之间的宏大的海上往来图卷，而对于各民族各国家的交往交涉，王向远教授

---

① ［日］南條範夫：『海賊商人』、東京：河出書房新社、1986年、第18頁。

在《一带一路与中国的东方学》一文中为其划定出了五种模式：一是战争模式，二是传教模式，三是探险模式，四是朝贡模式，五是经贸模式。他指出，中国历朝历代与周边各民族之间的交往交流，与欧洲人的宗教战争、奴隶贸易以及以探险传教为名的殖民入侵不同，"无论是官方的，还是民间的，总体上总是以物质产品为载体，和平地交换交流，因为是和平的交换交流，因而是'文'而不是'武'，'物'的交换也包含着文化的交流，可以把这一点概括为'以物载文'。"① 的确，不管是"丝绸之路"、朝贡贸易，还是"隆庆开放"之后的海外贸易，其共同特征都是基于各自的需求基础之上的物质交换与交流。即便是在中国占据绝对主导地位的朝贡体制之中，中国作为宗主国所秉持的也是"怀柔远人""厚往薄来"的原则。而到了"隆庆开放"之后，中国的物品通过福建月港运往菲律宾，极大地满足了当地民众的日常消费。在这个过程中，中国一贯地采取和平的方式进行商品交换与贸易往来，而没有任何领土侵占或意识形态输出的意图，因此，这一时期驻守菲律宾的西班牙殖民政府对中国商人采取了一系列保护与优待的措施。

然而，日本则大为不同，除了倭寇在东亚海域的劫掠行径之外，日本国家层面在与其他国家的关系中也显示出了一种向外扩张的勃勃野心。尤其是在丰臣秀吉统一日本的过程中，其统治的欲望和侵略的野心更是被进一步激发，他梦想以武力征服琉球、吞并菲律宾，乃至占领朝鲜、进驻中国，从而建立起一个独霸东亚的大帝国，成为东亚的最高统治者。而且他也的确将这一野心付诸了实践，他挥军踏入朝鲜，甚至已经将攻打明朝列入了计划。丰臣秀吉的海外征伐，可以称得上是日本"海外雄飞"与"大东亚共荣圈"构想的先导。这无异于自绝于东亚各国。关于这一点，我们通过《海贼商人》中菲律宾对明朝和日本所持的不同态度，其实也是能够有所了解的。

---

① 王向远：《"一带一路"与中国的"东方学"》，《广西师范学院学报》2016年第5期。

小说写道，天正十年（1582）主人公弥平太为了寻找可能被卖到吕宋的兄弟，以中国贸易商太夫差的名号前往吕宋，他驾着十几艘满载腌猪肉、麦粉、铜、绵、刀剑等商品的船只到达吕宋，西班牙驻守官员听说他是中国人，对他以礼相待。但是在交谈的过程中，西班牙司令官发觉了弥平太日本人的身份，于是迅速架起十数挺铁炮将他们包围了起来，最终以一场恶战告终。我们不难看出，驻守马尼拉的西班牙官员对于中国人和日本人的态度是截然不同的，同样一队商人，只因为他们是中国人便热情款待，而发现他们是日本人之后便对他们架起了铁炮，这样的举措，除了中国商品的吸引力对菲律宾来说远远大过日本之外，想必更有日本政府的对菲政策与态度以及日本海贼在东亚海域的劫掠行径所导致的排异和反击。

而《海贼商人》中这种自民族意识和对于他民族利益在自我行为中的损失与损害，对于作者南条范夫来说，也许是无意识之间表现出的。但这种无意识的流露却更能说明日本民族对于武力的推崇，以及对将武力进行审美化描写的武士文学传统的承继，这种文学传统发展至今，当代的历史小说家又为其添加了资本主义的商业要素，于是呈现出了小说中以武力掠夺为主要方式，以经济利益为最终目的的一系列恣肆于海上的海贼活动。他们冲击固有阶层的限制、不受法律法规的约束、劫掠可以劫掠的以供生活、避开必须避开的以保性命，同时又有手足情深的名义为他们消去所有的道德负担，这种快意海上的小说对于奔忙于都市的秩序生活之中的当代人来说，无疑有着致命的吸引力，也能够轻易地产生审美的共鸣，成为日本民族通过审美的手段建立民族认同和审美共同体的有效途径。而在审美的层面之外，在作家的意图背后，去挖掘小说所反映到的更深层的历史经济动因和民族文化心理，并将其呈现出来，则是我们作为文学研究者的职责所在。

第 六 章

"倭寇文学"与倭寇人物（上）

——从倭寇核心人物王直看
"倭寇文学"的形象塑造

在倭寇史上，倭寇头目王直（1501—1559）可以说是一个不容忽视的存在。因其在倭寇集团乃至整个倭寇史上的重要地位，因其所主导的走私与寇掠活动对中日两国乃至整个东亚地区所造成的重大影响及发挥的巨大作用，也因其颇为传奇的一生，中日两国的历史记载、文学创作以及民间议论之中，都有关于王直的记事以及形象描画。王直的形象在日本的倭寇文学中，也理所当然地占有核心人物的位置。我们通过对中日两国不尽相同甚至完全相反的史籍记载、文学描写以及民间观点的分析与研究，不仅可以立体地、多维地去审视王直，也可以挖掘出王直乃至倭寇在中日两国的评价中差异如此巨大的深层原因。

第一节　倭寇还是儒商：中日史料中的王直形象

在中国，举凡涉及倭寇的史书，都无可避免地纳入了王直的相关纪事，甚至专设章节段落叙述他的生平事迹。例如明末遗臣张廷玉等人编纂的《明史》的《日本传》部分，经统计，仅王直的相关纪事便占到了全文字数（8021字）的25%（2045字），"汪直"全名出现4次，"直"则出现了14次之多。《明史》属于官修正史，也是史学研究者极为信重的史料，其中对王直的详细记载与高度重视足可说明他在倭寇史乃至整个明代史上的重要性。在有关明代的史籍文献之中，记载王直生平事迹的主要包括《浙江通志》中的《王直传略》、《筹海图编》中的《擒获王直》、傅维麟《明书·汪直传》、佚名的《王直传》等，而涉及王直相关纪事的则有《明实录》中的《明世宗实录》、陈子龙《明经世文编》、王世贞《倭志》以及《倭变事略》《明大政纂要》《嘉靖东南平倭通录》等。总括这些史籍，我们可以大约勾画出一个较为详尽的王直形象。

王直（或称汪直），徽州歙县人，从小便尚义任侠，长大后更是善谋略好施与，在同乡之中颇有威信。如叶宗满、徐惟学、谢和、方廷助等称霸一乡的恶少，也喜欢与他交游，后来更是成为他的得力干将。王直开始走私行动，是在嘉靖十九年（1540）。其时，明朝的海禁政策尚且宽松，王直伙同叶宗满等人到达广州，建大船出海，向日本、暹罗、西洋等国走私硝磺和丝绵等违禁物品。仅五六年时间，王直便积累了大量的财富，在日本五岛列岛设立贸易基地，受到了领主松浦隆信的厚待，并以"五峰船主"之名蜚声日本。这期间的嘉靖二十三年（1544），王直进入许栋走私基地双屿港，为许栋领哨马船前往日本进行交易。嘉靖二十七年（1548），许栋被都御史朱纨所破，王直收许栋余党，改屯列港（即烈港，今舟山市今塘岛上的沥港镇），并一改此前中日私市贸易仅限于将货物运往日本的情形，开始将日本走私商人引入中国，并雇用日本人为羽翼。而在剿平双屿之后，朱纨也随之被诬入狱自裁，此后的四年之间，巡视大臣之位空悬，海防海禁弛懈，舟山一带群盗四起。嘉靖二十九年（1550）王直为求互市，应官府檄文捕获为乱钱塘一带的海贼头目沈九和卢七，嘉靖三十一年（1552）吞并广东贼首陈思盼，由此，名震海上。他自恃杀陈思盼有功，请求官府开通互市，官府不许，于是开始大规模劫掠浙东沿海地区，并于定海自称"净海王"。嘉靖三十二年（1553），烈港被俞大猷等攻破，王直败走马迹潭，马迹潭随之被参将汤克宽所破，王直又转逃白马庙，最终退居日本平户，并在平户称王建制，自称"徽王"。从此时到王直被惑归降的嘉靖三十六年（1557）期间，王直的队伍人数扩大至数十万，控三十六岛岛夷，他们造巨舰，设武装，部官属，用兵皆按兵法，其部众数次侵扰劫掠中国沿海，一度成为明朝廷的心腹大患。嘉靖三十六年十一月，总督胡宗宪以王直妻母以及开通互市为饵，设计诱降王直，王直归降后便被投入狱中，嘉靖三十八年（1559）十二月被斩于杭州。王直叱咤海上的一生至此落幕。

　　由于中国的这些史籍大多属于官修史，关于王直的记载以及其活动年表也都基本相同，其中存在差异并引发争议，从而对王直是寇是商的属性确定产生影响的，便是在嘉靖三十一年（1552）的"壬子之变"以及嘉靖三十二年（1553）的"癸丑之寇"中，王直是否作为倭寇头目参与其中。在嘉靖三十一年以前，王直所进行的走私贸易虽然不被明朝朝廷所允许，但是因为他与地方海道官府的私下合作，他的走私贸易也得到了地方官宪的默许，关于这一点，在明代《倭寇议》中便有当时的明朝将官与王直往来的记录："边卫军官，有献红袍玉带者。把总张四维，因与柴德美（慈溪一带的走私贸易大族）交厚，得以结识王直，见即拜伏叩头，甘为臣仆，五峰令其送货，一呼即往，自以为荣。"[1]浙江海道借助王直消灭了其他海寇，维持了沿海安全，王直则借助官府的力量扩张了自己的势力，几乎垄断了整个中日贸易，他们的这种合作虽然是地方的、私人性质的，但也算相对和谐。然而到了嘉靖三十一年以后，王直的形象却发生突转，成为"东南祸本"，原因便在于史书对于"壬子之变"与"癸丑之寇"的记载。《筹海图编》有载：嘉靖三十一

―――――――
[1]（明）万表：《海寇议》，明金声玉振集本，中国基本古籍库，第2页。

年,"直因求开市不得,分掠浙东滨海郡县,祭毒数千里。福清、黄岩、昌国、临山、崇德、桐乡皆为攻堕"①。在《明史·日本传》中:"三十二年三月,王直勾诸倭大举入寇,连舰数百,蔽海而至。浙东西、江南北、滨海数千里同时告警。破昌国卫。"② 对此,《筹海图编》中也说:"许栋败没,王直始用倭人为羽翼,破昌国,而倭之贪心大炽,入寇者遂络绎矣。东南之乱,皆王直致之也。"③ 由此似乎可以断定,嘉靖三十一年与嘉靖三十二年,勾结倭寇劫掠浙江沿海,祸及数千里的倭寇头目,便是王直了。

但是后有历史学者进行考证,认为王直属于"互市派",而"壬子之变"是闽人邓文俊、林碧川等的祸行,嘉靖三十一年之后的寇乱也都是以徐海等为代表的"掠夺派"的行径,与王直无关。④ 郑樑生在《明史·日本传正补》一书中指出,嘉靖三十二的"癸丑之寇"也并非王直勾结倭寇所至,而是萧显的海贼集团所为。事实上,关于嘉靖三十一年、三十二年王直的所为以及王直败逃日本的具体时间,中国的史籍记载中确实出现了一些细微的偏差。《筹海图编》记:"(嘉靖三十二年)闰三月,都御史王忬遣参将俞大猷等攻破烈港贼巢。王直败走马迹潭……(四月)参将汤克宽攻破马迹潭贼巢,王直败走白马庙。把总刘恩至追击贼于舟山岑港,破之。""(嘉靖)三十二年闰三月,官兵追捣烈港贼巢,王直败走。"⑤《明史·日本传》:"(嘉靖)三十二年三月,王直勾诸倭大举入寇,连舰数百,蔽海而至。浙东西、江南北、滨海数千里同时告警。破昌

---

① (明)郑若曾撰,李致忠点校:《筹海图编》,中华书局2007年6月版,第571页。

② (清)张廷玉等撰:《明史》卷三百二十二《列传第二百十 日本》,中华书局1974年版,第8352页。

③ (明)郑若曾撰,李致忠点校:《筹海图编》,中华书局2007年版,第574页。

④ 汪义正:《试论嘉靖倭乱主谋王直的实像》,《第十五届明史国际学术研讨会暨第五届戚继光国际学术研讨会论文集》,中国明史学会,2013年。

⑤ (明)郑若曾撰,李致忠点校:《筹海图编》,中华书局2007年版,第497、324页。

国卫。"①《世宗实录》："（嘉靖三十二年闰三月）丁未朔。甲戌，海贼汪直，纠漳、广群盗，勾集各岛倭夷，大举入寇。连舰百余艘，蔽海而至。南自台、宁、嘉、湖，以及苏、松，至于淮北，滨海数千里，同时告警。"②这其中的偏差也成为后来有些历史学家为王直翻案，认为他并非倭寇头目，而只是走私商人的主要根由。但是总的来说，王直依然是以倭寇头目的形象出现的。

除了史籍的记载之外，王直自己也留下了相关文字。在采九德所撰《倭变事略》的附录中，收集了王直在嘉靖三十六年（1557年）接受浙江总督胡宗宪招抚后，从日本平户返回定海时，通过胡宗宪向明朝廷递呈的《自明疏》。王直的亲笔上疏，可以说是我们真正深入地了解王直其人乃至他的内心的最有力的史料了。对于这份史料，史学研究者历来也颇为关注，如汪义正《试论嘉靖倭乱主谋王直的实像》一文便将《自明疏》完全看作了王直的自传，认为"《明史·日本传》中倭寇主谋的王直是虚构的王直，《自明疏》中的王直才是真正的王直。"他认为"疏中所言并无虚张夸大，相应信实可靠"。

这份《自明疏》实质上应该说是王直的《自传》。首先他坦述了嘉靖三十年以前在双屿港、舟山群岛一带私市的海商活动情况，他自认为自己的商业活动是造福福建和浙江一带的老百姓，跟其他专事侵扰寇掠的海寇不一样。从嘉靖二十九年到三十一年的三年间是王直人生中最为得意的时期。当时他配合了海道官方扫荡平定了海上群盗，起了维持浙海秩序的海上警察作用，这可能成为王直后来自认为"为国捍边"的贡献，所以一时也妄自尊大地自我标榜为"净海王"。三十二年新官王忬

---

① （清）张廷玉等撰：《明史》卷三百二十二《列传第二百十 日本》，中华书局1974年版，第8352页。
② "中研院"历史语言研究所编：《明世宗实录》（卷三百九十六），"中研院"历史语言研究所1965年版。

上任浙江巡抚后，一反过往官方对他的友善态度后，反过来指控他为"东南祸本"，被围剿追击而致流亡到日本平户四年。在那四年里他不再回中国抛头露面，只是静观着国内的寇乱变化。三十五年赵文华、胡宗宪的特使蒋洲、陈可愿到日本劝诱他后，王直才又重新燃起归国通商的热诚，接受回国受抚，以期施展他多年盼望的"通贡互市"的夙愿，以及制抑各岛的岛夷不让他们再到中国兴乱的抱负。①

我们细读这份上疏，便不难查知王直对明朝廷、对日本、对倭寇乃至对海外贸易的态度：

> 带罪犯人王直即汪五峰，直隶徽州县民，奏为陈悃报国以靖边疆，以弭群凶事。窃臣觅利商海，卖货浙福，与人同利，为国捍边，绝无勾引党贼侵扰之事，此天地神人所共知者。夫何屡立微功，蒙蔽不能上达，反惧籍没家产，举家竟坐无辜，臣心实有不甘。……此皆赤心补报，诸司俱许录功申奏，何反诬引罪逆及于一家，不惟湮没臣功，亦昧微忠多矣。②

在《自明疏》中，王直自称"带罪犯人王直""窃臣""臣"，并且殷切表陈自己帮助朝廷解救被海贼掳掠的百姓的事例，以求能够"赤心补报"，同时他也期待地方官府能够将他的功绩申奏朝廷，却被地方官府湮没，甚至祸及家人，他对此多有愤懑，也对自己的忠心无法上达朝廷而无比抱憾。这一部分，可以说是王直对明朝廷奉上的申辩书了。以下臣的臣服姿态去申辩自己的过错与功绩，是他根深蒂固的皇权思想所致，即便是他曾经表现出了对朝廷的违逆

---

① 汪义正：《试论嘉靖倭乱主谋王直的实像》，《第十五届明史国际学术研讨会暨第五届戚继光国际学术研讨会论文集》，中国明史学会，2013年。
② （明）采九德撰：《倭变事略》附录王直《自明疏》。

与对抗，他想必是带有犯罪感的。这从他上疏中的一系列用词便可轻易推查。他自称"带罪犯人王直"，即他承认自己犯下了罪过，却又说自己"为国捍边，绝无勾引党贼侵扰之事，此天地神人所共知者"，也就是说他并不承认自己勾结倭寇侵扰中国，那么他自己承认的罪过又是什么呢？那就是"觅利商海，卖货浙福，与人同利"了，足见王直是承认海外走私贸易是一大罪过的。

一般而言，在倭寇史上，在提及王直之时，他都是作为倭寇头目被人所知的。但是，王直在这篇上疏中，却将倭寇斥为"倭贼"，并将自己从该群体中摘了出来：

> 连年倭贼犯边，为浙直等处患，皆贼众所掳奸民，反为向导，劫掠满城，致使来贼闻风仿效沓来，遂成中国大患。旧年四月，贼船大小千余，盟誓复行深入，分途抢劫，幸我朝福德格天，海神默佑，反风阻滞，久泊食尽，遂劫本国五岛地方，纵烧庐舍，自相吞噬，但其间先得渡海者，已至中国地方，余党乘风顺流海上，南侵琉球，北掠高丽，后归聚本国菩摩州者尚众。此臣拊心刻骨，欲插翅上达愚衷心，请为游客游说诸国，自相禁治，适督察军务侍郎赵巡抚、浙福都御史胡，差官蒋洲前来，赍文日本各谕，偶遇臣松浦，备道天恩至意，臣不胜感激，愿得涓埃补报，即欲归国效劳，累白心事。①

王直在上疏中历数倭寇对中国的数次侵扰，乃至在日本五岛、琉球、高丽的劫掠，行文之间对倭寇行为持有明显的贬斥姿态，这与上一段中所说的"绝无勾引党贼侵扰之事"是呼应的。在《自明疏》中，王直言辞恳切地向明朝廷陈白，他承认自己犯下了走私贸易的过错，但他并不承认自己勾结日本侵扰中国之事。同时，王直在《自明疏》中表陈自己帮助朝廷解救被掳百姓，以此邀功请赏，

---

① （明）采九德撰：《倭变事略》附录王直《自明疏》。

其根深蒂固的皇权中心主义思想是显而易见的。在其根深蒂固的皇权中心主义思想的操控之下，王直一旦势力壮大，便开始称王建制，他服色仿效帝王，兴修宫宇，部署官属，分赐封号，俨然一副封建帝王的做派。同时，他虽积累了大量的财富，拥有数十万的部众，但仍将出仕为官视作最高的价值标准，将为朝廷效力视为正统。他是期待被朝廷招安的，这也是胡宗宪能够诱其归降的主要原因。

除此之外，在唐枢的《御倭杂著·复胡梅林论处王直》中"顺其请有五虑"的第五中，也有关于王直向明朝廷示好，并自请追缴海贼的记载："五日王直行商海上，结合内地居民，始最亲信，其于海上诸商伴，亦各推服，嘉靖三十年申白官府，自愿除贼。"① 由此也可看出王直想要归附朝廷的意图。

当然，王直《自明疏》中对自己的剖白并不能尽信，但我们透过《自明疏》可以看到一个皇权中心主义思想根深蒂固、因种种原因悖逆朝廷却又渴望归附朝廷的王直形象，这一形象无疑是更加贴近当时的历史与社会状况的。他的身上，并没有当代的一些研究者出于自身的立场与视角为其加附的种种特质，他并没有戴裔煊所说的那样想要通过倭寇活动向朝廷发起"反海禁斗争"②的意图，更没有田中健夫分析的那样，具备作为东亚海域海外贸易的盟主，"充当走私贸易的调停者"③的自觉。他所参与并进行的倭寇活动，也并没有当代研究者所赋予倭寇的诸多意义。

但是，日本乃至中国80年代以后的一些史学研究者在对王直以及王直的海外走私贸易进行诠释和解读的时候，却为其附加了许多王直主观上并无意识的价值和意义。例如戴裔煊、林仁川指出，以

---

① （明）唐枢：《御倭杂著·复胡梅林论处王直》，《明经世文编》第四册，中华书局1962年版，第2852页。

② 戴裔煊：《明代嘉隆年间的倭寇海盗与中国资本主义萌芽》，中国社会科学出版社1982年版，第16页。

③ [日]田中健夫：《倭寇——海上历史》，杨翰球译，社会科学文献出版社2015年版，第109页。

王直为代表的所谓嘉、隆年间的"倭寇"不同于万历年间的真正倭寇,他们是不顾封建朝廷的海禁,出海从事正常贸易的商人,他们与封建统治者之间的阶级斗争实质是海禁与反海禁之间的斗争。①晁中辰认为,王直及王直集团不应该以倭寇论,日本人与倭寇都只是王直用以反抗明朝廷的手段,王直实际上是"反海禁的人民领袖",他开辟了一条农民起义之外的,以经济力量反对封建统治的新战线,此外,"王直集团推动了海外贸易的发展,其武装反抗促进了明朝海禁的开放"。并且,王直等"倭寇"集团的海上走私贸易扩大了中国的商品市场,刺激了国内手工业生产的发展、加速了沿海工商业城镇的兴起,并使得墨西哥银圆在沿海以至内地广为流传,其活动作为私人海上贸易促使了资本主义性质的生产关系的产生。因此王直是一位"杰出的人物"②。唐力行认为王直等徽州海商是嘉、隆年间"倭寇"的中坚力量,他突破了只从生产领域去研究资本主义萌芽的偏狭,进一步从商品的流通领域着眼,指出王直等海商集团与徽州行商坐贾和手工业主之间广泛而密切的联系,他认为这种联系使得产、供、销三位一体的海外贸易系统得以形成,江南地区的生产关系也随之变更,同时,海外贸易的发达也开拓了世界市场,直接促进了资本主义萌芽的滋生。而王直等海商集团的这种反海禁活动,也是超越于农民战争之上的市民反抗监税使斗争的先声,具有资本主义萌芽的性质。③叶显恩在《明中后期中国的海上贸易与徽州海商》中明确指出,不仅不应该将王直当作"倭乱祸首"去讨伐,而且应该从16世纪地理大发现之下形成的世界海洋贸易体系出发去重新评估王直的时代意义。他认为,王直等武装走私集团的海上活动是主动融入世界商战的积极行为,王直等人"对时代富有敏感性,

---

① 戴裔煊:《明代嘉隆年间的倭寇海盗与中国资本主义萌芽》,中国社会科学出版社1982年版;林仁川:《明末清初私人海上贸易》,华东师范大学出版社1987年版。
② 晁中辰:《王直评议》,《安徽史学》1989年第1期;《明代的封建专制和资本主义萌芽》,《山东大学文科论文集刊》1984年第2期。
③ 唐力行:《论明代徽商与资本主义萌芽》,《中国经济史研究》1990年第3期。

善于抓住时代脉搏，所以敢于加入世界性海洋挑战的行列。他们这种超前的思维和举动，自当不能见容于当时的时代，更不能为当道者所允许"。而王直在日本的走私据点，也被视作是他突破官府的阻截雄飞海外，在日本进行贸易扩张之下所建的根据地。①王直的武装走私，我们以今天的、商业的价值标准去衡量，或许的确如这些学者所说，它在客观上对资本主义的萌芽，海禁的开放起到了一定的推动作用，但那绝不是王直等人自身的主观意图。

而日本史料中关于王直的记载，最早出现在《铁炮记》中：

> 隅州之南有一岛，去州一十八里，名曰种子……天文癸卯秋八月二十五日丁酉，我西村小浦有一大船，不知自何国来，船客百余人，其形不类，其语不通，见者以为奇怪矣。其中有大明儒生一人，名五峰者，今不详其姓字。时西村主宰有织部丞者，颇解文字，偶遇五峰，以杖书于沙上云："船中之客，不知何国人也。何其形之异哉？"五峰即书云："此是西南蛮种之贾胡也。"②

在《铁炮记》中，王直（五峰）是一个"大明儒生"，识文解字，利用笔谈的方式帮助种子岛的住民和葡萄牙商人进行沟通。

此后，关于"五峰"的记录，还出现在曾经两度出使中国的遣明使策彦周良的手记中："翌年大明人五峰先生带之来，献大内义隆公，公告予（策彦周良）曾寓爱而赐焉。"③策彦周良喜爱中峰明本的手迹，在使明之时曾经多番找寻，却未能如愿。后来王直将此书

---

① 叶显恩：《明中后期中国的海上贸易与徽州海商》，陈支平主编《相聚休休亭傅衣凌教授诞辰 100 周年纪念文集》，2012 年。
② ［日］洞富雄：『鉄砲——伝来とその影響』、東京：思文閣、1993 年、第 463—464 頁。
③ ［日］辻善之助：『増補海外交通史話』、東京：内外書籍株式会社、1936 年、第 260—261 頁。

献给大内义隆，大内义隆又将其赐给了策彦周良。或许是由于遍寻未果的书是因为王直的缘故才得以入手，策彦周良在记载此事时，将王直称之为"五峰先生"，其中的尊敬意味不言自明。而且王直还能够寻到策彦周良遍寻不得的珍贵手迹，同时，又与日本颇有权势的西国大名大内义隆有着密切往来。由此可见，在策彦周良的记载中，王直是一个解人忧困、值得尊敬，同时又有着相当大的权势和能量的人。

此外，日本史籍《大曲记》也记载了王直避居日本之后的情形："松浦隆信厚待外商，故有名五峰者，由中国至平户津，在印山故址，营造唐式之屋居之。自是中国商船往来不绝。且有南蛮黑船，亦来平户津。故唐与南蛮之珍物，年年输入不少。"① 不难看出，《大曲记》是以一种王直的到来给平户带去商贸繁荣的欣悦语气进行记载的：领主松浦隆信鼓励商贸活动，厚待外商，交好王直，随着王直的移居，中国商船络绎不绝，葡萄牙商船也随之而来，平户由此成为16世纪中叶日本重要的国际贸易港。

从《铁炮记》中识文解字，可以充当翻译与种子岛住民进行笔谈的"儒生"，到策彦周良的手迹中解人忧困同时又颇具权势的人，再到《大曲记》中为平户带去商贸繁荣的外商，王直在日本史料中都是非常正面的、值得尊敬的形象。

从中日两国关于王直的史料记载中，我们不难看出，中国的史料中明确记载了王直进行走私贸易，招聚日本海盗祸乱中国沿海的倭寇形象，但是，在日本为数不多的史籍中，王直都是以"儒生""外商"，慷慨助人、给日本商贸带去繁荣生机的正面形象出现的。中日两国史料中对王直全然不同的记载，也可看出两国看待倭寇的不同态度与立场。

---

① 丁卫强：《史上十大海盗》，崇文书局2010年版，第126页。

第二节 "倭寇王"还是"净海王"：
中日"倭寇文学"中王直的身份定性

中国涉及倭寇文学作品主要集中在五十多部明清小说与戏曲上，日本的倭寇文学则集中在现当代的历史小说以及时代小说中，而两国的倭寇文学中对王直的描写主要散见于这些作品的叙事与情节的推进之中。纵观中日两国的倭寇文学，以独立评传的形式去刻画王直的小说是非常罕见的，而著名的日本时代小说家泷口康彦（1924—2004）的《倭寇王秘闻》就是以王直为主人公的一部历史人物评传，在日本读者中也颇具影响，值得我们加以分析研究。

小说题名为《倭寇王秘闻》，其中所谓的"秘闻"，如小说结尾所称，是作者泷口康彦从自己的祖父青方小四郎那里听到的关于"倭寇王"王直的故事，而青方小四郎则是王直最为信赖的同伴，他有手腕，有学识，更难得的是，他理解王直期望开放互市的梦想，他虽原属松浦党，却并不喜欢海贼的劫掠行为，因而与王直一拍即合，并肩而战。所谓的从亲历了王直所有行动的祖父那里听来的"秘闻"，当然是小说家的写作策略。因为泷口康彦是1924年生人，他的祖父无论如何也不会与王直生活在同一时代，可见这只是小说虚构的手法而已。而这种煞有介事的写作方式显然更容易让人进入故事本身并相信其真实性。但是，作为研究者，我们需要关注和考察的，除了小说在文学的虚构和历史的真实之间表现出的反差之外，更重要的是这种反差所折射出的作家意图与观念。与此同时，我们将中国涉及倭寇的文学作品也纳入到比较与考察的范围，在参照史籍记载的同时，通过对中日两国不尽相同甚至完全相反的文学描写的分析与研究，不仅可以立体地、多维地去审视王直，也可以挖掘出王直乃至倭寇在中日两国的文学中呈现出如此巨大差异的深层原因。

而在中日倭寇文学对王直形象的刻画中，对王直的身份定性当属两国差异最大的部分。

中国涉及倭寇题材的文学正如同研究者们对它们的命名一样，大都属于"平倭小说"或"抗倭小说"。也就是说，中国文学中的倭寇书写，作者所持的立场和观照的视角基本是一致的，也是单一的，即主要是基于政治立场以及侵略与反侵略视角的书写。当然，这本身就是由倭寇事件中中国所处的被侵扰、受劫掠的地位所决定的。而在这样的立场与视角之下，倭寇文学中对王直身份的界定乃至整个的形象勾画便也相对地固定化了，王直主要是作为勾结日本侵扰中国沿海、对中国民众的生命和财产造成巨大损害的可憎形象出现的。有研究者撰文，从"通倭海盗""汉奸走狗""好汉商人""海上帝王"这四个层面总括了明清小说对王直形象的描写。[①] 总的来说，中国倭寇文学对王直的定性，都离不开史料的记载，小说的描写也基本属于对史籍记载的推演。只是因作家的某种特定的创作意图，才截取史籍中的部分记载进行着重描写，而使得人物的形象更具有一定程度的多样性。

总体看来，在中国倭寇题材的文学主要是明清小说中，王直最常以横行海上、烧杀抢掠的海寇形象出现。例如明代陆人龙所著的小说《型世言》第七回《胡总制巧用华棣卿，王翠翘死报徐明山》中，便描述了王直携倭寇在宁绍一带烧杀抢掠，致使民居尽毁，百姓奔逃，老弱被杀，妇女被奸污的惨象：

> 到了嘉靖三十三年，海贼作乱。王五峰这起寇掠宁绍地方：
> 楼船十万海西头，剑戟横空雪浪浮。
> 一夜烽生庐舍尽，几番战血士民愁。
> 横戈浪奏平夷曲，借著谁舒灭敌筹。
> 满眼凄其数行泪，一时寄向越江流。

---

① 参见聂红菊《论明清小说中汪直的复杂形象》，《前沿》2009 年第 9 期。

一路来，官吏婴城同守，百姓望风奔逃，抛家弃业，掣女抱儿。若一遇着，男妇老弱的，都杀了；男子强壮的，着他引路；女妇年少的，将来奸宿，不从的，也便将来砍杀。也不知污了多少名门妇女，也不知害了多少贞节妇女。此时真是各不相顾之时。①

在《胡总制巧用华棣卿，王翠翘死报徐明山》中，王直及其所率领的海贼集团烧杀抢掠、奸淫妇女，无恶不作，事实上这也是中国倭寇文学中对于倭寇的程式化描写，同时这也符合中国民众对倭寇的固有印象。倭寇在中国沿海地区的恶行自不待言，但这些行为是否确实为王直所主导参与，却也未必。小说写的是嘉靖三十三年王直等一众倭寇对宁绍一代的侵扰所造成的惨象。但事实上，据《筹海图编》等史籍所载，嘉靖三十二年（1553）闰三月，参将俞大猷、汤克宽率兵追捣王直的据点烈港，王直一路败逃，辗转马迹潭、直隶地方之后，便避居日本平户了。因此，小说所写的嘉靖三十三年的海贼暴乱，应当不是王直所为。查《筹海图编》中的"浙江倭变纪"一节可知，嘉靖三十三年在浙江一带活动频繁的海贼头目当属萧显。可见，作为小说，《型世言》中对王直以及倭寇的描写，是为了表现作家自己的历史记忆与情感倾向，不免有不合史实之处，甚至夸大虚构，对历史人物和事件也有所剪辑或挪用。

除此之外，王直与日本人相互勾结的情形，明清小说中也多有表现，这便是中国史籍中所说的"通倭海寇"。比如明代小说《戚南塘剿平倭寇志传》开篇，便写到了王直与日本相互勾结的关系。日本使者向王直进献倭铁刀，王直允诺为其指引攻入杭州城：

因以倭铁刀二把及诸海宝为献（天下□□之，铁惟倭铁为可贵，中国之铁枪柄为倭铁刀所折者，知截竹耳）。五峰、碧溪

---

① （明）陆人龙：《型世言》，黑龙江美术出版社2015年版，第76—77页。

曰："吾二人前蒙深恩，未能酬报，适有其会，可速发兵前来，我二人当效力焉。"使臣曰："全赖麾下指引。"遂辞归，以前言告于倭国主。主曰："若然，是天赞我也！"即命渠帅只罕者将诸军与五峰合兵。时嘉靖三十二年八月初二日，五峰□举兵，由松江府入，知府等官皆逃入杭州省城以避。次日，只罕将中军作为前哨，五峰为左右哨，碧溪为右后哨，径围杭州城。①

在小说的描写中，日本人向王直进献倭铁刀，王直则在日本人攻打杭州城时作左右哨为其指引。作为明清两代唯一的一部比较全面地反映东南倭患和平倭战争历程的专题历史演义，在涉及倭寇描写的明清小说中，《戚南塘剿平倭寇志传》的纪实性是绝无仅有的，小说所写王直与日本人之间相互勾结、互得利益的情形也是符合史料记载的。

然而，在关于王直与日本人相互勾结的小说描写中，也有完全逸出史料记载的编排。譬如在清代小说《绿野仙踪》中，王直便是以一个放弃了中国人身份、完全依附并效力于倭寇、时刻站在倭寇立场说话的"汉奸"形象出现的。他"浮海投入日本国为谋主，教引倭寇夷目妙美劫州掠县，残破数十处城郭，官军不能御敌"②。小说中，胡宗宪得知王直为倭寇谋士之后，写信给他，"许他归降，将来保他做大官。若肯同心杀贼，算他是平寇第一元勋。再不然，劝倭寇回国，也算他的大功"。③ 然而王直在接到胡宗宪的来信之后，却声称"我们既归日本，便是日本人。里应外合的事不做他"。在向倭寇主帅夷目妙美传达胡宗宪的意图，并为其出谋划策之时，王直完全站在倭寇的立场，对倭寇口称"我们"，引为同类，言语之间对日本的倭寇头领多有阿谀谄媚之语；相对地，却以中国官兵与浙江

---

① 罗晶主编：《中国古典文学百部》（第42卷），青海人民出版社1998年版，第231页。
② （清）李百川：《绿野仙踪》，新世界出版社2013年版，第545页。
③ （清）李百川：《绿野仙踪》，齐鲁书社2008年版，第311页。

百姓为敌。然而，在中国的史籍记载中，王直则是以倭寇头目的形象出现的，他在日本平户称王建制，交好平户领主，拥众数十万，岛夷信服，完全不是《绿野仙踪》所说对日本人极尽奉承的汉奸形象。当然，《绿野仙踪》本就是借修仙求道的题材来针砭时弊、思考人生的小说，自不必忠实于史料，清代学者陶家鹤在小说的序言中甚至将其与《水浒传》《金瓶梅》并列为"谎到家之文字"。也正是因为小说人物与情节多出自作者的构拟，小说中对历史人物出于史料却又脱离史料的刻画，便更能体现出作者的态度、倾向与好恶情感。

明清小说有关王直的描写，与其说是在表达作者对王直个人的憎恶，不如说是在表达对倭寇群体以及参与到倭寇群体中的那些中国人的愤恨，而王直在当时就具有很大"名声"与威势，于是便被作为与倭寇相勾结的中国海贼的代表而写在小说中，以服从小说构思的需要。因此，我们面对小说中那些与史料不符之处乃至虚构情节时，并不能因其与史料不符便推导出王直乃至倭寇群体事实上并非如此的结论。作家之所以这样表现，仍是以历史传说、民间记忆、民众感情为依托的，并在相当程度上反映了王直给民众留下的这种印象。

日本的倭寇文学中的王直，则是另一种大不相同的面目与形象。

严格地说，以倭寇为题材的日本文学，在古代（江户时代）文学中是极为罕见的，倭寇最多也只是题材构件之一。而严格意义上的倭寇文学，则是在进入20世纪以后才出现的，这与中国明清的倭寇文学形成了较大的时差。由于距离倭寇活动的历史时期已远，小说家们不像中国倭寇文学中的明清小说家那样仍能保留某些历史的记忆与回忆，而完全是站在当代日本的立场上，有意识地对以往中国的倭寇史料与倭寇书写加以颠覆、重写或"逆写"，以符合当代日本人的历史感觉与历史价值观，从而以所谓"时代小说"（虚构为主的有一定历史背景的小说）的套路与策略招徕读者，而且往往可以由此取得商业化的成功。另外，它毕竟是"时代小说"，是写历史人物的，我们也不能完全否定它的历史功能，因为它其中或多或少仍然包含着当代部分日本人的历史观念。

在这方面，作为中日倭寇文学中绝无仅有的以王直为主人公的"评传"式小说，泷口康彦的《倭寇王秘闻》独具一格。在其他的日本倭寇文学中，作者是将王直看作了倭寇整体中的一员，无论是对王直所参与甚至主导的寇掠行为的责任开脱还是对王直形象的美化，都是基于对倭寇整体的正当化描写的基础上。而《倭寇王秘闻》则不同，泷口康彦则以王直为中心，表现出了对王直从行为、能力到品性的全面尊崇。为此，他将王直与明显具有烧杀抢掠事实的倭寇群体做了有意的切割，从而否认了王直的"倭寇王"的历史属性，对王直进行了全面的美化。

《倭寇王秘闻》开篇伊始便以一种敬重得近乎虔诚的语气写道："我坚信，王直先生绝不是倭寇的头目。"①小说在提到王直的时候，用的是"王直さま"（王直先生），其中尊崇、尊敬的意味是不加掩饰的。带着这份尊崇、尊敬，他对王直的历史形象与身份角色做了彻底的颠覆与逆写。在泷口康彦笔下，王直不仅不是带领倭寇侵扰中国沿海的倭寇头目，而且是严厉规范下属，帮助明朝官宪追缴海贼，维护海上治安的海上秩序维护者。例如，《倭寇王秘闻》多次写到了王直严令属下勿扰良民的情节：

> 由于明朝厉行海禁，正式许可的贸易只有持有勘合符、以朝贡的形式进入明朝的勘合船。但是，除了勘合船以外的船只也会避过明朝官宪的眼目入港强行交易。这样的情况下自然容易发生冲突，最终发展成暴力事件，不久就变成了挥刀掠夺。天文十六年，随着勘合船派遣的终结，更是加速了这一倾向的发展。而所谓的真倭十之三，伪倭十之七，便是对政府不满的

---

① ［日］滝口康彦：『倭寇王秘聞』、『権謀の裏』所収、東京：新潮文庫、1992年、第44頁。

明朝不良分子加入了倭寇。对此，王直比谁都痛心。王直对部下很严厉。他为防万一，虽允许部下持刀，但不许他们随意拔出。违背者会即刻予以惩处，对于情节严重、不堪容忍者甚至会亲自斩杀。①

"不要伤害良民！"王直经常这样告诫部下，并尽力避免武力的贸易与掠夺，对他来说，开放官方许可的互市是他多年的梦想。②

除了告诫自己的部下之外，小说写道，在天文十九年（嘉靖二十九年，1550 年）王直应宁波参署海道檄文捕获卢七、沈九，并将其移交官府之后，官府将卢七、沈九所有的船只财物都给了王直，包括其残党也交由王直管制，王直则告诫他们"以后不要再行倭寇之事"③，只有以此为前提，才可以加入到自己配下。而对那些不听管控，私自侵扰沿海、行劫掠之事的部下，王直及其亲随都做出了大义灭亲之举："在诛杀陈思盼的次年——天文二十一年，倭寇袭击舟山岛。王直与恰好停留在附近港口的徐铨（徐惟学、徐碧海）一起，奉参署海道之命讨伐袭击舟山岛的两只倭船，并捕获了日本人与明人混杂的不少贼寇。"其中一人喊道，他们是徐海的手下。徐海是徐铨的外甥，但徐铨断然说道："就算是外甥，也不允许不法！"④于是王直把一众贼寇移交了官府。这一举措也使得徐海与王直自此反目。

---

① ［日］滝口康彦：『倭寇王秘聞』、『権謀の裏』所収、東京：新潮文庫、1992 年、第 47—48 頁。

② ［日］滝口康彦：『倭寇王秘聞』、『権謀の裏』所収、東京：新潮文庫、1992 年、第 50 頁。

③ ［日］滝口康彦：『倭寇王秘聞』、『権謀の裏』所収、東京：新潮文庫、1992 年、第 51 頁。

④ ［日］滝口康彦：『倭寇王秘聞』、『権謀の裏』所収、東京：新潮文庫、1992 年、第 52 頁。

通过这样的描写，作者泷口康彦认为，王直非但没有率领倭寇侵扰中国沿海，反而严厉地约束自己的部下不去扰犯民众，同时，他还帮助明朝官宪清理了为乱海上的一众中国海贼，包括许栋、卢七、沈九、陈思盼等。对于王直讨伐许栋一事，小说写道："现今，许栋是双屿之主一般的存在，他暴恶之极，良民深受其苦。有这样的人存在，正常的互市（贸易）可以说完全无望。王直则期待能够早日解除海禁、开放互市。因此，除去许栋这样的奸商便是第一要务。"①而事实上，据《筹海图编》等史籍所载，王直于"嘉靖二十三年（1544）入许栋踪，为司出纳"，其后的三四年之间，王直"为许栋领哨马船，随贡使至日本交易"，直至嘉靖"二十七年（1548），许栋为都御史朱纨所破，王直收许栋余党，自作船主，复肆猖獗"。②也就是说，王直原属许栋旗下，听命于许栋，与他一起进行中日走私贸易乃至武力掠夺。而且，王直的走私行为事实上比许栋更甚，许栋只是运载货物去往日本，而王直则是不仅向日本运送货物获取收益，而且勾结日本人前往中国，导致后来倭寇横行："然许栋时亦止载货往日本，未尝引其人来也。许栋败没，王直始用倭人为羽翼，破昌国，而倭之贪心大炽，入寇者遂络绎矣。"③及至许栋被朱纨所破，王直坐收渔翁之利。这与泷口康彦所写的王直为了解救深受其苦的良民、促成互市的开放而讨伐许栋大为不同。

而且，泷口康彦还将王直与明朝官宪之间的关系描绘成了一种互相协作的紧密关系。在剿杀许栋，捕获卢七、沈九之后，面对更有实力的广东海贼陈思盼，王直则再三向他送去文书，请求共同为官府工作，以求开放互市。文书被陈思盼驳回，王直也并未私自出手讨伐陈思盼，而是向宁波府海道求援，最终在官府的配合之下将其诛杀。作者随即感叹道："王直先生就是这样一个人。他不可能成

---

① ［日］泷口康彦：『倭寇王秘聞』、『権謀の裏』所収、東京：新潮文庫、1992年、第48页。
② （明）郑若曾撰，李致忠点校：《筹海图编》，中华书局2007年版，第571页。
③ （明）郑若曾撰，李致忠点校：《筹海图编》，中华书局2007年版，第574页。

为倭寇头目、率领倭寇去武力侵扰自己出生的明国。他只是一心渴望互市贸易可以公然开放于天光之下。"① 在泷口康彦笔下，王直一直在为开通互市不懈努力，包括他讨伐许栋，追剿卢七、沈九，诛杀陈思盼，无一不是为了清除互市贸易的障碍，而并没有任何私利的目的。这无疑是对王直身份定性的彻底倒转，也与史料记载和历史逻辑并不相符。

若是如泷口康彦所写，王直不是倭寇头目，未做不法之事，那么，他盘桓于中国沿海，往来于中日之间，所做何事呢？《倭寇王秘闻》写道，在王直应檄文捕获卢七、沈九之后，"海道如约默许了王直的私市贸易"②，这就是说，在泷口康彦的"秘闻"中，这一时期王直所进行的海上走私贸易，事实上都是在明朝官宪的默许之下进行的，并不能算是不法之举。而对于"嘉靖大倭寇"时期倭寇在中国沿海愈加猖獗的烧杀抢掠行为，泷口康彦是这样解释的：

> 在称徽王及净海王之后，王直的威势愈盛，倭寇集团几乎全部加入到了王直麾下。这其中有王直的直属部下，也有只以利用王直盛名为目的的名义上的部下。对于直属部下，王直能够顾及周全，会严令他们勿扰良民。但对于那些名义上的部下，王直就无暇顾及了。这使得他们能够侥幸最大限度地利用王直的名号，甚至在掠夺的时候也打着王直的旗号宣称是受命于王直。就连早已反目的徐海，也顶着王直的名号活动。而且，王直在从五岛移居平户之后，便身体状况不佳，自己已无法亲赴明国，一应事务也都交给了部下。虽然也有叶宗满、王汝贤、王滶等其他有能力的人，但其威信终究不及王直。况且明国真是大得让人晕头转向，要照顾到每个地方根本就是不可能的。

---

① ［日］滝口康彦：『倭寇王秘聞』、『權謀の裏』所収、東京：新潮文庫、1992年、第54頁。

② ［日］滝口康彦：『倭寇王秘聞』、『權謀の裏』所収、東京：新潮文庫、1992年、第51頁。

因为徐海这样不希望开放互市，只想着尽可能掠夺的人，王直的名字到处泛滥。一时之间从人人信慕的"海商王直"的美名变成了"海贼王直""倭寇王直"的恶名。①

也就是说，在倭患炽盛、倭寇对江浙沿海的人民财产与生命造成严重祸乱的"嘉靖大倭寇"时期，泷口康彦并没有像以往的日本作家那样，站在日本国家主义的立场为倭寇的行为进行辩护，而是将王直从倭寇的队伍中剥离了出来，他承认倭寇在中国沿海的所作所为，却不能允许以倭寇的行为来污及王直的形象，因此他以王直"身体状况不佳，自己已无法亲赴明国，一应事务也都交给了部下"为由，将倭寇的行为与王直的意愿彻底分割了开来，完好地维护了王直的形象。小说写道，王直除了称徽王之外，还自称"净海王"，这个名号"就像文字所显示的那样，其中蕴含着肃清海面，让倭寇横行的海洋重回平安之所的夙愿"②。"净海王"虽是王直的自称，但显然泷口康彦对此是无比认同的，他认为这个名号对王直来说属于实至名归，这也是他在剥除了对王直属于"倭寇王""倭寇头目"这样的身份界定之后，为王直所做的新的身份定性。

第三节　无耻之徒还是仁义之士：中日　　　"倭寇文学"中王直的品行才干

倭寇文学中对于王直德行品性的描写，或许最能看出中日两国作家对王直的态度。由于明清小说主要将王直定性为一个横行海上、勾结外寇、烧杀劫掠的海贼，在这样的身份描写之下，作家自然不

---

① ［日］泷口康彦：『倭寇王秘聞』、『權謀の裏』所収、東京：新潮文庫、1992年、第57—58頁。

② ［日］泷口康彦：『倭寇王秘聞』、『權謀の裏』所収、東京：新潮文庫、1992年、第55—56頁。

会对他加以正面描写，反而虚构了一些史籍记载中所没有记载的劣德败行。例如在《戚南塘剿平倭寇志传》中，王直一开始便被刻画成了一个奸淫女子的奸民，而他下海为贼的原因，也正是因为奸淫女子而被县附学除名："汪五峰是徽州歙县人，为县附学生员，因奸淫表妹为提学察克廉所黜，流落不偶，遂下海为贼，云扰州郡。"①而且他对此全无悔改之意，甚至在官府不堪王直倭寇队伍的侵扰，派遣王直的姑夫罗龙纹和王直曾经的好友孙复初去劝王直罢兵的时候，王直对自己当时离开县附学、做了海贼一事颇为自得，并以钱财美女反诱罗、孙二人同为海贼："五峰因请孙秀才曰：'某后生时止为一奸情事，被官司所责，几不能自存，殆今日美女数百，以充床枕，官司莫奈我何，真可笑也。子克盍将家小带来同此受用，不亦可乎？'"②

当然，明清小说由于是基于中国史料的演绎，在王直的品性塑造方面，也多来源于史籍的记载。无论王直在史籍与小说中以怎样的恶德败行的形象出现，他的贸易经商才能却是无可否认的，因而明清小说中也会写到王直的一些与此相关的正面描写。例如在《胡少保平倭战功》中，便写到了王直在贸易之中诚信守约的品格：

> 只因极有信行，凡是货物，好的说好，歹的说歹，并无欺骗之意。又约某日付货，某日交钱，并不迟延。以此倭奴信服，夷岛归心，都称他为"五峰船主"。王直因渐渐势大，遂招聚亡命之徒徐海、陈东、叶明等做得官头领，倾资勾引倭奴门多郎、次郎、四助、四郎等做了部落。又有从子王汝贤、义子王激做了心腹。从此兵权日盛，威行海外，呼来喝去，无不如意。③

---

① 罗晶主编：《中国古典文学百部》（第42卷），青海人民出版社1998年版，第232页。
② 罗晶主编：《中国古典文学百部》（第42卷），青海人民出版社1998年版，第235页。
③ （明）周楫：《西湖二集》，黑龙江美术出版社2015年版，第311页。

这也是明清小说中对王直的品性加以正面呈现的为数不多的一例。

而在日本的倭寇文学中，作家对王直品行的描画与明清小说全然不同。在日本当代倭寇文学中，王直多是以正面形象出现的。例如在津本阳《雄飞的倭寇》中，王直是带领日本的穷苦民众雄飞海外、获取财富，并帮助饱受官兵欺压的中国百姓摆脱苦难的英雄；在陈舜臣《战国海商传》中，王直是积极参与到海上走私贸易之中，促进中日贸易的走私头领；而到了泷口康彦的《倭寇王秘闻》，则将王直刻画成了全无瑕疵的"净海王"，认为他从未参与倭寇的寇掠活动，只以海上贸易商人的身份维护着海上的安宁，却被冠上了"倭寇头目""倭寇王"这样的恶名，故而反复感叹历史评价的不公。为了扭转和改写这样的既定形象，《倭寇王秘闻》自然就要描写王直的一些美好品德，来为他"正名"。例如，作为净海王的王直，还是一个不重金钱、仗义疏财的人。小说写道："有那么一件事，便可证明王直先生的人品。"[①] 天文十六年（嘉靖二十六年，1547），乘勘合船出使明朝的策彦周良和尚喜爱中峰高僧所著的《中峰语录》《中峰杂录》，却无奈囊中羞涩，王直听闻后，斥巨资买下该书送给大内义隆，使得该书最终到了策彦和尚手中。关于此事，策彦周良自己也有相关的文字记载："翌年大明人五峰先生带之来，献大内义隆公，公告予（策彦周良）曾寓爱而赐焉。"[②] 策彦周良曾经两度出使明朝，天文六年（嘉靖十六年，1537）受大内义隆派遣担任遣明使副使，天文十六年又任正使前往中国，他在书文记录中尊称王直为"五峰先生"。由此足可见出泷口康彦乃至日本人对王直的好感。

而对于王直与沿海官吏以及豪商的交际，《倭寇王秘闻》写道："献媚于强者，是世间常态。王直先生自称徽王，浙江沿岸的官民争相讨好他，向他献上礼物。达官显贵和世所少见的豪商纷纷向他献

---

① ［日］滝口康彦：『倭寇王秘聞』、『権謀の裏』所収、東京：新潮文庫、1992年、第54頁。

② ［日］辻善之助：『増補海外交通史話』、東京：内外書籍株式会社、1936年、第260—261頁。

上绯袍玉带，对此，王直先生不愧是王直先生，他会毫不吝惜地回赠更多的财物，这样一来，无论高官还是豪商，在王直先生面前都低了一头，这也就是理所当然的了。"① 在泷口康彦笔下，王直仗义疏财，为从未谋面的日本遣明使斥巨资买下他喜欢的书，不贪图官民的讨好与礼物，反而加倍馈赠他们，面对中国的高官豪富亦是不卑不亢，与明清小说中因为奸淫女子而被逐出附学、为了财富不惜烧杀抢掠，抢得财物之后又广纳美女以充枕席的贼寇完全不同。这些都与明清小说中王直贪财好色的形象恰恰相反。由此，中日两国小说家对王直形象的描写与评价，就相差甚大了。

此外，《倭寇王秘闻》特意写到了朱纨禁海以及遭奸商污吏诬陷入狱而后自裁于狱中的情节，作者泷口康彦在写及朱纨的时候，文字中惋叹的情绪恰如写到王直"被冠上了凶恶的倭寇头目这样并不属实的恶名"之时的语气。而且，小说确实虚构了王直与朱纨的一点交集：小说将王直看作与倭寇包括中国沿海私商完全不同的存在，在朱纨禁海、捣毁双屿、捕杀许栋及其部下的时候，王直派遣自己的亲信王激向朱纨送上礼物，希望以此诚心打动朱纨，使其同意开放互市，小说中写道，王直认为："像那样刚直的人，如果报以真心，或许反而容易打动。"②而王直的这一愿望未得实现，朱纨便被陷害身死，在小说家泷口康彦的描画中，我们甚至能够读出小说家对王直因与朱纨同样刚直而惨遭恶名加身的惺惺相惜之感。

那么，王直与朱纨之间实际上到底是怎样的一种关系呢？可以说，在朱纨被任命为浙江巡抚的嘉靖二十六年（1547）之前，王直的海外走私贸易虽然也冲犯明廷的海禁政策，但还是相对顺利的。对王直的走私贸易给予重大打击的，正是严施海禁的朱纨。而朱纨对于王直，更是将其视作沿海地区屡遭海寇侵犯的罪魁祸首，这一

---

① ［日］泷口康彦：『倭寇王秘聞』、『権謀の裏』所収、東京：新潮文庫、1992年、第56頁。
② ［日］泷口康彦：『倭寇王秘聞』、『権謀の裏』所収、東京：新潮文庫、1992年、第49頁。

点我们从《世宗实录》卷三五〇嘉靖二十八年（1549）七月壬申（5日）条朱纨的奏本中可以见出："按海上之事，初起于内地奸商王直、徐海等，常阑出中国货物，与番客易，皆主于余姚谢氏。"①也就是说，朱纨认为，正是由于王直、徐海这样的走私商人私自将中国的货物运到海外，与海外商人进行交易，才导致了中国沿海地区倭寇问题的发生。关于此事，《世宗实录》是有明确记载的："久之，谢氏颇抑勒其值，诸奸策之急，谢氏度负多不能偿，则以言恐曰：'吾将首汝于官。'诸奸既恨且惧，乃纠合徒党番客，夜劫谢氏，火其居，杀男女数人，大掠而去。县官仓惶，申闻上司云：'倭贼入寇！'巡抚（朱）纨下令捕贼甚急。"② 也就是说，是由于与王直等走私商人进行贸易的余姚谢氏不断压低海商的商品价格，并恐吓要向官府举报他们，才引得他们纠合番人夜袭谢宅，烧杀抢掠，王直等走私商人也由此彻底走上了倭寇一途，造成了沿海地区严重的倭患。所以，朱纨对王直等倭寇集团才予以严厉打击。而在《倭寇王秘闻》中，王直敬佩朱纨的刚直人品，试图以诚心去感动他，并对他报以惺惺相惜之情，而朱纨也只是赶走了王直所派的使者，这显然并不符合历史实情与基本逻辑。而作者之所以这样安排情节的原因，想必就在于以朱纨的刚直品性来对应王直，使读者意识到王直同朱纨一样，也是一个有着刚直品性之人。

《倭寇王秘闻》几乎将王直写成了一个在品性德行方面没有缺点的人，唯一的一句似乎略偏于负面的评价为：王直先生也是多少有一些"缺憾"的，那就是"因为诛杀广东海贼头目陈思盼，捕获袭击舟山岛的徐海手下的倭寇并将其移交官宪，在声名远播的同时，

---

① 《世宗实录》卷三五〇嘉靖二十八年（1549年）七月壬申（5日）条《明实录》，"中研院"历史语言研究所，第6326页。
② 《世宗实录》卷三五〇嘉靖二十八年（1549年）七月壬申（5日）条《明实录》，"中研院"历史语言研究所，第6326页。

也给人留下了高傲、不讲情面的印象"。①这显然是似贬实褒的评语，所谓的"缺憾"，也不过是进一步凸显王直肃清海面贼寇的决心以及助力明朝政府的行动而已。显然，这与史料记载的王直相去甚远，也与明清小说作为无耻之徒的王直，判若两人了。

中日两国倭寇文学对王直品性的描写大相径庭，主要是基于两国作家以及民众对王直的截然不同的情感倾向。但是，对于王直的才干与能力，却是两国倭寇文学中所公认的，这也是小说描写与中国的史籍记载完全一致的一点。

中国文学虽然将王直描写成一个残暴横行的倭寇头目、一个勾结外族侵掠母国的奸民，他烧杀抢掠奸淫妇女，但即使这样，其对王直的才能谋略也是充分肯定的。在《戚南塘剿平倭寇志传》"罗龙纹说汪五峰"一节中，官府因不堪王直倭寇队伍的侵扰，于是派遣王直的姑夫罗龙纹和王直曾经的好友孙复初去劝王直罢兵，罗、孙二人在王直处见识了他练兵布阵和治军的场景，对其无比叹服。王直懂得根据不同的战时和战地使用适当的工具辅助作战。在操练水军的时候，他会根据海战中船只容易迷失方向的特点，在每艘船上都各置一只罗经来确保船只的航向，这是官兵所不具备的：

> 五峰敕令每船上各置罗经一只。孙复初问曰："每船上各置罗经是何缘故？"五峰笑曰："子克犹且不识，况他人乎？（子克，复初字也）盖海中茫茫，水天一色，交战之际，舟船往来易为移转，方向莫定，故每船各置罗经一个，以定分向。今官军智不出此，犯予门局，辄自取败，是以海中屡战而吾得以全胜者，为此故也。"复初曰："兄今用此于船上，真捷法也，虽大风飘荡，望洋而去，以此占之即可返回故处，不至奸谩无所

---

① ［日］滝口康彦：『倭寇王秘聞』、『權謀の裏』所收、東京：新潮文庫、1992年、第55頁。

归宿。"五峰肯首而笑曰:"正是如此。"①

同时,王直还精通古代著名战将传下的各种布阵和破阵之法,能够因时因地选用最适合的阵法并将其熟练运用于作战之中。罗、孙二人在观看王直排布兵阵、倾听王直解说阵法之后,"帖然心服,私自语曰:'如此透彻,如此贯熟,官军何敢敌乎!'"②在孙复初问及王直怎知哪座城池可破,如何选择攻城时机时,才知王直熟读《六韬》,精通韬略:

又问曰:"兄每克州县城府,辄入其内,何以知其可破而若是之速耶?"五峰曰:"此易知耳。凡攻围城邑,须观其城之气色何如。"复初曰:"气色若何而可破?"五峰曰:"城之气色如死灰者,可屠也;气出而北城可克也;气出而西城可降也;气出而南城不可攻;气出而东城不可攻。城之气出而复入城,主逃;气出而覆我军之上,军必病;气出高而无所,此用兵长久。凡攻城围邑,过旬日不雨不雷,必亟。去□□肩辅此,所以知可攻而攻,不可而止也。"复初曰:"出何典记?"五峰曰:"出《六韬》内。《六韬》所载,乃太公之告武王者也。"③

正如孙复初所感叹的那样,在《戚南塘剿平倭寇志传》中,王直"既善晓阵法,又精通韬略",实为将才。不仅如此,王直练兵治军也极其严苛,在王直向罗、孙二人展演他的水军之时,"忽有旗兵误入他队。五峰大怒喝曰:'何得违错!斩首号令。'刽子手即将去

---

① 罗晶主编:《中国古典文学百部》(第42卷),青海人民出版社1998年版,第234页。

② 罗晶主编:《中国古典文学百部》(第42卷),青海人民出版社1998年版,第235页。

③ 罗晶主编:《中国古典文学百部》(第42卷),青海人民出版社1998年版,第235页。

斩之，悬首竿上，一军悚然"①。即便是日常的演练，一有出错也会被即刻斩首示众，这使得王直的队伍军纪严明、骁勇善战，在攻城略地烧杀劫掠之时势不可挡，官军难敌。

可见，王直在明清小说中虽然从整体上来看是以负面形象出现的，但是作家也并没有将这个人物写得一无是处，反而为其添加了譬如仗义善谋等一些颇具吸引力的品格，使他的人物形象变得丰满，也具备了文学作品所必需的审美价值。

日本倭寇文学中也多有对王直智勇谋略的描写，但由于这些小说的主人公大多并不是王直，作家并没有对其进行着重刻画，但他的领军和经商才能依然通过烘托反衬等种种手法被表现了出来。在《雄飞的倭寇》中，作者津本阳描写了一场又一场倭寇在中国攻城略地的战役，王直作为倭寇头领，其排兵布阵、知人善任的能力在小说中也多有体现。小说写到了王直的倭寇队伍攻占烈港一事。王直为了以普陀山岛为根据地攻击烈港，一路造势，未到普陀山岛之时，普陀山岛的海哨官兵便因听闻王直队伍的悍勇而仓皇逃离。王直不费一兵一卒便占据了进攻烈港的根据地。而在紧接着进攻昌国卫的时候，王直的副将黄侃曾被俞大猷赶出烈港而对其怀恨在心，于是请求打头阵攻打俞大猷，王直却因深知黄侃的能力和心理而拒绝了他的请求，并下令杂贺庄的源次郎、龟若等人先行。他们使二十多人换上官兵的衣服诱开昌国卫后门，其余倭寇随之闯入，冲向正门并打开城门，使得大批倭寇队伍从正门涌入，占领了昌国卫。陈舜臣《战国海商传》中既写到了王直的作战才能，也写到了他敏锐的商业觉察力和决断力。在王直与旧主许栋的一战中，王直巧设内应，提前在许栋战船浇油，凭借旗帜和烟雾信号得知许出发的确切时间，而后以火箭进攻许栋的战船，大获全胜。作为一个走私商人，王直有一套完备的通信系统，为防消息泄露，他将传信的地点设在海上，

---

① 罗晶主编：《中国古典文学百部》（第42卷），青海人民出版社1998年版，第234页。

传信人驶船靠近王直的大船，说完消息之后听到王直叩舷表示知道了，便会径直离去。便捷的信息使得王直在商战中屡屡得胜。此外，小说还写到了王直对一系列事务的处理中所表现出的谋略，包括获取对日走私贸易的货源、与新安系商人进行商战、与日本走私团伙相互牵制、与明朝政府之间周旋，等等。事实上，在写到王直的日本倭寇小说中，无论对倭寇持以何种态度，大抵都会对王直的智勇谋略多加称颂。

然而，对王直表现得极为维护甚至尊崇的《倭寇王秘闻》，却并没有着意渲染王直的勇武与谋略。对于王直在中国境内的武力活动，作家泷口康彦只承认王直应明朝政府的檄文追剿卢七、沈九、陈思盼之事，至于倭寇在中国沿海地区的烧杀劫掠、攻城略地，泷口康彦都将其归结为打着王直的旗号行事的日本海寇和中国海贼，由此将王直与倭寇活动彻底区隔开来。不仅如此，在写及王直追捕卢七、沈九时，其间所必需的争斗与厮杀，泷口康彦也只是一笔带过。对于陈思盼，作者更是设置了王直多次送去书状劝其归顺朝廷、共谋互市的情节，这是史料记载中所没有的，而后来攻打陈思盼，也是因其执意与明朝廷、与王直相对抗，王直不得已为之。作者这样排布情节，都是为了塑造出一个与人们以往认知中不尽相同的王直形象，也就是王直的"秘闻"：首先，王直本身是喜好和平反对战争的，正因如此，他才会多番劝说陈思盼，意图能够以和平的方式解决陈思盼与明朝廷的对抗；其次，王直根本不像史料记载和人们所以为的那样，是带领倭寇在中国烧杀劫掠的倭寇头目，他在中国的武力争斗仅限于为了让明朝廷开通互市的应檄追剿。更重要的是，在泷口康彦笔下，王直的武力威势，主要是用来肃清那些横行海上、祸害百姓的海贼的。这样一来，不仅从日本的立场，即便是从中国的立场出发去看待，王直也不能称之为倭寇头目了，而成了一个确确实实值得尊敬的"净海王"。

除此之外，中日两国的倭寇文学中对于王直之死也有着完全不同的描写，由此也极能反映两国作家对王直截然不同的态度。对于王直之死，中国史籍中有明确记载，即胡宗宪以软禁王直妻母及朝廷会官封王直为饵，引诱王直归降，待王直归国后即被朝廷下狱剿杀。但在明清小说中，却根据小说情节的进展需要，脱离了这一史实，也表现出了作者对王直不同的态度，其中比较有代表性的当属《戚南塘剿平倭寇志传》与《绿野仙踪》。在《戚南塘剿平倭寇志传》中，王直战败于戚南塘之后，通过罗龙纹、严世蕃与严嵩向朝廷请求归降，却被朝廷处决。对此，小说以一首诗作结：

> 昔日英雄今日休，馈金十万买枭头。早知事势有如此，不听龙纹智更高。①

通过这首诗我们可以看出小说作者对王直的定性以及对王直之死的态度，作者将王直当作"枭"雄甚至"英雄"，而"早知"两句，更包含着对事势难测的无奈和对王直之死的惋叹，这在中国对倭寇的文学描写中是少见的。对于王直之死，在倭寇文学中较为常见的则是大仇得报的庆幸。比如《绿野仙踪》对于王直之死的描写跟《戚南塘剿平倭寇志传》一样，都与史籍记载颇有不同。然而，与《戚南塘剿平倭寇志传》不同甚或相反的是，《绿野仙踪》中的王直的死法较之史料记载更为惨烈，他是被众士兵蜂拥而上，一齐杀死的。这种近似于泄恨式的结局安排，也足可见出小说作者对王直厌恶和仇恨的态度。由于在倭寇这一历史事件中，中国处于被侵扰受劫掠的地位，而中国涉及倭寇的文学又主要是以"抗倭"或者"平倭"的立场呈现的，王直作为通倭海寇或者倭寇头目，自然会成为被痛恨的对象，他的死更是被作为中国军民"抗倭""平倭"战争胜利的反衬而大加渲染，也成为作家乃至读者宣泄情绪的出口。

但是，日本的倭寇文学则全然不同，小说家往往会避免写到王

---

① 《戚南塘剿平倭寇志传》，罗晶主编《中国古典文学百部》（第42卷），青海人民出版社1998年版，第275页。

直的败绩与死亡。例如，津本阳的《雄飞的倭寇》直接使小说终结在了嘉靖三十年（1551）初，此时距离王直被捕的嘉靖三十七年（1558）还早，且正是嘉靖大倭寇集团的鼎盛时期，这样一来就彻底避免了"英雄末路"的悲怆。陈舜臣的《战国海商传》则只是匆匆将史籍中对王直之死的记载平移到了小说之中，而未作任何评论与渲染。而泷口康彦的《倭寇王秘闻》作为中日倭寇文学中罕见的王直的评传式小说，理应详细交代王直的生平始末，然而小说却自始至终都未曾提及王直的败绩以及王直之死。这当然不是作家的疏忽，而是有意避免。对于王直的结局，小说只在结尾的时候以一种愤慨而又悲怜的语气替王直鸣不平："王直先生不仅在生他养他的故国被杜撰成了倭寇王的形象，在平户和五岛也被冠上了凶恶的倭寇头目这样并不属实的恶名。"① 并且，作者借故事的讲述者青方小四郎的叹息，表明了自己对王直的态度："王直先生啊，真是可悲可叹！"给人一种借由小说为王直鸣不平的强烈观感。

第四节　历史的还是想象的：中日文学中的王直形象

通过对中日两国倭寇文学中王直的身份定性、才干德行等方面的对比，我们可以看出，除了像才干谋略这样客观事实之外，中日两国对王直的文学呈现可谓大相径庭。总的来说，中国涉及倭寇的文学主要是明清小说中对王直的描写，基本遵从中国的史籍记载，刻画王直作为倭寇头目和走私商人的烧杀劫掠与武装买卖，呈现出了他亦寇亦商的本质。而其中那些与史料有所出入的地方，则是对王直负面形象与恶劣行径的进一步放大。比如明清小说对王直因奸

---

① ［日］滝口康彦：『倭寇王秘聞』、『権謀の裏』所収、東京：新潮文庫、1992年、第64頁。

淫妇女而遭县附学除名的描写，又如小说将王直与日本勾结一事彻底丑化成了卖国求荣的汉奸行为，等等。这些都是出于小说家乃至中国民众对王直，确切地说是对王直所代表的倭寇集团的憎恶情绪。

而在日本的倭寇文学中，或如津本阳《雄飞的倭寇》从日本国家主义立场将王直及其倭寇集团视作日本雄飞海外的英雄，或如陈舜臣《战国海商传》将王直界定为推动中日两国贸易发展的走私海商，等等，都对王直以及倭寇集团进行了一定程度的正当化乃至于美化。而对王直美化的最为彻底的，当属泷口康彦的《倭寇王秘闻》。泷口康彦的这篇小说虽然题名为《倭寇王秘闻》，但他通篇却是为了说明王直并不是"倭寇王"。他在小说中彻底摘清了王直与劫掠侵扰中国沿海的倭寇的关系，将王直塑造成一个维持海面秩序、心系百姓安危、渴望和平贸易的刚直无私的"净海王"。而作者所刻画的王直的这一形象，是人人不知的"秘闻"。所谓"秘闻"，其实就是与史料记载，确切说是与中国的史料记载不尽相同的王直的形象。换言之，因为是"秘闻"，作者在小说构拟的过程中便不必完全忠实史籍的记载，不必顾及史学的研究成果，甚至不必考虑社会民众的正常认知和评议，只按照自己心目中的王直形象，便可创作出一个别人都不知道的王直的"秘闻"。也就是说，日本的倭寇文学从总体上来说对史料的忠实程度是非常有限的，甚至于对史籍记载中的王直形象进行了彻底的翻转，出现了"逆写"历史的现象。

那么，中日两国的倭寇文学在面对史籍记载的时候，为什么出现了遵从和背离这两种截然相反的态度呢？

首先，关于倭寇的史料记载，主要集中在中国与朝鲜，日本的原始史籍中并无倭寇的纪事，因此，日本的小说家在关涉到倭寇包括王直的小说创作中，几乎没有必须忠实本国史料的限制。而且，在倭寇事件中，中日两国所持立场和所处地位是完全对立的：中国是倭寇侵扰劫掠行为的承受者，而日本恰是侵扰劫掠行为的施予者；同时，倭寇对中日两国造成的影响和产生的作用也截然不同：对中国尤其是明朝廷而言，王直及倭寇集团寇掠沿海、杀虐百姓，不仅给沿海地区人民的生命财产造成了严重的损害，而且对朝廷实施的海禁政策也发起了挑战，这些都是明朝廷所不能容忍的，而中国记载倭寇的史籍大多为官修正史，其中自然反映着官方的意志；然而对日本而言，王直则不仅有助于日本冲破岛国限制，而且也为日本带去武器、为大名混战提供战资，同时也在客观上促进了日本对外贸易与经济的发展。对此，日本学者也承认："中国目为不逞之徒，而日本实乃忠实的盟友。"①加之日本又无关于倭寇的原始史料，这使得王直乃至于整个倭寇集团的行为与形象在日本仅在历史学家的研究中、在民间的传闻中存活。而日本历史学家在对倭寇问题进行研究的时候，大多又是从日本国家主义立场出发对倭寇行为所做的正当化研究，日本民间传闻和记忆中所留存的王直与倭寇形象，同样多是因王直与日本平户领主的密切合作和王直对日本经济的推动而对王直有好感，而这种正当化与好感慢慢转化成了文学的想象，使得日本倭寇文学中的王直呈现出了完美的英雄形象。

其次，虽然中国以历史为题材的文学作品也多有在历史与想象之间的虚实转换，但总的来说，中国仍然是"信史"或者"崇史"的。而日本则不同，日本对于历史的尊崇意识原本就较为淡薄，日本的历史小说也更崇尚在史籍记载之外展开作家的想象，在历史事件之上俯瞰整个时代，以呈现出更为生动、更能引发读者共情的文学作品。

关于中国以历史为题的文学作品对史籍的忠实程度及其优劣判断，谬咏禾写道："以历史为题材的作品除了历史演义之外，还有史传、随笔、戏剧等作品。以其包含真实的多少而论，真实性最多的是史传，其次是小说，再次是戏剧。这是就这种文体的总体而论的，拿具体作品来看，有些历史戏剧的真实成分并不少，有些小说的虚构成分也可能很多。在一本名叫《关帝全书》的书中，收集了有关

---

① ［日］藤田元春：『上代日支交通史的研究』、東京：力江書院、1943 年、第 176 頁。

关羽的种种作品，作者说：'史传……士大夫谈之；小说……流俗谈之；传奇……妇人女子谈之。'作者瞧不起小说和戏剧，他认为真实性之多少，不仅关系到作者学识的高下，而且关系到读者品格的雅俗。"[1]这事实上与中国长期以来的文化传统有关："中国文化，长期以来呈现一种典型的'纵聚合型结构'，表现于它严格的文类级别上。'经'（儒家经典）与'史'（官修史），处于这文类级别的顶端，享有几乎是绝对的权威……中国传统白话小说，因为是处于中国文化文类金字塔的最低层文类之一，具有强烈的亚文化特征。"[2]由此足可见出中国的"崇史"文化心理。在明清两代的历史演义小说中，甚至形成了明代"按鉴演义"，清代"依史以演义""史事演义"的演义传统。

而在日本则不然。历史小说在日本作为一种成熟的小说门类，在整个世界文学的范围内也是独树一帜的。对于历史小说在日本广受欢迎的原因，日本史学研究者会田雄次在《历史家的心眼》（『歴史家の心眼』）一书中指出，随着国际化时代的真正到来，日本与世界各国之间的联系愈加深广，这使得日本人越来越有了自我确认的需要。而日本人确认自我的要求也从最初的日本人论，发展到去探究他们生于斯长于斯的日本的历史。但是，日本的历史学著作却难以满足日本人通过历史去确认自我的要求。原因有三：其一，"战后的日本历史学主要是被马克思主义所支配的，它主张阶级斗争的必然性和社会主义社会的正当性，所以满是宣传文，这样的史学著作，不管是立论过程还是最后的结论，从一开始就是预设好的"；其二，日本流行"平民的历史"，对于翻弄时代大潮的人物却没有应有的重视；其三，"日本学院派的史学研究主张精确无比的实证主义，但是历史资料大都是末端的断片，对于这些断片，不管怎样详细地观察

---

[1] 谬咏禾：《历史演义和历史真实》，《文学评论》1984年第2期。
[2] 赵毅衡：《苦恼的叙述者——中国小说的叙述形式与中国文化》，北京十月文艺出版社1994年版，第197—198页。

计测，我们也无法从中看出历史的全貌"。这使得日本的历史难以满足日本人借由历史去确认自我的需求，于是"日本人只能依赖于历史小说"。因为历史小说家有着丰富的感受力，他们可以通过"对人与社会充沛的洞察力与构想力"呈现出"时代的全貌"，可以"从零碎的史料中，把握活动其中的人物与阔大的历史潮流"，可以"让掩埋在史料断片中的过去得以浮出历史的水面，并为其注入生命，使其复苏"①。

但是，正因为日本对于历史小说的这些期待与要求，使得日本的历史小说家没有必须去忠实历史的自我约束，其历史小说也就相应地呈现出了并不完全忠实于历史的特点。正如会田雄次所说："小说所说并非全是史实"，"历史小说是在史料的断片中融入作家创造力的虚构文本"②。日本著名历史小说家司马辽太郎在谈到自己的创作时，也说到了想象之于历史小说创作的重要作用："若无史料，就只能凭想象了，不过那也很好。虽说仅凭想象很多时候是写不出小说的，但唯有想象的阶段是我珍贵的娱乐。"③由此可见，日本的历史小说本身就不排斥由史籍记载生发的想象。不仅如此，日本的历史小说还崇尚在历史记载之上，以今人的眼去俯瞰历史事件与历史时代，从而从高于历史本身的视点出发进行创作。司马辽太郎对此写道："斯人已逝，时移世异。然而，年代越久远，我们越可以从更高的视点鸟瞰人物及其人生。这便是写历史小说的乐趣。"④ "用俯瞰法（历史小说的写作视角）去观察某，著者就能知晓高于人物的他的命运与他所处的环境，他的死亡，以及他的存在与行动对很久

---

① ［日］会田雄次：『歴史家の心眼』、東京：PHP研究所、2001年、第226—227頁。
② ［日］会田雄次：『歴史家の心眼』、東京：PHP研究所、2001年、第227頁。
③ ［日］司馬遼太郎：『歴史と小説』、東京：集英社文庫、1994年、第278頁。
④ ［日］司馬遼太郎：『歴史と小説』、東京：集英社文庫、1994年、第276頁。

很久以后所产生的影响。"①这与中国历史演义小说尊崇历史，"按鉴""依史"演义的创作理念全然不同。

然而，正如会田雄次在《历史家的心眼》（《歴史家の心眼》）一书中所说，历史小说对于日本人而言，不仅仅是为了刺激读者的阅读快感，更是替代严肃的历史研究著作，使日本人完成自我确认的存在。他意识到了历史小说在国民观念塑造中起到的作用："优秀的历史小说，能够生动地再现生活在过去的人物。正因如此，我们可以从中得知当时人们的生活方式以及时代背景。由此也会慢慢塑造我们自身的人物观。"②那么，不忠实于历史的历史小说，在日本人自我确认与观念塑造的过程中，确认的便是不忠实于历史的自我，塑造的也是不忠实于历史的观念。而这些不忠实于历史的自我确认与观念塑造，则是历史小说家自身的观念对历史所施加的影响在民众身上的反映。换言之，是作家个人的观念通过历史小说作用于民众，对民众的观念产生了影响，而不是历史本身对民众进行了观念的塑造。那么，作家的观念又是来源于何处呢？如会田雄次所说："作家是时代之子。作品创作之时日本的心象风景也会随着作品浮现出来，由此我们可以看到作家的面貌。"③也就是说，是作家生活的时代与社会塑造了作家的观念，而作家所生活的时代的社会状况与价值标准，与历史发生时期的社会状况与价值标准往往存在着巨大的差异。但是，和历史事实相比，与作家处于同一时代的民众显然更易于接受甚至乐于接受作家对历史所进行的改写，因为同样的社会状况造成了他们相近的价值标准。这就使得日本的历史小说与历史事实之间产生了相当的距离，呈现出了以当代的价值标准衡量历史事件、将当代的观念灌注于历史描写之中的特点。这也是日本倭寇文学中的王直形象与史料记载相差甚远的重要原因之一。

---

① ［日］会田雄次：『歴史家の心眼』、東京：PHP 研究所、2001 年、第 226—279 頁。
② ［日］会田雄次：『歴史家の心眼』、東京：PHP 研究所、2001 年、第 227 頁。
③ ［日］会田雄次：『歴史家の心眼』、東京：PHP 研究所、2001 年、第 228 頁。

历史小说尚且如此，时代小说与历史事实之间的距离便更远了。会田雄次在谈到历史小说与时代小说的区别时说："所谓历史小说，就是作家依照所写时代的史料中那些确实存在的历史事实，对历史上的人物活动的演绎。而时代小说的舞台虽然被置于过去，但是作家往往会选择架空或者设置接近于所写时代的人物登场，让主人公得以自由地活动。时代小说更多凭借作家的构想力，其有趣程度也是由作家的构想力决定的，读者也会因小说的有趣而沉迷其中。"① 也就是说，历史小说与时代小说最大的差别，在于小说对历史的背离程度，以及小说中想象成分的多少。而日本的倭寇文学中，也不乏借由倭寇活动的时代背景展开构想的时代小说，其中的想象与虚构比历史小说更甚。同时，作家的意志与观念以及作家所处时代的印记比之历史小说也更为明显。并且，不管是历史小说还是时代小说，其在日本作为大众文学，都是追求销量的，因而历史小说家在历史小说的创作过程中，也必然会顾及甚至迎合民众的阅读趣味。同时，正因其销量庞大，影响深广，历史小说与时代小说也不可避免地起到了传递某些意识形态与观念立场的作用。

　　而倭寇小说作为历史小说乃至时代小说，作家的国家主义立场、当代的价值标准乃至于个人的好恶情感体现得尤为明显。例如津本阳的《雄飞的倭寇》便是从日本国家主义立场出发，将包括王直在内的倭寇集团构想为智勇双全、有情有义的英雄，将倭寇的寇掠行为想象成日本雄飞海外的壮举，将倭寇及倭寇行为进行了正当化甚至英雄化的虚构描写。而《战国海商传》则是作家陈舜臣作为一个深受世界主义和重商主义影响的现代人，在自由贸易的价值标准之下对王直以及倭寇集团的行为所作的想象性解读。而泷口康彦的《倭寇王秘闻》则更像是无关乎国家民族立场与现代价值标准的作家个人感情的抒发，它折射的是作家乃至日本民众心目中对王直形象的期待。他们不愿意看到曾经对日本的经济贸易起到过重大推动作

---

① ［日］会田雄次：『歴史家の心眼』、東京：PHP 研究所、2001 年、第 229 頁。

用的王直，被以一个烧杀抢掠的倭寇头目形象载入史册。因而，他们以小说的形式为王直倭寇头目的身份与烧杀劫掠的行为开脱，为王直品性和智谋赞颂，为王直惨淡的结局和声评抱屈。小说中，泷口康彦除了在提到王直时使用"王直先生"（王直さま）这样表示尊敬的称谓之外，在对王直进行评述的部分，其行文句式采用了日语中最能表达尊敬语气的敬语（でございました），这与明清小说中对王直的"奸民"等称谓形成了鲜明的对比，也与历史事实之间拉开了相当大的差距。

同时，这些小说大都以倭寇猖獗的15、16世纪为时代背景，以波涛汹涌的海洋为历史舞台，描绘倭寇集团在中日韩三国乃至整个东亚海域的走私与寇掠活动，刻画倭寇个体在整个倭寇活动中的生与死、痛与怕、悍勇与悲观、爱恋与哀愁。由于当时国际秩序与海洋法则尚未建立，我们无法以国际法去指摘倭寇乃至西方的海盗行为，而只能以一国内部的法律法规对其做出正误评判，这样一来，评判中便有了国家立场与利益的介入，这也是中国人对倭寇深恶痛绝而日本人则将倭寇奉为英雄的原因。在日本的当代倭寇文学中，那段对中国人来说异常惨痛的历史，被当作是与规则、秩序、约束之下的当代都市生活截然不同的另一个奇妙场域，被美化成了日本岛民冲破岛国限制、打破规则束缚的波澜壮阔而又热血沸腾的海上经营与冒险。这是在忽略国际道义，而从纯粹的审美角度做出的描写，这也是由日本文学将文学价值与审美价值置于首位的创作特征决定的。于是，王直在日本的倭寇文学中也一般都是以多智勇、善谋略，带领倭寇集团冲破层层关隘与阻拦，最终获得巨额利益的正面形象出现的，这与中国涉及倭寇的文学作品，主要是明清小说对王直的描写形成了鲜明的对比。

第 七 章

"倭寇文学"与倭寇人物（下）

——从倭寇核心人物徐海看"倭寇文学"的形象塑造

作为倭寇史上的另一个核心人物徐海，中日两国的倭寇题材文学作品对其描写较之王直而言，有着很大的不同甚至反转。根据历史学研究者的考据，尽管王直与徐海都属于中国的参与倭寇集团的核心人物，但徐海与王直的"互市派"不同，徐海及其所领的队伍则完全属于"掠夺派"，嘉靖三十一年之后的寇乱也都是以徐海等为代表的"掠夺派"的施为。基于这一基本史实和认识，我们再进一步对比中日两国倭寇题材的文学艺术对徐海的表现，以及作家在描写过程中对其所抱有的态度与情感，更能反映出中日两国不同的国家立场与民族情感在文学中的复杂表现。

第一节 明清小说中的徐海

据以往的研究及笔者的统计，在三十余篇倭寇题材的明清小说中，关于徐海以及以胡宗宪诱杀徐海一事为主线进行的历史演义就占到了一半之多，足可见出徐海这一倭寇人物在中国倭寇题材文学作品中的重要性。

事实上，关于胡宗宪剿平徐海一事，在史籍中是有所记载的。据史料，胡宗宪于嘉靖三十四年（1551）任浙江巡接都御史，后升任总督，因在抗击倭寇中立功，官至少保，后因曾与严嵩父子结交，被劾下狱而死。在《明史·胡宗宪传》中写道："海妾受宗宪赂，亦说海。"[①] 从《明史》的记载中我们可以看到，胡宗宪是通过贿赂徐海身边的两个小妾，劝诱徐海归降。嘉靖三十七年（1558）采九德撰《倭变事略》中也记载了嘉靖三十五年（1556）徐海被追剿时遣亲使护送两姬妾出逃之事。在胡宗宪的幕僚茅坤所著《纪剿徐海本末》中，则是说胡宗宪为了招降徐海，赠给他两名美婢："数遣谍持珥玑翠遗海两侍女，令两侍女日夜说海并缚东。"[②] 在原始的史料文献中，关于徐海的事迹都是站在官方的立场进行记载的，主角自然就是剿平倭寇的胡宗宪，徐海作为被诱捕者尚有一定的描述，王翠翘则只是胡宗宪反间计中的一个棋子，连名姓都未有记载。

但是，到了明代文人的笔下，胡宗宪剿除徐海的故事开始有了一定的转变。相关小说有如万历年间徐学谟著《徐氏海隅集文编》卷十五《王翘儿传》，万历年间王世贞著《续艳异编》之《王翘儿传》，崇祯年间周清源著《西湖二集》卷三十四《胡少保平倭战功》，崇祯年间梦觉道人、西湖浪人辑《三刻拍案惊奇》第七回《生报华萼恩，死谢徐海义》，崇祯年间陆人龙著《型世言》第七回《胡总制巧用华棣卿，王翠翘死报徐明山》等。其中，徐学谟《王翘儿》、万历年间戴士琳《李翠翘传》、明代末年余怀《王翠翘传》中，王翠翘都成为了故事的主角，她极力劝导徐海归降，在徐海被杀后因受官府欺骗又愤而自尽，这样的情节完全符合了中国古代文

---

① 张廷玉等：《明史》（卷二百五），中华书局1974年版，第5410页。
② 茅坤：《纪剿除徐海本末》，采九德：《倭变事略》，神州国光社1982年版，第141页。

人士大夫对"义妓"的设想和期待,也由此将她写成了一位以义讽世的人物。而明廷的官员,或贪财好色或敛权寡义,反而丑态尽现。当然,在明代文人的笔下,徐海仍然是当诛当斩的倭寇头目形象。

然而,到了清代,徐海与王翠翘之事开始被小说家进行演义,故事与人物由此发生了彻底的反转。清代以王翠翘与徐海的故事为题材的小说有如陆人龙《型世言》,周清源《西湖二集》,梦觉道人、西湖浪子辑《三刻拍案惊奇》,《虞初新志》卷八余怀著《王翠翘传》,白青心才人编次《金云翘传》二十回,李百川《绿野仙踪》第五十九回;传奇剧有无名氏《两香丸》(已佚)、王珑《秋虎丘》、叶稚斐《琥珀匙》和夏秉衡《双翠圆》等。其中,最著名的便是青心才人编著的《金云翘传》。《金云翘传》是在明代对倭寇王徐海与王翠翘叙事的基础上改编而来,可以说是明代倭寇小说的延续,但其对人物与情节的处理较之明代有了一定的反转,开始将徐海塑造成一位勇武善谋、豪爽慷慨、重情重义的造反英雄形象,小说的侧重点也渐渐偏移到了徐海与王翠翘的爱情上,胡宗宪由平倭有功的将领,被写成了背信弃义的小人,同时,小说家对一众参与剿寇的官兵也多有批判和谴责。小说中也处处表现出了对明朝官兵懦弱和政治腐败的批判与抨击,同时,对反抗官府却最终被捕剿的徐海等海寇也流露出对英雄末路之悲壮的同情。

第二节 中国当代小说中的徐海

自清代以后,中国倭寇题材的文学在相当长的一段时间内都出现了空白。直到进入当代,才出现了一批倭寇题材的文学文艺作品,主要是倭寇题材的戏剧和影视剧。但在戏剧影视剧之外,台湾地区著名历史小说家高阳(原名许儒鸿,字晏骈)(1922—1992)的倭寇题材长篇小说《草莽英雄》(1981年初版),可以说是中国当代为数不多且影响颇广的倭寇小说之一。坊间有所谓"有井水处有金庸,有村镇处有高阳"的说法，可见其作品影响之大。《草莽英雄》与诸多中国的倭寇文艺及文学一样，也是以明嘉靖年间的倭乱为背景进行创作的，其主人公选择的也是倭寇头目徐海。高阳在题名中所说的"草莽英雄"指的也正是徐海，仅由这一题名，也不难看出高阳想要在小说中为徐海翻案的意图，这与当代其他的有关倭寇题材的作品，在取材与思路上是大不相同的。

在《草莽英雄》中，作者高阳曾借徐海的亲信阿狗之口将徐海的经历都讲了出来，完全是替徐海打抱不平的意思。阿狗说是要"把前因后果，告诉素芳，让她评个理看"，事实上也算是高阳对整个故事情节的概括："于是阿狗将徐海如何由虎跑寺的明山和尚，一变为海盗的大首领；如何卧底为官军的内应，以及胡宗宪如何许以酬庸而不能实践诺言，反要徐海去诱捕汪直；以及赵文华如何为了争功献媚，想收捕徐海，献送王翠翘，原原本本地说了给素芳听。"① 从这个精要的概括中，我们可以看出，小说《草莽英雄》着重描写的，其实是徐海在胡宗宪、赵文华、罗龙文的设计劝诱之下的种种身不由己。虽然最开始也提到了徐海在王直麾下做海寇之事，但对于徐海作为倭寇头目率领倭寇进犯中国沿海的情状，几乎没有具体描写。后来，徐海潜入倭寇队伍，与日本辛五郎等倭寇相交，也是作为官府的内应，帮助官府驱逐倭寇。小说通篇，几乎看不到对徐海作为海寇及倭寇头目所进行的烧杀劫掠的描写，写到的都是他在官府与日本岛倭之间的应对谋划、作为海寇头领的领导协调，以及对亲信兄弟、对王翠翘等的担当与情义。

然而事实上，在史籍中，对于徐海偕同倭寇进犯江浙沿海的活动轨迹是有明确记载的。根据郑舜功《日本一鉴·穷河话海》和《筹海图编》所载，徐海于嘉靖三十年随其叔父徐铨前往日本，"日本之夷，初见徐海，谓中华僧，敬犹活佛，多施予之"，徐海由此获得了走私贸易所需的大船，并于嘉靖三十一年（1552）前往当时倭

---

① 高阳：《草莽英雄》，吉林出版集团有限公司2011年版，第601页。

寇在中国最大的据点烈（沥）港进行武装走私。嘉靖三十三年（1554），徐海第二次偕同倭寇入寇江浙沿海。到了八月以后，徐海已经脱离了王直、萧显的倭寇队伍，建立起了独立的组织。嘉靖三十四（1555）年正月，徐海率和泉、萨摩、肥前、肥后、津州、对马诸倭入寇，屯柘林，攻乍浦，犯平湖，破崇德，犯湖州，二月，攻金山，犯嘉兴。自四月起，徐海的势力进一步发展壮大，开始分踪出掠苏州、常熟、崇明、湖州、嘉兴各地。在辗转各地寇掠的过程中，徐海的队伍也遭遇了官军的追剿，如嘉靖三十四年四月被官军击败于王江泾，遭受重创，八月被胡宗宪攻击，将据点从柘林迁至陶宅。嘉靖三十五年，徐海再次率领倭寇入寇江浙沿海郡县，据嘉靖《浙江通志》卷六十《经武志》中记载，徐海此次出掠，是为其叔父徐铨报仇，并代他偿债："先是，剧贼徐惟学（即徐碧溪）以其侄海（即明山和尚）质于大隅州夷，贷银数十两使用。……而惟学竟为守备黑孟阳所杀。其后，夷索故所贷金于海，令取偿于寇掠。至是海乃与夷新五郎聚舟结党而来。众数万，寇南皷、浙西诸路。"嘉靖三十五年四月，徐海伙同陈东等人率倭寇万余人攻入了乍浦城，茅坤《纪剿除徐海本末》对此亦有记："嘉靖丙辰，徐海之拥诸佁奴而寇也，一枝向海门，入略淮扬，东控京口；一枝由淞（松）江入掠上海；一枝由定海关入略慈溪等县，众各数千人。而海自拥部下万余人，直逼乍浦而岸。岸则破诸舟悉焚之，令人人各为死战。又导故窟拓林者陈东所部数千人与俱，并兵攻乍浦城，盖四月十九日也。"① 乍浦之后，徐海继而攻劫海盐、皂林、乌镇等地，势不可挡。胡宗宪时任提督，为解倭寇之围，设离间之计，劝诱徐海、陈东投诚归降。徐海听命而陈东未从，由此，徐海与陈东之间嫌隙渐生，终于被逐一消灭。

而在徐海等人率领倭寇在江浙沿海各郡县活动的五年之间，其

---

① 茅坤：《纪剿除徐海本末》，采九德撰《倭变事略》，神州国光社1982年版，第141页。

攻城略地、烧杀抢掠，对江浙沿海的城池土地、民众的生命财产的破坏是有案可查而又不可估量的。例如，对于徐海围攻乍浦之时，《倭变事略》有记："海率众先围乍浦，坏民室为台，高于城。置薪台上，覆以青麦，纵火焚之，烟喷入城。守卒不能立，城几陷。"①

除了入寇之时的劫掠行为之外，对于徐海的品性，其实我们从相关的史籍记载中也可窥见一斑。郑舜功《日本一鉴》中有载："时铨与王直奉海道檄，出港拿贼送官，而海船倭每潜出港，劫掠接济货船。遭劫掠者，到列港复遇劫掠贼。倭阳若不之觉，阴则尾之。识为海船之绥也，乃告王直。直曰：我等出港拿贼，岂知贼在港中耶？随戒海。海怒，欲杀王直；而铨亦复戒海，乃止。"② 这一段便说到了徐海趁着王直与徐铨出港拿贼，劫掠同伙，以至于王直怒而与其断交之事。从郑舜功的这一记载来看，徐海实在算不上磊落之人。

在《草莽英雄》中，还有一个细节与史料记载形成了相当大的反差：在小说中，徐海的五叔四空法师得知徐海投入王直帮中、落草为寇，便极力劝他弃恶向善，逼他做了和尚。然而，在关于徐海的史料记载中，却是恰恰相反的。据台湾学者郑樑生所考："徐海乃徐铨之侄，与胡宗宪、王直同为徽州歙县人，年少出家，为杭州大慈山虎跑寺僧，还俗时间不详。如据郑舜功《日本一鉴·穷河话海卷七，流遁》的记载，则其投身海寇的时期似为嘉靖三十年其叔铨来市沥港而与之偕往日本之际。……铨，原为渠魁王直之党羽，不出数年，其侄海竟被明朝当局目为仅次于直之私枭。"③ 可见，依据史实，应当是徐海在他叔父徐铨的诱引之下做了倭寇。作为受徐海

---

① 采九德：《倭变事略》，王直淮编《中国内乱外祸历史丛书》，神州国光社1947年版，第98页。
② 郑樑生：《郑舜功〈日本一鉴〉之倭寇史料》，谢国桢编《一九九三年海峡两岸学术讨论会 明史论集》，吉林文史出版社1993年版，第326页。
③ 郑樑生：《郑舜功〈日本一鉴〉之倭寇史料》，谢国桢编《一九九三年海峡两岸学术讨论会 明史论集》，吉林文史出版社1993年版，第325—326页。

父母所托照应徐海的亲人，小说对他所做的与史实相差甚远的设置，想来必定不是随意为之。事实上，他也确实在徐海的人生走向上有着巨大的影响。对于徐海的叔父，小说把史实所载的倭寇写成了和尚，把带徐海入海为寇，写成了劝他回头是岸。在四空和尚听说徐海落草为寇之后，首先问他杀过人没有，并让他保证以后也不杀人。这样的设置，事实上相当于在徐海的身上系上了一条绳索，让他即便为寇，也不至于为所欲为。同时，有人引其向善并且自己也有心向善的设定，也为徐海听从王翠翘劝说，接受朝廷的招安打下了心理基础。也使得徐海最终的结局更加惹人同情。

因而，在面对将徐海英雄化的小说《草莽英雄》之时，我们除了赞赏其之于正史之外不同寻常的视角之外，仍然需要对其背离历史事实的有关描写保持清醒的认识。

高阳的《草莽英雄》，从人物塑造和情节设置来看，事实上对明清小说中对徐海的描写和设定是有所继承的。其不同之处在于，与明清小说话本中的胡宗宪诱杀徐海故事相比，高阳的《草莽英雄》中淡化了对政治和官员的批判。他虽然对徐海与王翠翘的遭际充满了同情，并将其誉为"草莽英雄"，但是对于抗倭官员胡宗宪，他依然采用了隐恶扬善的写法。例如，在徐学谟《王翘儿》与余怀《王翠翘传》中，都写到了胡宗宪酒后当众调戏王翠翘的丑态，但是，在《草莽英雄》中，虽也写到了胡宗宪在初访王翠翘时对她的"调笑亲热，不大有顾忌"，但紧接着便声明，并"未到放浪形骸的地步"，[1] 其中的维护不言而喻。

如果说，明清小说戏曲对徐海的英雄化描写，是为了反讽明代官员的贪腐无能、庸懦狡诈，表达的是明清时代知识分子对政治和社会的不满与批判。那么，沿袭着明清小说戏曲的路径，以徐海和王翠翘为主人公的《草莽英雄》，因为其中少了明清小说戏曲中社会批判的成分，其满足的仅仅是小说家自身对草莽英雄纵情恣肆的江

---

[1] 高阳：《草莽英雄》，吉林出版集团有限公司2011年版，第181页。

湖生涯的向往。这看上去似乎不及中国传统小说中的讽时喻世那样经世致用，但是，这种对倭寇人物生涯的纯粹的文学化处理，从某种程度上看，与日本"倭寇文学"从美学层面出发对倭寇进行的审美性描写是颇有相似之处的。也比较符合当代年轻读者的，特别是中国港台地区的一些年轻读者的阅读趣味。淡化对人物的社会历史与道德伦理的评判，而只欣赏他们"波澜壮阔"的非凡生涯与经历。"历史小说"的历史色彩也随之淡化，而"文学"的色彩则得以凸显。这种创作思路，显然是对明清小说有一些继承，但是否受到了日本"倭寇文学"的直接影响，尚待进一步论证。鉴于日本当代小说在当时的中国港台地区颇有影响，中日两国倭寇题材文学之间存在直接的影响关系，也是不无可能的。

第三节　日本文学中的徐海形象

日本的倭寇文学总体而言主要是日本作家站在国家主义的立场上对倭寇及倭寇行为的正当化与美化，因而主要是以所谓的驰骋海上、所向无敌的日本海贼或海贼商人为主人公的。因而，作为中国海贼的徐海及相关事件，并没有成为日本倭寇文学叙事的中心和主线。但作为一个在整个倭寇事件中举足轻重的人物，不少日本倭寇文学的叙事过程中也必然地涉及徐海，我们也可以通过日本倭寇文学对他的处理和描写，看出日本作家对徐海、对倭寇的态度乃至对中日历史的观念。

如极具代表性的倭寇小说早乙女贡（1926—2008）的《八幡船传奇》，以一个在战国混战中失去家主的日本武士香月大介为主人公，写其成为倭寇后在日本与中国之间掳掠往返的一生。其中，徐海尽管不是主人公，但在小说推进中却始终占有一席之地，当然这也是对当时倭寇行动的真实反映。小说从开篇就为主人公香月大介与徐海建立了联系，香月大介在日本唐人町扼住暴走的牛车，救下了中国美人翠娥，而翠娥正是徐海的妻子。徐海在日本坐拥高门大屋，唐人町也隐隐是以他为首。后香月大介因战乱逃亡海上，也是为徐海的倭寇船所救并随徐海前往中国，开启了在中国的倭寇生涯。

而小说所设置的香月大介和徐海及其倭寇团体与明朝政府之间的矛盾，便是明朝高官强占了香月大介的恋人及徐海的妻子翠娥。倭寇的烧杀劫掠也是为了夺回恋人与妻子的迫不得已行为。这无疑是对倭寇的美化，当然也符合日本倭寇文学一贯的写作立场。小说也写到了徐海与明朝政府的交涉：在南京城陷落之后，总督胡宗宪逃往浙江，并给徐海写了亲笔信，名为"背叛劝告书"，称八幡已包围了桐乡，徐海若能解桐乡之围，便许他黄金五千两，并许他大明朝的高官之位。徐海同意，反手对阵香月大介率领的倭寇，香月大介不敌而逃，但养精蓄锐之后仍然进攻不断，而徐海则因为没能彻底阻止倭寇的进攻被官府处以斩刑。

在《八幡船传奇》中，徐海起初是作为与主人公香月大介互惠互利的角色出现的，小说也着力表现了他在日本及在倭寇之中的影响力，而到了后期，徐海因明朝官宪的许官承诺而对香月大介倒戈相向，最终也迎来了被官宪处斩的惨淡结局。我们不难发现，《八幡船传奇》中徐海的基本行为轨迹和结局是符合史料记载的，但在作家的描写之下，会给人一种徐海的结局对应着其对待主人公香月大介的态度，即在辅助以香月大介为首的倭寇之时，他一路畅达，而在对倭寇倒戈之后，则惨遭身死。可见徐海在小说中也只是用来衬托和彰显主人公在所谓"八幡大菩萨"庇佑之下的寇掠行为合理性的存在而已。

另有日本倭寇小说陈舜臣（1924—2015）的《战国海商传》（1992），以16世纪在中国沿海进行武装走私的海商活动（史称"倭寇"）为中心展开。主人公佐太郎是受日本各战国大名指派来到中国筹措战资的日本海商，在其亦商亦寇、由商而寇的海上生涯中，中国倭寇首领王直的队伍是可以与其抗衡也会与其沉瀣的存在，而徐海在这部小说中，只是王直的参谋徐惟学的外甥，承担着王直队伍中打探消息的职责。后因其叔父在海上走私中与明朝军队争斗而死,所以对明朝政府充满了仇恨并决意复仇。这也是小说中倭寇集团由海上走私贸易转而进行烧杀劫掠的一个转折点,当然也是作家陈舜臣意图美化倭寇的一个手段,即倭寇的寇掠行径并非出于其本意,而是为了亲人向明朝政府的复仇行为:"此前的倭寇都是商贸第一的,他们虽然也与取缔私贸易的兵船战斗,也会因交易中的纷争使用武力,也不是没有过掠夺行为,但那都是其次的。然而这次的徐海倭寇船团,却是从一开始就以掠夺为目的的。"① 而涉及徐海的史料和明清小说戏剧中惯见的、诱杀徐海的明朝官员胡宗宪,在《战国海商传》中则是一个通过诬陷同僚获得晋升机会的卑劣之人,后又通过抓捕王直的母亲与妻子、许诺徐海以官职来劝诱招降王直、徐海,但终究也并未信守承诺。在整个行文过程中,作家同情作为倭寇的王直徐海而贬斥作为明朝官员的胡宗宪的立场也是显而易见的。

除了像这样将王直、徐海一道视作明朝官宪和海禁政策的对立面而对其充满同情的小说之外,也有如泷口康彦(1924—2004)《倭寇王秘闻》那样,将徐海作为王直的对照,贬徐海而褒王直的日本倭寇小说。在泷口康彦《倭寇王秘闻》中,徐海则是为了衬托被视作"倭寇王"的王直而存在的一个反面人物。他是王直的部下徐铨的外甥,也是"不希望开放互市,只想着尽可能掠夺"② 的真正意义上的倭寇,与小说中所写的不仅不会侵扰民众、还会协助明朝官宪肃清海面的"净海王"王直形成了鲜明的对比。而且作者泷口康彦为了成全王直"倭寇王"的美名,还将王直从倭寇的队伍中剥离了出来,他承认倭寇在中国沿海的所作所为,却不能允许以倭寇的行为来污及王直的形象,因此他以王直"身体状况不佳,自己已

---

① [日] 陳舜臣:『戦国海商伝』(下)、東京:講談社文庫、1992 年、第 339 頁。

② [日] 滝口康彦:『倭寇王秘聞』、『權謀の裏』所収、東京:新潮文庫、1992 年、第 58 頁。

无法亲赴明国，一应事务也都交给了部下"为由，将倭寇的行为与王直的意愿彻底分割了开来，完好地维护了王直的形象。而那些世间盛传的王直的烧杀劫掠之举，也被作家写成是其他人打着王直名号的行为，徐海就是这其中的一个："就连早已反目的徐海，也顶着王直的名号活动……因为徐海这样不希望开放互市，只想着尽可能掠夺的人，王直的名字到处泛滥。"① 可见，在以王直为主角的《倭寇王秘闻》中，徐海作为对照，就是一个形象相当单薄的唯利是图的倭寇。

综上可知，中日两国倭寇文学对徐海的描写，出现了一个非常有趣的反转，即惯常以批判倭寇为主的中国倭寇文学，对作为倭寇头目的徐海反而多有褒扬，于是也相应地与史料记载之间产生了相当的差距；而整体以美化倭寇为主的日本倭寇文学，对徐海却以贬抑为多，反而奇妙地吻合了史料的相关记载，这与日本倭寇文学一贯背离史料而美化倭寇的情况相去甚远。纵观中国涉及倭寇题材的文学作品可知，中国文学文艺对倭寇的描写主要是从侵略与反侵略的视角展开，即对倭寇入侵的残虐和中国人民抗倭斗争的反映，可以说，这是中国倭寇文学的主旋律。无论是明清小说戏曲，还是当代倭寇题材的文艺作品，都着力表现了倭寇在中国沿海的烧杀抢掠行径以及倭寇的寇掠活动对中国沿海人民造成的惨重伤害。与此同时，社会的动荡不安也让当时的文人对明代社会与官宪产生了不满，并意图通过小说进行批判，而反映在倭寇题材的文学中，则是通过对倭患及抗倭斗争中明代官兵施为的描写，以达到批判明代政治与社会的目的。而在涉及徐海的一系列明清倭寇小说中，就主要是通过对徐海的英雄化描写以及对王翠翘义举的褒扬，来反衬和讽刺明代官员的狡诈的。

明清小说中对徐海等倭寇头目进行的英雄式的刻画，从表面上

---

① ［日］滝口康彦:『倭寇王秘聞』、『権謀の裏』所収、東京：新潮文庫、1992年、第57—58頁。

看，似乎与日本倭寇文学中对倭寇的英雄化描写有所类似，但其本质却截然不同。小说为徐海进行翻案的前提，应该说主要是源于徐海对归降明朝政府的愿望。换句话说，中国小说家对徐海的英雄化描写，所针对的并不是作为倭寇头目、带领倭寇在中国烧杀抢掠的徐海，而是为情势所迫不得不落海为寇，但在面对明朝政府招降时想要一心归降的徐海。在这种情况下，明代官员就成了利用徐海等人的归降之心对其进行诱捕的阴险狡诈之徒。而明清小说对徐海的描写与史料记载之间之所以产生如此大的反转的根源，便在于明清时期官民矛盾的激化，以及这一时代的文人对社会的强烈不满。正是在这样的大背景之下，才产生了这种反以盗寇为英雄好汉，以官员为阴险小人的小说类型，人们在这些具有英雄特质的盗寇身上，寄予了反抗官衙、惩恶扬善的愿望，但往往他们多以被剿除、被招降告终，这更激发了读者对政府及官员的厌恶。可以说，这类小说虽则表面上写的是盗寇，但其创作的旨归，却并不在于倭寇盗贼本身，而在于对社会的批判、对政府的不满、对官员的讽刺，仍属于中国倭寇文学表现中的社会批判尤其是对官员进行批判的视角。而明清倭寇文学中对于帮助胡宗宪劝诱徐海的王翠翘的褒扬，事实上是暗合了中国传统文人士大夫为"义妓""雅娟"撰文立传的兴味。中国传统文人对她们义举的书写渲染，一方面是为了彰显自身所谓的风流雅趣。更重要的是能够表现出在道义面前，官员士人甚至不及青楼妓子的强烈反差感，这会使得小说讽世喻人的效果更为明显。所以说，明清时代倭寇题材文学作品中的徐海描写，之所以脱离相关的历史记载进行反转式的演义，其主要目的还是在于借徐海去揭露明代政治的黑暗和官员的贪腐，具有强烈的醒喻当世的目的。

而高阳的《草莽英雄》对徐海的英雄化描写以及对王翠翘的褒扬，在情节设置上看似与明清小说中对徐海被剿一事进行反转式演义是一脉相承的。但高阳的《草莽英雄》与明清时代的倭寇文学相比，并没有多少社会批判的成分，对于胡宗宪等平倭官员的描写，也主要是采用隐恶扬善的手法。可以说，高阳的《草莽英雄》中对徐海的英雄化设定，既不像日本倭寇文学那样是站在日本民族立场为倭寇群体的寇掠行为进行开脱，也不像明清时代的倭寇文学那样，是为了通过对徐海等个别倭寇头目的描写来批判明代政治与官员的腐败。高阳的《草莽英雄》应该说只是在单纯地刻画出一个在官府和异族之间往来周旋，有一些侠肝义胆，也懂一些阴谋算计的江湖草莽，其满足的是小说家叱咤江湖的英雄情怀。

相对地，日本文学的社会批判、政治讽喻的功能本就比较弱，倭寇题材的日本文学更是从各个角度对倭寇及倭寇行为进行的美化，其中对倭寇头目的英雄化描写，更多的是为了凸显倭寇群体行为的正当性，这与中国倭寇文学中对徐海等倭寇头目的英雄化描写在意图上是大相径庭的。而日本倭寇文学对徐海的表现是在整体上正当化、英雄化、美化倭寇的大背景之下进行的，这种美化不仅指向日本人身份的倭寇，甚至对于中国人身份的倭寇首领王直，也在诸如泷口康彦《倭寇王秘闻》等小说中进行了全面的美化。但是相较而言，对于在倭寇集团中地位仅次于王直的徐海，日本的倭寇文学却显现出了相当的淡漠态度，因而其在日本倭寇文学中往往是作为陪衬或对照主人公的配角形象出现的，对其人物形象的刻画也并未有过多着力，这反而使徐海在日本倭寇文学中的形象较为符合史料的记载。而究其原因，或许主要还是因为徐海在日本的影响力远小于王直。

总体而言，在以倭寇为题材的中日文学中，中国文学主要是基于侵略与反侵略视角对倭寇的批判，而日本则是站在其国家民族主义立场上对倭寇的美化。然而，中日倭寇题材文学作品对"掠夺派"倭寇史核心人物徐海形象的演绎，却极为特殊，与其他类型的倭寇文学恰好呈现出了奇妙的反转：即中国倭寇题材文学作品多将徐海塑造成一位勇武善谋、重情重义的草莽英雄，对其被官府捕剿的结局亦充满同情；而日本倭寇文学则一反其背离历史美化倭寇的总体倾向，对徐海的描写反而是较为贴近史料记载的贬抑居多。但是这种反转并不是说中国倭寇题材文学作品对徐海的褒扬就与日本倭寇文学一样是为了美化倭寇，也不是说日本倭寇文学对徐海的贬抑就是对倭寇团体的贬抑。我们通过分析相关文本并对其加以横向比较即可知悉，徐海形象在中日倭寇题材文学作品中之所以存在如此大的差异与反转，是有其深层的内在逻辑的。概言之，中国倭寇题材明清小说对徐海的描写，主要在于借徐海去揭露明代政治的黑暗和官员的贪腐，带着强烈的醒喻当世的目的；当代台湾作家对徐海的英雄化，则少了明清小说社会批判的成分，更多是为了满足小说家自身对草莽英雄纵情江湖的向往。而日本倭寇题材小说对徐海贴近史料的贬抑，究其根本，是对徐海中国人身份的一定意义上的淡化，是以他反衬作为小说主人公的日本倭寇的英勇，仍然符合日本倭寇文学一贯美化倭寇的倾向。对徐海形象在中日倭寇题材文学中的反转和差异加以分析研究，有助于进一步加深对日本倭寇文学及其倭寇观的了解，对我们研究中日倭寇文学与倭寇史也具有重要价值。中日不同时期对徐海的文学表现，也可以从另一个侧面反映倭寇事件发生时期的社会现状对中日两国作家的影响。

同时，尽管中日文学中对王直、徐海等倭寇史核心人物以及倭寇行为有着全然不同乃至完全相反的表现，但中日两国的倭寇史与倭寇题材文学书写，仍可看作是包括中日两国在内的东亚地区共同历史记忆与共同文学题材的反映，可以从一个侧面表现出中日两国在历史与文学上的深刻联系。因而在研究中，除了站在侵略反侵略的民族国家立场之外，还需要从更高的视点出发，将其放置在东亚区域研究乃至东方学的研究领域加以考察。相应地，对王直、徐海等倭寇史核心人物的中日文学比较研究，也可作为区域性历史人物的文学表现，成为区域研究的一个实例。

第 八 章

"倭寇文学"的中日比照

——日本倭寇文学与中国倭寇题材的文艺作品

  通过以上七章的论述,我们可以看出,在日本的倭寇文学中,作家是从多个不同的角度和立场对倭寇进行描写的。其中,早乙女贡的《八幡船传奇》从宗教信仰的角度出发,以小说的形式描写倭寇,表现了倭寇的八幡大菩萨信仰,我们从中可以看出日本"神国"思想的影响。津本阳的《雄飞的倭寇》则是通过对基本历史事实和历史逻辑有意无意的背离,而对倭寇进行的文学想象,是日本倭寇文学中反历史的倭寇观的代表。陈舜臣的《战国海商传》则将"倭寇"视为"海商",以现代重商主义的价值标准去评判倭寇的海上活动,批判明朝的抑商政策,呼吁和平的海上贸易机制,虽然有脱离历史语境之嫌,但也为我们看待倭寇与明代历史提供了一个新的维度。而南条范夫的《海贼商人》则将倭寇的海上暴力活动作为纯粹的武勇行为加以欣赏,并由此引发日本读者的审美认同与审美共鸣,属于纯审美化的倭寇书写。另有倭寇文学如《倭寇王秘闻》则是以倭寇史上最典型的人物王直为主人公的传记式小说,呈现出了美化倭寇的倾向。

  相对于日本的倭寇文学,中国文学早于日本文学,很早就有了倭寇题材的作品。中国倭寇题材的文学,与日本的倭寇文学,面对的是同一段历史，处理的是同一种题材，描写的是同一类事件，但是，两者之间在历史观念、文化立场、民族感情、审美趣味、时代风格等方面，却形成了鲜明的对比，因此，在对日本的倭寇文学做了上述的点、线、面的研究之后，还有必要从比较文学与比较文化的角度，对中日两国的相关文学作品加以比较研究，以帮助我们认识日本倭寇文学的特性，也有助于我们认识中国倭寇题材的文学的一些特点。

第一节 明清小说戏曲中的倭寇

在中国文学作品中，"倭寇"的出现，最早可见于元代的诗文中。如王恽的《汛海小录》、成廷珪的《丁十五歌》都写到了倭寇。迺贤的《送慈上人归雪窦追挽浙东完者都元帅》二首诗，也表达了对倭寇的痛恨和抗击倭寇的决心。到了明代，尤其是明中叶以后，倭寇在中国东南沿海的寇掠与破坏行为愈加猖獗，大批的文人随之通过诗文对倭寇烧杀抢掠的恶行加以描写与抨击，同时也为中国的抗倭战争声援呐喊。这其中，既包括那些能够直接接触到倭寇的抗倭将领如戚继光、俞大猷、徐渭、归有光、唐顺之、茅坤、宗臣等人，他们通过诗文表达自己誓死抗击倭寇、保家卫国的决心，对于倭寇的描写也最为真实。也有如王世贞、陆之裘、王问、孙楼、邵主洁等人，虽然未到抗倭前线，也通过诗文表达了他们对抗倭战争的声援。这样的诗文，数量虽然不少，但大都以抒发抗倭的决心和对倭寇的痛恨之情为主，并不着眼于对倭寇行为的叙事性描写，而对倭寇的寇掠侵害行径及中国军民的抗倭斗争进行了详细描写的，仍主要体现在小说的创作中。

众所周知，中国文学中的"小说"创作进入明代之后出现了空前的繁荣，史称"明清小说"。就明代小说的题材而言，大致可以分为非现实题材小说和现实题材小说两大类。非现实题材小说主要包括历史演义小说、英雄传奇小说和神怪小说，现实题材小说则主要是对明代社会市井生活的反映。事实上，无论是历史演义小说、英雄传奇小说还是神怪小说，其取材大多都是来源于历史，只是三种小说类别对历史的忠实程度不同。"与七分史实、三分虚构"的历史演义不同，英雄传奇小说不拘同于史实，而是撷取一些历史人物和事件的某个侧面或片断，铺张扬厉，虚构谋篇。神怪小说借历史事件描写神魔鬼怪之争，内容虚幻，风格奇特。①而倭寇作为一个历史事件，对其进行描写的小说自然当属非现实题材的小说。而且，非现实题材的三类小说在倭寇文学中均有体现。

据以往的研究及笔者的统计，明代小说中属于严格意义上的"倭寇题材"的作品，大体不超过十篇，而内容上涉及倭寇的，则稍多一些，大约有二十余篇。总的来说，由于明代倭寇小说的创作紧随倭寇事件的发生，因此对历史的还原度较高，多以历史演义小说的形式呈现。而且，明代的倭寇小说在对倭寇进行演义的时候，在整个倭寇事件中所截取的历史片段其实是比较固定的、单一的。

例如在明代的倭寇小说中，尤其是在对倭寇和抗倭描写篇幅较重的倭寇小说中，以嘉靖三十五年（1556）前后胡宗宪诱杀徐海之事为主线进行的历史演义占到了将近一半。胡宗宪，明代徽州绩溪（今属安徽）人。嘉靖三十四年（1551）为浙江巡接都御史，后升总督，在抗击倭寇中立功，官至少保，后因曾与严嵩父子结交，被劾下狱而死。

对于胡宗宪平倭，演义最多的当属妓子王翠翘助胡宗宪诱杀徐海一事，如万历年间徐学谟著《徐氏海隅集文编》卷十五《王翘儿传》，万历年间王世贞著《续艳异编》之《王翘儿传》，崇祯年间周清源著《西湖二集》卷三十四《胡少保平倭战功》，崇祯年间梦觉道人、西湖浪人辑《三刻拍案惊奇》第七回《生报华尊恩，死谢徐

---

① 杨立群主编：《中国古代文学专题》，对外经济贸易大学出版社2015年版，第326页。

海义》，崇祯年间陆人龙著《型世言》第七回《胡总制巧用华棣卿，王翠翘死报徐明山》等。而且，关于王翠翘与倭寇首领徐海的故事，除了明代小说中多番描写之外，清代的小说戏曲，乃至到了后来民间传说中多有演绎。清代以王翠翘与徐海的故事为题材的文言小说有《虞初新志》卷八余怀著《王翠翘传》，白话小说有青心才人编次《金云翘传》二十回，李百川《绿野仙踪》第五十九回；传奇剧有无名氏《两香丸》（已佚）、王珑《秋虎丘》、叶稚斐《琥珀匙》和夏秉衡《双翠圆》。其中，最著名的便是青心才人编次《金云翘传》。《金云翘传》除了在中国影响颇大之外，也流传到了日本、越南，并对日本与越南文学创作产生了一定的影响。在《金云翘传》传入日本之后，先是被译成日文《绣像通俗金云翘传》五卷出版，后由曲亭马琴改编，更名为《风俗金鱼传》，流传深广。而在《金云翘传》传入越南以后，也被大诗人阮攸（1765—1820）编译成叙事长诗《金云翘传》，并一跃成为越南古典文学的代表之作。中国的广西京族流传至今的民间故事《金仲和阿翘》，又是受到了越南叙事长诗《金云翘传》的影响。直到近年来，历史小说的创作依然关注倭寇事件中的王翠翘故事，台湾著名历史小说作家高阳以妓女王翠翘与倭寇徐海为主角的历史小说《草莽英雄》（1981），自问世以来便颇受关注。

而以倭寇首领徐海与王翠翘的故事为题材的小说演义、戏曲故事乃至民间传说，也都是来源于明代的史籍纪事。嘉靖三十七年（1558）采九德撰《倭变事略》中，便记载了嘉靖三十五年（1556）徐海被追剿时遣亲使护送两姬妾出逃之事。胡宗宪的幕宾茅坤所著的《徐海本末》（又名《纪剿除徐海本末》）也是小说戏曲对徐海与王翠翘的故事进行敷演的一大来源。事实上，明代关于倭寇的历史演义小说主要就是遵循着这样的路径，依照史料的记载进行创作的。

在以胡宗宪诱杀徐海之事为主线的明代倭寇小说中，除了徐海与王翠翘这一重要的支线之外，也有小说以一个做笔墨生意的徽商罗龙文为主人公进行了故事的铺排。如万历年间潘之恒《亘史》卷六《罗龙文传》，写的主要是罗龙文受胡宗宪指派劝徐海归降，在东南沿海平定倭患的战役中立下卓著功勋之事。在《亘史》卷六《罗龙文传》中，罗龙文是以侠者的形象出现的，倭寇头目徐海也将其引为知己，后来徐海被胡宗宪暗中设陷阱斩杀，罗龙文也因此愧疚寡欢。这与他在正史中勾连严世蕃，"有负险不臣之志"的奸臣形象大有出入。另外，崇祯年间周清源《西湖二集》卷三十四《胡少保平倭战功》则被称作"以时事入小说的佳作"①，是相对写实的，对胡宗宪平倭的整个过程也记述的比较完整。小说写的是王直、徐海等倭寇大头目勾结倭酋辛五郎等人为乱中国沿海，胡宗宪以诱降、离间之计瓦解倭寇集团，各个击破，最后平定倭乱的事迹。

除了胡宗宪平倭之外，戚继光剿除倭寇的事迹，在明代的倭寇小说中也占得一席之地。明万历年间的《戚南塘剿平倭寇志传》，就主要讲述了明代抗倭英雄戚继光剿平倭寇的事迹。

明代的倭寇小说，在主要描写抗倭将领平剿倭寇的同时，也对倭乱之中普通百姓的悲欢离合有所关注。如冯梦龙于泰昌、天启年间所著的《喻世明言》卷十八《杨八老越国奇逢》写的便是倭寇入侵之时普通百姓的遭际。《杨八老越国奇逢》是冯梦龙根据万历、泰昌年间所写的《古今谭概》卷三十六《一日得二贵子》铺衍增饰而成，小说写陕西商人杨八老在福建汀州为倭寇所掳，十九年后，又随着倭寇的进扰回到中国，得知绍兴郡丞府的杨郡丞和绍兴府檗太守均为其子，于是一家团圆的故事。另有《醉醒石》第五回《矢热血世勋报国，全孤祀烈妇捐躯》则描写的是女子遭遇倭乱，同时又受官兵迫害时的惨烈之状。小说写道，倭寇兵围兴化，卫所姚指挥身先士卒，杀敌阵亡，其妻武恭人与其妾曹瑞贞抱子逃亡，逃亡途

---

① 王筱云等主编：《中国古典文学名著分类集成·小说卷（四）》，百花文艺出版社1994年版，第561页。

中，遭遇官军溃兵，欲奸污武恭人，曹瑞贞为保全其子，假意应允随乱军入营，使其放走武恭人和孩子之后，因痛骂乱军祸殃百姓而被杀。

明代的倭寇题材小说，除了历史演义小说之外，也有英雄传奇小说。此外还有一些仅以倭乱的发生为大背景的神怪小说。例如最早提及倭寇的小说，明永乐年间李昌祺所撰《剪灯余话》之《武平灵怪录》，则属于神怪小说。小说以倭寇登陆武平（福建省），嘉兴府同知项贵可没有及时上报倭情而被朝廷定罪，家产庵田尽被收没一事作为起笔，主要描写的是主人公齐仲和回到武平后在废弃的破庵中遭遇的灵异怪事。再如明万历年间陈继儒所撰《斩蛟记》，写的是旌阳许真君斩蛟时，有小蛟从腹中出，至日本，幻化为人，即关白平秀吉。他以武力征服了日本，又率二十余万大军侵犯朝鲜，并欲假道进攻大明。明朝派宋应昌等人援朝抗倭，许真君亦遣众弟子相助，驱鹅群泛海至日本岛中，待关白现出小蛟原形时恣啖之，关白被斩，倭寇亦退兵。

在一些主要描写才子佳人的话本小说中，也出现了倭寇侵扰以及抗击倭寇的情节。比如嘉靖年间洪楩《清平山堂话本》卷二《风月相思》，主要讲述的是主人公冯琛与义妹赵云琼相恋相思的故事。冯琛幼年父母双亡，流落街头，被直殿将军赵彧收为义子，并允其与女儿赵云琼一同学习。及长，二人彼此爱恋，相思成疾，终于结为夫妻。冯琛在赵彧的引荐之下赴京任职，夫妻分离，又是一番相思。赵云琼入京寻夫，不想才得相见，冯琛便奉旨领兵抗击倭寇，赵云琼再受别离相思之苦。冯琛得胜回朝，被封为镇国大将军，却于不久之后英年早逝，赵云琼忧思成疾，不食而死。小说中夹糅着许多二人互诉衷肠的诗句，写得缠绵悱恻，令人动容。关于倭寇的描写，主要集中在冯琛领兵奔赴前线之后，在首次与倭寇的交战中，倭寇佯装败逃，冯琛中计，官军死伤惨重。所幸他又召集残兵，整顿军旅，身先士卒，奋勇再战，终于反败为胜。如《剪灯余话》之《武平灵怪录》及《清平山堂话本》之《风月相思》等这类小说对于倭寇与抗倭的描写，都只是为了构建和充实小说原本的故事情节。但是，作者在构建情节的时候，将倭寇纳入其中，也从另一个侧面反映出了倭寇对当时社会的影响之大。

到了明代末年，在明人的史料性笔记中，也多见关于倭寇的记述。如朱国祯的笔记小品《涌幢小品》中，便对倭寇的活动与中国官民的抗倭战争有着比较集中的记载。《涌幢小品》卷十一《御倭》、卷三十《日本》《王长年》《马勇士》《东涌侦倭》《筹倭》《平倭》，都记述了胡宗宪等御倭将领以及中国沿海民众抗击倭寇的事迹。此外，沈德符笔记小说《万历野获编》卷十二户部《海上市舶司》、卷十七《杀降》《奇兵不可再》，以及《万历野获编补遗》之《倭患》，对明代的海禁政策、王直请降被杀、戚继光妙计退倭，以及明代抗倭将领的庸弱与廉勇都有所描述和评论。

到了清代，涉及倭寇的小说共计十余篇。其中，顺治、康熙年间由青心才人编著的《金云翘传》流传最广，它是在明代对倭寇王徐海与王翠翘叙事的基础上改编而来，可以说是明代倭寇小说的延续。但总体看来，由于那时许多人对倭寇事件有所淡忘或淡漠，故而在清代小说创作中，对倭寇事件的关注程度较之明代明显下降，以史料与历史事件为依据的历史演义小说与英雄传奇小说锐减，多是以倭患起笔或者以倭寇的发生作为大的创作背景所进行的故事架构，真正描写倭寇的内容并不多。小说的创作意图也不在倭寇本身，而主要呈现出了才子佳人式的叙事模式，神怪小说的成分也比较明显。

在清代小说中，对倭寇及抗倭活动的描写较为集中的，当属光绪年间由八咏楼主述、梦花居士编著《蜃楼外史》。如《蜃楼外史序》中所说，该书是"假前明倭寇内犯事为端，援古证今"。而且，在为此书作序的"小万古楼寓公"看来，此书在对倭寇的记载上，是清代其他小说难以匹敌的，他写道："今此书出，可以上抗笠翁诸人，且使曩者纪载倭寇诸书如《绿野仙踪》《雪月梅》《十二蟾》

《四香缘》等皆可一扫而空，包诸所有。"①小说中涉及阿芙蓉妖的部分虽然极具神异小说的意味，但其余两部分主要写的倭寇来犯之事。明嘉靖年间，倭寇来犯，奸相严嵩举荐其义子赵文华领兵进剿，赵文华贪生怕死，与岛寇暗中交易，以白银换得倭寇退兵，冒功领赏。待倭寇再次入犯，赵文华故伎重施，却中了倭寇诡计，终于大败亏输。嘉靖帝震怒，调赵文华进京。赵文华惧罪，潜通倭寇，与严嵩之子严世藩勾连，欲夺大明江山，侠士张文龙等三人识破严世藩奸计，救了嘉靖皇帝，挂印远征，剿除倭寇。

在提及明清时代的倭寇小说时，中日两国的研究者都会提到成书于乾隆年间的李百川《绿野仙踪》。《绿野仙踪》属于清代比较盛行的神怪小说，讲述的是明嘉靖年间落魄秀才冷于冰仕途失意之后看破红尘，离家求仙访道的故事。在求道途中，他历经磨难，惩恶扬善，扶贫济困，协官员平乱，劝浪子回头，终于功德圆满，小说的第七十三至第八十回就涉及了抗击倭寇的描写。

此外，清代涉及倭寇的小说便主要是才子佳人小说了。如清代初年吴拱宸《鸳鸯针》、潇湘迷津渡者编《笔梨园》之《媚婵娟》、魏秀仁《花月痕》、龙丘白云道人编次《玉楼春》，乾隆年间陈朗著《孝义雪月梅》，嘉庆年间周竹安《载阳堂意外缘》，清末金万重《九云记》、黄石《玉蟾记》等，多写主人公起初或遭奸人所害或落魄不遇，后奋勇而起，击退倭寇，终于功成名就，抱得美人归的故事，而且，小说中主人公一般都是同时得数个佳人青睐。不免有落魄书生的意淫之嫌。例如陈朗的《孝义雪月梅》，讲述的便是明嘉靖年间金陵人岑秀为避巡抚侯子杰之害，辗转山东、浙江等地，先后娶雪、月、梅三女。其间登科及第，剿灭倭寇，文事武功，为人称羡。是典型的流行当时的才子佳人小说。另有如吕熊的《女仙外史》、李绿园的《歧路灯》、陈忱的《水浒后传》、夏敬渠的《野叟曝言》等也都写到了倭寇来犯与抗击倭寇的情节，但在整个小说中

---

① 萧相恺编著：《珍本禁毁小说大观》，中州古籍出版社1998年版，第624页。

所占比重较小。而在续写《红楼梦》成风的乾嘉时期，《红楼梦》的续作中也出现了对倭寇犯内的描写，如兰皋居士的《绮楼重梦》写道，十万倭寇犯境，贾宝玉转生的小钰倚仗仙法飞刀击退倭寇，倭寇王携妻女请罪，甚至倭寇王之女最后也嫁给了小钰，可以说《绮楼重梦》是《红楼梦》续书中的恶札，也是对倭寇及抗倭的无稽之谈。

总的来说，清代的倭寇小说以才子佳人小说和神怪小说为主，对历史的忠实程度较低，主要是一些套路化的市井娱乐性读物。

与小说相比，明清两代涉及倭寇的戏曲数目是比较少的，而且许多已经散佚。其中最有名且以倭寇为主要对象的，当属隆庆、万历年间的《鸣凤记》，是以明代反抗严嵩奸党的政治斗争为主要内容，讲述了八谏臣前赴后继，历经种种曲折，最终斗倒严嵩，清算严党的故事。其间说到了王直率倭寇为祸福、浙、苏、松等地，攻劫城郭村乡，掳掠子女玉帛，严嵩亲信赵文华被举荐为兵部尚书，督兵剿倭，官兵却只会坑害沿海百姓，杀戮良民冒功邀赏之事。可以说是明清涉及倭寇的戏曲中的代表之作。

第二节　当代"抗日文艺"背景下的倭寇题材文艺作品

自清代以后，中国倭寇题材的文学在相当长的一段时间内都出现了空白。在整个中国现代文学的历程中，几乎没有出现以倭寇为题材的文学作品。这一现象并非偶然，而是由现代中国社会与文学界的整体状况所决定的。自甲午战争之后，中国大批知识分子留学日本，意图通过日本学习西方、寻求富民强国之路。五四新文化运动时期的许多作家都有着留日的经历，在现代性的层面上，他们关注的是实现了"文明开化"的近代日本。这一时期的文学主题，从民主科学到阶级解放、自由民主再到民族解放，呈现出了与社会现实和政治变革密不可分的关系；在中日关系的层面上，他们关注的是日本对中国的觊觎与扩张，稍后也主要以抗日战争之下的抗日文学为主，一时没有人将明代的倭寇这一历史事件，与当下的现实联系起来加以考察。就这样，倭寇题材在中国文学中一直缺席一百多年。直到20世纪60—70年代，大陆和香港才开始出现了一批倭寇题材的戏剧和影视剧，成为中国当代涉及倭寇题材的文艺作品的主要构成部分。

中国以倭寇为题材的影视剧，主要产生于20世纪70年代以后的中国大陆与香港地区。可以说，中国以倭寇为题材的影视剧，是在当代抗日影视剧争相涌现荧屏的大背景之下产生的，它的出现与存在意义，很大程度上与抗日影视剧是一致的，即通过对外来入侵的批判和对中国军民英勇抵御外来侵略的颂扬，来宣传主流的意识形态，培养国民的爱国主义精神。近年来，中国的抗日影视剧中也出现了一些戏说历史、对抗战进行夸张表现的所谓"抗日神剧"。这种戏说历史、娱乐大众的情形或多或少也出现在中国以倭寇或者抗击倭寇为题材的影视剧中，也是需要加以注意的。

笔者就近四十年来中国倭寇题材的影视剧，做了一个大体的统计，将基本信息列表如下：

剧名	上映时间	剧情简介（参看广电总局电视剧拍摄制作备案公示表）
《战神滩》	1973年香港电影	明嘉靖年间，倭寇入侵东南沿海，杭州陷落，杭州总兵萧玉朝兵败被俘就义。萧玉朝之侄萧峰闻讯来救，却来迟一步。萧峰路经李镇，遇到小股倭寇欺压百姓，当即出手相助，倭寇仓皇而逃。李镇百姓请求萧峰帮忙抗击倭寇，萧峰答应并招徕奇才能士组成抗倭队伍。他们得知倭寇队伍将在七天内到达，遂在战神滩上布置设防。是夜，倭寇到来，被战神滩上陷阱所伤，但仍凭借人数优势冲进李镇。萧峰等人与之奋力相搏。萧峰与倭寇头目桥本一番苦斗，终于击毙桥本，自己也倒地而亡。

续表

剧名	上映时间	剧情简介（参看广电总局电视剧拍摄制作备案公示表）
《忠烈图》（2006年重拍《新忠烈图》）	1975年香港电影	明嘉靖年间，闽浙沿海倭乱频发，尤以许栋及日本人博多津为首的倭寇集团最烈。俞大猷被任命为备倭都指挥主持抗倭。他召集江湖义士伍继园夫妇、谋士汤克俭等人，设计诱击倭寇，却因地方官抢功拦截而前功尽弃。伍氏夫妇又向倭寇假意投诚，得以潜入倭寇的根据地，并将官兵引入，最终倭寇被剿，但伍氏夫妇却不幸牺牲，俞大猷也被降级，倭寇之患仍然时有发生。
《少林武王》	2002年大陆电视剧	明末，内有奸宦当道，外有倭寇横行。戚家军抗倭战斗中所向披靡，却被奸臣童大宝诬陷，惨遭灭顶之灾。戚家留下的唯一血脉戚少正被北少林至一方丈所救，取法名昙志。童大宝追至北少林，至一方丈为护昙志身死。临终嘱咐他投奔南少林学艺。昙志投奔南少林之路惊险重重，所幸遇到了许多善良的小人物，他们不畏童大宝的淫威，竭力保全忠良之后，昙志才得以如愿投身南少林，习得武艺，重建戚家军，剿灭倭寇，手刃奸党，一报国恨家仇。
《戚继光之雷峰塔英雄传》	2003年大陆电视剧	明嘉靖年间，倭寇横行，嘉靖帝求仙问道不理朝政，奸臣严嵩当权，抗倭将领戚继光在徐阶的帮助下，一面抗击倭寇，一面与严嵩抗争。此外，电视剧还写到了戚继光与嘉靖帝爱女九公主的感情纠葛，是英雄美人的传统叙事模式。
《抗倭恩仇录》	2008年大陆电视剧	明嘉靖年间，倭寇大举侵略福建东南沿海，朝廷命新科进士吴时来任淞江府推官，协助知府管辖淞江府。吴时来一手策划指挥了一场史无前例的松江抗倭保卫战，他全力抗倭卫国，一举消灭了3000多名倭贼，取得了"松江保卫战"大捷。

续表

剧名	上映时间	剧情简介（参看广电总局电视剧拍摄制作备案公示表）
《江南平寇记》	2008年大陆电影	明嘉靖年间，倭寇流窜江浙一带，百姓深受其苦。他们与镇南王勾结，杀尽万朝观道士，假扮道士，在观内暗设机关掳掠前来求签问卜的小姐、夫人。朝廷闻知后派遣柳远山为钦差暗查此事，柳远山带侍卫石头前往江南，待查证后，石头夜闯万朝观，一举铲除万朝观倭寇，并在督抚的援助之下，拿下了拥兵自重的镇南王，与柳远山一道受到了朝廷封赏。
《少林僧兵》	2008年香港电视剧	讲述了明嘉靖年间，少林僧兵协助抗倭将领戚继光创立阵法、对战倭寇、保卫国土的故事。
《戚家军》	2007年大陆电影	明嘉靖年间，倭寇在汉人王直和日本人小泉的率领下大肆入侵东南沿海，烧杀抢掠无恶不作，明朝官兵一再溃败。戚继光受命到浙江义乌招募壮士，成立戚家军，以对抗倭寇。电影讲述了戚继光招募组建戚家军过程中的艰难困苦以及抗击抵御倭寇的经过。
《倭寇的踪迹》徐浩峰	2012年大陆电影	明万历年间，倭寇被消灭后天下太平。霜叶城有四大武林世族，任何人想要在这里开宗立派，必须经由他们同意。抗倭英雄戚继光的贴身侍卫梁痕录，在戚继光去世多年后，为了让戚继光改制的倭刀万古流传，前来挑战四大世族，不料被当作倭寇余孽，遭到围捕，引发了一场武林争斗。
《民族英雄戚继光》	2012年大陆电视剧	明嘉靖年间，东南沿海倭寇猖獗，民不聊生。备倭将领戚继光在山东备倭有功被调至浙江抗倭，首战取得龙山所大捷后，队伍士气高涨。戚继光军纪严明，开创鸳鸯阵，结交挚友谭纶，军师徐文长和随从戚尘空，戚家军声名鹊起。因不善奉承，戚继光与举荐自己的胡宗宪失和，锒铛入狱。幸得倾慕他的含巧费心周旋，才得以出狱，含巧却为倭寇所害。桃渚城一战后，戚继光调任台州，建造空心战台，研发火器，与当地民众配合，取得数次大捷，百姓欢欣鼓舞，倭寇避之不及。福建沿海倭寇猖獗，戚继光受命前往福建抗倭。配合胡宗宪招安走私头目徐海，徐海却几次出尔反尔。戚继光与徐文长抓住徐海惧内的弱点，用计剿灭徐海所部，平息南海寇乱。戚继光抗倭有功，被封太子太保。

252　"倭寇"与日本的"倭寇文学"

续表

剧名	上映时间	剧情简介（参看广电总局电视剧拍摄制作备案公示表）
《千洞岛抗倭记》	2012 年大陆电视剧	明嘉靖四十年（1561），倭寇侵扰浙江沿海千洞岛一带，拦截经过的千洞岛的商船，上船掠夺，遇到反抗格杀勿论。这个岛屿四面环海，易守难攻，明朝军队几次攻打未果，倭寇却更加猖獗。三石村清水观的明一道长带着他的弟子配合戚继光积极抗倭，制订了歼击千洞岛倭寇的歼岛计划。不料事情败露，猖狂的倭寇便血洗了千洞岛附近的村落，明一道长和岛民无一幸免。明一道长的俗家弟子陈金满为给亲人和岛民报仇，决定继续完成明一道长的计划。他带领几个弟兄用炸药炸毁千洞岛并歼灭所有的倭寇。
《南少林荡倭英豪》	2013 年大陆电视剧	明嘉靖二十九年（1550），倭寇侵扰福建。是日，袭击石井镖局，总镖头林钦有三子，老大林展翔和老三林展浩被赶来救援的南少林僧兵救回了南少林，老二林展鹏却被倭寇掳走。林展鹏被倭寇的首领三枝图田收为养子，改名三枝乱步并传授刀法，武功超拔，后杀死养父三枝图田后成为军团的首脑。林展翔与林展浩也在南少林习得高超的武艺。嘉靖三十年，倭寇再次入侵，兄弟三人在倭乱中多次争战，最终，林展浩皈依佛门，林展翔成为了新一代武僧大师，林展鹏则选择了自杀。
《抗倭奇侠传》	2014 年大陆电视剧	明嘉靖年间，倭寇抢掠东南沿海。朝廷剿倭之战屡屡失败。严嵩暗中勾结倭寇，陷害抗倭忠良。被害忠臣后人张若娴、朱铁桥结识了行侠仗义的武林高手杨天纵、郭问梅，他们自发组织民间抗倭武装力量，同倭寇、海盗及奸臣乱党，昏腐官兵展开一幕幕殊死搏斗。最终，他们团结广大人民群众，揭穿了乱党的卖国行径，粉碎了倭寇侵略霸占中国领土的野心阴谋，取得了抗倭斗争的胜利。

续表

剧名	上映时间	剧情简介（参看广电总局电视剧拍摄制作备案公示表）
《抗倭英雄戚继光》	2015年大陆电视剧	明嘉靖年间，权奸严嵩父子把持朝政，军队无能，倭寇肆虐。戚继光出身将门，赴京考武举，结交了未来的贤相张居正，在政治纷争中共筹国家海洋战略；他知遇浙闽总督胡宗宪，助其完成中国第一部海防图集《筹海图编》；他携名将俞大猷、智囊徐文长，在腥风血雨间谱写传世兵法，创新武器，打破传统抗倭战术，锻造出戚家军，打赢了第一场荡平倭寇的民族战争，在刀光剑影中重铸中华脊梁。
《荡寇风云》	2017年大陆电视剧	明嘉靖年间，倭寇屡犯东南沿海，戚继光临危受命，与俞大猷自行招募三千义乌村民，组建起戚家军，戚继光率领戚家军，联合俞大猷将军，克服重重难关，驱除了倭寇在沿海地区的势力，保卫了国家和人民的财产安全。
《抗倭侠侣》	2018年大陆电视剧	续金庸《神雕侠侣》之后，杨过后人杨天纵、峨嵋掌门郭襄之后郭问梅、丐帮帮主洪七公之后疯五继襄阳之战后再次携手大明抗倭，在国家危难之际，这些心怀天下的江湖志士自发组织起民间力量，配合戚继光和俞大猷守卫大明海域安全。

通过这个列表，我们可以看出中国20世纪70年代以来以倭寇为题材的影视剧的一些突出特点。

其一，这些影视剧，都是以"嘉靖倭乱"为背景进行情节铺排的；其二，中国以倭寇为题材的影视剧，事实上其表现的主要对象并不在倭寇及倭寇行为，而在中国官民奋勇抗倭的过程与事迹。所以中国的倭寇文艺，严格来说应当被称作"抗倭文艺"；其三，作为抗倭文艺的中国影视剧，在对抗击倭寇过程的体现上，也是比较有选择性的，即主要表现戚继光、俞大猷等著名抗倭将领的抗倭事迹，尤其是对戚继光与戚家军的描写，在总共十六部的以倭寇为题材的影视剧中占到十部之多。中国的抗倭影视剧,之所以呈现出这样的特点,当然也是有其必然性的。在整个倭寇史上,"嘉靖倭乱"对中国沿海地区人民的生命财产以及土地造成的危害最为严重,同时,在中国军民的整个抗倭历程中,戚继光、俞大猷等前线将领做出的贡献最为卓越,自然就最容易被影视剧所表现。

对于这些抗倭影视剧,首先值得肯定的是,对"嘉靖倭乱"以及中国军民所进行的抗倭战争的基本性质的认识和立场是正确的。

这些影视剧所摘取的"嘉靖倭乱",也被称作"嘉靖大倭寇",指的是从嘉靖三十一年(1552)到嘉靖四十三年(1564)之间,倭寇对中国东南沿海的江、浙、闽、粤数省进行的大规模寇掠活动,也被史学界称作"后期倭寇"。这场倭乱,较之以前,其最显著的特点在于人员构成上。因为这一时期的倭寇中,百分之七八十是由中国沿海的私商和乱民构成,所谓"大抵真倭十之三,从倭者十之七"①。而且为祸一时的王直、徐海、陈东等倭寇头目都是中国人。也正因为此,到20世纪80年代,便有学者认为,嘉靖倭乱并不是外族入寇,而是"中国封建社会内部的阶级斗争",是由中国的沿海商人和底层民众发起的反海禁斗争。②这样一来,戚继光、俞大猷等所进行的抵御外敌的御倭自卫战争,便成了打击民众反海禁战的阶级斗争:"戚继光、俞大猷在抗倭战争中崭露头角,战功赫赫,后人对他们表示敬仰是可以理解的。但是,求证于史实,他们从事的并不是一场抵御外患的战争,而是一场平定内乱的战争。"③这样的说法是立不住脚的,后来的学者也对嘉靖大倭寇的人员构成和倭寇头目是中国人这一问题进行了全面的剖析。如范中义在《戚继光评传》的前言部分说道:"判断一支队伍不能仅看其构成成分的多少而主要

---

① (清)张廷玉等撰:《明史》卷三百二十二《列传第二百十日本》,中华书局1974年版,第8353页。
② 戴裔煊:《倭寇与中国》,《学术研究》1987年第1期。
③ 樊树志:《"倭寇"新论——以"嘉靖大倭寇"为中心》,《复旦学报》2000年第1期。

应该看这支队伍中起决定作用的是些什么人,执行的是什么路线,所作所为体现的是哪个阶级或集团的意志。"① 他认为,嘉靖大倭寇的主要成分有"真倭、与倭寇合流的海盗和义夫的小民",而在倭寇集团中真正起着决定性作用的是真倭,王直、徐海等所谓的倭寇头目,事实上并不能指挥和支配真倭的行为。因此,嘉靖大倭寇从本质上说与此前的倭寇并无区别,仍然属于外族的入寇,而戚继光、俞大猷等抗倭将领率领中国军民进行的抗倭战争,也是反对外来侵略的自卫战。

对于嘉靖倭乱的性质,中国的倭寇题材文艺作品的艺术表现立场无疑是正确的。在以上列出的十六部倭寇题材的影视剧中,都是将倭寇活动作为外族入侵进行表现的,而戚继光、俞大猷等抗倭将领率领中国军民进行的抗倭战争,自然而然就是抵御外来侵略的战争,这是值得肯定的。但问题在于,大部分中国的倭寇题材文艺作品,或者说抗倭文艺在对这一点的表现上似乎有些用力过度了。

比如在以上列出的十六部涉及倭寇的影视剧中,有十部都是以戚继光抗倭为中心进行情节设置的。其中,如《戚继光之雷峰塔英雄传》《戚家军》《民族英雄戚继光》《抗倭英雄戚继光》《荡寇风云》等,更是以戚继光为主人公的英雄传奇,表现的都是戚继光以及他所率领的戚家军在抗倭过程中的英勇谋断、治军严明与民族大义。

的确,戚继光在抗倭战斗中的功勋是不容否认的。戚继光抗倭,是从嘉靖三十五年(1556)开始的。嘉靖三十五年七月,戚继光升任宁绍台参将,分守宁波、绍兴、台州三府。戚继光抗倭的主要功绩,应包含三点:其一,他整顿卫所屯田,招募训练新兵,组建起了一支武艺精湛、战术精良、军纪严明、令倭寇闻风丧胆的戚家军,并创立了适合江南地形和双方情势的新阵法;其二,于嘉靖四十年(1561)取得台州大捷;嘉靖四十年四月,倭寇进犯浙江沿海多地,

---

① 范中义:《戚继光评传》,南京大学出版社2004年版,第23页。

《筹海图编》有记:"贼犯台州府。贼犯新河所。贼犯拆头。贼犯桃渚所。贼犯洋坑。贼犯藤岭。贼犯长沙湾。贼犯白水洋,参将戚继光连战,悉平之。贼先后约八千余人,即参将戚继光一个之内前后十捷,皆尽歼之。斩首焚溺无遗,全师而还。"①其三,平息福建倭患。在浙江倭患平息之后,戚继光又被调往福建,到嘉靖四十一年(1562),几乎整个福建都陷入严重倭患:"北至福建福宁沿海,南至漳、泉,千里萧条,尽为贼窟。"② 戚继光从嘉靖四十一年八月开始,接连获得横屿之战、牛田、林墩之战、平海卫之战、仙游解围战的胜利,使得盘踞于横屿和烽头的两股倭寇被消灭殆尽。正如戚继光上疏中所说:"自后倭寇脱归者,始知犯华不利状,于是乎倭寇不敢复窥八闽矣。"③ 戚继光率戚家军转战浙江、福建,平息为祸十数年的倭乱,使得戚家军声名大振,也成就了戚继光抗倭英雄的威名。

但是,这些影片对戚继光在抗倭战争中的作用的凸显,不免给人一种这场为祸中国东南沿海数省、持续十数年之久的嘉靖倭乱,是因为戚继光与戚家军才得以终结之感,从而忽略了其中复杂的历史原因。例如《荡寇风云》这一影片,与其说是反映戚继光率领军民抗击倭寇的历史战争大戏,不如说更像是一部个人英雄武侠片,电影为了突出戚继光的英勇无匹,个人打斗的戏份很多,却少有大的战争场面,甚至最后的胜利也有一些侥幸的意味,使得这场抗倭战争的胜利显得颇为儿戏。

而《抗倭英雄戚继光》的编剧汪海林在自己的微博上曾经明确表示:这部剧的主题就是"国事无党"。他说:"当时朝内,各方势力暗潮涌动,政治斗争瞬息万变,各阵营、各派系的斗争,如果去

---

① (明)郑若曾:《筹海图编》,中华书局2007年版,第567—568页。
② (明)戚继光:《上应诏陈言乞普恩赏疏》,《明经世文编》卷三百四十七、《重订批点类辑练兵诸书》卷一、《戚少保奏议》第28页。
③ (明)戚继光:《上应诏陈言乞普恩赏疏》,《明经世文编》卷三百四十七、《重订批点类辑练兵诸书》卷一、《戚少保奏议》第30页。

——展现,就是我本人最厌恶的宫廷阴谋剧,展现阴暗和无价值的官场斗争,如果有了'国事无党'这个主题,抛开政治分歧,抛开利益之争,在外敌入侵的背景下,写超越派系超越利益的政治人格,不写风向写风骨,不写如何做人而写如何成为人,去弘扬一种更有价值的历史形态,写昂扬和牺牲,完成戚继光——这个我心目中的理想人格的自满自足。"[1]事实上,戚继光本身就是明代官员,他身处明代官场,也经历着官场的争锋,将他从政治斗争中剥离,他势必就不再是他原本的样子,而只是编剧"心目中的理想人格"。而所谓的"嘉靖倭乱"以及倭乱的平息,也绝不仅仅是倭寇在中国境内烧杀抢掠,中国军民将其驱逐出境这样简单。它涉及明代的海禁政策以及朝堂之上严施海禁与弛禁长久之争,甚至涉及日本的政治局势及各战国大名之间的利益争锋。如果以倭寇为题材的文艺作品不能相对全面地展现这些纠葛与争锋,而仅仅将其简化为敌来我挡,赢了便是英雄这样简单的叙事模式,不免失之浅陋。

关于戚继光抗倭的文艺作品,除了影视剧之外,在京剧、越剧中也有表现。如1963年由浙江台州越剧团首演的越剧《戚军令》,讲述了戚继光在台州抗倭之时,其子戚印因恃功傲慢,藐视乡团,被戚继光惩处,后又因贪功擅自出兵,乱了部署,戚继光欲斩之以明军纪。这部剧意在表现戚继光治军时的军纪严明和大义灭亲。另有重庆市京剧团2005年首演的京剧《戚继光》,以京剧的形式表现了倭寇的残忍无道和戚继光的英勇智谋。这台京剧就是为了纪念抗战胜利60周年而排演的。而且,戚继光的故事也被拍成了动画片,旨在对少年儿童进行爱国主义教育。

当然,我们站在国家的立场,正确认识倭寇的外族入寇的本质,让现代人了解抗倭过程的艰苦卓绝,是必需的,也是必要的。但是,如上所说,中国的倭寇题材的文艺,很大程度上就是抗倭文艺,是对中国官民抗击倭寇的过程的反映,在这样一个总体的状况之下,

---

[1] https://tieba.baidu.com/p/4452122109? red_ tag=0707501551.

一部分影视剧更是在将倭寇事件简化成一个中华民族反对外族入侵的战争、并将抗倭将领进行了脱离历史语境的英雄化与完美化之后，又在其中加注了强烈的民族情绪，一味铺陈爱国热情，使得倭寇及其历史事件成为一个概念化、模式化的背景，他们存在的意义很大程度上只是为了彰显中国抗倭将领与民众在抗倭战争中的英勇无畏和机谋善断。实际上，倭寇作为一个持续近三个世纪之久，延及中国、日本、朝鲜，乃至整个东亚海域的大规模历史事件，其形成原因、构成人员、行为活动以及造成的结果都是复杂的、多面的。如果在影视剧和戏剧中，对于倭寇这样一个具有复杂性和多面性的历史事件，只是简单地从侵略与反侵略视角对其进行平面化的理解与处理，而对于这一时期倭寇的人员构成、倭乱爆发的深层原因、明代政治的复杂性以及倭寇事件造成的客观结果都不做深入的思考，甚至对于抗倭过程的反映，都不能做到对历史的足够尊重，不能做到对客观真实的历史情境的准确再现，也无助于我们正确认识历史、看待历史、评价历史。当然，我们也不能指望通过历史题材的影视剧去深入了解历史，但同时我们也不能忽视历史剧、历史文学对民众的历史认识的养成是有巨大的影响力的。因此我们并不简单地认为，在民族主义情感基础上进行抗倭影视剧的构思演绎，在一味矮化和丑化倭寇的同时，对抗倭将领进行英雄化和美化，就是爱国主义教育的有效方式与途径。真正的爱国教育，理应是建立在对历史的真实全貌有清醒认识的基础上，应该建立在对历史的理性反思的基础上。

第三节　从中日"倭寇文学"的比较看中日视差

如上所说，中国的倭寇题材的文学事实上在保持着对历史事实基本尊重的同时，也有自己鲜明的文化立场与时代特色，从中日比较文学的角度看，正好与日本的"倭寇文学"构成了同源异构的关系。倭寇，不仅是中日两国历史的一个纠结点，事实上也成为了中日两国文学的一个纠结点，使得中日两国的文学多了一层特殊的关联，也成为了中日比较文学的不可多得的绝佳题材。

总体上看，日本的"倭寇文学"在创作数量上虽然并不比中国相关题材作品多出很多，但产生较早。在倭寇发生的当时，日本便有反映倭寇的谣曲《唐船》流传下来，其作者与具体的创作时间已经无考，据日本谣曲研究家佐成谦太郎、西野春雄等人推测，《唐船》应是由倭寇发生之时，不少中国人被掳掠至日本而产生的民间传说所改编的。这可以说是"倭寇"进入日本的文学创作较早的案例。日本海外交涉史研究家呼子丈太郎，在谈到谣曲《唐船》时，曾不无遗憾地写道："持续了三百年的倭寇八幡船时代，最终却未能在日本国民文学中发挥半点作用，这不得不说是国文学史上的一大恨事，在那个谣曲的创作与流传都极为盛行的时代，反映倭寇的却也只有《唐船》一首，而且也不过是描写父子邂逅的细枝末节的作品。"[1]

到了明治年间，据说福地樱痴曾构思过倭寇题材的历史小说，他出身长崎，曾想要以足利尊氏时期为时代背景去描写长崎稻佐的倭寇。幸田露伴也曾构想过以倭寇为主题的历史小说，但都未能成书。日本最早真正描写倭寇的，当属1915年大日本雄辩会（讲谈社）出版的日本国文学家笹川临风的小说《八幡船》。这是日本近代真正意义上的"倭寇文学"，其价值，在于奠定了，或者说预示了此后日本"倭寇文学"的基调。笹川临风的小说《八幡船》，表明"倭寇文学"的具备了"日本国民文学"的功能与性质。该小说旨在鼓舞海洋国民的士气，唤起海洋国民的觉醒，日本学者呼子丈太郎甚至说"我们无法将其视作真正的文艺作品"[2]。言下之意，它属

---

[1] ［日］呼子丈太郎：『倭寇史考』、東京：新人物往来社、1971年、第365—366頁。

[2] ［日］呼子丈太郎：『倭寇史考』、東京：新人物往来社、1971年、第366頁。

于日本国民精神的宣传品。

1918年，诗人高安月郊发表长诗《蝴蝶军》，全篇近千句，主人公是南朝①遗臣，为了探寻海洋另一边的世界，他奋勇扬帆，拥美人，会方士，比武艺，继而进军明国，是一篇以作者的幻想为基础的抒情诗。当时，不止高安月郊，日本的作家中，也有人以对八幡船的幻想为题材进行文学创作，但是也都很快就纷纷沉寂了。这些都鼓吹日本人的勇气和冒险精神的读物，也顺应了甲午战争、日俄战争之后，日本意图依靠军事力量来充实国力的基本国策。昭和十二年（1937），左翼作家片冈铁兵的转向之作《阳炎记》，是在七七事变初期，片冈铁兵听闻日本军踏上杭州湾的快报之后，执笔所写。他以史学家长沼贤海的《松浦党的研究》为底本，描写了上松浦的波多党与下松浦的大岛党从内讧到中国"远征"的竞霸情形。事实上主要是对七七事变的投射。

到了第二次世界大战结束后，日本的侵略行径及战争犯罪受到一定程度的清算，日本文学及社会在很长一段时间内都处在"美国化"的风潮之中，日本民族主义思潮处在遭到压抑的蛰伏期，因此很难产生以倭寇为主题的文学。直到20世纪80年代，随着日本社会与经济的高度繁荣，日本人的民族自信与自豪感也开始空前膨胀，于是产生了一系列宣扬日本的大国意识和亚洲中心的历史小说，这其中便有以倭寇为题材进行的文学创作。这些倭寇文学主要以粉饰倭寇的本质、美化倭寇的行径为特点。尽管日本小说家对倭寇进行文学表达的过程中，所持的立场和切入的视角不尽相同，倭寇文学在其总体特征之下也依然呈现出种种不同的样态。但依然普遍存在着将倭寇进行正当化与英雄化的现象，甚至可以说，将倭寇英雄化、正当化本身就是日本倭寇文学书写的主要目的和表现形态。

而且，日本倭寇文学中对倭寇的英雄化描写，其对象是群体性

---

① 南朝：日本南北朝时代以吉野为中心建立的大觉寺系统天皇的朝廷，与持明院系统天皇的北朝相对抗。

的。也就是说，日本的倭寇文学所肯定的是倭寇群体及其群体性行为。同时，绝大部分的日本倭寇文学并不承认倭寇在中国沿海的武装活动属于入寇或者寇掠。因而，他们便从本质上对倭寇的寇掠性质进行了改写。或将倭寇在中国沿海的寇掠行为写成日本民族雄飞海外的壮举；或将倭寇当作海商，认为他们在海上的武装走私贸易促进了东亚海域的经济交流，为日本国内的经济注入了生机与活力；日本倭寇文学中甚至还存在着单纯地从审美层面去描写倭寇的武力活动的作品，它们将倭寇在海上劫掠商船，与海贼逞勇斗狠的行为，美化成了无拘无束的海上热血与冒险……而这些从不同角度对倭寇群体进行的正当化乃至英雄化描写，从本质上来说都是日本作家站在日本国家、民族的立场，为倭寇在中国朝鲜沿海的烧杀抢掠行为进行的开脱与辩护。

比较而言，中国涉及倭寇题材的文学，从明清小说戏曲及至当代倭寇题材的文艺作品，对于倭寇的表现，其切入的视角还是相对单一的。中国涉及倭寇题材的文学文艺对倭寇的描写总的来说主要是从两个方面切入的。

其一，是最为基本的侵略与反侵略视角，即对倭寇入侵的残虐和中国人民抗倭斗争的反映，可以说，这是中国倭寇文学的主旋律。无论是明清小说戏曲，还是当代倭寇题材的文艺作品，都着力表现了倭寇在中国沿海的烧杀抢掠行径以及倭寇的寇掠活动对中国沿海人民造成的惨重伤害。与此同时，戚继光等抗倭将领率领军民抗倭的事迹，也是中国涉及倭寇题材的文学中所津津乐道的重要题材。

其二，是通过对倭患及抗倭斗争中明代官兵施为的描写，以达到批判明代政治与社会的目的。倭寇文学对社会的批判和对官宪的讽刺，主要在明清小说中表现较多。例如在关于王翠翘相助官府捕剿徐海的一系列小说中，主要便是通过对徐海的英雄化描写以及对王翠翘义举的褒扬，来反衬和讽刺明代官员的狡诈的。

明清小说中对徐海等倭寇头目进行的英雄式的刻画，从表面上看，似乎与日本的倭寇文学中对倭寇的英雄化描写有所类似，但其本质却截然不同。小说为徐海、王直等中国倭寇头目进行翻案的前提，应该说主要是源于徐海、王直等人对归降政府的愿望。换句话说，中国小说家对徐海等人的英雄化描写，所针对的并不是作为倭寇头目、带领倭寇在中国烧杀抢掠的徐海，而是为情势所迫不得不落海为寇，但在面对政府招降时想要一心归降的徐海。在这种情况下，明代官员就成了利用徐海等人的归降之心对其进行诱捕的阴险狡诈之徒。而整个故事与史料记载之间之所以产生如此大的反转的根源，便在于明清时代官民矛盾的激化，以及这一时代的文人对社会的强烈不满。正是在这样的大背景之下，才产生了这种反以盗寇为英雄好汉，以官员为阴险小人的小说类型，人们在这些具有英雄特质的盗寇身上，寄予了反抗官衙、惩恶扬善的愿望，但往往他们多以被剿除、被招降告终，这更激发了读者对朝廷及官员的厌恶。可以说，这类小说虽则表面上写的是盗寇，但其创作的旨归，却并不在于倭寇盗贼本身，而在于对社会的批判、对朝廷的不满、对官员的讽刺，仍属于中国倭寇文学表现中的社会批判尤其是对官员进行批判的视角。而明清倭寇文学中对于帮助胡宗宪劝诱徐海的王翠翘的褒扬，事实上是暗合了中国传统文人士大夫为"义妓""雅娼"撰文立传的兴味。中国传统文人对她们义举的书写渲染，一方面是为了彰显自身所谓的风流雅趣。更重要的是能够表现出在道义面前，官员士人甚至不及青楼妓子的强烈反差感，这会使得小说讽世喻人的效果更为明显。所以说，明清时代的倭寇文学，之所以脱离相关的历史记载进行反转式的演义，其主要目的还是在于借倭寇之事揭露明代政治的黑暗和官员的贪腐，具有强烈的醒喻当世的目的。

而日本文学本身的社会批判、政治讽喻的功能相对较弱，倭寇题材的日本文学更是从各个角度对倭寇及倭寇行为进行的美化，其中对倭寇头目的英雄化描写，更多的是为了凸显倭寇群体行为的正当性，这与中国倭寇文学中对徐海等倭寇头目的英雄化描写在意图上是大相径庭的。

近年来，中国倭寇题材的文学作品视角开始不仅仅局限于侵略反侵略的范畴，而有了趋于复杂的倾向。如高阳的《草莽英雄》中对徐海的英雄化描写以及对王翠翘的褒扬，显然在情节设置上与明清小说中对徐海被剿一事进行反转式演义是一脉相承的。但高阳的《草莽英雄》与明清时代的倭寇文学相比，并没有多少社会批判的成分，对于胡宗宪等平倭官员的描写，也主要是采用隐恶扬善的手法。可以说，高阳的《草莽英雄》中对徐海的英雄化设定，既不像日本倭寇文学那样是站在日本民族立场为倭寇群体的寇掠行为进行开脱，也不像明清时代的倭寇文学那样，是为了通过对徐海等个别倭寇头目的描写来批判明代政治与官员的腐败。高阳的《草莽英雄》应该说只是在单纯地刻画出一个在官府和异族之间往来周旋，有一些侠肝义胆，也懂一些阴谋算计的江湖草莽，其满足的是小说家叱咤江湖的英雄情怀。

总的来说，中国涉及倭寇的文学文艺尚停留在比较初级的阶段，并没有脱出侵略反侵略与批判褒扬的基本创作模式。我们固然不能认可日本倭寇文学从各种不同角度对倭寇及倭寇的寇掠行为所进行的粉饰与美化。但是，日本的倭寇文学也为我们提供了看待倭寇、审视历史的新视角。由于倭寇本身就是一个跨越中国、日本、朝鲜，波及整个东亚海域的区域性历史事件，我们有必要脱出两国之间一时的利害得失、政治较量，以区域性的眼光，从区域交流，乃至东西比较的角度对其进行观照和考察。同时，倭寇本来也不仅仅是一个政治问题，更涉及经济、海上交通、宗教信仰乃至美学问题。日本作为寇掠者，尚且可以从这各个不同的角度对倭寇行为进行解读，作为中国的作家和学者，更需要站在中国的立场，从多角度出发对倭寇做出属于中国人的判断。

结　论

倭寇·倭寇研究·倭寇文学

——在历史事实、历史研究与历史文学之间

一

以上对日本"倭寇文学"研究，主要研究对象的领域虽然是以倭寇为题材的文学，包括作家与作品。但在整个研究过程中，所涉及的对象其实超出了文学本身。研究"倭寇文学"，势必会涉及三个方面的对象：一是作为历史事件的倭寇；二是历史研究中的倭寇；三是文学创作中的倭寇。而这三个方面所表现出的关于倭寇的记述、描述与判断却往往并不相同，甚至在很多时候都显得相互抵牾，甚至大相径庭。这其中的主要问题，首先是历史学中一直都在讨论的"历史事实"与"历史表述"之间的差异问题。

我们在说到"历史事实"的时候，其实是立足于"现在时"去谈论已经过去的客观事件的，而客观的过去已经永远消失了，留下来的只有关于它的记忆与记述，不管这种记忆记述与历史事实是多么的接近，但它已经不等于历史事实本身。正如美国历史学家卡尔·贝克尔所说："客观的过去已经一去不复返了……它只是形象地被再创造。"① 后人对于历史事实的认识与表述，则是在史料的基础

---

① ［美］卡尔·贝克尔：《什么是历史事实？》，张文杰编《历史的话语》，中国人民大学出版社2012年版，第282页。

上进行的。它既包括史学家所进行的历史研究，也包括文学家以某历史事件为题材所进行的文学创作。对于已经永远消失、并且距今甚远的事件，人们所能依据的只有那些留存下来的史料。如果说历史典籍是历史记录者的创造，那么历史研究便是史学家在历史事实及历史典籍基础上的再创造。而以历史事件为题材的文学创作，则是文学家在历史事实、史料与历史研究多重规制下的再创造。这样一来，历史研究、特别是历史文学，就必然存在着对历史事实的认识、改造、变形、疏离乃至背离的问题。

对于倭寇事件而言，本书着重探讨的发生在15世纪至16世纪的后期倭寇事件已经成为过去，我们赖以了解它的，只有留存下来的史料记载，可以说这些史料是对倭寇的历史研究和以倭寇为题材的文学书写最信实的依据。在对倭寇的历史研究和倭寇文学创作进行梳理研究的过程中，我们不难感觉到，除了史料记载之外，倭寇的历史研究和文学创作还深受某种印象和观念的影响与左右，在对中日两国关于倭寇的历史研究和文学表现进行比较的时候，这种感觉尤为强烈。而这种在原始资料之外影响着倭寇研究和倭寇文学创作的，主要是民族文化立场及不同的历史观、文学观。这就使得中日两国的历史学家与文学家在面对同一历史记载和原始史料时，却导出了完全不同的观点与结论，得出了全然不同的研究成果，这其中，文学表现较之历史研究，其与史料记载之间的差异则尤为明显。

日本的历史学界和史学家最早关注到倭寇问题，是在19世纪末20世纪初。这一时期，日本正在经历或刚刚经历了中日甲午战争与日俄战争，在战争的刺激之下，日本海外雄飞的热情再次高涨，这使得日本的军人和民间研究者将目光投向同样具备海外发展性质的海贼与倭寇，开始了倭寇的相关研究。此时的倭寇研究，主要是被置于日本海上发展史的研究之中进行的。

日本的史学著作中首次出现关于倭寇的记述，是在1884年外务省编纂《外交志稿》战争编中。而关于倭寇的研究，最早的则是菅召贞风《大日本商业史》（福本诚校订，1892年），其中，在卷三

"中古时代"特别是"海贼的时代"的研究中,详细论述了"元寇"以后日本与明朝、朝鲜之间的贸易关系,这是将海贼与倭寇第一次置于贸易史上进行考察的论著。1894年,东京大学教授星野恒在史学会例会上发表了题名为《海贼的本末与海军的沿革》(『海賊の顚末と海軍の沿革』)的演讲,考证了奈良朝以后的海贼与倭寇在朝鲜与大陆的活动,以及倭寇往来所用的勘合、八幡船、船舶构造、船号等一系列问题,后被收入《史学丛说》第一集(1909),成为后来濑户内海海贼研究与倭寇研究的指针。渡边世祐于1911年发表的《日明交通与海贼》(日本历史地理学会编《日本海上史论》所收)一文,将海贼与倭寇视作日本与明朝交通史中的一环进行考察,在海贼与倭寇的研究中是开创性的。另有林泰辅《关于应永二十六年的外寇》(《史学杂志》8—4,1897年),中野礼四郎《足利时代前往明朝的倭寇》(「足利時代に於ける明への倭寇」)(《史学杂志》8-10、9-1·2·3,1897—1898年)等,都是对倭寇史料的挖掘和对倭寇的基础性论述。

　　进入到了20世纪10年代以后,日本的倭寇研究取得了很大进展,1914年4月,日本史学会召开了第十六次大会,史学会可以说是日本历史学研究的中心学会,其中,在东洋史部的展览会上,展出了倭寇的相关史料,这标志着日本历史学家对于倭寇问题的空前关注,日本的倭寇研究也有了大的进展。在这一倭寇研究兴隆的时期,发表论文最多的当属后藤秀穗。他在1914年到1919年之间,连续不断地在《史学杂志》《历史地理》等杂志上发表关于倭寇的研究文章,这其中,除了一些史料性的研究之外,也有诸如《由倭寇一窥我国的国民性》(「倭寇の説明する我が国民性の一角」)(《史学杂志》26-1,1915年)、《作为海国民的倭寇》(海国民としての倭寇)(《历史与地理》4-1,1919年)等涉及了倭寇与日本国民性的思考。但是总的来说,大正时代的倭寇研究,主要还是对倭寇的相关史料的罗列,是比较表层的解释。

　　20世纪30年代以后,日本倭寇研究的著述与论文数量激增,这与日本倭寇、海贼史之外的一般历史研究的状况是一致的。可以说，这一时期倭寇研究的蓬勃发展，除了新史料的发现以外，更重要的原因是顺应了时势的要求。所谓时势，既包括迅速发展的日本社会经济史学对倭寇研究的影响，也包括日本大东亚共荣圈建设、南进政策对学术支撑的需求。

因而，在这一时期的倭寇研究中，相对客观化、学术性的研究成果主要表现为从中日交涉史与经贸史这两方面切入的倭寇研究。如研究成果最多的秋山谦藏，便将包括倭寇事件的中日交涉史与国际关系、日本经济相联系，对倭寇的社会功用和经济机能进行了考察。他主要是从《李朝实录》《皇明实录》等史料出发，运用东亚史的宏阔视野，来定位倭寇等中日交涉史上的事件在东亚史中的位置，同时，也将其视作日本的一大经济现象进行了解析，在东亚史与日本经济之间建立了联系性。可以说是倭寇研究在理论上的一大突破。如《日明关系》（《岩波讲座・日本历史》，昭和八年）便是从对《皇明实录》的考察出发研究倭寇在整个东亚史中的位置。《中国的倭寇》（『支那人の倭寇』）（《历史地理》63－5，1934年）首次指出，所谓倭寇，指的是前期倭寇，后期倭寇的构成人员中，大部分是中国海贼。另有《关于日支交涉史的两个问题》（《历史地理》65－3，1935年）、《倭寇》（《历史学研究》3－3，1935年）、《日明勘合贸易与走私贸易》（《历史学研究》6－8，1936年）、《杭州湾北岸登陆的倭寇》（《国史学》34，1938年）等，后被收录于《日支交涉史话》《日支交涉史研究》《东亚交涉史论》等著述中。此外，如等森己克《日宋交通中我方能动的贸易展开》（「日宋交通に於ける我が能动的贸易の展开」）（《史学杂志》45—2、3、4，1934）、藤田元春《日中交通研究》（『日支交通の研究』）（1938年）、辻善之助在其昭和五年出版的《增订海外交通史话》、新井伸一《中世海贼与我国的通商》（「中世に於ける海贼と我国の通商」）（《历史公论》5—8，1936年）、本位田祥男《海贼与经济》（「海贼と经济」）（《经济史研究》所收，1935年）对倭寇与欧洲海贼的比较，论述倭寇与海贼对经济的作用。小叶田淳《足利后期遣明船通交贸易研究》(《台北帝大文政学部史学科研究年报》4，1937年）的研究则从既存的史料出发总括性地记述了详密的中日关系史。

进入20世纪40年代，日本的倭寇研究开始舍弃了纯学问的立场，成为了"大东亚共荣圈"建设的理论与学术助力。

1942年中央公论社出版的《倭寇研究》，是由登丸福寿、茂木秀一郎二人合著，此二人本身就是"七七事变"的中等士官和上等兵，这本书也是在"七七事变"期间日军驻屯杭州附近时所写，他们的写作目的，主要是为了让日本国民知道，早在五百年前，日本先祖就已经有了海外发展的意图，并将其付诸了行动。并通过对倭寇侵入路径、根据地、行动等兵要地志的研究，以及日本人与中国人接触过程中所表现出的国民性的差异研究，为"七七事变"和战中战后事项提供军事指导。[①] 此外，诸如西村真次《日本海外发展史》(1942)、村田四郎《八幡船史》(1943)、安彦孝次郎《我国海外发展的历史性格——八幡船史的再检讨》(《横滨商专研究论集》25，1942)等论著的写作，也是作为普及型的读物为了南进政策的遂行和大东亚共荣圈的确立服务的。

到了1945年第二次世界大战以后，日本甚至建立起了所谓的"悔恨共同体"，以使知识分子集结起来共同反省战争、反思历史，形成了所谓的"自虐史观"。但是，日本战后的这一忏悔和反省的姿态，事实上在同样具有侵略性质的倭寇事件的研究中，表现并不显著，甚至日本的倭寇研究在战后的数年间曾基本陷入了停滞状态。但是，日本战后的社会氛围、时局势态乃至于在这一时期获得较大发展的日本社会经济史学研究依然或多或少地影响到了日本倭寇的研究，使得倭寇事件作为东洋史中的重要一环，被视作反权力斗争加以研究。

---

① 参看［日］登丸福寿、茂木秀一郎『倭寇研究』、東京：中央公論社、1942年、第3—8頁。

如和辻哲郎《倭寇》(《展望》41，1949年，《锁国——日本的悲剧》所收，1950年）将倭寇等同于农民起义，认为倭寇是能够反映15、16世纪日本情势的显著现象，是日本拥有世界性视野的重要契机。服部之总在《近代日本的形成》(《新文化丛书》，1949年）一书中，以欧洲的初期绝对主义为标杆，将日本国内的农民战争与国外的海贼商业相并举，并由此对日本的农民起义和倭寇行为进行了对比研究。这种将倭寇视作反权力斗争运动的研究模式，不仅被用来评价日本社会和历史，也被用在了日本学者对明朝的社会和国策的评判中。如藤田丰八《明朝的海禁政策》(《东方学》6，1953年）认为明朝的海禁政策在禁止海寇的商船贸易的同时，也暴露了政府独占朝贡贸易的企图。片山城二郎《明代海上走私贸易与沿海乡绅层》(《历史学研究》164，1953年）、《嘉靖海寇反乱的考察——以王直一党的反抗为中心》(《东洋史论集》4，1955年）都将倭寇视作自主商人，认为倭寇的武装行动是中国民众对国家权力和乡绅压迫的反抗。

随着战后日本经济的恢复和发展，日本人的自我批判与反省意识开始逐渐消散，并走向反面，激发起了其民族意识的发酵与觉醒。尤其是进入20世纪70年代以后，日本的倭寇史研究中，也出现了如呼子丈太郎等宣扬日本民族自觉和民族精神的学者，他们认为，日本"基于民族自觉的历史过少"，而倭寇则是"最基于民族的自觉之上的日本人行动的实绩"，它"始于认识威胁自身的强敌，将敌方中的多数发展为伙伴与同志，使每个人都发挥出了其最大的能力"[①]。在日本民族意识膨胀的此时，日本的史学研究者可以说是从多个角度肯定了倭寇的意义和价值，这种肯定一般情况下都是从国防、经济、政治这三个层面展开的。例如日本历史学家呼子丈太郎对倭寇行动的意义，总结有三点，其一，倭寇是对元军可能发起的第三次进攻的侦察以及对其准备工作的干扰。其二，"他们为了自己

---

① ［日］呼子丈太郎：『倭寇史考』、東京：新人物往来社、1971年、第2頁。

的幸福，打破了横亘在中日两国之间的民族意识，努力建立了经济上的互通有无，即开拓了自由贸易的途径"。而他认为，其中发生的战争与冲突，都是"两国人民携手对抗阻碍自由贸易的国家权力的结果"。其三，"倭寇是对无法忍受官员的贿赂横行与苛政重压而奋起反抗的中国民众的帮扶，是为了在倭寇中间建设共存共荣集团"①。在呼子丈太郎等人的倭寇研究中，对倭寇的寇掠本质的刷洗以及试图将倭寇正当化的意图是显而易见的，但是，这种正当化的企图却带有强烈的对抗国家权力的色彩。也就是说，他们肯定倭寇及海贼的正当性，认为像英国、西班牙、葡萄牙、荷兰等国也都有过海贼活动，而且这些国家的海贼都是在国家的支持和国民的声援之下行动的，这些国家因此才得以富庶，成为强国。而日本政府在特定时期内对倭寇的禁压也成为呼子丈太郎等人批判政府权力的原因之一。这事实上与整个时代和社会的普遍势态也是相一致的。

上述的现代日本史学界对倭寇历史的研究，除了日本的特殊历史时期（对外侵略）及民族主义、国家主义史学占绝对统治地位之外，也受到了当代西方一些史学思潮的影响，那就是历史相对主义。这种历史观认为："事件本身（即事实）并没有说明任何东西，并没有提供任何意义，而是史学家在谈论，在给这些事件加上某种意义。"② 在他们看来，不同的人群、不同的时代对同一个历史事件的言说、赋予同一个历史事件的意义也都是不尽相同的："任何一个事件的历史，对两个不同的人来说绝不会是完全一样的。而且人所共知，每一代人都用一种新的方法来写同一个历史事件，并给它一种新的解释。"这是"由我们个人的目的、愿望、偏见决定的，这些个

---

① ［日］呼子丈太郎：『倭寇史考』、東京：新人物往来社、1971 年、第 408—411 頁。
② ［美］卡尔·贝克尔：《什么是历史事实?》，张文杰编《历史的话语》，中国人民大学出版社 2012 年版，第 288 页。

人目的、愿望和偏见都掺杂在我们对它的认识过程中"[①]。可以说，现代日本历史研究中的倭寇观乃至日本的"倭寇文学"中的历史观，都与这种历史观之间有着深层的关联。当然，我们也不可否认，在现代的日本史学家及其历史研究中，也有许多成果是尊重或基本尊重历史事实与史料记载的。

纵观日本的倭寇研究史，我们不难看出，日本学界对倭寇的研究，是与日本的社会时局密切相关的，尤其是在日本发动对外侵略战争期间，对同样作为对外侵略的倭寇事件的研究，也产生了巨大影响。日本最早的倭寇研究，就是在中日甲午战争与日俄战争的刺激之下、在日本民族海外雄飞热情再次高涨的时候产生的。在这种情势下，倭寇是被作为日本海外发展的先驱，被置于日本的海上发展史之中进行研究的。20世纪30年代以后，日本的倭寇史研究开始具备东亚视野，成为东亚交涉史和贸易史研究中的一环。到了20世纪30年代日本发动全面侵华战争期间，日本的倭寇研究则直接服务于所谓"大东亚共荣圈"的建设。日本败战后，在日本社会与学界集体反省历史批判战争的氛围之下，倭寇研究中的批判意识主要表现为对政府权力的批判。而随着战后日本经济的复苏、民族意识的膨胀，倭寇则重又被一些人视作日本民族精神的体现加以研究弘扬。可见，日本的倭寇研究长期以来在很大程度上都是为日本的海外拓展、东亚战略以及日本的国家发展服务的。而这些研究又对日本"倭寇文学"创作与读者接受，对日本普通民众的倭寇观的形成，都产生了相当的影响。

二

为了更好地凸显日本的倭寇研究与"倭寇文学"的特点，还有必要把它与中国做一些总结性的比较。

[①] ［美］卡尔·贝克尔：《什么是历史事实？》，张文杰编《历史的话语》，中国人民大学出版社2012年版，第288—289页。

总体看来，与日本相比，中国的倭寇研究与倭寇题材的文学创作，在视角、层面、观点上都较为集中与单一。这种单一的状态，在很大程度上是因为对历史事实的尊重与贴近所造成的。因为现存的关于倭寇的历史记载和原始资料，本就来源于中国的史籍记载，作为倭寇事件的受害方，中国没有动机、也不可能背离史籍记载，去另行改写。

中国的倭寇研究，总的来说主要表现为两种形态。其一，是从侵略与反侵略的角度对倭寇的研究；其二，是从商贸史的角度对倭寇的研究。

中国现代的倭寇研究，产生于日本发起侵华战争、中国展开抗日战争的20世纪30年代。这一时期的倭寇研究，天然地带有强烈的反侵略色彩，是站在侵略与反侵略的角度对倭寇的寇掠行为的贬斥、对明朝政府腐败政治的批判，以及对中国民众英勇抗倭的褒扬，这可以说是中国倭寇研究的初期形态，并在相当长的一段时间内成为中国倭寇研究的主流。例如，在中国早期的这些倭寇研究论文中，字里行间，都饱含着对"倭寇"的强烈批判和愤怒情绪。论文的行文之中，诸如"倭人""贼人""这样的奸贼，真是该杀"之类表述屡屡出现，研究者的主观情绪可见一端。陈鸣钟《嘉靖时期东南沿海的倭寇》[①]、云川《明代东南沿海的倭乱》[②]、王裕群《明代的倭寇》[③] 等文，主要是对倭寇从发生到猖獗再到绝灭的全过程的描述，但这其中也包含着研究者的倾向性，即主要突出明王朝政治的腐败和海防的懈弛，以及沿海民兵在抗倭御倭战争中发挥的巨大作用，得出了"人民武装的壮大，才是保障人民安居的最可靠力量"[④] 的结论。可以说，这种研究，很大程度上是在抗日背景之下的民族情感的激发和对人民奋起抗日的呼吁。而这种情形下，自然很难产生

---

① 陈鸣钟：《嘉靖时期东南沿海的倭乱》，《新史学通讯》1955年第2期。
② 云川：《明代东南沿海的倭乱》，《新史学通讯》1955年第6期。
③ 王裕群：《明代的倭寇》，《新史学通讯》1956年第6期。
④ 云川：《明代东南沿海的倭乱》，《新史学通讯》1955年第6期。

客观深入的历史研究。由于中日两国之间的政治关系和时局世态，这种情况一直持续到20世纪50年代。

随着中日关系的稳定，从侵略与反侵略的视角对倭寇进行的考察与研究，也慢慢趋于客观与深入，开始从对倭寇行为过程的描述与民族感情的表达转向了对倭寇成分的剖析、对倭患形成的原因的追问、对倭患与海禁关系的论说。而对倭寇构成成分的剖析，主要是通过否认倭寇组成中的中国人的主导地位，以及否认倭寇首领王直的中国人身份来完成的。如陈学文在《论嘉靖时期的倭寇问题》中认为倭寇中虽然中国人占多数，但主导权却握在日本大名和武士手中。[1] 而张声振则直接以现代国籍法为标准否定了王直的中国人身份，认为他由于长时间居住日本而失去了中国的国籍，已经成为日本人，由此将倭寇事件划归为日本侵略中国的战争。[2]对海禁与倭患的关系的界定也是立足于日本对中国的侵略的角度，将明朝的海禁政策看成了政府反侵略的举措。如晓学、万明等持侵略论者便认为正是由于倭寇作乱才使得原本并不严格的海禁政策开始严厉，而当倭寇被消灭了之后，明朝也放松了海禁政策，也不再限制私人海外贸易，由此得出结论：明朝海禁的目的是抵抗外来侵略者，而不是限制本国商人的出海贸易。[3]我们不难看出，这种推论只是从整个历史演进中简单地截取了倭寇入侵、海禁严格、倭寇消灭、海禁放松这几个接点，来做了因果的关联论述，而且这种论述还是以已经预设的结论为前提的，它看起来符合逻辑，但也不免将事情简单化了。

20世纪80年代以后，随着国际学术交流的逐渐增多，中国的倭寇研究也开始受到外来学术研究、包括日本的倭寇研究的影响。同时，整个社会对经济贸易的重视程度也越来越高，由此，在倭寇研

---

[1] 陈学文：《论嘉靖时期的倭寇问题》，《文史哲》1983年第5期。
[2] 张声振：《论明嘉靖时期倭寇的性质》，《学术研究》1991年第4期。
[3] 晓学：《略论嘉靖倭患——与"反海禁"论者商榷》，《贵州民族学院学报》（哲学社会科学版）1983年第1期；万明：《中国融入世界的步履：明与清前期海外政策比较研究》，社会科学文献出版社2000年。

究中也产生了从商贸方面考察倭寇的研究视角。所以说，虽然日本特定时期的倭寇研究中体现着日本的民族意识和对外扩张的意图，但也为中国的史学研究提供了看待倭寇的全新视角。

从商贸角度出发对倭寇进行的研究，首先集中在倭寇的海上武装贸易组织对中国资本主义萌芽的推动的探讨上。戴裔煊通过对"倭寇"头目的分析，发现其中徽州人占很大比例，而明朝恰是徽商兴起的阶段，因而将海外走私贸易视作资本主义萌芽的表现形式。而倭患的发生，则是因为海禁制度与资本主义萌芽之间的矛盾的爆发。① 林仁川则援引马克思对西欧历史的发展总结，认为明朝商品经济的发展促使了其资本主义的萌芽与海外贸易的扩张，但海外贸易的发展与政策的冲突导致了嘉靖时期倭患的发生，因而倭患对明朝政策的调整起到了积极的作用。②

关于海外贸易的发展，晁中辰在《明代海禁与海外贸易》中认为，在日本对中国商品存在大量需求的情况下，宁波争贡事件所导致的中日朝贡贸易的中断，让武装海商转入了走私贸易甚至武力劫掠，致使其与明政府之间产生激烈冲突。③ 台湾学者张彬村认为，当走私贸易处在一定范围之内时，海上走私商人、陆上走私商人和维持海禁的官员之间可以保持一种微妙的平衡，只要这种平衡不被打破，走私贸易就可以持续下去。而倭患的发生，则是因为海商势力的壮大打破了这种平衡，从而导致了其与明政府之间的武力对抗。④

近来，在经济全球化的大背景之下，随着中国海洋强国方针的提倡，一些学者跳出了中日贸易的局限，站在东亚区域贸易乃至全球贸易的高度来审视这一问题。例如杨翰球指出，中国与西方在航

---

① 戴裔煊：《明代嘉隆间的倭寇海盗与中国资本主义的萌芽》，中国社会科学出版社1982年版。
② 林仁川：《明末清初私人海上贸易》，华东师范大学出版社1987年版。
③ 晁中辰：《明代海禁与海外贸易》，人民出版社2005年版。
④ 张彬村：《十六世纪舟山群岛的走私贸易》，"中研院"主编《中国海洋发展史论文集》（一），1984年，第71—96页。

海贸易政策、对待航海贸易的态度以及海盗问题上存在着巨大差别，西方国家采取积极的海外扩张政策，并利用海盗实现对外扩张，而中国对私人海外贸易则以海禁限制、以武力镇压、以"倭寇"论处，阻碍了私人海外贸易的发展。①张丽、骆昭东则将明清海商的兴衰置于全球化贸易的背景之下，认为欧洲与日本对中国商品的需求促进了中国海商的兴起，而英、荷等国实力的逐步强盛最终导致中国海商被排挤出印度洋和中国南海贸易圈。②王涛则基于全球经济发展的视角，认为"中国海商集团是在与西方海商集团的竞争下产生的，是本国政府不保护海商的替代产物"，而倭寇海上走私贸易的最终失败，是由于中国政府与西方殖民者的双重打压，而中国政府对海商集团的打压，实质上帮助了西方国家通过海上贸易扩张的强盛，中国也因其错误的战略而落后。③可见，近年来出现的中国对倭寇的研究的商贸视角的转换，与中国当代社会以经济为中心的国家战略是有内在联系的。而且，关于倭寇与商贸之关系的研究，也为东亚贸易一体化乃至海上丝绸之路研究与重建，提供了一定的历史的与学理的支持。

另外，与中国学界的倭寇历史研究相比，中国文学界对倭寇的文学化表述则显得简单了些。中国涉及倭寇题材的文学，无论是明清时代的小说戏曲，还是当代以影视剧为主的倭寇文艺，虽则在表现方式上各有不同，但从根本上都没有脱出对抗倭英雄的颂扬与对倭寇暴行的揭露谴责这一侵略与反侵略的立场。从这个意义上，中国倭寇题材的文学文艺，在文学想象力以及文学性、艺术性上，还尚待开拓和发挥。诚然，对中国而言，"侵略—反侵略"是倭寇事件

---

① 杨翰球：《十五至十七世纪西太平洋中西航海贸易势力的兴衰》，吴于廑主编《十五十六世纪东西方历史初学集》，武汉大学出版社2005年版，第294—314页。

② 张丽、骆昭东：《从全球经济发展看明清商帮兴衰》，《中国经济史研究》2009年第4期。

③ 王涛：《明清海盗（海商）的兴衰——基于全球经济发展的视角》，社会科学文献出版社2016年版，第15页。

的本质属性。但是，四五百年已经过去，中国当代文学似乎应该从对历史对错判断的胶着中有所超脱，而以一种更加自信、更加现代、更加面向未来的姿态，去看待倭寇、表现倭寇，并赋予它以新的时代内涵。譬如，中国关于这段历史的文学创作，尚没有从东亚贸易史的角度进行立意和布局的作品，而中国学界倭寇史研究中的商贸视角，或许会给中国涉及倭寇的文学创作带来启发。关于这一点，日本的"倭寇文学"事实上已经着了先鞭，尽管其中带有日本民族主义的立场，但也不妨成为我们的借镜。因为从东亚区域的交流史来看，倭寇在海上的走私贸易，可以说是东亚海域商贸交流的初期形态。当然，这种商贸交流是具有武力性质的，是受到政府海禁政策压制的非合法行为。但即使是在政府的强力海禁压力之下，也并没有能够阻挡这种民间的走私贸易，这也从另一个方面说明，当社会和经济发展到一定的程度，经贸交流就会成为一种强烈的社会需求，而这种社会需求并不会因为政府的禁令而消失。可见，东亚区域的自由的和平的商贸交流在几百年之前就已经成为一种追求、一种必须。而我们今天对经济共同体的建设，从某种程度上而言也是对这种历史需求的现实顺应。在这种大的背景之下，关于倭寇题材的创作，可以说还有相当大的开拓与发挥的空间。这类题材的历史小说的创作一旦出现，不仅会带来倭寇题材创作的突破，而且也会使读者重新审视倭寇史。假若我们从这个角度去看待倭寇，便不难发现，历史上，中国作为一个大国，一直以来都是东亚贸易的自然中心，并吸引着和平与非和平的贸易的发生。倭寇在经贸史上的象征意义，似乎也正在于此。我们的文学创作若能在这方面加以发挥，势必会对现有的史料有所超越，当然这也是对历史语境的最根本的再现。

参考文献

中文图书

（明）陆人龙：《型世言》，上海古籍出版社 2001 年版。
（明）周清原：《西湖二集》，人民文学出版社 1989 年版。
（明）郑若曾撰，李致忠点校：《筹海图编》，中华书局 2007 年版。
（清）张廷玉：《明史》，中华书局 1974 年版。
晁中辰：《明代海禁与海外贸易》，人民出版社 2005 年版。
陈大康：《明代小说史》，人民文学出版社 2007 年版。
陈懋恒：《明代倭寇考略》，哈佛燕京学社 1934 年版。
陈平原：《中国小说叙事模式的转变》，上海人民出版社 1988 年版。
陈台民：《中菲关系与菲律宾华侨》，朝阳出版社 1985 年版。
陈锡良：《江上抗倭》，九州出版社 2012 年版。
陈小法：《明代中日交流史研究》，商务印书馆 2011 年版。
陈秀武：《近代日本国家意识的形成》，商务印书馆 2008 年版。
陈子龙编：《明经世文编》，中华书局 1962 年版。
戴裔煊：《明代嘉隆间的倭寇海盗与中国资本主义的萌芽》，中国社会科学出版社 1982 年版。
董伦、解缙、胡广等：《明太祖实录》卷四一，上海书店 1982 年版。
范中义：《筹海图编浅说》，解放军出版社 1987 年版。

范中义、仝晰纲：《明代倭寇史略》，中华书局 2004 年版。

方志远：《大明嘉靖往事》，现代教育出版社 2010 年版。

谷应泰编：《明史纪事本末》，中华书局 1985 年版。

韩昇：《东亚世界形成史论》，复旦大学出版社 2009 年版。

黄枝连：《亚洲的华夏秩序——中国与亚洲国家关系形态论》，人民大学出版社 1992 年版。

江苏省社会科学院明清小说研究中心、江苏省社会科学院文学研究所编：《中国通俗小说总目提要》，中国文联出版公司 1990 年版。

李金明：《海外交通与文化交流》，云南美术出版社 2006 年版。

李庆新：《明代海外贸易制度》，社会科学文献出版社 2007 年版。

李云泉：《朝贡制度史论——中国古代对外关系体制研究》，新华出版社 2004 年版。

梁二平：《中国古代海洋地图举要》，海洋出版社 2011 年版。

林仁川：《明末清初私人海上贸易》，华东师大出版社 1987 年版。

刘金才：《町人伦理思想研究——日本近代化动因新论》，北京大学出版社 2001 年版。

刘世德主编：《中国古代小说百科全书》，中国大百科全书出版社 1998 年版。

罗晶主编：《中国古典文学百部》，青海人民出版社 1998 年版。

孟锦华：《明代两浙倭寇》，台北：国民出版社 1940 年版。

南炳文、汤纲：《明史》，上海人民出版社 2003 年版。

倪浓水：《小说叙事研究》，群言出版社 2008 年版。

曲金良：《中国海洋文化观的重建》，中国社会科学出版社 2009 年版。

曲金良：《中国海洋文化史长编》，中国海洋大学出版社 2013 年版。

上海古籍出版社编：《明代笔记小说大观》，上海古籍出版社2005年版。

沈云龙选辑：《明清史料汇编》（第四册），文海出版社1967年版。

司徒尚纪：《中国南海海洋文化》，中山大学出版社2009年版。

松浦章、卞凤奎：《明代东南亚海域海盗史料汇编》，台北：乐学书局有限公司2009年版。

孙楷第编：《日本东京所见中国小说书目》，上杂出版社1953年版。

万明：《中国融入世界的步履：明与清前期海外政策比较研究》，社会科学文献出版社2000年版。

汪向荣：《〈明史·日本传〉笺证》，巴蜀书社1988年版。

汪向荣、汪皓：《中世纪的中日关系》，中国青年出版社2001年版。

王佩云：《激荡中国海：最后的海洋与迟到的觉醒》，作家出版社2010年版。

王平：《中国古代小说叙事研究》，河北人民出版社2001年版。

王青：《海洋文化影响下的中国神话与小说》，昆仑出版社2011年版。

王世贞：《明清时期澳门问题档案文献汇编》，人民出版社1999年版。

王涛：《明清海盗（海商）的兴衰——基于全球经济发展的视角》，社会科学文献出版社2016年版。

王炜：《日本武士名誉观》，社会科学文献出版社2008年版。

王向远：《比较文学学科新论》，江西教育出版社2002年版。

王向远：《日本右翼历史观批判研究》，昆仑出版社2015年版。

王向远：《译文学：翻译研究新范型》，中央编译出版社2019年版。

王向远：《源头活水：日本当代历史小说与中国历史文化》，宁夏人民出版社 2006 年版。

王向远：《中国题材日本文学史》，上海古籍出版社 2007 年版。

王仪：《明代平倭史实》，台北：台湾中华书局股份有限公司，2015 年版。

王仪：《明代平倭史实》，台湾中华书局 1984 年版。

王勇：《中日关系史考》，中央编译出版社 1995 年版。

王勇、大庭修主编：《中日文化交流大系》，浙江人民出版社 1996 年版。

王贞平：《汉唐中日关系论》，文津出版社 1997 年版。

吴坤祥：《明代倭寇祸潮与潮汕军民抗倭资料》，潮汕历史文化研究中心资料征集委员会 2000 年版。

吴庭璆主编：《日本史》，南开大学出版社 1994 年版。

吴重翰：《明代倭寇犯华史略》，商务印书馆 1939 年版。

薛洪勣等选注：《明清文言小说选》，湖南人民出版社 1981 年版。

严绍璗：《日本中国学史稿》，学苑出版社 2009 年版。

严绍璗：《中日古代文学关系史稿》，湖南文艺出版社 1987 年版。

杨翰球：《十五至十七世纪西太平洋中西航海贸易势力的兴衰》，吴于廑主编《十五十六世纪东西方历史初学集》，武汉大学出版社 2005 年版。

张彬村：《十六世纪舟山群岛的走私贸易》，中国海洋发展史论文集编辑委员会主编《中国海洋发展史论文集》（一），"中研院"三民主义研究所，1984 年。

张泉：《殖民拓疆与文学离散》，北方文艺出版社 2017 年版。

张文杰编：《历史的话语》，中国人民大学出版社 2012 年版。

张哲俊：《中国古代文学中的日本形象研究》，北京大学出版社 2004 年版。

浙江大学日本文化研究所编著：《日本历史》，高等教育出版社

2003年版。

郑樑生：《明代倭寇》，台北：文史哲出版社2008年版。

郑樑生：《明代中日关系研究》，台北：文史哲出版社1985年版。

郑樑生：《明史日本传正补》，台北：文史哲出版社1981年版。

郑樑生：《日本史》，台北：三民书局2003年版。

郑樑生：《日本中世史》，台北：三民书局股份有限公司2009年版。

郑樑生：《中日关系史研究论集（十三）》，台北：文史哲出版社2004年版。

郑樑生：《中日关系史研究论集（五）》，台北：文史哲出版社1995年版。

郑樑生：《中日关系史研究论集》，台北：文史哲出版社1997年版。

郑樑生编：《明代倭寇史料》，台北：文史哲出版社1987年版。

郑舜功：《日本一鉴》，1939年据旧抄本影印。

中国历史研究社编：《倭变事略》，上海书店1982年版。

周一良：《中日文化关系史论》，江西人民出版社1990年版。

朱亚非：《明代中外关系史研究》，济南出版社1993年版。

［法］孟德斯鸠：《论法的精神》，许龙明译，商务印书馆2014年版。

［古希腊］亚里士多德：《政治学》，吴寿彭译，商务印书馆1996年版。

［日］柄谷行人：《民族与美学》，薛羽译，西北大学出版社2016年版。

［日］陈舜臣：《中国的历史》，郑民钦译，福建人民出版社2013年版。

［日］宫崎市定：《宫崎市定亚洲史考论》，张学锋、马云超等译，上海古籍出版社2017年版。

［日］山本常朝：《叶隐闻书》，李冬君译，广西师范大学出版社 2007 年版。

［日］田中健夫著，杨翰球译：《倭寇——海上历史》，武汉大学出版社 1982 年版。

［日］新渡户稻造等著，青山译：《日本的本质》，新世界出版社 2016 年版。

［英］约翰·霍布森：《西方文明的东方起源》，孙建党译，山东画报出版社 2010 年版。

中文论文

卞利：《明代郑舜功籍贯、生平事迹及出使日本考辨》，《安徽史学》2017 年第 6 期。

蔡凤林：《关于东亚历史视域下的古代中日民族关系史研究动态》，《中央民族大学学报》（哲学社会科学版）2018 年第 2 期。

蔡天新、黄花：《明代的朝贡制度特征与海上贸易发展》，《大连海事大学学报》（社会科学版）2016 年第 1 期。

曹雪：《明初中日关系论述》，《昭通学院学报》2017 年第 1 期。

晁中辰：《论明代的私人海外贸易》，《东岳论丛》1991 年第 3 期。

晁中辰：《论明代实行海禁的原因——兼评西方殖民者东来说》，《海交史研究》1989 年第 1 期。

陈伯瀛：《倭寇》，《史地学报》1926 年第 4 期。

陈奉林：《日本的东亚史研究及其启示》，《世界历史》2018 年第 1 期。

陈奉林：《对东亚经济圈的历史考察》，《世界历史》2009 年第 3 期。

陈贵洲：《从徐海、汪直之死看十六世纪"倭乱"》，《连云港教育学院学报》1999 年第 3 期。

陈菁娟：《论池显方的海洋意识与海防观念》，《闽台文化研究》

2016 年第 1 期。

陈康令:《传统东亚秩序的历史演进与礼治稳定——以"塔型结构"的建构发展为例》,《国际关系研究》2015 年第 5 期。

陈鸣钟:《嘉靖时期东南沿海的倭乱》,《新史学通讯》1955 年第 2 期。

陈牧野:《明代倭寇事件性质的探讨》,《江海学刊》1958 年第 7 期。

陈尚胜:《东亚海域前期倭寇与朝贡体系的防控功能》,《中国边疆史地研究》2017 年第 1 期。

陈尚胜:《明代海防与海外贸易——明代闭关与开放问题的初步研究》,《中外关系史论丛》1991 年第 3 期。

陈文石:《明嘉靖年间浙福沿海寇乱与私贩贸易的关系》,《历史语言研究所集刊》1965 年第 36 期（上）。

陈小法:《古代浙商与中日关系之研究》,《浙江档案》2018 年第 6 期。

陈学文:《论嘉靖时期的倭寇问题》,《文史哲》1983 年第 5 期。

川越泰博、李三谋:《倭寇、被虏人与明代的海防军》,《中国边疆史地研究》1998 年第 3 期。

戴昇:《商人·盟主·倭寇:王直不同形象分析》,《经济社会史评论》2019 年第 1 期。

戴裔煊:《倭寇与中国》,《学术研究》1987 年第 1 期。

邓伊帆:《明朝中后期"从倭"问题论略》,《昭通学院学报》2016 年第 3 期。

刁书仁;《关于嘉靖朝"倭寇"的几个问题》,《史学集刊》1995 年第 3 期。

杜鸣治:《明代倭寇述要》,《河南中山大学文科季刊》1930 年第 1 期。

杜平:《明朝与日本的"贸易"真相（二)》,《金融博览（财富)》2017 年第 4 期。

杜平：《明朝与日本的"贸易"真相（一）》，《金融博览（财富）》2017 年第 3 期。

段坤鹏、王波、温艳荣：《嘉靖年间真假倭问题探析》，《东南大学学报》（哲学社会科学版）2011 年第 2 期。

樊树志：《"倭寇"新论——以"嘉靖大倭寇"为中心》，《复旦学报（社会科学版）》2000 年第 1 期。

范中义：《论嘉靖年间倭寇的性质》，《明史研究》2003 年第 8 期。

伏漫戈：《明代话本小说所展现的国家及民族关系》，《西北民族大学学报》（哲学社会科学版）2016 年第 3 期。

冈本弘道、阿风：《2015 年日本学界的明清史研究》，《中国史研究动态》2017 年第 6 期。

高超：《明代嘉靖倭患兴起的原因分析》，《佳木斯大学社会科学学报》2014 年第 4 期。

高龙奎：《〈明通鉴·目录〉中的"盗、寇、贼"——兼及"倭、虏"》，《邢台职业技术学院学报》2003 年第 4 期。

高艳林：《明代日本对华施为考辨》，《廊坊师范学院学报》（社会科学版）2018 年第 1 期。

高月：《近代中国海权思想浅析》，《浙江学刊》2013 年第 6 期。

葛兆光：《在"一国史"与"东亚史"之间——以 13—16 世纪东亚三个历史事件为例》，《中国文化研究》2016 年第 4 期。

古鸿廷：《论明清的海寇》，《海交史研究》2002 年第 1 期。

郭尔雅：《〈雄飞的倭寇〉的文学想象与历史虚构》，《日语学习与研究》2018 年第 5 期。

郭泉：《王直其人其事》，《档案与建设》2005 年第 3 期。

韩庆：《明朝实行海禁政策的原因探究》，《大连海事大学学报（社会科学版）》2011 年第 5 期。

韩翔、韩鹏：《古代海上丝绸之路与舟山城市变迁》，《浙江海洋学院学报》（人文科学版）2016 年第 4 期。

禾成：《古代海盗之一：倭寇》，《人民公安》2000 年第 12 期。

何俊哲：《试论明代倭寇与江南沿海豪强的关系》，《辽宁广播电视大学学报》1988 年第 2 期。

胡彬熙：《明代倭寇》，《国闻周报》1937 年第 14 期。

胡彬熙：《明代倭寇》，《战时特刊》1937 年第 10 期。

胡晏：《论明代的"禁海"与"宽海"》，《郑和研究论文集》1993 年第 1 期。

黄东兰：《东洋史中的"东洋"概念——以中日两国东洋史教科书为素材》，《福建论坛》（人文社会科学版）2018 年第 3 期。

黄丽生：《明代中期的岛屿议题：以〈明实录〉为中心》，《南海学刊》2016 年第 1 期。

黄启臣：《明中叶至清初的中日私商贸易》，《文化杂志》2003 年第 49 期。

黄盛璋：《明代后期海禁开放后海外贸易若干问题》，《海交史研究》1988 年第 1 期。

黄秀蓉：《近二十年明代海盗史研究综述》，《历史教学问题》2006 年第 1 期。

霍现俊：《论清代"涉倭小说"的思想内涵及其展现的文人心态》，《河北师范大学学报》（哲学社会科学版）2018 年第 3 期。

霍现俊、赵素忍：《论晚明"涉倭小说"的书写特点及其思想内涵》，《中国文化研究》2017 年第 2 期。

贾永禄：《试论明嘉靖时期"倭寇"泛滥的原因》，《天中学刊》1999 年第 3 期。

贾永禄：《试论明嘉靖时期"倭寇"泛滥的原因》，《天中学刊》1999 年第 3 期。

简素：《记明代倭寇先后事》，《东方杂志》1943 年第 39 期。

江巨荣：《"王翠翘"小说的由来与流变》，《美术教育研究》2011 年第 2 期。

孔晓婷：《论明朝海外贸易制度变迁——基于新制度经济学的分

析》，《经济研究参考》2015 年第 28 期。

赖育鸿：《明嘉靖年间的海寇》，《中兴史学》2003 年第 9 期。

黎俊棋、王日根、曹斌：《明清河海盗的生成及其治理研究》，《海交史研究》2018 年第 2 期。

李爱军、吴宏岐：《明嘉靖、万历年间南海海防体系的变革》，《中国边疆史地研究》2013 年第 2 期。

李昌植：《论"前期倭寇"的成分、性质及其产生原因——与新井章介先生等人商榷》，《延边大学学报》（哲学社会科学版）1998 年第 1 期。

李成市、王坤：《日本历史学界东亚世界论的再探讨——兼与韩国学界的对话》，《唐史论丛》第 21 辑，2014 年。

李恭忠、李霞：《倭寇记忆与中国海权观念的演进——从〈筹海图编〉到〈洋防辑要〉的考察》，《江海学刊》2007 年第 3 期。

李广志：《古代日本能剧中的宁波人》，《海交史研究》2017 年第 1 期。

李健、刘晓东：《明初"倭人入寇"与明朝的应对》，《辽宁大学学报》（哲学社会科学版）2018 年第 3 期。

李金明：《明代后期部分开放海禁对我国社会经济发展的影响》，《海交史研究》1990 年第 1 期。

李金明：《明代后期私人海外贸易性质初探》，《南洋问题》1985 年第 4 期。

李金明：《明代中日贸易与倭寇》，《南洋问题研究》1993 年第 3 期。

李金明：《试论嘉靖倭患的起因及性质》，《厦门大学学报》1989 年第 1 期。

李金明《明朝对日本贸易政策的演变》，《福建论坛（人文社会科学版)》2007 年第 2 期。

李挈非：《明代的浙江倭寇》，《东方杂志》1945 年第 41 期。

李善强：《明代抗倭斗争中的僧人》，《吉林省教育学院学报

(上旬)》2014 年第 6 期。

李小林:《浅论明朝人认知日本的局限性》,《江南大学学报》(人文社会科学版) 2005 年第 6 期。

李新峰:《论东亚史中的枢纽地带——以明代大宁为中心》,《学习与探索》2013 年第 7 期。

李伢伢:《明清海盗的妈祖信仰浅析》,《名作欣赏》2017 年第 14 期。

李燕分:《由〈杨八老越国奇逢〉看元末倭患之因》,《名作欣赏》2019 年第 5 期。

李一蠡:《重新评析明清"海盗"(上)》,《炎黄春秋》1997 年第 11 期。

李一蠡:《重新评析明清"海盗"(下)》,《炎黄春秋》1997 年第 12 期。

廖大珂:《朱纨事件与东亚海上贸易体系的形成》,《文史哲》2009 年第 2 期。

林仁川:《明代私人海上贸易的特点》,《中国社会经济史研究》1987 年第 3 期。

林仁川:《明代私人海上贸易商人与"倭寇"》,《中国史研究》1980 年第 4 期。

林瑞荣:《明嘉靖时期的海禁与倭寇》,《历史档案》1997 年第 1 期。

林延清、李艳丽:《嘉靖皇帝与御倭战争》,《烟台大学学报(哲学社会科学版)》2010 年第 2 期。

凌金祚:《策彦周良两次入明朝贡与海禁》,《浙江海洋学院学报(人文科学版)》2002 年第 4 期。

刘国华:《明"嘉靖大倭寇"成因探析》,《乐山师范学院学报》2004 年第 7 期。

刘莲:《中日关系的变化对明朝"海禁"政策的影响》,《中国海洋大学学报(社会科学版)》2005 年第 2 期。

刘莲：《中日关系的变化对明朝"海禁"政策的影响》，《中国海洋大学学报》2005年第2期。

刘淑梅、李箭：《论日本近代的"皇国史观"》，《大连近代史研究》2007年10月。

刘思宁：《明清对日外交文书语用特点分析》，《兰台世界》2015年第24期。

刘文兵：《论明代倭患产生及其泛滥的原因》，《山东理工大学学报》2003年第3期。

刘祥学：《从明朝中后期的民族政策看葡萄牙殖民者窃占澳门得逞的原因》，《中国边疆史地研究》2000年第2期。

刘晓东：《嘉靖"倭患"与晚明士人的日本认知——以唐顺之及其〈日本刀歌〉为中心》，《社会科学战线》2009年第7期。

刘瑀：《倭寇考》，《力行》1940年第2期。

刘紫萍：《从明代倭寇猖獗说到日本侵略中国利用汉奸的一贯政策》，《河南博物馆馆刊》1937年第12期。

柳诒徵：《明代江苏省倭寇事略》，《国风半月刊》1932年第2期。

柳镛泰：《从东洋史到东亚史再到亚洲史：走向认识体系之重构》，《江海学刊》2017年第6期。

卢忠帅：《少林僧兵与明嘉靖抗倭之研究》，《辽宁教育行政学院学报》2011年第2期。

马驰骋：《明清时期的海商、海禁与海盗》，《经济资料译丛》2013年第2期。

孟庆梓：《明代的倭寇与海商》，《承德民族师专学报》2005年第1期。

孟宪凤：《"倭患"与明前期中日关系探析》，《历史教学（下半月刊)》2013年第12期。

孟宪凤、孙瑜：《明初中日封贡体系略论》，《哈尔滨师范大学社会科学学报》2013年第6期。

聂德宁：《"16—18 世纪海洋东亚史"国际学术研讨会综述》，《世界历史》2014 年第 3 期。

聂红菊：《论明清小说中汪直的复杂形象》，《前沿》2009 年第 9 期。

聂作平：《汪直：从海商到倭寇》，《同舟共进》2017 年第 4 期。

潘树红：《日本商船的入元贸易初探》，《中共青岛市委党校青岛行政学院学报》2017 年第 3 期。

逄文昱：《汪直：一个不容于时代的海商领袖》，《大连海事大学学报》（社会科学版）2011 年第 4 期。

彭晔：《明朝朱元璋海禁政策对对外贸易的影响考证》，《兰台世界》2013 年第 33 期。

普塔克、蔡洁华：《妈祖与明朝中期的倭寇危机：理论层面的探讨》，《海交史研究》2015 年第 2 期。

戚公用：《明代倭寇之研究》，《河南政治》1942 年。

任放：《东亚史的建构及相关问题》，《人文论丛》2010 年 11 月。

任晓鸿、任晓燕、张梅：《嘉靖初年"争贡事件"及对日贸易的影响研究》，《兰台世界》2014 年第 21 期。

芮赵凯：《洪武、永乐朝倭患处置策略探讨》，《关东学刊》2017 年第 12 期。

山崎岳：《"乍浦、沈庄之役"重考：〈抗倭图卷〉虚实的探讨》，《中国国家博物馆馆刊》2013 年第 6 期。

尚翠萍：《戚继光用"密码诗"灭倭寇》，《文史博览》2017 年第 3 期。

沈登苗：《从"王直墓"风波谈学术成果社会转化的重要性》，《社会科学论坛》2005 年第 3 期。

沈登苗：《一段不该遗忘的现当代学术史——中国大陆学者独立提出了倭寇"新论"》，《浙江社会科学》2006 年第 2 期。

时培磊：《明代的日本研究史籍及其特点》，《廊坊师范学院学报》（社会科学版）2012 年第 2 期。

时晓红：《明代的中日勘合贸易与倭寇》，《文史哲》2002 年第 4 期。

时晓红：《明代的中日勘合贸易与倭寇》，《文史哲》2002 年第 4 期。

［日］松浦章：《徽州海商王直与日本》，《明史研究》1999 年第 6 期。

松浦章、李小林：《明清时代的海盗》，《清史研究》1997 年第 1 期。

宋烜：《明代倭寇问题辨析》，《国学学刊》2013 年第 4 期。

唐风：《王直：从徽商到倭寇》，《小康》2005 年第 4 期。

田秀娟：《浅析明中后期海防废弛与倭寇猖獗》，《辽宁教育行政学院学报》2008 年 11 期。

童杰：《郑舜功生平大要与〈日本一鉴〉的撰著》，《中南大学学报（社会科学版）》2014 年第 5 期。

万明：《明代白银货币化：中国与世界连接的新视角》，《河北学刊》2004 年第 3 期。

万晴川：《明清"抗倭小说"形态的多样呈现及其小说史意义》，《文学评论》2015 年第 6 期。

王丁国、毛大龙：《论嘉靖时期倭寇的发端及抗倭的结果》，《浙江纺织服装职业技术学院学报》2007 年第 2 期。

王冬青、潘如丹：《明朝海禁政策与近代西方国家的第一次对华军事冲突》，《军事历史研究》2004 年第 2 期。

王扶生：《明代倭寇概况》，《建国月刊》1933 年第 9 期。

王日根：《明代海防建设与倭寇、海贼的炽盛》，《中国海洋大学学报（社会科学版）》2004 年第 4 期。

王广生：《宫崎市定史学中的民族主义》，《国际汉学》2017 年第 3 期。

王晖：《市禁则商转而为寇：论明嘉靖年间倭患猖獗的原因》，

《广西右江民族师专学报》1999 年第 4 期。

王娟:《明清海盗的另一面——反殖民的海上英雄》,《世界海运》2012 年第 1 期。

王慕民:《明代宁波在中日经济交往中的地位:兼论官民贸易方式的转变与嘉靖"大倭乱"的起因》,《宁波大学学报》2004 年第 5 期。

王文洪:《十六世纪双屿港"倭寇"的成因分析》,《中国社会科学院研究生院学报》2013 年第 3 期。

王向远:《近代日本"东洋史"、"支那史"研究中的侵华图谋——以内藤湖南的〈支那论〉〈新支那论〉为中心》,《华侨大学学报》(哲学社会科学版) 2006 年第 4 期。

王裕群:《明代的倭寇》,《新史学通讯》1956 年第 6 期。

魏基立:《20 世纪以来广东海盗史研究综述》,《岭南师范学院学报》2018 年第 5 期。

魏志江:《论东亚传统的国际安全体系与所谓"华夷秩序"》,《北京论坛 文明的和谐与共同繁荣——中国与世界:传统、现实与未来:"比较中的审视:中华秩序的理想、事实与想象"专场论文及摘要集》,2014 年。

魏志江:《十一—十四世纪的中朝关系形态与东亚世界——兼评费正清所谓"华夷秩序"论》,《中国朝鲜史研究会会刊——朝鲜·韩国历史研究》,第 15 辑。

魏志江:《宗藩体制:东亚传统国际安全体制析论》,《现代国际关系》2014 年第 4 期。

翁礼华:《反走私之战——明代嘉靖年间海上贸易之反思》,《浙江财税与会计》2000 年第 4 期。

吴大昕:《朝鲜己亥东征与明朝望海埚之役——15 世纪初东亚秩序形成期的"明朝征日"因素》,《外国问题研究》2017 年第 1 期。

吴光耀:《明代市民反"海禁"斗争述略》,《江汉大学学报》

1984年第3期。

吴千石、郭美英：《浅谈明朝倭寇问题》，《延边教育学院学报》2013年第5期。

吴晓娟：《民族英雄戚继光爱国抗倭史迹述略》，《兰台世界》2013年第18期。

晓学：《略论嘉靖倭患——与"反海禁"论者商榷》，《贵州民族学院学报（哲学社会科学版）》1983年第1期。

肖彩雅：《明代泉州区域海防及其与海外贸易政策的关系》，《海交史研究》2016年第2期。

谢禾生：《严嵩与明代嘉靖年间的抗倭战争——兼与朱声敏先生商榷》，《新余高专学报》2007年第4期。

谢君：《析倭寇小说》，《语文学刊》2010年第7期。

熊梅萍：《从嘉靖"倭寇"的成分看嘉靖"倭患"的性质》，《安徽教育学院学报（哲学社会科学版）》1999年第3期。

须田牧子、黄荣光：《〈倭寇图卷〉研究的现状》，《中国国家博物馆馆刊》2013年第6期。

徐永杰：《宁波争贡事件再研究》，《历史教学（高校版）》2008年第11期。

徐永杰：《浅论宁波争贡事件的原因》，《河南商业高等专科学校学报》2008年第3期。

许金顶：《倭寇之患与福建民俗》，《海交史研究》1996年第1期。

薛国中：《论明王朝海禁之害》，《武汉大学学报》（人文科学版）2005年第2期。

薛国中：《王直：新时代的骄子——对沈登苗先生的回应》，《社会科学论坛》2005年第6期。

闫瑞、顾国华：《论明代抗倭文学作品中的海洋意象——兼及"北虏南倭"意象之比较》，《宁夏师范学院学报》2018年第3期。

尹鸾：《明朝洪武年间中日交往考》，《开封教育学院学报》

2016 年第 3 期。

尹牧、纪微：《室町幕府将军足利义满与日本对明勘合贸易》，《常州大学学报（社会科学版）》2016 年第 2 期。

余衍子、王涛：《明清海盗（海商）的兴衰：基于全球经济发展的视角》，《海交史研究》2018 年第 1 期。

云川：《明代东南沿海的倭乱》，《新史学通讯》1955 年第 6 期。

张德信：《浅析明初的中日关系》，《北京行政学院学报》2000 年第 2 期。

张金奎：《明初倭寇海上三角"贸易"略论》，《求是学刊》2014 年第 1 期。

张静芬：《明代的倭患何抗倭斗争：嘉靖年间的抗倭斗争》，《历史学习》1994 年第 2 期。

张立凡：《试论明代廷争的社会影响——兼论明代倭寇与海禁》，《松辽学刊》1984 年第 2 期。

张鲁山：《明代倭寇大事记》，《新亚细亚》1933 年第 6 期。

张明初、陈士勇：《〈倭寇的踪迹〉：道统的失落和武侠文化的复苏》，《电影评介》2017 年第 6 期。

张声振：《论明嘉靖时期倭寇的性质》，《学术研究》1991 年第 4 期。

张世宏：《明代小说〈戚南塘剿平倭寇志传〉考论》，《集美大学学报》（哲学社会科学版）2015 年第 4 期。

张苏：《嘉靖年间徽州海商的反海禁斗争——以王直为例》，《昭通学院学报》2014 年第 3 期。

张显清：《关于明代倭寇性质问题的思考》，《明清论丛》2001 年第 2 期。

张志彪：《中国古代文学中的日本人形象》，《贵州社会科学》2014 年第 2 期。

赵凤翔、关增建：《17—18 世纪中日陆海观念研究——以中日两部兵书〈武备志〉和〈海国兵谈〉为例》，《上海交通大学学报》

（哲学社会科学版）2016年第3期。

赵立新：《东亚民族主义冲突的深层文化根源》，《东疆学刊》2009年第3期。

赵轶峰：《论明代中国的有限开放性》，《四川大学学报》（哲学社会科学版）2014年第4期。

赵忠：《中国古代文学中的日本人形象研究》，《开封教育学院学报》2017年第3期。

郑瑾：《明清时期的海盗与地方基层社会》，《第九届明史国际学术讨论会暨傅衣凌教授诞辰九十周年纪念论文集》2002年8月。

郑力民：《徽商与嘉靖海乱——兼与戴裔煊先生商榷嘉靖海乱的性质》，《徽州社会科学》1990年第4期。

郑樑生：《明朝海禁与日本的关系》，《汉学研究》1983年第1期。

郑樑生：《私贩引起之倭乱与徐海之灭亡——1546～1556》，《第十届明史国际学术讨论会论文集》（人民日报出版社），2005年。

郑樑生、徐建新：《中国地方志中的倭寇史料》，《海交史研究》1988年第2期。

郑镛：《明清时期漳州的海商与海盗论略》，《海交史研究》2014年第2期。

郑宗棨：《明代吾国与倭寇之贸易关系》，《经济学季刊》1934年第5期。

周宏干：《"鬼子"称呼探源》，《语文月刊》2012年第5期。

周中夏：《宁波港历史上的衰落》，《海交史研究》1985年第1期。

朱莉丽：《论明统治者的对日政策及其影响》，《东岳论丛》2007年第1期。

朱晓艳：《从中西贸易观念差异看明朝衰落的原因》，《江苏教育学院学报（社会科学版）》2009年第4期。

邹冰晶：《清代涉倭小说中抗倭奇女子产生的原因》，《名作欣赏》2016年第23期。

硕士、博士学位论文

丁乐乐：《明中后期徽州海商研究》，云南大学硕士论文，2009年。

刘莹：《从〈绿野仙踪〉看清代平倭小说中的倭寇形象》，北京师范大学硕士论文，2006年。

孟倩：《明代中后期倭寇形象——以文学作品为例》，东北师范大学硕士论文，2018年。

夏欢：《郑舜功与〈日本一鉴〉》，东北师范大学硕士论文，2014年。

谢晓冬：《海洋史视角下的明代"倭寇"研究——以乐清为中心》，厦门大学硕士论文，2017年。

杨敬：《〈绿野仙踪〉与嘉靖史实》，鲁东大学硕士论文，2012年。

日文图书

長谷川正気：『倭寇』、東京：東京堂、1914年。

朝尾直弘：『日本の社会史』、東京：岩波書店、1987年。

村井章介：『中世史研究の旅路：戦後歴史学と私』、東京：校倉書房、2014年。

稲村賢敷：『琉球諸島倭寇史跡の研究』、東京：吉川弘文館、1957年。

稲村賢敷：『琉球諸島における倭寇史跡の研究』、東京：吉川弘文館、1957年。

登丸福寿、茂木秀一郎：『倭寇研究』、東京：中央公論社、1942年。

東京大学史料編纂所 編：『描かれた倭寇：「倭寇図巻」と「抗倭図巻」』、東京：吉川弘文館、2014年。

関周一：『対馬と倭寇：境界に生きる中世びと』、東京：高志書院、2012年。

『国難神風記：日本精神作興歴史読本』、東京：実業之日本社、1934年。

呼子丈太朗：『倭寇史考』、東京：新人物往来社、1971年。

荒野泰典：『倭寇と「日本国王」』、東京：吉川弘文館、2010年。

荒野泰典、石井正敏、村井章介：『日本の対外関係』、東京：吉川弘文館、2013年。

会田雄次：『歴史家の心眼』、東京：PHP研究所、2001年。

吉成直樹、福寛美：『琉球王国と倭寇：おもろの語る歴史』、東京：森話社、2006年。

金熙明：『日本の三大朝鮮侵略史：倭寇・壬辰倭乱・日韓合併と総督統治』、東京：洋々社、1972年。

金熙明：『日本の三大朝鮮侵略史―倭寇・王辰倭乱・日韓合併』、東京：洋々社、1968年。

津田左右吉：『津田左右吉全集 第11巻』、東京：岩波書店、1964年。

井上徹：『海域交流と政治権力の対応』、東京：汲古書院、2011年。

井沢元彦：『逆説の日本史』、東京：小学館、2000年。

井沢元彦：『鉄砲伝来と倭寇の謎』、東京：小学館、2001年。

李領：『倭寇と日麗関係史』、東京：東京大学出版会、1999年。

歴史学研究会編：『港町と海域世界』、東京：青木書店、2005年。

滝口康彦：『倭寇王と呼ぶなかれ』、佐賀：佐賀県立図書館、1974年。

鳥取県立図書館 編：『東アジア世界の交流と波動：海と島と倭寇と文化：シンポジウム』、鳥取：鳥取県立図書館、2006年。

淺野晃、木村孝：『倭寇』、岡山：わこう出版社、1989年。

秋山謙蔵：『日本人の対外発展と倭寇』、東京：啓明会、1938 年。

三田村泰助：『東洋の歴史：明帝国と倭寇』、東京：人物往来社、1967 年。

三田村泰助：『明帝国と倭寇』、東京：中央公論新社、2000 年。

三宅亨：『倭寇と王直』、大阪：桃山学院大学、2016 年 6 月。

山崎岳：『嘉靖倭寇と中国社会』、京都大学、2007 年 3 月。

山崎岳：『江海の賊から蘇松の寇へ：ある「嘉靖倭寇前史」によせて』、京都大學人文科學研究所、2007 年 9 月。

山﨑岳：『巡撫朱紈の見た海：明代嘉靖年間の沿海衛所と「大倭寇」前夜の人々』、東洋史研究會、2003 年 6 月。

石上英一：『日本の時代史』、東京：吉川弘文館、2003 年。

石原道博：『倭寇』、東京：吉川弘文館、1964 年。

石原道博：『倭寇』、東京：吉川弘文館、1996 年。

太田弘毅：『倭寇――日本あふれ活動史』、東京：文芸社、2004 年。

太田弘毅：『倭寇――商業・軍事史的研究』、東京：春風社、2002 年。

田中健夫：『倭寇：海の歴史』、東京：教育社、1982 年。

田中健夫：『倭寇と勘合貿易』、東京：至文堂、1961 年。

呉征濤：『嘉靖年間の温州における倭寇』、大阪：関西大学大学院東アジア文化研究科、2015 年 2 月。

小島毅：『海からみた歴史と伝統：遣唐使・倭寇・儒教』、東京：勉誠出版、2006 年。

須田牧子編：『「倭寇図巻」「抗倭図巻」をよむ』、東京：勉誠出版、2016 年。

野方春人：『糸島東風（はるかぜ）史話：倭寇・元冦と朝鮮の中の日本人町』、伊都大学出版部、2011 年。

義江彰夫：『古代中世の政治と権力』、東京：吉川弘文館、2006年。

与並岳生：『新琉球王統史』、那覇：新星出版、2005年。

越村勲：『16・17世紀の海商・海賊 = MARINE MERCHANTS & PIRATES DURING THE 16TH AND 17TH CENTURIES：アドリア海のウスコクと東シナ海の倭寇』、東京：彩流社、2016年。

仲小路彰：『八幡船戦・倭寇』、東京：戦争文化研究所、1941年。

仲小路彰：『世界興廃大戦史』、東京：戦争文化研究所、1941年。

竹越与三郎：『倭寇記』、東京：白揚社、1938年。

佐藤和彦：『太平記の世界：列島の内乱史』、東京：吉川弘文館、2015年。

日文论文

安野眞幸：『東アジアの中の中世日本』、『弘前大学教育学部紀要』第82巻号、1999年10月。

板倉聖哲：『蘇州片と「倭寇図巻」「抗倭図巻」(「倭寇と倭寇図像をめぐる研究集会」報告)』、『東京大学史料編纂所研究紀要』第25号、2015年3月。

浜中昇：『高麗末期倭寇集団の民族構成——近年の倭寇研究に寄せて（批判と反省）』、『歴史学研究』第685号、1996年6月。

浜中昇：『書評 李領著「倭寇と日麗関係史」』、『歴史評論』第603号、2000年7月。

北尾悟：『歴史の方法論的アプローチ：倭寇とは何か・境界に生きる人々の授業から』、『研究紀要』第54巻号、2013年。

北尾悟：『実践/高校日本史 高校生と「倭寇」を学ぶ：境界に生きる人々の授業から（特集 悪党と倭寇）』、『歴史地理教育』第830号、2015年2月。

長嶋俊介：『境界島対馬中世（倭寇・属領偽装）――公共民の経営学・現場学（56）』、『会計検査資料』第542号、2010年11月。

陳履生：『「標題」から「平番得勝図巻」を読む（「倭寇と倭寇図像をめぐる国際研究集会」報告）』、『東京大学史料編纂所研究紀要』第24号、2014年3月。

陳履生：『功績の記録と事実の記録：明人「抗倭図巻」研究』、『東京大学史料編纂所研究紀要』第22号、2012年3月。

陳小法：『回顧・展望 現代中国における日明関係史研究の動向について――倭寇を中心に』、『日本思想文化研究』第4巻1号、2011年1月。

陳小法：『宋素卿と日本』、『日本思想文化研究』第2巻2号、2009年7月。

川越泰博：『Book Review「作史三長」をそなえた遺業：鄭樑生著/曽煥棋・何義麟編訳明代の倭寇』、『東方』第398号、2014年4月。

川越泰博：『普陀山の「倭寇石刻」について』、『アジア遊学』第3号、1999年4月。

川越泰博：『麴祥とその一族――倭寇による被虜人衛所官の世襲問題をめぐって』、『人文研紀要』第48号、2003年。

川越泰博：『倭寇及び被虜人と明海防軍』、『史林』第77巻3号、1994年5月。

村井章介：『悪党と倭寇から見た南北朝時代（特集 悪党と倭寇）』、『歴史地理教育』第830号、2015年2月。

村井章介：『琉球王国と「倭寇」（2017年度歴史学研究会大会報告 境界領域をめぐる不条理）（全体会）』、『歴史学研究』第963号、2017年10月。

村井章介：『鉄砲伝来と倭寇勢力：宇田川武久氏との討論』、『国立歴史民俗博物館研究報告 = Bulletin of the National Museum of

Japanese History』第 201 巻号、2016 年 3 月。

村井章介:『倭寇と日本・アジアの交流史 (2009 年度春期東洋学講座講演要旨)』、『東洋学報／The Toyo Gakuho』第 91 巻 2 号、2009 年 9 月。

村井章介:『倭寇と日本・アジアの交流史 (彙報 二〇〇九年度春期東洋学講座講演要旨——東洋文庫とアジア (1) 東洋文庫は日本のアジア研究をいかにリードしてきたのか)』、『東洋学報』第 91 巻 2 号、2009 年 9 月。

村井章介:『倭寇とはだれか——十四～十五世紀の朝鮮半島を中心に』、『東方学』第 119 巻号、2010 年 1 月。

二谷貞夫:『倭寇対策と通信使の創設:室町時代の朝鮮通信使』、『中等社会科教育研究』第 33 号、2014 年。

福寛美，吉成直樹:『倭寇おもろ——ヤマト、沖縄の文化的距離』、『国際日本学』第 4 号、2007 年 3 月。

岡田宏二:『明朝による「湖広土兵」と「広西狼兵」の調発について——とくに嘉靖年間の「後期倭寇」(海寇)対策としての「以夷制夷」策をめぐって』、『東洋研究』第 136 号、2000 年 9 月。

根本広:『昭和倭寇始末記』、『文芸春秋』第 33 巻 9 号、1955 年 5 月。

宮崎正勝:『歴史教育におけるナショナリズムに関する一考察:所謂嘉靖 (後期)「倭寇」を中心にして』、『釧路論集:北海道教育大学釧路分校研究報告』第 28 巻号、1996 年 11 月。

宮原兎一:『倭寇について』、『社会科歴史』第 3 巻 12 号、1953 年 12 月。

関周一:『海域交流の担い手 倭人・倭寇 (シンポジウムの記録「海域」としての東アジア世界:交流・漂流・密貿易をめぐって)』、『九州歴史科学』第 44 号、2016 年 12 月。

関周一:『書評と紹介 李領著「倭寇と日麗関係史」』、『日本歴史』第 630 号、2000 年 11 月。

関周一：『倭寇による被虜人の性格をめぐって』、『日本歴史』第 519 号、1991 年 8 月。

関周一：『倭寇』、『歴史と地理』第 522 号、1999 年 3 月。

関周一：『総括コメント（「倭寇と倭寇図像をめぐる研究集会」報告）』、『東京大学史料編纂所研究紀要』第 25 号、2015 年 3 月。

國原美佐子：『前近代日朝間交流における礼曹の登場』、『東京女子大学比較文化研究所紀要』第 66 巻号、2005 年 1 月。

和辻哲郎：『倭寇』、『展望』第 41 号、1949 年 5 月。

荷見守義：『明朝の冊封体制とその様態――土木の変をめぐる李氏朝鮮との関係』、『史学雑誌』第 104 巻 8 号、1995 年 8 月。

黒嶋敏：『明・琉球と戦国大名：倭寇禁圧の体制化をめぐって（2015 年度大会シンポジウム 東アジアの港市と海商）』、『中国：社会と文化』第 31 号、2016 年 7 月。

吉成直樹、福寛美：『煽りやへ論――八幡信仰から倭寇へ――』、『国際日本学：文部科学省 21 世紀 COE プログラム採択日本発信の国際日本学の構築研究成果報告集』第 2 巻号、2005 年 3 月。

吉岡康暢：『南島の中世須恵器――中世初期環東アジア海域の陶芸交流（陶磁器が語るアジアと日本）――（陶技の外発と受容）』、『国立歴史民俗博物館研究報告』第 94 巻号、2002 年 3 月。

吉野克男：『ジパングをめぐる海と人々（7）日本の海賊（倭寇）13 世紀□16 世紀』、『海員』第 62 巻 10 号、2010 年 10 月。

「嘉靖大倭寇」を構成する諸勢力について』、『千葉大学社会文化科学研究』第 8 巻号、2004 年 2 月。

金柄徹：『倭寇と「以船為家」』、『超域文化科学紀要』第 2 号、1997 年。

近藤浩一：『東アジア海域と倭寇：9 世紀末の新羅海賊との比較史的考察を通して』、『京都産業大学論集．人文科学系列』第 47

号、2014年3月。

近藤晃：『ファインダー越しに 倭寇とキリスト教と武家屋敷の島：文化の交差点 五島列島福江』、『小型機と安全運航』第73号、2014年。

井上充幸：『中韓が次にたくらむ「倭寇侵略」倭寇は「日本の海賊」ではない（総力特集 日本vs中韓 文明と野蛮の戦い）』、『歴史通』第22号、2013年1月。

久芳崇：『16世紀末、日本式鉄砲の明朝への伝播：万暦朝鮮の役から播州楊応龍の乱へ』、『東洋学報／The Toyo Gakuho』第84巻1号、2002年6月。

久芳崇：『明朝末期、西南中国における火器普及の一側面』、『九州大学東洋史論集』第31号、2003年4月。

李泰勲：『「三島倭寇」の「三島」に対する李領説の再検討』、『九州産業大学国際文化学部紀要』第55号、2013年9月。

笠原一男：『東洋のバイキング・倭寇—現代に生きる日本史の群像（座談構成）－10－』、『日本』第8巻11号、1965年11月。

林伯原，周佩芳：『明代における倭刀術の導入とその展開に関する研究』、『国際武道大学研究紀要』第26巻号、2011年3月。

林正子：『台南の劉永福：「奉旨剿滅倭寇」の黒旗（東洋史特集号）』、『史苑』第52巻2号、1992年3月。

米谷均：『歴史研究最前線（20）「倭寇」について』、『歴史地理教育』第696号、2006年3月。

楠木武：『教科書の中の「倭寇」：日韓共通教材作りの視点から』、『史海』第53巻号、2006年5月。

楠木武：『「倭寇」の教材化をめぐって：日韓の動向の比較を中心に』、『成城学園教育研究所研究年報』第32巻号、2010年3月。

内藤正中：『山陰における日朝関係史（I）』、『経済科学論集』第16巻号、1990年1月。

年旭：『嘉靖三十七年琉球冊封使呉時来の密命について』、『南島史学 = Journal of Ryukyuan studies』第 84 号、2016 年 11 月。

龐新平：『嘉靖倭寇活躍期における築城：中国浙江沿海地方を中心にして』、『東洋学報 / The Toyo Gakuho』第 75 巻 1 号、1993 年 10 月。

朴星奇、三橋 広夫：『韓日の子どもたちの倭寇認識と教科書記述：在日韓国人学校在学中の生徒を例にして（特集 悪党と倭寇）』、2015 年 2 月。

「戚南塘勦平倭寇志伝」について』、『岡山大学文学部紀要』第 33 巻号、2000 年 7 月。

橋本雄：『書評 李領「倭寇と日麗関係史」』、『歴史学研究』第 758 号、2002 年 1 月。

橋本雄：『倭寇とは何か（特集 悪党と倭寇）』、『歴史地理教育』第 830 号、2015 年 2 月。

秦野裕介：『「倭寇」と海洋史観――「倭寇」は「日本人」だったのか』、『立命館大学人文科学研究所紀要』第 81 号、2002 年 12 月。

清田善樹：『韓国の国史科教科書にみる日本史（3）』、『聖徳学園岐阜教育大学紀要』第 19 巻号、1990 年 2 月。

秋山謙藏：『「倭寇」による朝鮮・支那人奴隷の掠奪とその送還及び賣買』、『社會經濟史學』第 2 巻 8 号、1932 年 11 月。

日高恒太朗：『紀行 辺海放浪（4）鉄砲伝来異聞――倭寇と「若狭」』、『歴史読本』第 51 巻 14 号、2006 年 11 月。

三宅亨：『倭寇と王直』、『桃山学院大学総合研究所紀要』第 37 巻 3 号、2012 年 3 月。

桑野栄治：『対日外交文書にみる高麗の対外認識（特集 高麗――歴史）』、『月刊韓国文化』第 255 号、2001 年 2 月。

山口華代：『遺物・遺跡にみる対馬の「倭寇」と日朝関係（特集 悪党と倭寇）』、『歴史地理教育』第 830 号、2015 年 2 月。

山崎岳：『舶主王直功罪考（後篇）胡宗憲の日本招諭を中心に』、『東方学報 = Journal of Oriental studies』第 90 巻号、2015 年 12 月。

山崎岳：『江海の賊から蘇松の寇へ——ある「嘉靖倭寇前史」によせて』、『東方学報』第 81 巻号、2007 年 9 月。

山崎岳：『倭寇とはなにか：中国史の立場から（世界史の研究（250））』、『歴史と地理』第 701 号、2017 年 2 月。

山崎岳：『巡撫朱〔カン〕の見た海——明代嘉靖年間の沿海衛所と「大倭寇」前夜の人々』、『東洋史研究』第 62 巻 1 号、2003 年 6 月。

山﨑岳：『「乍浦・沈荘の役」再考：中国国家博物館所蔵「抗倭図巻」の虚実にせまる（「倭寇と倭寇図像をめぐる国際研究集会」報告）』、『東京大学史料編纂所研究紀要』第 24 号、2014 年 3 月。

山﨑岳：『張鑑「文徴明畫平倭圖記」の基礎的考証および訳注：中国国家博物館所蔵「抗倭図巻」に見る胡宗憲と徐海（「倭寇と倭寇図像をめぐる国際研究集会」Ⅱ報告）』、『東京大学史料編纂所研究紀要』第 23 号、2013 年 3 月。

申潤澈：『庚寅年以降の倭寇と今川了俊の外交』、『学芸』第 60 巻号、2014 年。

神戸輝夫：『鄭舜功著「日本一鑑」について（続）：「窮河話海」』、『大分大学教育福祉科学部研究紀要』第 22 巻 1 号、2000 年 4 月。

神戸輝夫：『鄭舜功著「日本一鑑」について（正）：「ふ海図経」と「絶島新編」』、『大分大学教育福祉科学部研究紀要』第 22 巻 1 号、2000 年 4 月。

石川実：『ものごとの最初ものがたり——植民の始め，遣唐使，倭寇，御朱印船』、『貿易クレームと仲裁』第 11 巻 12 号、1964 年 12 月。

石原道博：『倭寇と朝鮮人俘虜の送還問題－1－』、『朝鮮学報』第9号、1956年3月。

石原道博：『倭寇と朝鮮人俘虜の送還問題2』、『朝鮮学報』第10号、1956年12月。

石原道博：『倭寇の温情について』、『日本歴史』第166号、1962年4月。

石原道博：『倭寇の戦術について』、『海事史研究』第20号、1973年4月。

時培磊：『明代史学対日研究轉向及其原因探析』、『愛知論叢』第86号、2009年。

松浦章：『明代の倭寇と海賊』、『歴史と地理』第489号、1996年5月。

宋 鍾昊：『村井章介の「境界人」の概念および〈倭寇＝境界人〉説の立論についての批判的検討』、『コリア研究』第8号、2017年3月。

太田弘毅：『李朝の倭寇防衛と艦船材欠乏問題──松木を中心に』、『芸林』第36巻4号、1987年12月。

太田弘毅：『日本刀の行方──倭寇史の一齣』、『芸林』第33巻2号、1984年6月。

太田弘毅：『「日本防考略」の倭寇論──「日本あふれ」と「南船北馬」』、『政治経済史学』第514号、2009年8月。

太田弘毅：『倭寇の島嶼部占拠について』、『芸林』第32巻3号、1983年9月。

太田弘毅：『倭寇防禦のための江防論について』、『海事史研究』第19号、1972年10月。

太田弘毅：『倭寇と結託した朝鮮人──「賊諜」・「奸民」・「詐倭」』、『芸林』第36巻3号、1987年9月。

太田弘毅：『倭寇の麦・米入手について──朝鮮半島への食糧調達行』、『家庭科教育』第77巻10号、2003年10月。

太田弘毅：『倭寇が密輸出した刀と扇（日本中世史〈特集〉）』、『軍事史学』第26巻4号、1991年3月。

太田弘毅：『倭寇時代の日本の舶船――「武備志」の記載を中心に』、『芸林』第18巻6号、1967年12月。

太田弘毅：『倭寇の水・米補給について（上）』、『藝林』第23巻1号、1972年2月。

太田弘毅：『倭寇の水・米補給について（下）』、『芸林』第23巻2号、1972年4月。

太田弘毅：『倭寇王王直をめぐる火器と軍需物資・再論』、『芸林』第43巻1号、1994年2月。

太田弘毅：『倭寇をめぐる焔硝と硫黄と火薬』、『芸林』第34巻4号、1985年12月。

太田弘毅：『倭寇による焔硝の密輸入――中国から日本へ』、『芸林』第45巻3号、1996年8月。

田村洋幸：『朝鮮半島における倭寇猖獗期の問題点（小林一三教授追悼号）』、『経済経営論叢』第35巻3号、2000年12月。

田村洋幸：『高麗倭寇および初期日朝貿易に関する史的方法論序説』、『経済経営論叢』第25巻1号、1990年6月。

田村洋幸：『高麗における倭寇濫觴期以前の日麗通交』、『経済経営論叢』第28巻2号、1993年9月。

田村洋幸：『倭寇濫觴期の問題点』、『経済経営論叢』第32巻2号、1997年9月。

田村洋幸：『鮮初倭寇の系譜について』、『朝鮮学報』第23号、1962年4月。

田中健夫：『14・5世紀における倭寇の活動と構成』、『日本歴史』第26号、1950年7月。

田中健夫：『不知火海の渡唐船――戦国期相良氏の海外交渉と倭寇』、『日本歴史』第512号、1991年1月。

田中健夫：『「前期倭寇」「後期倭寇」というよび方について

（歴史手帖）』、『日本歴史』第404号、1982年1月。

田中健夫：『倭寇の変質と初期日鮮貿易』、『国史学』第53号、1950年。

田中健夫：『倭寇図補考――仁井田陞氏旧蔵書について』、『東洋大学文学部紀要 史学科篇』第19号、1993年。

田中健夫：『倭寇図雑考――明代中国人の日本人像』、『東洋大学文学部紀要 史学科篇』第13号、1987年。

田中健夫：『倭寇図追考――清代中国人の日本人像』、『東洋大学文学部紀要 史学科篇』第18号、1992年。

呉征濤：『嘉靖年間の温州における倭寇』、『文化交渉 東アジア文化研究科院生論集』第4巻号、2015年2月。

武田万里子：『徳川家康ルソン外交における倭寇排除と浦賀開港（創立50周年記念号）』、『海事史研究』第70号、2013年11月。

武澤泰：『日本と韓国の思想の流れ（11・最終回）倭寇を克服した室町時代の日朝関係』、『日韓経済協会協会報』第446号、2009年12月。

西川孝雄：『高麗恭愍王の研究（3）麗末倭寇対処の事例』、『人間文化』第26号、2011年9月。

小石都志子：『中学校の授業 歴史 倭寇と勘合貿易』、『歴史地理教育』第830号、2015年2月。

新井孝重：『中世の民間武装民・悪党：悪党の生態を歴史的に見る（特集 悪党と倭寇）』、『歴史地理教育』第830号、2015年2月。

新木涵人：『特別研究 渡唐船と倭寇の拠点――五島・日ノ島』、『歴史研究』第45巻5号、2003年5月。

熊遠報：『徽州商人と倭寇：嘉靖後期、東アジア海域秩序の劇震を中心に（2015年度大会シンポジウム 東アジアの港市と海商）』、『中国：社会と文化』第31号、2016年7月。

秀城哲：『16世紀秀城哲：『16世紀「倭寇」を構成する人間

集団に関する考察:「倭」と「日本人」の問題を中心に』、『千葉大学社会文化科学研究科研究プロジェクト報告書』第 35 巻号、2003 年 3 月。

須田牧子:『史料・文献紹介「倭寇図巻」(日本史の研究 (234))』、『歴史と地理』第 647 号、2011 年 9 月。

須田牧子:『特定共同研究倭寇プロジェクト、三年間の成果(「倭寇と倭寇図像をめぐる研究集会」報告)』、『東京大学史料編纂所研究紀要』第 25 号、2015 年 3 月。

須田牧子:『「倭寇図巻」研究の現状と課題: 趣旨説明にかえて(「倭寇と倭寇図像をめぐる国際研究集会」報告)』、『東京大学史料編纂所研究紀要』第 24 号、2014 年 3 月。

須田牧子:『「倭寇図巻」研究の新展開:「描かれた倭寇」発刊に寄せて』、『本郷』第 112 号、2014 年 7 月。

須田牧子:『「倭寇図巻」再考』、『東京大学史料編纂所研究紀要』第 22 号、2012 年 3 月。

伊藤公夫:『中国歴史学界における嘉靖倭寇史研究の動向と問題点』、『史学』第 53 巻 4 号、1984 年 3 月。

遊佐徹:『明清「倭寇小説」考(二): 遊佐徹:『明清「倭寇小説」考 - 1 - 』、『岡山大学文学部紀要』第 23 号、1995 年 7 月。

有水博:『日葡関係開始時における倭寇介在説の検討(文化編)』、『大阪外国語大学論集』第 11 巻号、1994 年 8 月。

宇田川武久:『ふたたび鉄炮伝来論: 村井章介氏の批判に応える』、『国立歴史民俗博物館研究報告 = Bulletin of the National Museum of Japanese History』第 190 巻号、2015 年 1 月。

増田勝機:『倭寇研究書にみえる天堂官渡水』、『国際文化学部論集』第 8 巻 4 号、2008 年 3 月。

真栄平房昭:『明朝の海禁政策と琉球: 海禁・倭寇論を中心に(〈特集〉第 34 回大会共通論題「海外との交流と交通」)』、『交通史研究』第 67 巻号、2008 年。

鄭樑生：『中国地方志の倭寇史料』、『日本歴史』第 465 号、1987 年 2 月。

中島楽章：『14 − 16 世紀，東アジア貿易秩序の変容と再編：朝貢体制から1570 年システムへ』、『社会経済史学』第 76 巻 4 号、2011 年。

朱敏：『「明人抗倭図巻」を解読する：「倭寇図巻」との関連をかねて』、『東京大学史料編纂所研究紀要』第 22 号、2012 年 3 月。

朱敏：『「平番得勝図巻」考略（「倭寇と倭寇図像をめぐる国際研究集会」報告）』、『東京大学史料編纂所研究紀要』第 24 号、2014 年 3 月。

佐藤和夫：『倭寇論ノート（1）原倭寇論』、『政治経済史学』第 500 号、2008 年 4 月。

佐藤和夫：『倭寇論ノート（2）元寇と本倭寇』、『政治経済史学』第 502 号、2008 年 8 月。

佐藤美由紀：『卒業論文 明の海禁政策の転換と後期倭寇王直の活動』、『蒼翠』第 4 号、2003 年 3 月。

索　引

B

"八幡船"　3，4，56－58，62，63，80，81，83

《八幡船传奇》　16，56，63－65，71，73，74，79－84，233，234，240

"八幡大菩萨"信仰　16，80

《八幡愚童训》　59，60，77

"八幡贼"　3，57，58

柄谷行人　17，157

C

《草莽英雄》　228，229，231，232，237，238，243，263

朝贡贸易　15，24，26－29，31，32，35，36，38，51，52，123－125，140－142，146，152，153，169，186，269，274

陈舜臣　16，39，51，73，82，114－117，119－123，125，126，130，131，133－137，139－145，147，149－156，185，210，215，218，219，224，234，235，240

《筹海图编》　54，88，89，99，103，189－191，201，206，229，253，256

D

东洋史学　15，24

高阳　228，229，232，237，238，243，263

宫崎市定　15，21，24－28，32－47，50－55

H

海盗　1，6，33－35，39，150，154，198，200，225，229，252，255，275

海禁　16，26，31，33，37，

40，45，51，82，115，122
－125，129，131，133，
135，140，143，144，147，
148，151－156，175，189，
195－197，204，206，211，
220，235，246，254，257，
269，273－276

海商 13，16，51，73，114，
115，121，122，126，128－
131，135，139－145，148，
149，151－155，192，196，
212，219，234，240，261，
274，275

海外雄飞 105，186，
265，271

海贼 106，122，128，129，
152，155，157－159，161－
168，174，180－185，187，
189，191－193，195，199－
201，203，204，206，208，
209，212，216，233，261，
265－270

《海贼商人》 17，52，54，
73，157－159，161，162，
164－172，174，177－180，
182－187，240

会田雄次 8，221－224

J

《纪剿徐海本末》 227

嘉靖大倭寇 36，144，207，
208，218，254，255

津本阳 16，52－54，73，85，
87，89－92，94－96，98，
100，101，105，106，109－
111，117，162，185，210，
215，218，219，224，240

K

《看闻御记》 60

L

历史小说 5，7－9，12，14，
51，85，86，93，114－117，
119，167，183，199，220－
224，233，243，259，
260，276

泷口康彦 18，73，199，204，
206－208，210，211，216，
218，219，224，225，
235，238

《满济准后日记》 60

M

民族美学 15，17，23，157
民族主义 10，12，15，17，

25，26，82，84，85，238，258，260，270，276

N

南条范夫　17，52，73，157，158，165-167，172，179，181-185，187，240

Q

戚继光　42，90-92，94，191，241，244，246，250-257，261

"去寇化"　15，24-26，33，35，39，45，50，54，55

R

《日本一鉴》　16，24，45，46，48，58，231

S

神道教　15，16，56，112
神国思想　16，56，59，75，76，78-80，83，84
时代小说　7，8，14，93，158，203，224

T

太田弘毅　4，58，63，80，83
田中健夫　35，36，58，88，99，100，139，162，195

W

王直　18，47，51-53，82，85，86，88-92，101，111，121，128-131，135，139，143-150，153，154，162，163，184，188-220，223-226，229-231，234-236，238-240，244，246，248，251，254，255，262，269，273

倭寇　1-4，6-9，12-28，30-64，66，70，71，73-75，78-111，113-115，117，119，121，129-132，135，139，140，144，149-159，162-164，166-168，174，180，181，184-186，188，191-196，198-210，212，213，215-220，223-230，232-276

倭寇史　22，24，184，189，203，238-240，254，269，271，276

《倭寇图卷》　54，99

《倭寇王秘闻》　18，73，199，204，207，210-212，216，218，219，224，235，236，

238，240

倭寇文学　1，4，6，7，12－24，50，54－56，73，74，82，84，85，114，115，157，184，185，188，198－201，203，204，208，210，213，215－220，223－226，233，234，236－242，258－265，271，276

武士道　64，65，68，69

X

《雄飞的倭寇》　16，52－54，73，75，85－87，89－93，95，98－100，102，104，109，111，117，162，185，210，215，218，219，224，240

Z

早乙女贡　16，56，68，74，75，79，80，83，84，233，240

《战国海商传》　16，17，51，52，54，73，82，114，119，120，125，133，134，139，140，142－145，147－156，185，210，215，218，219，224，234，235，240

郑舜功　16，24，45－50，58，229，231

"重商主义"　114，118，119，124－126，155，185

《自明疏》　192－195

走私贸易　1，16，26，37，40，45，51，58，62，63，73，74，82，114，121，122，139，140，142，146，147，149，152，153，181，190，194－196，198，206，207，210，211，216，229，235，261，267，269，274－276

后　　记

这是我的第一本学术专著,是博士学位论文有幸获得"国家社科基金优秀博士论文项目"立项后,得以修改出版。当此付梓之时,心中颇多感慨,更多感激。

感谢我的指导老师王向远教授。自北京师范大学毕业至今已有四年,方才真正明白读博期间能够得遇这样好的导师是多么幸运。日本倭寇文学研究的选题,原本是老师长期研究的日本侵华文学系列课题之一,是他自己计划要做的。在我确定博士论文选题的时候,我惯性地认为应该做一个自己相对擅长的课题。当时我刚翻译出版了日本诗画家竹久梦二的系列诗画集,并加入了老师主持的《古今和歌集》的翻译,加之我本身对中国古典文学的兴趣,便觉得在中日诗歌比较研究中寻找选题,似乎很是顺理成章。但老师考虑得显然比我周全了许多。他说:"我希望你既谈得来风月,也擎得住风雷。"我这才明白老师在培养学生上的坚持与对我的期许,也羞赧于自己自诩热爱文学却对文学的理解如此偏狭。我此前挑挑拣拣,读的大都是符合自己趣味的书,沉迷的也多是文学性、艺术性、审美性的东西。老师轻易就看透了我的问题,但他也肯定了我的丁点优长,更为我提供了突破自己的可能。因而,从老师手中接过倭寇文学研究的选题时,我忐忑极了,也兴奋极了。忐忑于此前对历史政治涉猎不足,深恐辜负这样的好选题;兴奋于有老师指导,我只要足够努力便可看到从前未曾看到的丰饶世界。于是我学着老师的样子,为自己制订了严格的读书和写作计划,开始了倭寇文学的研究。

筛选文本、阅读史籍、补足多学科的知识和理论、确定每一章的视角和问题……每一步，老师都给了最有效的指导，以至于让我觉得，博士学位论文的写作似乎也并没有传说的那么艰难。我的博士学位论文，可以说是在一点点汲取知识和思想养分的同时，自然而然地伸展了枝叶。这个过程的愉悦感与成就感，无与伦比。现在回想当时，脑里出现的也总是一些很明亮的光点。毕业至今已有四年，我仍然习惯有问题便找老师请教，老师也依然不吝垂问鞭策，一切一如从前，是我之幸。

感谢日本文学专家张晓希老师。我2019年入职天津外国语大学比较文学研究所，她时任研究所所长，更是期盼和帮助后辈成长的老师。在我申请国家社科基金优秀博士项目时，申请书得她逐字逐句的修改，大到论述方式，小到格式标点，不厌其烦，让我感动。感谢东方文学专家孟昭毅老师、黎跃进老师、现代文学专家张泉老师，自读博期间博士论文的书写、答辩，到入职之后的项目申请、工作进展，几位老师一直多有关怀指点，让我觉得，学术路上，能得前辈学者的关怀与垂问，本身就是一种激励。感谢中日关系史专家王勇老师、韩国学专家马金科老师，在学术会议之余，当我贸贸然拿着论文求教的时候，他们能够耐心翻阅，一针见血地指出问题，提供修改意见。感谢日本史学专家陈奉林老师、中日关系史专家葛继勇老师从历史学角度给我的建议与指点。

本书即将出版，其中的每一章节基本都以单篇论文的形式公开发表过，陆续发表的论文包括：《是雄飞还是入寇——〈雄飞的倭寇〉的文学想象与历史虚构》（《日语学习与研究》）、《从"海商"到"倭寇"——陈舜臣〈战国海商传〉的重商主义倭寇观》（《东疆学刊》）、《陈舜臣〈战国海商传〉中的倭寇描写及明代史观析论》（《海交史研究》）、《东亚海域的倭寇与贼商——南条范夫〈海贼商人〉的经济化倾向与审美化描写》（《华夏文化论坛》）、《"倭寇文学"中王直形象的历史与想象——以泷口康彦〈倭寇王秘闻〉为中心》（《中国语言文学研究》）、《从东亚学视域看日本的倭寇史研究及倭寇文学》(《社会科学研究》)、《宫崎市定的"去寇化"倭寇观及其反历史倾向》(《兰州大学学报》)、《日本当代文学中的"战国海商"与南洋》(《南亚东南亚研究》)、《倭寇史核心人物徐海与倭寇题材文学——从明清小说到当代中日文学的比较分析》(《东北亚外语研究》)。感谢各期刊对我论文的接纳与肯定，也感谢各期刊编辑老师的反复编校与辛苦付出。

感谢中国社会科学出版社和责任编辑慈明亮老师为这本书的出版付出的努力与辛苦。

在整个博士学位论文的写作、单篇论文的发表、项目的申请、书本的编校过程中，我受益于太多的老师，无法一一，但我都铭记于心。

感谢我的父母家人。我想，我对文学的热爱与感知，以及以文学研究为志业的决心，也许很大程度上就是源自我的父亲，他遗传给我一些，也熏陶了我多年。他们总是不遗余力地给予我他们能够给予的最大支持，才让我走到此处，也让我可以安心地继续走下去。

对于这本书，我本没有想过要这样早地出版。作为人生第一本学术专著，总想着要等自己再多一些学术积累，再多一些修改打磨，让它以一个更加成熟、更加完善的模样面世。但既有幸获得国社科资助，自然依照规定按期出版，且就当作是漫漫学术路上的一个阶段性见证吧。尽管我已反复修缮，但毕竟受限于目前的学力、认知和思想，恐仍有不够完备甚至粗疏稚拙之处，但请批评指正。

郭尔雅

2023年6月于天津